欣梦享
ENJOY LIVING

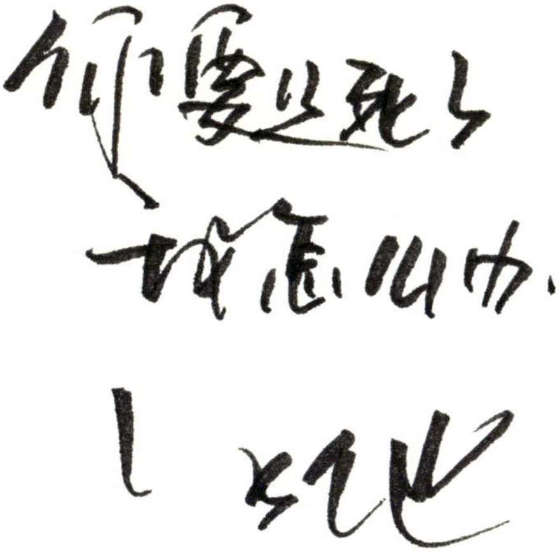

苏他
著

# 我来自东

I'm from the east

完结篇

海峡出版发行集团 | 海峡文艺出版社

图书在版编目（CIP）数据

我来自东·完结篇 / 苏他著 . — 福州 : 海峡文艺出版社，2023.5
ISBN 978-7-5550-3279-3

Ⅰ. ①我… Ⅱ. ①苏… Ⅲ. ①长篇小说－中国－当代 Ⅳ . ① I247.5

中国国家版本馆 CIP 数据核字 (2023) 第 000494 号

**我来自东·完结篇**

苏 他 著

**出 版 人** 林 滨
**出版统筹** 李亚丽
**责任编辑** 陈 瑾
**编辑助理** 王清云
**特约监制** 杨 琴
**特约策划** 闫雯晰
**出版发行** 海峡文艺出版社
**经　　销** 福建新华发行（集团）有限责任公司
**社　　址** 福州市东水路 76 号 14 层
**发 行 部** 0591—87536797
**印　　刷** 三河市兴博印务有限公司
**厂　　址** 河北省廊坊市三河市杨庄镇大窝头村西
**开　　本** 880 毫米 ×1230 毫米　1/32
**字　　数** 343 千字
**印　　张** 10.5　插页 4
**版　　次** 2023 年 5 月第 1 版
**印　　次** 2023 年 5 月第 1 次印刷
**书　　号** ISBN 978-7-5550-3279-3
**定　　价** 49.80 元

只有西北有这样的风，
而这样的人属于四方。

以前了无牵挂，
以后会珍惜生命。

# 目录 CONTENTS

时间改变一切，
唯独不会改变陈既。

第一章

# 武警特勤，陈中队长

(1)

陈既为了不让车窗的碎玻璃划到琮玉，始终用胳膊抵着尖锐的玻璃碴子，胳膊没事，登山服的袖子被划得不能要了。他想着把琮玉抱出来，再救司机，没想到沟实在太深了，因为他解救琮玉的动作，导致车子失去平衡，琮玉的半边身子还在车里，车轮就又下陷了十厘米。钢筋可能会从左窗户插穿到右窗户，从琮玉的腹部穿过，他不敢动了。

司机还在大叫，给霍总、唐总，给认识的人都打了求助电话。

琮玉晕过去了，陈既叫不醒，司机还在大声叫喊。陈既很烦，骂道："别叫！也别动！一个一个来！"

司机害怕："你可别把她弄出去就不管我了！"

"你再叫我就不管你了！"

司机闭上了嘴，只剩下有一下没一下的抽泣声。

陈既看琮玉半身被卡着，眉头锁得很紧，几秒钟内想了很多方案，但都需要她醒了才能做到。他这个人，没怕过什么的，但这会儿特别害怕车翻了，生怕不能把琮玉救出来。他的汗滴到了琮玉的脸上："琮玉……"

琮玉喝太多酒了，早没意识了。

陈既握着她的腰，怕她不舒服，冬夜刺骨的冷风不留情面，恨不能雪上加霜似的，没一会儿就吹透了他的骨头。陈既还在叫她，也许大声能把她惊醒，但还是选择在她耳边轻声说："濛濛……"

没用，琮玉醒不过来。

司机大声喊琮玉，她也不醒，一个大男人忍不住哭起来："我的驾照才下来没两天，就把我叫来开车，我要知道会发生这种事，死都不来……"

陈既不把希望寄托在琮玉身上了，对司机说："别号丧了！听我说！我让你往边上使劲你就往边上使劲，不要往右边用力了！听懂没有？！"

"可是我现在手不……"

"我问你听懂没有？别废话！"

"听懂了……"

陈既第一个"左"字出来的时候，司机被一股强大的力量支配着，不自觉地朝左倾。当陈既的第二个"左"出来的时候，司机使出浑身解数，撞向了驾驶室的车门。车子小幅度地摆动着，琮玉的身子被陈既往外拽了几厘米，另一头的钢筋和木头也插进了几厘米。司机看管用，不哭闹了，跟着陈既的节奏，一点点地悠着劲儿，足足用了二十分钟，琮玉终于被拖了出来，车子也维持在原地不动，没有再陷入沟里。

把琮玉抱上车，陈既又回头救司机。司机看到陈既上车时都绝望了，没想到陈既会回头，一口一个地叫着大哥，接连不断地号着丧。陈既扒住车门，提醒他："别动！"

司机狂点头："不动，我绝不动！"

驾驶室的车门打不开，也不能贸然去敲车窗了，稍不留意车就翻了，司机倒是不会面临被钢筋插穿的危险，但车翻下去，危险不比钢筋带来的少。

陈既把后座车窗的玻璃全敲碎了，让司机缓慢地挪到后座上，慢慢爬出来。

司机开始还有顾虑，风像猛兽一样发出嘶吼，陈既的耐心真没多少："是等死，还是从后车窗钻出来，自己选！"

司机哆嗦了一下，闭上嘴巴，缓慢地挪到了后座上，然后在陈既的指挥下慢慢爬出车窗。终于，车里的二人得救，车也没翻下沟，但陈既的胳膊上的血已经染红了衣裳。

霍总他们姗姗来迟，看到人没事，松了一口气。

司机却告诉他们，陈既的胳膊上都是被玻璃划的口子，血已经渗出了登山服，等霍总扭头找陈既时，他已经开车走了。

陈既把车里的空调开到最大，一条胳膊用不上力，就用另一只手握着方向盘，反正都是小伤口，怎么都能回家。琮玉在后座上睡着，酒精的作用让她呼吸平稳。他看过前台的账单，她每天叫一瓶啤酒，他几乎能想象，她已经到不靠酒精无法睡眠的地步了。如果不是要让她断了想法，他根本不会让她喝酒，也不会让她跟那帮人混在一起，更别说允许那个小崽子在她身边晃。

回到旅馆，陈既抱着琮玉进门，路过前台时让前台帮忙买一瓶双氧水送上楼。他把琮玉抱进她的房间，缓慢地放上床，脱了她七八厘米高的高跟鞋。她的脚踝肿了，籽骨的位置也肿了一片，他皱着眉把她两脚握在自己两手里，可惜手的温度不能化开脚的瘀伤。

窗外忽然下起大雪，碎纸片似的，撞向窗户。

陈既把她的脚放进被子里，走到卫生间，脱了登山服，用打火机在棉布内搭的袖子上烧了个窟窿，钩住用力一撕，袖子被扯了下来。他关上门，水放得很小，避开伤口，冲了冲胳膊上的血水，很快洗脸池内外都被染红了。冲得差不多了，有人敲门，他打开门，从前台的人手里接过双氧水，一只手拿着手机："多少钱？我转给你。"

前台的人看到了陈既胳膊上的伤口，吓得话都忘了接，怎么能有人受这么严重的伤，还这么平静？

陈既又问了一遍，前台的人醒过神来，摆了摆手："你先消毒吧，我给你算到房费里，明天办延住的时候一块儿给。"

"好。"

门关上，陈既走回卫生间，简单地做了下清创。全部完成后，他站在防雾镜前呆住了。她穿了一身不像她的衣服，还有高跟鞋。可是，大人不是扮出来的。

陈既在卫生间里待了一会儿，再出来时，房间被空调烘暖和了，琮玉，踢开了被子，脸颊粉红。他重新给她盖好被子，想整理一下她的头发，却在手背快要碰到她的脸时停住了。他收回手来，只看着她的脸，看到额头上的几条划痕，眼神挪到她的手上，果然，指甲长了。他回房间拿来指甲刀，拎起椅子，走到她的床边坐下，捏着她的手指给她修剪起了指甲。窗外的雪很大，但房间里很安静，剪指甲的"咔嗒"声很清楚。

陈既剪得很慢，十根手指头都剪好，已经一点半了。他把椅子放回原位，拿走了桌上的啤酒。空调“呼呼”吐着暖风，床上的少女很热，又踢开了被子，但她睡得很好，酒精让她在梦里与风相拥，被带去更远的地方。

琮玉醒来时已经是下午了，不是自然醒，是被常蔓吵醒的。琮玉打开门，就见常蔓和夺吉才让在门口。

常蔓不拿自己当外人，走进门，先说了琮玉的鸡窝脑袋，又说她喝一瓶酒就这个死样了，没出息，还说夺吉才让早就到门口等着了，怕吵醒她，不敲门，这么卑微，没有好下场的。

窗外的太阳正大，琮玉被刺得睁不开眼睛，回到床上，蒙上被子，不想起床，不想听废话。

常蔓把琮玉的被子掀开：“今天是露天电影最后一天了，而且放的是《霸王别姬》，哥哥啊，你的手机铃声的演唱者。”

琮玉觉得很烦：“滚！”

“张国荣啊，《霸王别姬》啊。”

“我说，滚！”

琮玉不会拒绝张国荣。

六点多，太阳刚落山，广场上放露天电影的工作人员开始搭台，摆放板凳。

常蔓的百变令人钦佩，她可以像琮玉一样讳莫如深，心里仿佛藏着比陈既怀揣之物更沉重的东西，但有时候又很会撒娇，像个不谙世事的孩子，给邱文博打电话，一口一个叔叔，听得琮玉浑身直痒痒。

夺吉才让给琮玉买了一支海盐冰激凌，还有炸鸡。琮玉拿着一盒炸鸡，一个她没听过的牌子，应该是本地的。焰城有连锁的炸鸡店，陈既应该没吃过这东西，所以不知道焰城不只有川香炸鸡。奶茶店外有两排露天座位，琮玉穿着黑色的衣服，海盐冰激凌是蓝色的，有点儿咸，她咂摸久了才觉出甜味来，奶味儿很重，腻腻的。

夺吉才让从下午见到琮玉就一直欲言又止，琮玉本来不在意，后面他开始走神，不看路，也不看车，她拽了他好几次，这会儿闲了，问他：“你怎么了？”

夺吉才让摇头。琮玉没追问。

常蔓打完电话回来，看夺吉才让这个不会骗人的家伙要露馅，自然地转移了话题："七点半开始，等会儿灯全亮起来，很漂亮的。"

夺吉才让看了她一眼，没说话。

琮玉平静地吃着冰激凌，什么也没说，什么也没问，吃完站了起来："我遛个弯。"

夺吉才让下意识地跟了上去。

琮玉没回头："别跟着我！"

夺吉才让停住脚步。

常蔓走到他的身边，看着琮玉的背影："他不让说。"

"我知道。"

常蔓笑了一下："就是不会演戏，是吗？没事，等你长大了，就会了。"

夺吉才让摇头："我是觉得，我好像总是说得很多，做得很少。"

常蔓没说话，笑容渐渐淡了。

夺吉才让说："我不会做了很多事却不让她知道。"

琮玉走到一处台阶上，坐下来，看着携手散步的一对老人在眼前走过，他们没说话，但他们的手牵得紧，眼里也只有彼此。真让人羡慕！

巴桑赤西上的灯亮了起来，像咖啡包被冲了五杯，只剩下浅浅的橘黄色，隐约还有捣碎的金箔点缀。她拿出手机，拍了张照片发给陈既："给你一个小时，到这儿来找我，过不来，我就爬那顶上，跳下来。"

陈既没回复消息。

琮玉就坐在台阶上，天越来越黑，广场中央的露天屏幕上开始放白酒广告，还有茶叶、木材、绿化的，全是龙门、新野当地土生土长的企业。一个小时过去了，她朝广场中央的建筑走去，越走越近，即将迈上台阶了。

忽然，一只很有力气的手拽住了她的胳膊，把她扯得撞到了楼梯后边的墙上，不悦地道："抽什么风？"

琮玉仰头看向陈既。不过几天而已，她怎么觉得很久没见过他了？她歪着头，想多看一会儿，他却别开脸，发起火来，话难听得找不到第二个："你该长大了，琮玉，没人可以天天什么也不干，就哄着你！"

"你骂谁呢？"

“你说呢？”

“那你怎么不看我？”

陈既停住了，上当了。

琮玉把他骗了过来，他甚至知道那是谎言，但还是来了。

电影开始了，声音很大，扩散到广场的每一个角落。

陈既和琮玉在广场建筑背光的地方，面对面站着。琮玉从旁边的苗圃里找了一块板砖放在脚下，踩上去，手伸向陈既的衣服的拉链。陈既皱眉，摁住她的手。琮玉不管，坚持拉开他的衣服，摸着他里边的短袖：“那天我做了一个梦，你亲我了，就穿着这件短袖。”

陈既的薄唇抿成了线，他拼命压抑着自己，不说话，不动，装成不在意的样子。

琮玉早看穿他了，笑得很难看，可能因为眼泪掉下来了吧：“你说，我怎么做梦还能准确地梦到你穿了什么衣服呢？”

她以前从来没有过这种感受，一阵悲伤袭来，眼泪不受大脑控制，从眼眶中涌出来那种感觉，最近她总是这样。她希望陈既坏一点儿，哪怕有梁有节的十分之一坏，她一定让他哭着对一切道歉……但他不是。

“我们年轻人的世界还有一个词，傻子，说的就是你。”眼泪无声，冷风都灌进了琮玉的嘴里，头发都贴在了她的脸上。哭完了，她握住他受伤的胳膊：“疼吗？”

琮玉做的那个很长的梦里，带她去更远的地方的不是风，是陈既。

前台的人敲门时，琮玉就醒了，他在卫生间里放着水，处理胳膊上的伤口的时候，她是咬牙咬到神经痛才把眼泪忍住的。他不愿意让她知道他受伤的事，她也想一直装下去，但海盐冰激凌太甜、太腻了，巴桑赤西的灯也太漂亮了，她想以情侣的身份把这些东西分享给他。她轻轻握住他的手，伸进他的衣服里，贴着他的胸口，帮他抱住自己：“我知道你不会承认，就让我抱抱你。你也抱抱我，好不好？”

陈既有一颗钢铁般的心，媲美钻石，但以后要加个“以前”了。以前他有。

琮玉在他的怀里，耳朵轻轻蹭着他的胸口，手也牵得很紧：“苹果很甜，我还想吃。”

陈既在跟自己抗争，只听到琮玉说了苹果，别的没听到。突然，琮玉在板砖上踮起脚，吻住了他。陈既愣住，挣扎的心情暂缓，但被拉扯的思想几乎抑制不住身为男人的冲动了。

琮玉只是浅尝，说：“很甜。”

陈既不能再待下去了，这丫头不怕死，他不能由她作死！他的双手穿过她的胳膊下面，从下往上掐住她的肩膀，把她从板砖上放下去，扭头就走。脚步风一样快，他生怕慢了就会被身后的小怪物吃掉一样。

“心虚了？”小怪物在后边喊。

“别跟我扯淡！”陈既头也不回。

“不心虚你跑什么？还是害臊了？丢不丢人啊，陈既？大老爷们亲一口就害臊了？”

陈既转身往回走，掐住了琮玉的脸：“闭嘴！”

琮玉仰头看着他，脸上还有眼泪，但还是笑了：“是你先装的！”

“我看不上你。”

琮玉点头：“看不上我，但是我亲你你不躲。”

陈既卡壳了半分钟，松开了琮玉，妥协了似的：“黄毛丫头。”

琮玉握住他的手腕，她一直俗气，最喜欢他的手腕，凑近他，小声说：“要不，再亲一口？”

陈既皱眉。

琮玉很大方地说：“这回让你亲我，你也不是没亲过，是不是？”

她纯粹是一个无赖，陈既待不下去了，扭头往广场外走去。

琮玉跟上去：“打个折也行，半口。半口也不行啊？那贴一下总可以吧？既哥？”

陈既也三十岁了，不会像个初尝情爱的小伙子，但可能是这个对他进攻的小骗子花招太多了，他承认，他应付不来。

琮玉还没见过陈既有应付不了的事，现在她应该算一件了吧？

还旅馆的礼物，还入住的顾客都有，他要是真的为了给她送苹果，每个人都送，她也许就信了，但夺吉才让和常蔓都没有。他装什么啊？放不下就说放不下，他装铁石心肠给谁看？好歹他装得像点儿。琮玉跟在陈既身后，充塞在她胸腔里的低落情绪都被他飞快的脚步带走了，终于，她可以跟这些日子的烦恼、委屈、妄自菲薄和解了。

她还是希望这个冬天足够长，这样她就有足够长的时间化作春泥，来年滋养遍野的玫瑰，做浪漫的主人，赶走陈既心里的阴霾。

露天电影演到高潮，程蝶衣成了角儿，常蔓和夺吉才让聚精会神地注视着屏幕，屏幕发出的光在他们的脸上明灭着。

直到电影结束，人潮散去，他们都没问琮玉去了哪儿，还回不回来，也没找她。路上，常蔓说有事，跟夺吉才让分开走了，其实没事，她只是绕了个远，让这条回去的路变得更长。她在清醒的时候，会为别人考虑，在不清醒的时候，只会想到自己。

如果昨晚上是她坐了那辆坏车，也许被陈既救出来的就是她了吧？但如果是她，陈既还会去救她吗？会吧？陌生女孩他都会救，她好歹对他的事业有点儿帮助。她把手插进兜里，想着，如果十二点再回去，那应该就撞不见陈既和琮玉了吧？

琮玉离开他们时，放下一句"别跟着我"就不对劲了，要不是去找了陈既，她跟夺吉才让旁边的马扎也不会从开始空到结束。

狡猾的小女孩。

陈既上了车，琮玉也上了，硬上的，就坐在熟悉的副驾驶座上。

只有陈既的车，她才会坐副驾驶座。

陈既没说去哪儿，琮玉也没问，两个人刚才在清醒的状态下亲了，这会儿有那么点儿不自然。当然，陈既是习惯沉默的德行，这点儿不自然也显不出来。

琮玉以前觉得男人开车，女人坐在旁边很无聊，现在觉得，看他开车，怎么会无聊呢？他的手腕露着，性感的腕骨、月牙的小疤恰恰长在她的心头上，她真想咬一口，再借口说自己酩酊大醉、神志不清。

陈既感觉到她的目光，把袖子抻长了盖住手腕。

琮玉看不到了，抬头看他的脸，有本事他把脸也盖住啊，装。陈既就把帽子戴上了。琮玉笑了，将头扭到窗外，不看了。垃圾男人，她才不看。她还年轻，年轻要扬帆起航，环游各大洋，阅尽云深深处和极光，探索古国的奥秘和兴盛衰亡，路过牡丹如锦的洛阳，翻过悠悠海西钱塘江。只是她想着想着，偏了轨道，开始想，要是跟他一起，多好。

她托着下巴，扭头偷偷看陈既，哦，他又把帽子摘了。垃圾男人，就知道装。

她抿了一下嘴，笑容从嘴角泄露。

县城的路很宽，很空旷，人不多，路灯老旧，还有不亮的，但就是好美。

陈既带着琮玉在青木县转了几圈，好像在找什么，没找到，最后回到旅馆，在门口的商店里买了把剪刀。

琮玉跑到对面的药房，买了一包绷带。陈既没等琮玉，琮玉的腿比他短，她为了跟上他，步子迈得快，台阶都是两级一起迈。

陈既停在房门口，拿房卡时，琮玉就在旁边静静地等。门一被打开，琮玉就冲了进去，陈既早料到了，没什么反应。琮玉把兜里的绷带掏出来，放在桌上，冲陈既伸手："剪刀给我。"

她要给陈既清创。陈既没理她，打开空调，把外套脱了，一只手把椅子拉到灯下："过来。"

琮玉看不懂："干什么？"

"过来。"陈既还点了一下头，单手扶着椅背，手背上的青筋被他不经意撑得鼓了起来。

他装什么酷？琮玉说："你不说干什么，我会害怕。"

"还能有你怕的事？"

琮玉弯唇，弧度很浅："我就当你是夸我。"

"别废话。"

好吧。琮玉走过去，坐了下来。陈既拿了浴巾，围在琮玉的脖子上，发现太小，就又把短袖脱了，两只袖子系在她的脖子上。琮玉以为可以看到他的腹肌了，一扭头，他已经进了卫生间，再出来时，身上换了一件衣服。这人的动快真快。

琮玉也没想到她下意识地会想看腹肌，要知道以前看亲嘴的电视剧都要换台的。这就是本能吧！原始冲动，不分男女。她还在东想西想，陈既已经捏起了她的一绺头发。她才知道，他买剪刀是给她剪头发。她仰头看着他："你会剪吗？"

"别动。"

"剪坏了拿什么赔我？"

陈既拿了只口罩把她的嘴罩住了，烦。接下来的房间里很安静，只有空调输送暖风和剪刀剪断头发的声音。他的手时不时地碰到她的额头、鼻梁、脖子，那种感觉真怪。他剪她的刘海的时候，脸靠近她的脸，他们的呼吸交缠在一起，琮玉感觉更怪了。他转到了她身后，他转回来了，他又靠近了……她的心跳突然特别快。这种心理折磨持续了半个小时，他终于剪完了，她躁动的心终于停了。

陈既不让琮玉看，只是试图用毛巾擦掉她脖子上的碎头发。

旅馆的毛巾没有绒毛，很粗糙，像搓澡巾，琮玉被刮得脖子疼，还没喊疼，陈既就放弃了那块干毛巾。他把短袖从她的脖子上解了下来："回去洗澡。"

琮玉跑到卫生间看了一眼，只是刘海短了，不扎眼了，但现在她消瘦的下巴已经完全撑不起齐刘海了。她还年轻，但不是少女了。她穿高跟鞋可能不像她，但比其他穿高跟鞋的人还适合。她有一双细长笔直的腿，还有一双脚踝很性感的脚。她在最好的年纪，花开正好。齐刘海，陈既的喜好吗？还是说他在用这件事让她知道，她在他的眼里只是孩子？她讪笑，走出来，靠在门框上："还有这手艺？"

陈既没说话，靠在桌沿，有点儿冷暴力的感觉，很不尊重人。但他就这德行，琮玉也习惯了，就没闹气地离开，而是坐下拿出手机："我想吃米线，来一份吗？"

"不来。"

琮玉就点了一份米线。她点完，扭头看向陈既："能让我看看你的伤吗？"

陈既没说话，就是不让的意思。

"就一眼，我也不动，换药你自己来。"

"你说话没准儿。"

"你长那么高还怕我？我动又怎么样？你不是一只手就把我摁住了？"琮玉说完，突然笑了，托着下巴歪头看着他。齐刘海虽然不适合她，却依然衬得她灵动、娇俏，因为漂亮的脸蛋总是有包容度的。

琮玉笑着说："哦，我知道了，你怕我。"

陈既看了她一眼，眼神轻蔑："你有什么可怕的？"

"那你让我看啊。"

"你看有什么用？"

"没用，就想看。"不看我怎么心疼？

陈既跟琮玉都是较劲的爱好者，他俩过去净较劲了，谁都不退让，但到最后，往往是陈既举白旗。很多事，他都很惯着琮玉，琮玉一身的臭毛病，都因为他的纵容而变本加厉。

琮玉照常等陈既妥协，但这次陈既没有。她等烦了，不想等了，正好米线到了，就下楼拿了一趟。她本来想着拿上米线回自己的房间，但陈既没关门。那他就是让她在他的房间吃东西的意思吧？管他呢？她拎着米线又进了陈既的房间。

陈既在打电话，面对窗外，对方可能是邱文博，陈既一直对着电话说："是，好，嗯。"

琮玉打开米线，静静地吃着，一会儿房间里就飘满了藤椒味儿。藤椒放多了，又麻又辣，琮玉想吃，又不能吃辣，把他的房间随房赠送的水都喝完了，打开抽屉，想看看还有没有瓶装的水，不料看到一个牛皮纸袋，纸袋的图案是一只蝴蝶结。她皱起眉，扭头看向陈既，正好他打完电话，看着她手里的东西，什么也没说。

琮玉还是问了："这是什么？"

陈既不主动说，但被问也不逃避："给你买的。"

琮玉挑眉："定情信物吗？"

陈既没答，把灯下的椅子放回原位。

琮玉打开纸袋，竟然是一顶毛线帽子，红色的，还有一双配套的红色手套。红色，男人在审美方面真是有默契。她愣了一下，随即又笑了一下，很短，再抬起头时，眼尾有光，语气还是那样，满不在乎似的："还以为你忘了。"

陈既重新靠在桌沿，夜视灯灯光让他的五官显得很模糊，只有下颌线还是那么清晰。

房间很暖和了，琮玉穿着羽绒服已经有点儿热了："但你不觉得太显小吗？"

陈既说："我问了小女孩都买什么样的。"

"我像小女孩？"

"像不像都是。"

琮玉摸着这顶帽子。她其实没想着他会买的，他什么眼光，帽子真是难看。但这一定是她截至目前收到的最喜欢的礼物。她突然不想吃米线了，也不想在他的房间里待了，拿起袋子走了出去，快出门的时候丢下了一句："晚安！陈既。"

琮玉回了自己的房间，关上门，扑到床上趴着，被子把她的心跳声更清晰地传到了耳朵里。这么久以来，陈既一点儿可乘之机都没给她。无论是哪方面，他都有不可攻破的防线，坚不可摧。即便她清楚他亲了她，也没法问他对她是什么感觉，两个人能不能更进一步。

陈既百分之百会拒绝她，琮玉想都不用想。哪怕他在广场时纵容她亲吻他，仍然不允许她捅破那层欲望的窗户纸，口风依然严谨，一句令人心存幻想的话都不说。

要不是琮玉聪明，但凡换一个人，早寒心了。如果用看待一个普通男人的视角去看待他，他很渣，但她隐约知道他在做什么，他的肩膀上背负着什么，所以在抱他时清醒地说，知道他不会承认。他承认了亲吻，也不会承认感情，被她逼急了他大概会一抹脸，说："对，是，就随便亲亲，就是玩儿，谁让你当真了？"要不就说自己没意识了，鬼使神差，反正不是因为喜欢。

"使命"和"她"这道选择题，之前陆岱川就选过了，即便换一个人，但不换那副胸怀，结果都不会有所不同。她太较劲的结果无非是伤心，哭着回京州，彻底和他断绝关系，把"受委屈的女人"这一角色扮演到底，然后就是风长路远、天各一边，余生不再相见。

趴在床上的半分多钟里，琮玉的大脑粗糙地行驶了一生，醒来她觉得很后怕，眉头都皱了起来。这不是她想要的结果，但她也不想就这样装作什么事都没发生过。她拿过手机，想跟他说点儿什么，好像说什么都不合适。她又放下了手机。

陈既的消息在这时发了过来："明天早起，有事。"

她皱着眉回复："什么事？"

"见人。"

"谁？"

"晚安！琮玉。"

"晚安！琮玉。"他好折磨人！

琮玉看着这几个字，半分钟内，从呆滞到极度喜悦，然后在床上打起滚来。

身边的人都在教她怎么做一个大人，只有陈既不一样。他很凶，但好像一直在维护她作为孩子的权利，也给了她好多权利。

成人的世界，脸上骄阳，心头下雪，琮玉以前没想过，现在希望永远是孩子。因为只要有陈既在，她好像就可以永远是孩子。

琮玉激动完了，给他回复消息："算是和解了吗？"就算他不承认、不接受，是不是不会再因为她喜欢他而躲着她了？他们可以回到她表白之前的相处状态了吗？

"赶紧睡，别瞎想。"

"你这样搞，我怎么睡得着？"琮玉发完消息，使劲戳他的头像，狗野人！狗！

"闭上眼睛就睡了。"

"闭上眼睛都是野人啊。"

"什么？"

"闭上眼睛也睡不着啊。"

"你一直说的野人是不是我？"

"少臭美了，谁闭上眼睛都是你啊？我是有一点儿喜欢你，但又不是特别喜欢，怎么可能闭上眼睛都是你？"琮玉的耳朵很红，她一点儿没发现，"咱俩连麦睡觉吧？你别多想，就是打电话，语音电话。"

陈既不回消息了。

呵呵，这很符合陈既的风格。

琮玉把手机扔到枕头上："有没有礼貌啊？老是不回！"

对着空气发泄了一顿，她就去洗澡了，洗到一半，手机响了。她以为出现幻听了，关了花洒，真的是手机响，水都没擦就跑了出来，拿起手机立刻接通。那头的人很安静。她的身上还在滴水，她也不动弹，怕错过他的第一句话。

过了很久，陈既说："你说吧。"

"我说什么？"

"你不是要打电话？"

琮玉抿了抿嘴，随手拿过浴巾裹住自己，盘腿坐在床上："连麦睡觉就是通着电话，你睡你的，我睡我的。"

“那打什么电话？”

“你不懂，就是这样的。”

“没事我挂了。”

“就跟我打一回怎么了？”

陈既不说话了，但没挂电话。

琮玉的心头带着有些得意的感觉，她问陈既：“你会唱歌吗？”

“不会。”

琮玉躺下来，头发还湿着也完全不在意：“听过戏吗？”

“听过。”

“你喜欢哪一段儿？我给你唱啊。”

“哪段都会？”

“不会这七年我不是白折腾了？我师父指着我振兴门楣呢，我要是不行，那他不是废了？”

“你喜欢唱戏吗？”

琮玉翻过身趴着，脚翘了起来：“嗯——说不上，但肯定上瘾。唱戏的人很容易一唱就是一辈子，登了台，就下不来了。”

“要是有选择，你还唱戏吗？”

“有选择肯定不唱戏啊，我又不喜欢这个。”琮玉说，“但七年练的功是很扎实的，已经成为我的一部分啦，所以现在就不想这个问题了，选了我就得干。”

陈既沉默下来了。

琮玉说：“我们园子每周六都有演出，以后你到京州去，我给你走后门，让你坐 VIP 座位，沉浸式观戏。”

“好。”

琮玉说着说着就困了：“你记得给我带一束花，送到后台，我会向所有人炫耀，这是陈既送给我的……”

“陈既有什么了不起的？”陈既没发现，他嘴角的弧度跟平常不一样。

“你懂什么？……”

陈既没再说话。琮玉睡着了，不说话了。

陈既还坐在写字台前，维持着拿手机的姿势，听了好久她平稳的呼吸声。

他轻轻放下手机，扭头看向琮玉弄乱的桌子，过了好一会儿，时针已经悄悄路过两点，他才起身收拾起她吃剩的米线。重新坐下来，他用另一部手机搜出了琮玉登台的视频，戴着耳机看起来。

琮玉一身青衣扮相，于舞台正中玉立，开口就叫人不由得敛声屏气，结束一句“落一个青白的身儿，我也含笑九泉”，掌声如雷。

要不是见过其他时候的她，光看她登台的样子，他会以为她天生适合吃这一碗饭。原来她做什么都做得好。七年，要吃多少苦，她才变得这样独当一面？

陈既在相关视频里看到了沈经赋的纪录片，其中有一篇在讲传承，从选拔弟子开始记录，将近一年时间，压缩到了两个多小时的内容。他看着琮玉从十几个女孩当中脱颖而出，成为沈经赋的入室弟子。原来练功那么苦，那么苦，她都没哭过。

可这段时间，她总在流泪。他忽然紧皱眉头，放下了手机，摁住太阳穴，压住所有因为这部纪录片而产生的不像他该有的情绪。他以为上次之后，他会使用冷暴力到底，只是一场小车祸，他就忘了他要干什么了。那会儿，他怕了。

很多年前他就是这样，看着她父亲以一副肉身顶在最前。他不能让历史重演，她非喜欢他，他就由着她好了，有什么不能由着她的？反正男人总让女人失望，这样不回应的尤甚。等她的失望情绪攒够了，她会离开的。小女孩的喜欢能有几分？很快她就会被别的东西吸引。到时候，他会帮她甄别，要是对方值得托付，他会把她交到他人手上。

随后，他的大脑一片空白。这个想法让他的大脑停滞了片刻。不能？他做不到把她交给别人？他放在太阳穴上的手挪到了眉心处，使劲掐住了。陈既，你在想什么？从不受控地把她的帽子的帽檐转到后脑勺处开始，你都干了什么？

陈既站起来，打开窗户，穿着一件单薄的长袖，接住了席卷而来的寒流。包括前两个小时，你在干什么？他回答不了，但因为从小就反叛，接下来大概也不会跟着理智走，走到哪儿算哪儿吧，也不是兜不住。但以后他要看好她了，车祸之类的事不能再出现了。

月色皎洁，心乱如麻。

他十八九岁的时候是他想最多的时候，但也没这段时间沉思的时间密集。很多时候，他以为他还是十八九岁。荒唐，但其实他可以结束这种荒唐事情的。

琮玉醒来，和陈既的语音已经断了，不过有四个小时通话时长也不错了。她伸了个懒腰，从床上下来，拿起桌上的牛皮纸袋子，拿出帽子和手套戴上，站到穿衣镜前。帽子是纯红色的，没花边，也没毛球，确实比小区门口买的那个顺眼又暖和。

琮玉扭头看向窗台上那个破的帽子，灵机一动，把它塞进牛皮纸袋里，撕了床头柜上的便笺纸，拿笔画了两下，纸张的质量太差了，笔也不好用。她皱眉思考了一会儿，穿上羽绒服，光着腿、脚跑出了门，在对面文具店买了笔和信纸，回来时，前台的人喊住她，递给她一只苹果："早上好！今天的！"

琮玉道了谢，接过苹果，将笔放在嘴上咬着，跑上了楼。她打开门，把苹果、信纸、笔放在桌上，脱了羽绒服，趴到桌上开始写信。

"见信如晤，展信舒颜。"她边写边说。

琮玉咬着笔头，想了想，写下第二行："亲爱的陈既。"

有点儿土。她将其揉了，拿了一张新的信纸，边想边写，写了满满一页，最后还画了爱心。爱心也土，还俗气，她又将其揉了，誊抄了一遍，最后写上自己的名字，折好了放进牛皮纸袋里，连同她坏了的那顶帽子一起送到陈既的门口，放下就敲了门，迅速跑回房间。

琮玉趴在门上，耳朵贴着门，心怦怦跳得好快，听到陈既的房间的门打开了，又关上了。她悄悄打开门，看到纸袋子没了，一口整齐的白牙被她笑了出来。

美够了，琮玉去洗了澡，穿好了衣服。她穿鞋的时候，房门响了，她鞋没穿好，趿拉着也要去开门，看到常蔓，她脸上的笑容瞬间消失。

常蔓笑了："你这是什么反应？"

琮玉随便绑了一下鞋带："没有，大早上就看见常蔓姐姐也太开心了吧。"

常蔓挑眉："哟，活过来了？谁给你打气了？"

琮玉把苹果放进大口袋里："苹果，早晚各一颗，肠道好了，心情也就好了。"

常蔓不听她那一套：“今天去草原吗？还是去矿区？”

常蔓好像真的是来玩的，琮玉说：“不去，我今天有事。”

“什么事？”

陈既的电话在这时打来，琮玉接通电话，拿上包，往外走去：“我准备好了。”

常蔓跟琮玉一起出门，在走廊里看到了陈既。他穿了西装，西装外面是黑色大衣，还有皮鞋。她们俩都认识牌子，但都顾不上看了，还得是西装啊。即便陈既不靠衣裳，她们也不得不承认，西装对男人的气质的提升有多重要。

看久了脑子里的画面开始不干净了，琮玉自作多情地以为，他是为她穿的！野人一定是她对陈既最大的误解！

常蔓收回视线，心里仿佛下着倾盆大雨，脸上什么也没透露，语气也云淡风轻的：“别跟我说，你说的有事是跟陈既出门。”

琮玉没答，陈既说了一声“过来”，她就过去了。

常蔓平静地看着他们下了楼，直到身影消失不见，指甲才抠进掌心里。她还是认为陈既不会爱琮玉，他的原则像一堵未知厚度的墙，既然未知，又怎么会被冲破？当然，他也不会爱她。他谁都不会爱，却允许琮玉待在他身边，信任琮玉，保护琮玉。她不明白，真的不明白。什么战友的女儿能让他这样？

想到这里，常蔓突然皱起眉，战友的女儿？武警部队的，还是后来边防的那些？她突然有些埋怨自己那天在路上碰到边防资源车故障，没下车聊天。她以为不重要的，以为他当兵的经历不重要的……那琮玉又赢了什么呢？琮玉只是战友的女儿，只因为这点而已啊。常蔓摇头笑了一声，都说男人不重要了，也还是在这里给陈既找借口，让自己好受些。

说可真比做轻易。算了，只要琮玉不会坏事，随便吧。只要邱良生哥儿俩的下场惨烈，她还要什么念想呢？常蔓又笑了笑，走到吸烟区，打开窗户，倚靠着窗框点了一根烟，让烟雾和哈气融进高原清晨的冷空气中。

(2)

红色帽子，搭不好会很俗气，但如果戴的人漂亮，那就没事了。

琮玉像“小红帽”，跟在陈既身后。他办理延住手续，她就乖乖地等在一边，低头看到鞋带开了，下意识地蹲下来系，陈既也下意识地伸手捂住了前台的金属包边。琮玉没发现，陈既也没感觉，两个前台的人都发现了。他们离开后，两个前台的人对视一眼，什么也没说。

两个人上了车，琮玉扭头问："去见谁？"

陈既没回答："系好安全带。"

琮玉系上，又问："我认识吗？"

陈既没说话。

"那我猜了？"

陈既发动车子，到前边拐弯的地方买了油饼和豆浆。

琮玉咬了一口油饼，说："是两个人吗？"

陈既没回答，只是正常的呼吸频率里忽然有一呼一吸打乱了正常的节奏，但无伤大雅，他很快恢复正常。

琮玉喝了一口豆浆，跟他说："跟邱文博相关的一切事你都不想让我参与，我想不到还有谁是你愿意带我去见的。"

陈既还是没说话。

琮玉把豆浆放在杯槽里："我猜对没？有奖励没？"

"没有。"

琮玉把陈既拿烟的手拉过来，头低下去，嘴凑过去，叼住他抽了一半的烟的烟头，然后头扭向窗外，两根细手指夹着烟抽了一口。随后，她将胳膊肘抵在大腿上，用手托住下巴。

陈既说："谁让你抽的？"

琮玉问："凭什么我猜对了也没奖励？"

"你想要什么奖励？"

琮玉扭过头，托着下巴："想要……"

"闭嘴。"陈既不让她说。

琮玉笑了："你怕什么？玩不起。"

陈既从她的手里把烟夺回来，掐掉丢了。

琮玉说："多浪费啊。"

"有害健康的东西浪费什么？"

"那你不是抽得挺带劲？"

“别废话了，安静一会儿。”

琮玉就不安静：“我给你写的情书你看了吗？”

没等陈既皱眉，琮玉又说：“哦！说错了，我给你写的信你看了吗？”

“没有。”

琮玉也有点儿不好意思，她还是第一次写情书：“我写了一早上呢。”

陈既不说话了。

琮玉说：“那你要是没看，我给你背一遍吧？”

“闭嘴！”

“你看了。”

“我没看。”

“你看了。”

陈既把车停在路边：“下车！”

“好，好，好，没看，没看。”琮玉不看他了，扭头看向窗外，手托着下巴。

陈既重新开车上路。

琮玉小声嘟囔着：“谁是男人啊？谁三十岁啊？还得让我一个小女孩哄。有些人真是有够不害臊的。”

“别以为我听不见。”

琮玉扭头：“那你承认了又能怎么样啊？”

“就你写的那破东西，三百个字里有二十个错别字，都是语法问题，还觍着脸提？”

琮玉笑了：“你看了。”

陈既又不说话了。

琮玉又问：“你看落款了吗？”

落款是“陈既的琮玉”，他看了，但不承认：“没有，扫完一眼就扔了。”

“哦。”无聊，琮玉不想说话了。

后面，琮玉一句话都没再说，快到目的地的时候，陈既突然开口：“看了。”

琮玉当时正闭着眼睛假寐，十点多的阳光比十二点以后的阳光柔和一些，小红帽下的脸，苍白的颜色仿佛比太阳光更灼亮。

陈既的琮玉。

他看了。那称谓呢？他也看了吗？她揉了“亲爱的陈既”那一张，新的一张信纸写着“琮玉的陈既”。她没再问，见好就收才聪明。

目的地在青木新开的烛光餐厅，新野风格，扑面而来的异域文化，令琮玉不自觉地看向陈既。这里看起来就是约会圣地，陈既带她来？真是用脚趾头想她都知道他是在利用她混淆视听，以约会的假象掩盖他真正的意图。她理智地想来，他穿这身西装就是别有目的，“为她穿”这个想法纯粹是她当时色欲熏心。但她还是对陈既说：“希望你下次穿西装，是为了我。”

陈既没说话，锁了车，进了门。

琮玉早知道陈既带她见谁，但没想到，陈既并不打算让她跟他们见面。只是或许陈既也没想到，周惜罇和丁柏青两个人会从房间里出来，正好看到站在走廊上的他身后的琮玉，旋即面面相觑。

青木矿区项目部的霍总到旅馆找陈既，没找到，跟同事要到常蔓的电话，打了过去。

常蔓正在睡觉，被陌生的电话吵醒，很不高兴，接通后忍着脾气问是谁。要是广告，她就骂街了。还好，是霍总，他问她知不知道陈既去哪儿了。

常蔓坐起来，靠着床头的软包，捋了捋头发：“不知道。”

“说好了在一块儿喝点儿的，这人不知道跑哪儿去了，我都到旅馆了，他却不在。”

常蔓打了个哈欠：“你要是跟他约好了他还出什么门？”

霍总说：“我约的是这两天，我想着到了给他打个电话，毕竟今天也没去矿区，我就以为他在旅馆里睡觉呢，结果我到了，他的电话没打通。”

常蔓醒了，连连打哈欠让她觉得烦闷，光着脚拿了盒烟重回床上，抖了一根出来，点着抽了一口：“他跟一个女孩出去了。”

“女孩？”

“嗯。”

“那个战友的女儿？”

“嗯。”

“好吧，那只能改天再说了。”

挂断电话，常蔓吐出一口烟。

要是两个人约好了，陈既毁约，说明没必要见；没约好，那就是这位霍总在说谎。

霍总已经问了常蔓，但从二楼下来的时候，还是又问了前台的人一句：“陈既是出去了吗？我是他的朋友，找他待一会儿。”

前台的人说：“不好意思，我们不方便……”

霍总把陈既和他的通话记录给他们看：“真的是朋友，他来青木就是找我的。”

前台的人确认了陈既的电话，这才说：“他跟他带着的那个女孩出门了。”

“两个人？”

“嗯。”

霍总笑了一下，多嘴地问了一句：“他一直不告诉我他们是什么关系，你们觉得呢？”

两名前台的人对视着，显得有些不好意思：“这个我们不好说。”

“好吧。”霍总没为难他们，走了。

上了车，他看了一眼手机，陈既真的跟战友的女儿搞在一起了？

四个人在走廊上相对无言，不清楚状况，谁也不先说话。

琮玉大概猜到陈既要见他们，但没想到是擅作主张的，多大的官啊？

陈既还是没让琮玉进包间，给她另开了一个包间，递给她菜单，让她随便点。

琮玉没觉得不高兴，陈既跟周惜罇、丁柏青见面，就是要聊重要的事，肯带她来，就是在承认，他清白一生，并未堕落。她自己猜出来和陈既承认，是两码事。

包间的窗户很大，窗框上绘制着胡杨林，窗外是她来青木这么久看到的最蓝的天空，白云喷薄而出的样子像打发的蛋白。

隔壁的包间里，门一被关上，三个人相继落座。

周惜罇还在想刚才看到的那个女孩的事，陈既很从容地翻开了菜单：“点菜没有？”

其余两个人没说话。陈既叫服务员点了菜。

服务员离开后，陈既把常蔓交给他的东西递到了他们跟前，说：“霍国炜这个人很谨慎，我问他青木矿区的经营状况，他一直兜圈子，不说正经话。暂时没法知道青木矿区准确的操作过程，我猜测，跟常蔓给我的这份羌白矿区违规操作的套路差不多。你们可以看一下。”

周惜罇的双手盖在文件上，在聊这件事之前，他想先了解点儿别的情况。

丁柏青也是。他早见过琮玉，焰城步行街的炕羊排店里，陈既来见他时带了她。

陈既知道他们想问什么：“之后我会让她签一份政府机关的保密协议。”

周惜罇皱眉：“她知道多少？”

“她的身份有点儿特殊，她是我以前的战友的女儿，我那个战友牺牲了，她查了好几年，找到了我，想知道她父亲牺牲的真相。”

“真相没传达给家属吗？”

“涉及机密。”

周惜罇不说话了。

陈既说：“她知道你们，猜的，也是运气好，瞎猫碰上了死耗子。”

丁柏青却说：“咱们几个人这么多年没露馅，她一猜就猜到了？既哥，再想想吧。”

陈既本来不想说，但这两个人很谨慎的，不让他们放心根本进行不到下一个话题：“她太关注我了，又知道我的过去，而且跟我住一起。”

“住一起”这三个字让周惜罇和丁柏青对视了一眼。

陈既接着说：“给她创造的条件太便利了，她又聪明，所以就……”

“你也知道这些便利条件是你创造的。”

陈既不说话了。

周惜罇想到陈既这段时间以来反常的瞬间，找到了解释，只是有点儿困惑。陈既虽然不是他们检察院的，和丁柏青一样，靠他一纸政府机密协议扣在了自己身边，但相处多年，他太知道这个人的本事和狠劲了。陈既可是把一身白皮撕了才当狗的，这么多年亡命徒的生涯以获取邱文博、邱良生的信任，又是坐牢，又是当肉盾，又是当众被人们以“杀人魔”这样的侮辱言语驱赶……最难的几年，小孩子们看见他都丢石头的。周惜罇还记得，陈既的手腕上那个月牙形状的疤，就是一个小孩用烟花烫的。

陈既一身的伤，搭配了一个最恶的名号。要知道他以前是军人，是受人尊重和爱戴的。他过去的战友们，有些知道他不当兵以后在给一个地方恶霸当手下，再没给过他好脸色，他也没说过一句委屈的话，没动摇过一次。

他们在邱家织的网下秘密联系，慎之又慎，搜寻邱家兄弟的犯罪证据的同时，又破坏兄弟俩进行中的犯罪活动。比如上次利用假军官诈骗投资公司的案子，确实不是那两位老人推动的案情，是陈既和周惜罇里应外合，再由周惜罇这边直接从检察院批的行动批文。还有这次青木矿区的事，他们计划利用矿区违规操作、伪造审批文书、非法采矿、非意外冒顶事故导致矿工遇难这些罪名，给良生集团以重创。

只要陈既掌握邱良生、邱文博，还有他们背后的保护伞勾连、违法犯罪的有力证据，公检法就可以启动程序，着手调查。

没有人让陈既背负这些东西，他选择去背负，那又怎么会在这个节骨眼上迷了心智？

周惜罇真不理解。

包间里的三个人沉默许久，陈既才又说话："没让你们信任她，所以我说跟她签保密协议，保障你们的权益。"

周惜罇和丁柏青不自觉地抬起头，观察着陈既的脸色。

陈既倒是很平静："她爸戍边牺牲后，她妈也走了，十九岁到这个破地方，她说要给我善后。这么久以来我什么都没跟她坦白，她全靠猜。除了开始让我留下她任性了几回，后来她再没给我惹过麻烦，比丁柏青教我省事多了。上次他查翁村留下马脚，让江北发现了，要不是我把胡亮弄出来，得到了信儿，提前告诉他，再让江北分身乏术，你们以为这么好糊弄过去？"

丁柏青舔了一下嘴唇，摸了摸后脖子，低下了头。

陈既捏着眉心，说："我带她过来也是对你们负责，她现在了解了一些我们在做的事，只是不多，她自己琢磨的。别的不废话了，我的态度就这样，跟她签协议，保障你们的权益，剩下的，你们少管。"

"我们也不是不相信……"

陈既没让周惜罇说完："车轱辘话打住吧，我肯定带着她了。能干就干，不能干就散伙。"

那周惜罇就只有一个问题了："她爸戍边牺牲？是阽域边防营的战士吗？"

"陆岱川。"

周惜鐏恍然大悟，陆岱川营长救了陈既的命，救了无数人的命……

他没得可置疑的了。

琮玉挪到窗口，中午的阳光刺眼一些，但因为心里被塞得满满当当的，她也就原谅了它对远道而来的她的不温柔。

服务员上了菜，还有酒。她最近喝得多了，觉得这东西不赖，就又倒了一小杯，一口干掉了一半。

云被风吹散了，又聚了，这么大一朵云，她好久没见过了。

陈既和监察委员会主任、《明月日报》的记者就在隔壁。也许他们聊的是反腐倡廉的事，说梁之势利用职务之便谋取利益，收受贿赂，充当邱姓哥儿俩这个黑恶势力的保护伞；也许陈既递交了周惜鐏良生集团旗下良生矿产公司违法犯罪的证据；也许……其实这些都是跟琮玉无关的事，她只想知道陆岱川是怎么死的，以及阿库勒雪山上发生的一切事情。

但很奇怪，不是猜测，而是亲自确认陈既手里拿的是一张好人牌，那种感觉，她说不上来。她知道军人站在眼前就会令人热泪盈眶，记得小时候，她妈看阅兵仪式，从头哭到尾。她一度以为是因为她妈是军嫂的身份，难免激动，长大后看其他人也这样，才知道人民对人民子弟兵是有深厚感情的。

想到这里，琮玉没来由地笑起来，思绪飘远了。

家里有当兵的人牺牲了，再遇到这样的事，她总是会想太多，总是看不得这样的天气，因为再好的云，他也见不到了。她并不伤感，只是油然而生一种复杂、解释不了的情绪。她还太小，不理解这种情绪产生的诱因，也许要再过几年，再经历一些事，再读一些书，再回头看，可能月朗星稀，可能天地澄明。

琮玉又笑了一下，如果待在陈既身边可以不用长大，那也不用懂了。陈既让她想做一个被保护起来的小女孩。如果可以，她希望永远不会理解牺牲的意义，永远不会遇到想要舍己为人的时候。

琮玉端着酒杯，从窗台边回到椅子上，翻开手机，切换回以前的微信，想翻开与妈妈的聊天记录，却一眼看到张婧一的威胁："你对我的造谣没有证据，我可以不追究，但你得承认错误，知道吗？"

琮玉没回消息，半年过去了，这人终于琢磨出反击策略了？

陈既强硬的态度让周惜罇和丁柏青哑口无言，三个人不是上下级关系，是合作关系，理论上谁也管不上谁，但因为周惜罇在检察院有职务，有权力，所以大多数时候是他做决策，他也很少失误。他是一位专业、敬业的监察部门的领导。法不容情，规则也因人而异，他没再问陈既有关琮玉的事。

陈既带琮玉见周惜罇他们不是一时兴起。早在被琮玉猜测出身份，而他没否认的时候，他就料到了这一天。是琮玉的表白暂缓了这个计划。他开始躲避她，还在犹豫要不要送她上学。

直到户外烧烤的那天晚上，琮玉乘坐的车差点儿翻进沟里，他认为这是躲避琮玉、逃避问题才酿成的结果。终于，陈既还是放下了那些原则、道理，跟琮玉和解了。他想等事情都结束，带她去阿库勒雪山顶峰，让她亲自踏入她父亲奉献生命的地方。既然他下定了决心，就要让同伴们知道，这是对他们的尊重，也是对琮玉的尊重。

包间里沉默了一会儿之后，陈既继续说正事："羌白矿区发生的事时隔太久，已经没法验证了，很难作为证据去指控良生集团。"

周惜罇翻了翻图文并茂的材料："那时候是无证非法开采。"

"嗯，那时候他们是跟龙门省国土资源厅欺上瞒下。当时嘉云市的一位政协委员举报过这事，中央也成立了环境保护督察组，到这边视察过。但他们早就得到了信儿，临时准备了文件，清理了矿区废料，硬是把突击检查应付过去了。"

丁柏青说："青木矿区死人这件事，邱良生可是让中心新闻发布了他们手续齐全的文章。羌白矿区时期可能是无证开采，但青木矿区应该已经通过各种关系拿到了开采资格。"

周惜罇也知道现在的事情很难办："青木矿区现在一边开采，一边修复，很谨慎，而且让停止就停止，让整顿就整顿，找不到严重的违法事实，相关部门的审批手续也没违规，我写的调查申请都被驳回了。"

丁柏青点头："我也需要明确的证据，有明确的证据，我才可以写文章，发出来。"

周惜罇看向陈既："还是我上次在电话里跟你说的，可能很难，但还是要再挖挖……"

陈既也在想办法。

周惜罇站起来，走到陈既跟前："只要找到证据，我们就能启动程序调查了。"

丁柏青也说："这条又臭又硬的地头蛇就能被铲掉了。"

陈既只是平静地说："是吗？"

邱良生和邱文博，这两个人在扫黑除恶专项行动开启之前就开始事事留后手，两条腿走路，不知道有多少人举报，多少人状告，他们依然坚挺，能被铲掉？

上次良生集团拿到焰城土地开发权，敲诈投资公司的事，最后全部嫁祸给了假军官，他们反而成了受害者。虽然那时候陈既他们也没抱更多期望，只是想破坏掉这场骗局，但也因为根本动不了他们。即便有朝一日相关部门对良生集团启动调查，也是一场长时间的拉锯战，他们背后的律师团队不是吃干饭的，他们的行为看起来都是在法律允许的情况下进行的。何况他们还有那么多人在各个机关部门里。

周惜罇坐在桌边，叫丁柏青把陈既要的调查报告给他："这是你要的东西。我还得回京州，会还没开完。"

丁柏青把一份材料推给了陈既。

用手机联系太容易被监听，邱良生的手伸得这么长，到电信部门查一下通话记录，不难，所以像这种具体的事，他们都是见面聊。

很多人都知道周惜罇前几天去了京州，但不知道他中间回来了，也不知道他来了青木。

丁柏青现在也是在躲避阶段，江北已经注意到他了，他暂时不能露面了。他调查翁村是因为陈既这边没进展，他等不及，想根据之前的线索，从邱文博的过往找到突破口，没想到没擦干净屁股，被江北发现了。也是江北这人没那么草包。还好陈既的反应很快，丁柏青也早早地认识到错误，积极配合，这件事才过去了。

聊完了事情，周惜罇跟丁柏青先后离开了餐厅，各自乘坐不同的交通工具走了。陈既最后一个走，去了隔壁的包间。琮玉正在切羊排，陈既没叫她。

琮玉扭头看到陈既，嘴也没擦，把自己的盘子递给了他："给。"

陈既接过盘子，又放到她面前，坐了下来，没说话。琮玉吃一口肉，喝一口酒，嚼两口，使劲咽下去。陈既皱着眉说："没人跟你抢。"

琮玉急着咽下东西是要说话："你现在能回答我的问题了吗？"

"你先问。"

已经下午两点多了，太阳光很足，异域文化浓郁的设计和光线产生妙极的反应，很适合宣誓、承诺这样严肃的事。

琮玉擦了擦手，面对陈既，看着他的眼睛："我……"

只说了一个字，她又觉得不安全，站了起来："我们换个地方。"

"事儿多。"

琮玉拉着陈既出了门，上了车，系上安全带，扭头看着他："我看地图了，往南边走两公里有一片湖，我们去那片湖那里吧。"

"不是来陪你玩的。"

"哦。"琮玉扭头看向窗外。

沉默了半分钟，陈既导航了湖的位置。

琮玉斜着眼睛看了一眼目的地，抿了抿嘴，眼睛在笑。她拿出手机，用身子挡着，给陈既发消息。陈既上车后手机自动连了蓝牙，他点开微信，中控台已经将消息念出了声："你怎么总依着我？喜欢我啊？"

陈既皱起眉头。琮玉也没想到消息直接被念出来了，赶紧把手机收起来，假装不知道发生了什么。中控台的捣乱让琮玉和陈既再没说话。

湖在县城边上，面积不大，陈既到沙石滩上停了车。

琮玉下了车，对着风口感受风的力量。陈既也下了车，靠在保险盖上点了根烟。风让烟燃烧得更快，那一点儿猩红色的火光在他的嘴边明灭，纤细的手指到小臂的线条被风严格地勾勒。

琮玉扭头看向陈既，盯着看了一会儿，笑了，又扭过头，背朝着他："你还是中队长吗？"

"不是。"

"你现在有其他身份吗？"

"有。"

"能说吗？"

"不能。"

"是不是很危险？"

陈既没答这个问题。

琮玉没等到回答，短暂地皱了一下眉心："你还是好人吗？"

陈既的烟抽完了。

琮玉扭过头，隔着五米远看着他，又问了一遍："你还是吗？"

"你这个问题没意义。"

"我想知道。"

陈既停顿了一下。琮玉屏息凝神，知道陈既会回答。

约莫两分钟后……

"你觉得我是什么？"

琮玉的心跳得很快。

"我就是。"

琮玉的心跳声比风声还汹涌，她明知道答案，但得到肯定答复，心中的巨石还是缓缓地放了下来。真好啊，真好！她大口地呼吸，随即笑了。她笑着对他说："我希望你有一个好结局。"

陈既无波无澜的神情迸开一道狭长、深不见底的缝。

琮玉笑得好看："虽然好人也不一定有好结局，但身边的人都告诉过我，不会有人一直倒霉的，我过去的运气那么差，就是在积攒许愿机会。"

风那么大，她脑后没被小红帽照顾到的头发被吹得飞起，被照顾到的齐刘海乖顺地挨着额头。她的声音如常，却轻松地穿透了风。

"我会好好许，你一定能有一个好结局！"

第二章
# 常蔓被掳，琮玉营救

(1)

之后几天，生活稀松平常。

陈既带琮玉见了周惜罇和丁柏青，也戳破了一些早就不堪一击的窗户纸，但明朗的只有陈既的立场，而不是他们俩的感情。

琮玉不黏人，以前也不爱跟着他。那时碍于他的身份，她怕他走夜路被捅刀子，操心了些，老想帮他开辟一条逃生通道。他嘴紧得跟被强力胶粘过似的，她什么都套不出来，只能凭着小聪明擅自行动，想着，邱文博挂了，他还能活下来。后来猜到他没表面上那么简单，她才算放心了一些。

现在，陈既基本坦白了他的身份，琮玉就没什么可担心的了。背后有国家，他很安全。

但随着他们的关系变化，又出现了新问题。陈既已经不那么纵容她了，还是一句好话都不说，也不主动有牵手这些小动作，甚至会躲开琮玉处心积虑的肢体触碰行为。要不是琮玉百分之百确认他主动亲了她，再自信也会被他的拒绝弄颓了。但问题是她也没想过线，她也不懂，就只想牵手而已。要是他让她亲一下手背、下巴、腕骨，那她感觉都跟过年了一样。没心的陈既这都不给，抠得要死。他要真这么坚守得住，别转帽子啊，别动嘴啊，装蒜真有一套。

琮玉趴在窗台上玩手机打发时间。

霍总把陈既约出去了，说是一起喝一点儿，陈既让琮玉自己解决午饭。

常蔓去青木草原了，昨天就走了，跟良生矿产公司的员工一起去的。

夺吉才让前些天回了甘岭，他妹妹从很高的柴火垛上摔了下去，膝盖摔骨裂了，要打石膏，想哥哥，一直哭，觉也睡不好。

琮玉跟陈既从湖边回来的时候，夺吉才让就等在旅馆门口，已经收拾好了东西。陈既什么也没说，直接进了旅馆。

琮玉从车上下来就站在路边，看着夺吉才让。夺吉才让也看着她，样子傻傻的。琮玉不知道该说什么，以往对着他，除了说他傻傻的时候，就是解释一些他不理解的东西。他从不懂她在想什么，她也不会对他说一些严肃的事。她把夺吉才让当朋友，信任他，但不喜欢他，更不想依靠他。

两个人面对面地站着，发了半天愣，还是夺吉才让先开口，告诉琮玉他妹妹的事。

琮玉点头："要这么晚走吗？"

"白天走也要在路上待一晚，所以没关系了。"

琮玉走过去："路上慢点儿。"

"嗯。"

琮玉没话说了，夺吉才让也不说话了，但也没上车。

很久，琮玉才问："你还有话说吗？"

夺吉才让突然有些不好意思，很腼腆地挠了挠后脑勺："我可以抱你一下吗？"

琮玉很大方地伸出了双手。夺吉才让慢吞吞地伸手抱住了琮玉，不敢抱得太紧，也不敢靠太近，很小心、很珍视的样子。他真的很喜欢琮玉。

琮玉拍了拍他的背："希望你妹妹能早点儿康复。"

夺吉才让的身子缓缓躬了下来，他凑到琮玉的耳边，声音很疲惫："你有没有听过我们这里的一句话？"

"什么？"

"我们的血液中有强烈的尚武精神和英雄崇拜。"

"没有。"

"我也可以保护你，对你好。"夺吉才让说，"我说了就会做到，以后我的马、叉子枪和腰刀，都是你的。"

琮玉笑了 :“我要你的这些东西干什么？你还是给更需要的人吧。”

琮玉在拒绝。夺吉才让放开了她，满眼不理解之色。

琮玉走到他约好的车前，打开车门 :“上车吧！小傻子，街上抓一个人都比我强，我这人成天作死，会连累你的。”

夺吉才让一动不动，很较劲 :“给别人带来麻烦才叫作死。”

“你是这么理解的？那就换成找死。”

“我不愿意！”

琮玉停顿了一下，把吊儿郎当的劲儿收了起来 :“我们只能是朋友，你转不过这个弯儿，那朋友也别做了。”

夺吉才让的声音在颤抖，脚在原地踏了两下 :“你能不能……不喜欢他啊？”他知道琮玉喜欢的是谁了。

“你问过我一遍了。”琮玉随便看向一处，哪里都好，只要不看他。她虽然不会觉得愧疚，但真的把夺吉才让当作朋友。她没有朋友。她不能骗他。

“不能。”

夺吉才让歪着下巴，抿紧的唇噙着狠劲，眼窝深陷，眼眸深沉。琮玉把他伤透了。后来，夺吉才让上了车。琮玉蹲在路边很久，小黑猫在有人进出旅馆时偷跑了出来，吊着尾巴，在她的裤腿旁轻蹭。它好像在撒娇，但琮玉真没心情逗它。

沈经赋跟她说过，珍惜还能心软的年岁，往后的人生里，总有一天会丧失这个能力。

泥菩萨，度不了人。

琮玉在外边待到双脚冰冷，陈既发微信说外卖到了，她才抱着小黑猫进门。

夺吉才让回到焰城后，给琮玉发了微信，琮玉又问他妹妹的伤怎么样，夺吉才让没再缠着她不停地说话。她觉得这样挺好，时间一长他就忘了。

陈既和霍国炜在小酒馆喝酒，点了蚕豆和猪耳朵。

霍国炜搓了搓蚕豆，填进嘴里 :“是约了后天吗？”

“嗯。”

霍国炜点头 :“你也待了不少日子了，这几个老不死的总不露面也耽误你回去办事。焰城年前没什么要紧事吧？”

“没有。”

“那就好。”霍国炜嘬了一小口白酒，皱着眉头，咧着嘴，使劲咂了一下，突然想到什么似的，“有事的话小北也就料理了。”

“嗯。”

霍国炜放下酒杯，看着陈既不紧不慢地吃着蚕豆，也不着急喝酒，跟以前一样，一身秘密，深不可测的劲儿足：“我有个问题。”

陈既没说话。

“你就不准备成家吗？”

“没打算。”

小酒馆里很暖和，窗户上的白雾像一层塑料布，蒙住了外头的景物，遮住了他们看向外头的视线，叫他们生出一种自己是玩具屋内的黏土小人的错觉。

霍国炜叹了一口气：“还是不成家的好，像我结婚后，这边家里，那边家里，都是事儿。一号矿不开工，光靠二号矿偷偷摸摸的，这几个月产量低，又有一大帮人要养。老邱你还不知道？有问题从我兜里掏钱，他自己向来不到关键时刻不摸钱包。”

“后天跟遇难者家属见面，解决完他们的问题，再加紧修复矿区这一块的地貌，大概率能向环保厅和公安厅递资料，申请重新开工。”陈既说。

霍国炜点着头：“但愿一切顺利吧。”

陈既喝了点儿酒，稍微放松了些，跟霍国炜唠起家常：“听说嫂子病了？”

提到这事，霍国炜就觉得糟心：“嗐，好些年了，倒是控制住了，就是她的脾气变差了。你看我也显老了吧？人到中年，身不由己了。”

“总能过去。”

“是。就是……怎么说呢？像我这种情况，已经完全经不起一点儿低谷了，我一垮，家里就垮了。”

陈既端起酒杯：“喝点儿。”

霍国炜干了剩下的半杯酒，张着大嘴，使劲咂了一口，打了个酒嗝，哈出一口气。

两个人就这么东扯西扯的，没一会儿又聊回正事。霍国炜提醒陈既：“之前小北不是过来一回嘛。”

“嗯。”

“他也精明，在这边一个小牌局上混了好几天，打听到了闹事的其中一家人，他们家小儿子被电信诈骗了四十多万块钱。”

陈既知道：“叫毕迎光？”

霍国炜点头：“对，对，对，是叫这个，哪儿是四十多万啊，得有两百万的账了。”

“这样。”

“姓毕的这家人也是倒霉，就俩儿子，一个死在矿上了，一个也跟死了差不多了。”

“现在这孩子在青木吗？”

“在，怎么不在啊？前一段时间他还跟几个刚从监狱里放出来的人在车站抢钱呢。这帮小畜生不干人事。这你说逮着有什么用？龙门第二监狱的大门上掉了几块漆他们都门儿清。”

“管不了？”

“管不了。那几个孩子家里边的人都放弃了，怎么管？”霍国炜说着话，悄悄瞥向陈既，“依我看，像这种被败家子支配着跟咱们讹钱的主儿，就一回治狠了，省得他们天天来折腾我们。”

陈既没搭茬。

霍国炜也没接着气话往下说，绕了回来：“还约在项目部办公室谈？”

“嗯，他们双方还是要求那两个幸存者也到场。”

“这回他们要是再放咱们鸽子，可就不会这么心平气和地跟他们谈了。”

陈既把小酒杯里剩的一点儿酒喝完了。

陈既不在，琮玉就在旅馆里看电视、睡觉，睡到下午四点，常蔓回来了，手里拿着什么，看着是一些画和面具，还有些琮玉不认识。

常蔓摊开东西，放在桌上，一副累坏了的样子，重重地摔在椅子上：“这个季节的草原真没劲，又冷，风又大，被冻透了，还要被强买强卖，被拉着跟牛羊照相也就算了，这些破玩意儿有什么用啊？”

琮玉打开电视，随便调了部电影，扭头开始烧热水，靠在桌子边：“玩也玩了，你是不是该回去了？”

常蔓看过去：“回去？让你跟陈既过二人世界吗？你想得挺美。”

“我就是觉得你当电灯泡挺难受的。”

常蔓笑：“我不难受，”她拿出手机，“我还准备点五斤小龙虾，晚上跟你俩一边喝酒一边吃，就坐你俩中间。”

琮玉不想搭理她。

常蔓点完小龙虾，水烧开了，她把胳膊伸向琮玉：“倒杯热的。”

琮玉只给自己倒了一杯水：“没长手？”

常蔓不想动，从兜里掏出一百块钱放桌上：“倒一杯。”

其实琮玉给自己倒完水就给她倒了，正好压在她的一百块钱上：“喝完滚。”

常蔓放下手机，脑袋枕在椅背上：“我让店家八点再送，这会儿还早，要不我请你去捏脚？”

“不去。”琮玉说，“陈既不让我出去。”

常蔓瞥她：“你听过话？”

“你怎么知道我不听话？”

常蔓淡淡地笑了笑，端起水杯，忘了开水烫，一下子被烫了手，下意识地扔了杯子，开水从杯里飞溅出来，烫伤了她的胳膊，还有琮玉的脚。

琮玉立刻抬脚，常蔓也第一时间捂住胳膊，然后，几乎是同时，她们看向彼此，接着前后脚说了一样的话：“拿凉水冲。”

她们一起扎进了卫生间，琮玉踮着脚摘下花洒：“把袖子撸起来。”

常蔓从琮玉的手里把花洒抢走，蹲下来，先把琮玉的袜子脱了，冲她的脚背被烫红的地方。

琮玉低头就能看到常蔓干瘦的背，薄毛衣盖不住她明显的脊柱骨。琮玉也蹲了下来，把花洒抢回来，撸起常蔓的袖子给她冲。

常蔓愣了片刻，旋即笑了，就地盘着腿坐下来，然后大笑，仰起头笑。

“有病。”琮玉说。

常蔓身上都湿了，毛衣、打底裤、鞋子。琮玉也是，水从裤腿蔓延到膝盖。

后来，她们都没说话。

后来，陈既回来了。

陈既拎着大盘鸡，站在琮玉的房间门口，门从里面被打开，琮玉和常蔓满嘴红油，手上戴着塑料手套，桌子上还有未剥完的小龙虾。

常蔓先笑了："既哥回来了。"

琮玉看到陈既还感到很惊喜，他回来从不找她，都是她找一堆借口去他的房间，又要看电视，又要用扑克牌给他算命，磨磨蹭蹭到十二点，再被他轰回房间……想到这儿，她后知后觉地笑了。

可能是因为走廊的灯不太亮，陈既就站在门口，俊脸被笔直的鼻梁划分出了明和暗两个区域，无论哪种，都叫人感到眩晕。

果然，男人是男人。陈既是陈既。

琮玉也不想乱想，可他在暗光下的样子太有吸引力，叫她突然想在一瞬间长大。

常蔓也不是很能把控住自己，但毕竟比琮玉多吃了几年饭，多走了几年路，所以举起了手："跟我们一起吗？"

陈既没她俩这么快乐，把大盘鸡递给她们，在她们慢半拍地接过去后，扭头走了。

待陈既走远，琮玉才想起来，她中午醒过一次，给陈既发微信说想吃大盘鸡。

常蔓拎起大盘鸡："大盘鸡？"

琮玉擅自演奏的心播放起散场音乐，她回到椅子上坐了下来："我中午给他发微信说想吃。"

常蔓关上门，走到桌前："然后他就给你买了？这是小孩的福利？"

"这是我的福利。"

常蔓笑了笑，没说话。

琮玉突然不想吃小龙虾了，想去陈既的房间看电影，陈既的房间的电影总是比她的房间的好看。

常蔓却像看透琮玉的想法似的，就是不走，还点奶茶。

琮玉不管她了，拎起大盘鸡往外走去。

常蔓在琮玉身后说："你现在是青春期，有些欲望正强烈的时候，你喜欢一个人，想把他全方位地占有，但陈既不是可以被征服的人，他对男女之事的欲望在很多事情之下。"

琮玉停住，但没转身，思忖一番后还是没迈出门去。

常蔓给琮玉剥了小龙虾，放在她的盘子里："想听？"

琮玉不想跟她认怂，一只家养鸟，能有什么经验？但不知怎么了，她还是点了头。

常蔓拉开椅子，拍了拍："坐下，我倾囊相授。"

琮玉坐下才反应过来："你也没成功啊？你能有什么靠谱经验？"

常蔓"啧"了一声："我对陈既没成功，但拿捏邱文博拿捏得很好啊。"

琮玉又站了起来："邱文博？拉倒吧，谁要拿捏他？"

常蔓拉她坐下："男人是一样的。"

"不一样。"

常蔓也承认："是，可能陈既这种人，有责任有担当，长得又帅，看起来很正气，不是那么常见，但男人的构造是一样的。"

琮玉也看过小人书，好像不是她说的这样："一样？"

常蔓闻声抬头，对上琮玉好学的眼神，突然不知道怎么跟她解释："可能……喀，是有某方面的区别吧。"

琮玉的脸一下红透，耳朵和脖子也没能幸免。她这样把常蔓逗笑了，常蔓捏了她的脸一把："还挺纯情。"

琮玉打掉常蔓的手："你真无聊，吃完了吗？吃完了赶紧滚，我要睡觉了！"

常蔓摘了手套，擦了擦手："你在这个年纪喜欢上一个人没错，但喜欢上一个不能给你回应的人，往后的苦头比这大西北的黄土都多。"

常蔓走了，房间里只剩下琮玉。

空调的暖风还在吹，小龙虾和大盘鸡的味道散布在整个房间里。

琮玉还是没去找陈既，只是平静地收拾了房间，洗了澡，洗完坐在窗台上。

琮玉在等陈既的消息，等了半个小时，陈既还没发消息来。她托着下巴，等得烦了，不知道手指在脸上敲击了几下后，拿上苹果去了陈既的房间门口，敲了敲门。

门被打开，陈既出现在门口，穿着衬衫，领口的扣子解开了一颗。这没什么，她意外的是，他佩戴了背带夹。跟那天的领带是一个颜色，好像她以前无意间点进去的漫画里的男主角被女主角强迫穿的那种。那天他穿西装，里边的衬衫外就佩戴背带夹了吗？

琮玉的脑海里开始出现各种想象画面，她故作自然地收回视线，问：“有刀吗？”

“没有。”

“剪刀能削苹果吗？”

“不能。”

琮玉拿着苹果：“那怎么办？”

“你以前怎么吃的？”

“连皮吃的。”

陈既靠在门框上，一只手插进裤兜：“现在吃不了了？”

琮玉睁眼说瞎话：“牙龈出血了。”

陈既不说话。

琮玉看陈既不信，爱信不信，反正她就要进去，然后就进去了。她可不是硬闯，陈既靠在门框上了，那不就是给她留了进门的缝隙？

陈既扭过头，琮玉已经坐下来了，手里攥着苹果，看起来有点儿局促不安。

琮玉机灵鬼，不安也能掩饰过去。

陈既把门关上，从抽屉里把瑞士军刀拿出来，拔出小刀，向琮玉伸出手。

琮玉看着陈既的手，想把手放上去，但知道他在跟她要苹果。她把苹果递给陈既，到窗台上看月亮去了。

陈既坐下来给她削苹果，动作很慢，但削的皮很薄，而且没断。

琮玉能听到自己的心跳和削苹果的声音一唱一和，常蔓说得没错，她可能不懂，但隐约能感觉到自己对陈既强烈的渴望。

陈既削完皮，把苹果递给她，却没叫她。

琮玉听到削苹果的声音停了，转过身，停顿了三秒钟，从窗台上跳下去，拿上苹果，偏头亲了他的脸颊一口，撂下一句“谢谢”，匆匆跑了。

回到房间，把门关上，琮玉靠在门上，呼吸好快。她用手捂住嘴，心跳也好快，但没有第三只手了，只好把苹果放下，两只手分别捂住嘴和心口。

她刚才亲的是脸吧？好像是鼻梁？管他呢，反正她亲的是陈既。

隔壁房间，瑞士军刀的小刀还没被折回去，今天好像特别冷，房间里的温度迟迟上不来，陈既的手被冻得有点儿红，但可能因为拿着刀，关节处还是惨白的。他的脑海里反复出现琮玉的声音，不是她跑开前那句“谢谢”，是她在湖边说他一定能有一个好的结局。

那天的风很大，他一直能想起来。

眨眼间，三个人已经到青木半个多月了，快到年关了，街上挂起了红灯笼，旅馆服务台上的招财猫也戴上了“新年快乐”的围脖。

琮玉的脚和常蔓的胳膊被一杯水烫了两个泡，这反而拉近了两个人的距离，吃完午饭两个人就要去新开的洗脚城捏脚。

陈既本来可以送她们，但半个月不露面的遇难者家属现身了，他就先她们一步出了门。

陈既赶到项目部办公室，就见乌泱泱的一群人，谁都不说话，霍国炜坐得稳当。

陈既一进门，霍国炜就站了起来：“这是矿产公司派过来给咱们解决问题的陈既老板，咱们对赔偿这一块有什么异议，都跟他说。”

人群中央有几个面色沉郁的人，看着像是打头的，互相看了看，都没说话。

陈既拎了把椅子过来坐下，也不着急，他有的是时间。

霍国炜也抽起了烟。

最后还是姓毕的那一家人忍不住了，话是横着出来的：“不要以为我们不接受你们的赔偿就是要狮子大开口，我们损失的是人命，一家老小靠着这条命呢！你们就这么给我们糟践了，还要联合县政府、派出所拘留我们，就算闹到京州你们也说不过去！”

老一套话术，霍国炜已经听了很多遍了。

陈既抬起头，又朝人群打量了一下：“没看见杨师傅。”他说的是杨苑清，在青木县南口开了间快递代收点，早年跟丈夫打拼，做过工匠，吹过玻璃，所以知道她的人都叫她杨师傅，很少有人知道她的真名。她丈夫在这场冒顶事故中丧生，她坚持不要赔偿，要上访，要求一个公道。明眼人都能看出来，她为钱的可能性微乎其微。

姓毕这一家人就不是了，“我要钱”“我要很多钱”隐约印在他们的脑门上，但他们也不提，知道了谁先说，谁就没主动权。

几个打头的人互相看了两眼，不知道是谁说的：“杨师傅早被气得住院了，只好连夜把闺女从成都叫回来跟你们打交道。”

陈既这才看到一个二十五岁上下的圆脸女人。

女人接着那个人的话说：“这件事你们跟我聊就行了，事故那天的通风管道到底为什么坍塌，你们到现在也没给出一个准确的回应，就知道捂嘴。”

毕家那个看着就蛮横的当家人也说：“你们要是没违规，怎么不敢公开具体情况？在当地瞒着也就算了，新闻里说的也是假的，你们好大的势力啊！”

陈既说：“我就是来解决这件事的。”

几个人又对视着，摸不清楚这个人的套路。

陈既站起来，改靠在桌沿，双手撑在身子两边：“你们不用怀疑我们解决问题的决心，不然像你们这样天天闹事，影响我们正常工作，又打扰政府，早因为妨碍公务被拘留了。是我们打了招呼，所以你们只是听到消息，没有收到拘留通知书。”

姓毕的那人一拍桌子，也站了起来，指着陈既说：“你们装什么大善人？要不是你们一直不给一个合理的方案，我们会一趟一趟地往政府跑？”

“就是！就你们赔那仨瓜俩枣，够赔偿我们的损失吗？不是我说，你们也太无法无天了！”

陈既说：“你们觉得我们有问题，所以才认为新闻是假的，公开的文件是假的，才要一直闹下去，闹到警方立案调查，发现我们没问题，冒顶事故只是意外，最后还是按照规格赔偿，你们说这番折腾除了耽误工夫，有什么意义？”

杨师傅的女儿说话了：“我们也不是为了赔偿，就是想知道真相，所以才两次要求见面时把两位幸存的矿工叫来，就是想你们也在的情况下，还原事故现场。”她说话很有条理，又说，“之所以当面锣对面鼓地聊，就是为了给我们双方一个公道，也省了我们私下拿了什么不利于你们的口供，你们翻脸不认人。”

霍国炜抬头看了她一眼，又看了陈既一眼，陈既倒还平静。

姓毕的那人反应慢，咂摸了这番话半天，才又说：“你不要给我兜圈子，欺负我们这一家人没什么文化，杨师傅的闺女可是研究生！你蒙不了我们的！”

陈既很大方：“正好两位幸存者也在，你们有问题就问吧。”

杨女士面向两位矿工：“当时你们俩是怎么在通风管道坍塌的情况下跑出来的？”

两位矿工胆子不大，声音也很小：“因为分工是不一样的，我们是清理泥渣的，当时听到很大的声音就跑出来了。”

“塌方跟违规操作有关系吗？就是说，是不是因为个人操作不当，导致了事故？还是说一号矿一直以来都存在违规操作的现象？”

两位矿工摇头，其中一个人说：“都是按正常程序作业的。”

杨女士说：“想想你们的工友，他们有些才二十多岁，就因为这场事故没了命，真的只是因为一场意外吗？照这家矿产公司的说法，他们的开采严格参照规章制度进行，手续又齐全，那为什么会出现意外呢？而且为什么没避难区域呢？为什么导致这么多人被活埋了呢？”

两位矿工还是摇头：“我们也不知道里边是什么情况……”

霍国炜插了句嘴：“你这就有点儿恶意引导人家了，要是我们一直是违规操作，有生命危险，那给多少钱大家也不会干啊？你的父亲除了工资，收到我们公司的买命钱了吗？没有啊，你不能靠猜测就给我们定罪吧？”

杨女士见从两位矿工嘴里套不出什么话了，拿起摄像机：“是不是，我们去现场看看就知道了。”

霍国炜不同意：“一号矿停工以后，还没人进去过，通风管道也没被清理干净，最近又总是下雪，非常危险，我不能拿这么多人命当儿戏啊，到时候出现问题，再给我们扣一口锅，我们不成冤大头了？”

姓毕的人以为霍国炜是心虚，也要求进入一号矿：“你们不让进不就是心虚？不就是怕我们知道是你们的错误导致这么多人死了吗？”

霍国炜掐了烟，闷头想了一阵，好像很为难地说：“那这样，你们两家人各选两个代表，我带你们过去，但进去的人要现场给我签一份免责书，出现任何问题，都是你们一意孤行导致的，跟我们没关系。”

姓毕的人要签，杨女士却不签：“你也知道一号矿危险。”

霍国炜说：“我说了，是因为停了半年工，我们一直没去检查、清理、维护，那时候不危险，现在很危险。那你非要去，我能有什么办法？”

姓毕的人已经签了免责书：“小杨，别怕，你不是拿着摄像机吗？有问题的话，你都给拍下来，连着他们上次派人恐吓、威胁我们的照片，都曝光到网上去。”

杨女士被怂恿着，签了免责书。

最后姓毕的一家人选出两位当家的人，杨家就杨女士一个人上了。

陈既却在这时说：“先不着急去矿上，要不先给各位看看这一次我们公司的诚意？”

大家一时沉默下来。

半晌，姓毕的人转了转眼珠子：“也行。”

杨女士也没意见。

霍国炜却摆手：“别价，你们不是非说我们有问题吗？还是先去矿上，等确认了我们没问题，再来聊下面的事。”

陈既劝：“霍总，不用生气，要是他们真的只求真相，也不差这一时半刻的。”

旁人只以为他们是一个唱红脸，一个唱白脸，不知道霍国炜现在心里头有多着急。

常蔓刚跟琮玉从洗脚城里出来，琮玉有点儿困，想回去睡觉，常蔓也同意，就叫了车，两个人在路边等车。

常蔓摸着指甲：“明天去做个指甲吧？”

琮玉很困，靠在电线杆子上：“你就不能老实地在旅馆里待一天？”

“不能。”

“为什么我能？”

常蔓扭头看着琮玉：“因为你在旅馆里待着能等到你想见的人，而我等不到。”

琮玉没说话。

常蔓也不是忧郁的类型，很快翻篇，又聊到刚刚的女技师，说她的手艺不错。

突然，一辆破面包车横到她们面前，打滑的车轮和地面擦出刺耳的声音。

琮玉和常蔓反应很快，第一时间往后退，这样确实可以躲避意外危险，但躲不了冲她们而来的人。

车停下来的同时，后车门被拉开，从车上下来几个看着像小混混的青年，默契地一人抓胳膊，一人抓腿，一人搂腰，把常蔓掳走扔进了车里，车子疾驰而去。

琮玉的两只手都用上了，她仍然没把常蔓抓住，还被几个人推搡开，差点儿没站住，摔进雪里。

这些人光天化日地就抢人，琮玉的瞌睡虫一瞬间就跑了，她赶紧给这辆没上牌照的破面包车拍照，但它跑得太快，拍了一堆都是糊的，它还急转弯，拐进了琮玉看不到的一条街。她没耽误，飞快地跑到红绿灯旁，钻进一辆电动三轮车："派出所！"

说完，琮玉又立刻打电话给陈既，但可能是项目部办公室没信号，打了好几回都打不通，发微信他也不回，她没办法，就给所有认识的人，什么唐总、老秦、老何，都打了一遍电话，总算是有接通的了。

老秦好像刚睡醒："喂？"

"常蔓在青江洗脚城外被人掳走了，一辆银色但也可能是灰色的长安面包车，没贴年检标，没牌，车窗都被黑色的玻璃纸糊上了。我现在正往派出所走，在那儿等你，剩下的事见面说。"

老秦蒙了一会儿，听懂发生了什么事后打着磕巴说："好，好，好！我这就过去！"

挂断给老秦打的电话，琮玉又给陈既打了一回，还是没人接。她切换到微信聊天界面，给陈既发了一个派出所的定位，说："常蔓被当街掳走了，对方目的明确，我猜测他们是知道常蔓跟邱文博的关系。"她想了想，又说，"你看到消息打电话给我。"

陈既把手机放在桌上，屏幕是计算器，他打出了两百万的数字。

姓毕的人动了动嘴唇，明显在数数，数完后眼睛亮了一下，见识短浅的样子暴露无遗。他搓热了手掌，抹了抹嘴和鼻子："这是什么意思？"

陈既很像一个说客："我先跟你们道个歉。"

"怎么说？"姓毕的人皱起眉。

"最开始我们的人过来跟你们沟通，态度不太好，邱总回去也严厉批评他们了。”

姓毕的人没想到陈既这么上道，再加上看到两百万的数字，以为事情十拿九稳了，飘起来了：“你们也知道！”

陈既继续说：“你们拍的照片也传到网上了，但没什么水花，对吗？”

姓毕的人跟同行的人交换了眼神。

“因为没有邱总的授意，这都是办事人的个人行为，你们揪着不放，邱总为了还你们一个公道，肯定支持把他送到派出所。到时候就按相关法律法规处理，拘留还是罚款，肯定能有结果。”

“你这是什么意思？”姓毕的人感觉不对劲。

“我的意思是，沟通问题产生的摩擦不算恐吓，毕竟他也没如愿，你们也没损失。你们要想让我们害怕，还是要把目光聚焦在我们采矿违规的相关事实上。”陈既说，“但这个问题我也表态了，我们的手续是齐全的，一直以来我们严格按照有关部门的条例进行开采。”

姓毕那人的脸色忽然变得很难看，他说不过陈既，便迅速向杨女士投去求助的眼神。

杨女士问：“那你打出这两百万是什么意思？”

“这钱本来是我在初步了解你们两家的情况后，准备跟邱总报备的，但由于你们在网上发布了一些歪曲事实的内容，对我们公司的信誉造成了一定影响……”

“那……那，之前不是也有人给卖报纸的，那叫什么？哦！对，报社！不也有人给报社写过信了吗？报社不也发新闻了吗？”姓毕的那人急了，这会儿脸色更难看了。

“但人家第二天澄清了。”

“我们也可以澄清！”

“你们没权威媒体的背书，怎么让群众信服你们的话？”

姓毕的那人吞了几口口水，看着陈既的手机屏幕上打出来的两百万数字，觉得离它越来越远了。

杨女士的思路还是很清晰的：“在确定一号矿没有违规操作之前，我不会听你们说一句话，所以这位领导还是别费心了。”

陈既把手机拿回来，当着众人的面关了计算器：“你们要是坚持，我肯定没意见，但问题是你们一家的儿子欠了几百万元，一家的丈夫得了肾病要紧急换肾，你们等不等得起？”

姓毕的那人身子一歪，摁住了扶手。

杨女士的眼里也有异光。

“而且就你们这些情况，一旦公开，很难不让人联想到你们不依不饶就是为了讹我们。”

“你！你们！真肮脏！”姓毕的那一家人中的年轻人骂道。

陈既不痛不痒地说道：“你骂我有什么用？本来是两百万给到你们，但因为你们的某些行为侵害了我们的权益，现在金额只能对半砍。毕竟我们得用其中一部分钱去消除你们的行为造成的影响。”

姓毕的那人急了：“还砍？”

“你们要是再耗下去，又不占理，一家五十万都没了。”

姓毕的一家人和杨女士的神情都有些不自在了。

室内又陷入沉默状态。

霍国炜没想到陈既的准备工作做得这么足，连杨师傅家姑爷得肾病的事都知道了。他打破了沉默：“这样，咱们先去矿上，等你们彻底消除顾虑后再考虑这事。”

杨女士也认可这个建议：“还是先去看看事故现场吧，这是我们家属的基本权利。”

姓毕的那人没主意，认为跟着高学历的人总没错，接着她的话说：“对！先去现场！”

陈既却不动弹：“不用了。”

所有人看向陈既。

这时，从门口进来一个小伙子，拿着手机。

陈既说：“霍总说得没错，停产了半年的一号矿通道不知道还能不能走，这么多人突然下矿，出现问题我们承担不起责任。签免责书实在有点儿不负责任，所以我就让我们项目部的小刘走了一遍一号矿，从头拍到尾。”

霍国炜的额头开始冒汗。

杨女士和姓毕的那人齐齐地看向小刘手里的手机。

小刘在陈既的示意下，把手机递给了他们。

I'M FROM
"陈既有什么了不起的？"
陈既
（完结篇）

陈既又说："你们不也是想把事故现场记录下来吗？我们帮忙，还保证比你们拍得更全面、更细致。"说完他站起来，整理了一下袖口，"你们慢慢看，有看不懂的地方问小刘，他会给你们解答。我去一趟卫生间。"

办公室到卫生间要走过一条十来米的走廊，陈既刚走到卫生间，霍国炜也到了，气势汹汹地把他摁在墙上："你什么意思？"

陈既很平静，垂下眼皮，俯视霍国炜："这个问题应该是我问你。"

霍国炜瞪圆了眼睛，看起来很火大。

"现在矿上根本不能待人，你让他们签免责书下矿，除了想把他们埋在里边，我想不出你还有别的打算。"陈既淡淡地说。

霍国炜气疯了，浑身都在颤抖："我一家上下指着我一个人，我这个岁数没别的出路了，公司完了我就完了，只要我给老邱解决了问题，只要是我解决的……"

"你以为把他们弄死了，事情就能被压住了？蠢。"陈既扯开霍国炜的手。

"之前不都是这么做的吗？"

"之前这边远，现在为什么一个简单的上访问题都要不断地叫人过来解决？就因为人命不好糊弄了，你还要往上添，不是找死？"

陈既说着话，打开水龙头洗起手来："这件事解决完了，我可以跟邱总说，是你打听到了杨苑清的女婿得肾病的消息，所以事情才解决得这么顺利。"

霍国炜往前走了两步："可我不知道……而且，当地没人知道杨师傅的女儿结婚了，杨师傅的嘴很严，家里事都不提，我不是没打听过他们家的破绽，都问遍了……"

"所以才能体现出这个消息的价值。"陈既甩了甩手，扭头面对霍国炜，"邱总会好好记你一笔功劳。"

"你想让我给你干什么？"霍国炜可不蠢。

陈既老狐狸瞎话说得溜："常蔓这趟跟着我过来，有点儿监视我的意思，你也知道我跟我战友的女儿……"

霍国炜的眼神稍微变幻了一下。

陈既没说明白，但点到为止，霍国炜也能懂："我不想让邱哥知道我的私事，所以得堵常蔓的嘴，常蔓想进矿产公司，但她不懂这方面的事，也没经验。"

霍国炜皱眉："什么意思？"

陈既说："这件事结束后，让她过来项目部实习，学习一下。"

"她能干什么？什么都不懂。"霍国炜情急之下说了实话。

主要到这个时候了，他跟陈既也没什么可避讳的了。

"你就给她安排一个办公室的闲差，没准儿用不了几天她就腻了，想回去了。"

霍国炜微微低下头，在考虑。

陈既给霍国炜考虑的时间："你慢慢想。"他留下霍国炜，先回了办公室，看着不久前还趾高气扬、颇有理的几个人那点儿让人反感的气焰灭了，知道他们认了。

陈既看了一眼小刘，小刘会意，把赔偿说明和息诉罢访书递给几个人。

陈既说："你们签了这两份材料，两个小时内就能收到转账。"

姓毕的一家人和杨女士各自拿着两份材料，脸上的神情难以形容。薄薄的几张纸而已，怎么那么沉？他们都要握不住了。

如果今天是杨苑清杨师傅前来，其实陈既不能保证能顺利解决这事，因为这场声势浩大的讨公道活动中，她是牵头人，也是唯一一个真的想要一个公道、真的在意去世的丈夫的人。

那天陈既跟周惜罇见面，周惜罇让丁柏青递给陈既的调查资料，就是杨苑清那个定居成都的女儿目前的情况。她的丈夫得了肾病，急需她父亲遇难的赔偿款。她也不想这么选，但根本没的选。杨师傅生病住院应该也是跟她聊崩了，被气到了。

陈既也希望他们认，因为耗的时间越长，集团的律师团队就能提供越多对付他们的方案。耗到最后，邱良生哥儿俩不仅一分钱都不会掏，还能想出别的办法来，不管这些人是无辜还是不无辜。

邱良生他们当然也会慌神，只是慌的时候多了，就训练出了在慌神中依然沉稳解决问题的能力。

最终，这场谈判因为陈既精准地抓到了对方的弱点，没有硝烟地结束了。散场时，两个幸存下来的矿工想再跟陈既说声谢谢，无奈陈既的身边一直有人，也就没如愿。其实他们何尝不知道，陈既之前让会计给他们打钱也是在堵他们的嘴，让他们在这样对峙的时候不要说一点儿对公司不好的话？

但站在遇难者家属那头，他们除了一个形式感很强的“公道”，什么也得不到。

陈既好歹会给钱，也确实给了钱，他们还不用漫长地等待。半截身子入土的人了，如果喊口号的代价太大，他们不用人提醒也会闭上嘴。没别的原因，因为他们耗不起。

陈既离开项目部办公室后，手机有信号了，弹出好多未接电话、微信消息。他一边点开微信，一边打开车门，全是琮玉发来的消息，他一半都没看完就一脚踩下油门，车子以最快的速度消失在了停车场里。

中控台还在念琮玉的消息，陈既越听，周身的气场越阴沉。

“派出所说二十四小时后立案，真等到那时候，我不知道常蔓还有没有命。”

“我现在有思路，也有一点儿线索，绑走常蔓的是当地一群小混混，我去过废品场了，那辆面包车被一个叫毕迎光的人开走了。”

“当地人说毕迎光赌博，跟他混迹在一起的人都是龙门监狱的常客。”

“我还打听到毕迎光的哥哥在之前的矿区事故中遇难了，他家的人现在正跟矿产公司要说法。”

“我猜测，他们是想通过常蔓跟邱文博要钱，但他们撕票的可能性太大了。”

“不能等明天了。”

“只有我见过那辆车，找常蔓我必须得去，但我不会自己去，我叫上了老秦、老何还有小妃姐姐。”

“我会一路给你发定位，半个小时发一次。”

“我也跟甘岭的公安局联系了，但不知道他们多久能来。”

“前边是无人区了，那片最大的盐湖，现在信号已经不太好了，我不知道你还能不能收到我的消息。”

“对不起！陈既，我可能要让你担心了。”

“你不要生气，我会保护好自己。如果你很担心的话……”

“等我把常蔓带回去，你让我亲一下耳朵吧，那一只有小缺口的。”

“再牵一下手。”

(2)

一辆皇冠陆放沿着西南线，从青木山山脚出发前往央吉山。烈日下，哈次湖无垠的冰面泛出金光，但很快，阴云蔽日，前路无光。

老何开了几个小时的车，有些腿软，小妃注意到了，把自己的U形枕递给他："套腿上。"

"管用吗？"老何怀疑地问道。

"那还给我！"

老何笑了一声，将U形枕套上了。

琮玉坐在副驾驶座上，因为要指路。后座上是老秦和小妃，都是矿产公司的员工。

小妃问琮玉："真没指错路？他们干吗往这边走？"

琮玉不知道："反正在县里时一路上问，见过的人都说是这么走的。"

"要是他们也没看清楚，那咱们不是走错路了？"

琮玉看着地图跟他们说："过了哈次湖是图丹，毕迎光那伙人中有一个人的老家在那儿。但我觉得他们没看天气预报，不知道等会儿要下雪，所以有可能被困在半道上。"

老何不知道是开车开久了有些萎靡，还是被琮玉的几句话说得思路不清，过了半天才接话："要起雾了，我觉得咱们也有可能被困在半道上。"

老秦说："不是给公安局打电话了吗？咱要是断了联系，洲上航警就出动了。"

小妃拉了拉腿上的毯子，看着窗外渐渐暗下来的天色："这场雪不小啊！但愿顺利吧！"

老何听她这么说，怂人也觉得烦闷，完全忘记自己是为什么答应老唐跟琮玉出来的。别到时候找不到常蔓，他们还被撂在了半路上。他打开窗户缝，点了根烟。

老秦问他要烟："给我一根。"

老何把烟盒递给了他。

小妃被从窗户缝灌进来的冷风吹得打了个哆嗦："能不能把窗户关上？冷！"

老何猛抽两口烟，把烟屁股丢了，关上窗户。

老秦见状，又把烟盒还给了他。

车内的气氛逐渐变得微妙，无非就是有些人觉得自己这趟挨冻受累不值。

车速越来越慢，琮玉提醒老何："开不了就换人。"

老何面子上磨不开，硬着头皮说："谁说我开不了？"

琮玉看了一眼手机，无服务，也不知道陈既回消息没。

过了一会儿，老何像是咽不下被琮玉怼的气，变得阴阳怪气起来："这常蔓跟了邱总，有钱又有地位，多享福？她非出来浪，把自己浪没了吧？"

小妃先不爱听了："你这说的什么话？"

"就是觉得这大冷的天出来找她，脑子进水了。"

小妃掀起腿上的毯子，照着他的脑袋抽了一下："那是人命啊！"

"咱几个人的命就不是人命了？她要是在旅馆里待着，能被绑走吗？"老何不耐烦地捋了捋被小妃抽乱的头发，"老唐也是搞笑，琮玉也没说让咱们来，他就替咱们做主了。又下雪又下大雾，他自己怎么不来？"

"她想被绑走啊？你这跟受害者有罪论有什么区别？"小妃火大起来。

老秦劝她："行了，行了，别说了，别说了，都出来了，这会儿再说别的有意义吗？"

"出都出来了，也没说回去，还不能发泄两句？"老何抽那半根烟把脑子抽坏了，"现在这女的就是作。"

小妃收不住了，像只被踩了尾巴的猫："要不是你们男的一天到晚违法乱纪，无所事事，就想着天上掉馅饼，当街把人掳走，用得着一行人大冷天出来找人啊？"

老何听到她这大嗓门就烦："能不能别嚷嚷？"

老秦也说："妃妃小声点儿，要是半道上碰见狼群把车围住，咱也没拿两件称手工具，到时候稳吃亏的。"

小妃偏不："怎么就天天一堆贱男人给女人规划呢？应该这样，应该那样，你怎么不给自己规划规划？常蔓是男是女谁都放在一边，是条人命吧？你妈就教你能救人命的时候袖手旁观啊？小玉都说了她的处境很危险，小破县城警力又有限，咱们认识的人不管，谁管啊？"

"停，停，停，打住，每次一聊这种话题就崩，完全说不到一块儿去。"

老何被她的大嗓门吵得头痛。

小妃还在吼："那你就给我闭上嘴！"

老何的火气起来了："给你脸了是不？狗娘儿们除了嚷嚷还会干什么？"

小妃抓起毯子又抽了他的脑袋一下："你再骂一句试试？！"

老何一手开车，扭头瞪着眼、咧着嘴和她对吼："骂的就是你胡妃怎么了？"

老秦拉不住小妃，劝不住老何，只能横在他们俩中间："行了，行了，都少说两句吧。老何，你开你的车！"

琮玉不想管他们，始终没说话，但没想到老何吵上头了，双手离了方向盘，她立即扶住方向盘，打断他们愈演愈烈的争吵："闭嘴！"

车子因为老何松手，轧了块石头，颠簸了一下，路面又滑，导致车轱辘原地打转，车子旋转了一百八十度。

这回大家都闭嘴了。

小妃后知后觉地叫了一嗓子，一脸惊魂未定的表情也不忘埋怨："让你们给车轮绑防滑链，你们都不听！"

老何也傻眼了，面对着方向盘干瞪眼，不说话。

"坏了！"老秦赶紧下车查看情况。

老何回过神来，打开车窗，正要问老秦外头是什么情况，没想到运气实在不好，还没等他开口，一道急刹车的车轮摩擦地面的声响从车屁股处传来。

接着他完全没有反应时间，身子被一股重力拉拽着向前，屁股离了座位，脑门直撞向风挡玻璃，劲儿倒是不大，但也是"嘭"的一声。

三个人再回头看，车子被追尾了。

这时，窗外的雾已经浓得伸手不见五指。

老何和老秦下了车，小妃不骂人了，拉上羽绒服的拉链，做好下车的准备。

琮玉通过车前镜盯着事态发展，听他们说话，了解到后面的车上有两对自驾来玩的夫妻，雾太大了，昨晚又没睡好，撞上了。

没什么大问题，双方也没推卸责任，事情解决起来就很快。彼此看过对方的身份证，互留了联系方式，商定好保险赔偿，就准备别过了。

琮玉突然下车，在他们上车前问："你好，我问一下，你们过来时见到过一辆灰色面包车吗？”

两位男士对视一眼，开始回忆，其中一位说：“好像是看见过。”

老秦接着问：“车子往哪儿走了？”

“这我们没注意。”

琮玉正要道谢，回到车上，对方的车窗打开，有个女人的声音传来：“往西走了。”

貌似是她丈夫的人问她：“你看见了？”

那个女人点头，问琮玉：“是不是窗户都是黑的？”

“对！”老秦说。

那个女人又点头，说：“那就是了，车子开得可快了，‘哐啷哐啷’的声音，当时还没起雾，我嫌烦朝外看了一眼，就看见它往湖上去了。”

琮玉知道了：“谢谢。”

“没事，能遇上也是缘分，只当是交个朋友。”女人很大方。

老秦接着说了几句客套话。

两个人返回车上，琮玉看了一眼时间，四点，问老何：“去不去？”

老何也不是没良心，就是那会儿累，没忍住抱怨了几句。其实常蔓是什么身份他根本不在乎，他也不总觉得女人麻烦、事多。

刚经历追尾事故，他变得清醒了，火气也消了，琮玉问他，他默不作声地发动了车子。

小妃也不说话了，话赶话的架，经常吵，吵完她就后悔。

湖面上路不好走，天越来越黑，大自然的威慑力不断给几个人施压，叫他们不得不警醒起来，做好面对危机四伏的情况的准备。

毕迎光一伙三个人，他们四个人，老秦、老何又在这边生活久了，对峙起来他们不输，只盼望毕迎光目光长远，能想到常蔓可以换很多钱而不动她。

还有常蔓，那么聪明的一个女人，肯定懂得周旋。她要是不知道，那就是废物。

琮玉心里的弦绷得很紧，越来越紧。

冰面上有积雪，车子行驶过是有痕迹的，天渐渐黑了，雪下起来，但不算大，薄薄的一层盖不住车轮印。

追了一个小时左右，小妃突然指着前方大喊：“车！前边有车！”

琮玉也看见了，是那辆灰色的面包车！

陈既找到唐总，唐总把下午在派出所发生的事跟他说了一遍。

“她几点走的？”

唐总看了一眼时间，回忆道：“早走了，估计后半夜就到图丹了。”

陈既转身往外走去。

唐总看他的脸色不怎么好看：“陈既！”

陈既没停下，没回头。

唐总说自己的：“你知道吧？对邱总来说，你的命比常蔓值钱。”

陈既上了车，给公安局和航警支队都打了求救电话，把琮玉发的几个定位给他们发了过去。

之后他多方打听，找到一名在当地有名的向导、一位在这条宽谷生活多年的牧民、两个专门在这一带做救援工作的热心人士，做好了一切准备，出发前往哈次湖。他没有生气，或者说没时间生气，他的时间都用在了密集的行动中。况且，这也不是琮玉或者常蔓的错。

陈既也没有想很多，把琮玉带回来就好了，但又确实感到有一点儿不安。

这点儿不安源于，在这条暗无天日的羊肠路上，纵使他力量天齐，游刃有余，也消灭不完扑上来的洪水猛兽，阻不断暗流涌动。更不用说他不是游刃有余。他尚且如履薄冰，怎么能说出兜得住这种大话？

向导看陈既失神，忍不住说道：“吵架了也不能大晚上往外跑，有一点儿任性了。”

陈既没跟他们说缘由，但还是解释：“她很乖。”

向导不说话了。

“是我没能力。”他没保护好她。

面包车就在眼前，琮玉等几个人可以看到，面包车里的人自然也能看到他们。

老何停了车，扭头小声对琮玉和小妃说：“你俩在车里待着，我跟老秦下去看看。”

琮玉看着面包车，觉得不太对劲：“那辆车好像陷在暗冰里了。”

小妃看着也像：“对，车头前倾。”

只有车前灯这一点儿光照着，他们看不清楚那辆破面包车到底发生了什么事，老秦眯着眼睛使劲看：“车上没人吧？”

琮玉突然想到什么，解开了安全带：“人没在车里就是在外边！快，找找！”

老何和老秦下了车，小妃也没在车上待着，下车时问了一句：“都去找吗？他们要是在暗处猫着，等咱一走，把咱的车开走怎么办？”

“你在车里待着！”老何说。

小妃点头，把自己的手电筒递给了他：“这个也给你们。”

冰面上有厚厚的积雪，很硬，琮玉这种轻盈的人，刚踩上去那一下不会陷得很深，老何和老秦倒是一脚一个七八厘米深的印子。

三个人排成一线，琮玉在中间，不同分量的人踩在雪上的“咯吱”声和荒郊野外独有的莫名声响，合成交响乐，听得人心像张被抻平的网，紧绷而没有底。

老秦在最后，可能是人处于紧要关头的天赋，他竟然觉得自己可以掌握呼吸的节奏了。

快到车前时，老何向后伸手，示意停下。

老秦拉住了琮玉的胳膊。

老何一个人打着手电筒，朝那辆面包车走去。他弓着身子，从下往上探，手电筒的光打进车内，里面空无一人。他立刻扭头：“没人！”

琮玉越来越觉得事态的发展与她的猜测一致，跟他俩说：“得在这附近找，要是没人没动静，那就是出事了，手电筒往地上照。”

老何点头：“你俩一起走，我一个人，就照脚印找。”

老秦答应了一声，带琮玉走向与老何相反的方向。

野外可能有狼，他们不敢喊，来时琮玉问过牧民了，知道这一带的狼群不怕声音和火光。

老秦怕琮玉害怕，下意识地攥住她的手腕。

琮玉也下意识地把手抽了回来。

老秦感觉到琮玉的排斥之意，意识到自己冒犯，立即道歉：“对不起，我不是……”

“没事。”

老秦不说话了，专心找人。

车周围有脚印，很好找，老秦走两步，扭头看看琮玉，不想把担心表现出来，但危险时刻照顾弱者仿佛是一种本能。

只是手电筒光一照，他还不如不看。

琮玉戴着羽绒服帽子，围脖和毛领包住的脸已经被冻红了，风雪眯了眼睛，眼泪湿了睫毛，迅速结冰，像雾凇。

这种时候心乱委实不应该，他赶紧呼口气，平复了一下心情。

与此同时，琮玉发现前方有一个明显人工凿开的冰窟窿，周围的脚印很多，但似乎不是新留下的，却也不都是很久前留下的。她还没叫老秦，老何那头传来声音："我找到常蔓了！"

老秦立刻跑过去，琮玉没跟上，在原地停留了片刻，盯了那个冰窟窿几秒钟。

等琮玉跑到常蔓跟前时，老何已经把常蔓抱了起来，老秦在边上照着路，小妃在车前喊了一声："找着了吗？"

老何没回答小妃，只对跑过来的琮玉说了一句："没事，衣裳是完整的，就是人被冻透了，脸上有伤，别的等上车看。"

琮玉看到了，常蔓的额头破了，嘴角也有一条干涸的血印儿。

老秦说："小妃带药箱了，她以前是医学院毕业的，等会儿让她看看。"

老何加快速度，把常蔓抱上了车。

琮玉也上了车，没关车门。

小妃说被冻僵的人不能立刻回到高温环境。

老秦和老何站在车外，一人点了一根烟。

小妃检查了一下，放了心："没事，没被冻透，心跳、呼吸没问题，把她的鞋袜脱了，搓搓手脚，给她回温，等她醒来。"说着她摘掉常蔓只戴了一只的手套，给她揉搓掌心。

琮玉学她的动作，给常蔓搓另一只手。

"你是对的。"小妃突然又说。

琮玉没应声。

"幸亏我们追过来了，前后也没耽误多长时间，不然她这么在湖面上待一宿，侥幸没被冻死，也得让狼撕扯吃了。"小妃说，"我看新闻上总说那种挑战无人区的背包客被吃干净的事。"

琮玉双手捂住常蔓的手，给常蔓的手哈气，一句话也不想说。

小妃看琮玉沉默下来，安慰她："咱们找到她了，没事了。"

琮玉突然说："要是救她的代价很大，邱文博就放弃了。"

小妃也不说话了。如果他们不来，小妃说的确实是常蔓的结局。

车外，老何抽着烟，拿出手机，用手心擦了擦屏幕，点开，意料之中似的说："没信号。"

老秦看着不远处的面包车："你说他们去哪儿了呢？"

老何也看过去，过了许久，摇头说："这谁知道？"

"还活着吗？"

老何扭头看向他，车灯在侧面，他们只能看清彼此的脸的轮廓，看不到轮廓之外的一丝神情。

两个人在外边抽了两根烟，问车内的人："怎么样？还要多久？"

"上车吧，没别的，就是被冻僵了，然后有点儿外伤。"小妃说。

老何问："不是休克了吗？"

"不是，被冻猛了导致脑部缺血缺氧。"

老何和老秦上了车，关上车门，老秦问了一句："回吗？"

琮玉看了一眼窗外，车灯之外的地方漆黑一片，是不是暗藏危机也难以分辨。这么大的雪，冰河上又积了一层暗冰，如果他们强行返回，车子可能会跟那辆面包车一样，陷入暗冰之中。

但如果他们不返回，这么在冰湖上待一晚上，明早上水箱被冻住，车肯定打不着了。

显然，老何也意识到这个问题："没法原路返回了，外边太冷了，雪刚飘到地面上就被冻住了，回去的路上肯定有没被冻结实的地方，咱们的车轱辘要是陷进去，就得等救援了。"

小妃说："那也不能在这儿啊，在这儿待一晚上，冻死不说，等白天不得得雪盲症啊？"

老何不说话了。

老秦也琢磨不出办法来。

琮玉说："原路返回吧。"

几个人齐刷刷地看向她。

“原路返回，有可能陷冰里，在这儿等一宿，车肯定打不着了。”

三个人一听，这话有道理，老何便发动车子往回走。

只是他们的运气不好，车子是老牛车的速度，也还是在“哐当”一声后不动了，老何越踩油门，轮子越在原地转圈。

小妃笑了：“这回踏实了。”

老秦也笑：“等救援吧。”

老何咂着嘴发愁：“真的无话可说，咱这运气，回去买彩票吧。”

向导跟图丹的朋友通完电话，对开车的陈既说：“图丹只有一个旅馆，修路工人的简易房改成的。我问过了，昨天到现在还没人到村里去。”

他们即将进入没信号的区域，雪越来越大，路更不好走了，两旁的沟里都是翻的车。

向导说：“要是这一路都看不到人的话，他们就是往湖上走了。”

“除了车子陷冰里，还有别的危险吗？”

救援人员说：“撞见野牦牛、野狼啊，就是撞见一些动物的可能性有，但不大。不同地区的无人区危险程度不同，无人区那边有人被野兽生吃的情况，这边倒也偶尔发生有人失踪、被困的情况，但大多数时候是什么从峭壁上摔下去，要不就湖上被冻僵。”

另一名救援人员说：“自驾来玩的、探险的人，不怎么熟悉环境，准备工作也没做到位，这种情况下会有危险发生。”

向导说：“我白天没在家，下午听我哥说有人打听过我，我猜应该是你要找的人，但可能对方太着急，找不到指路的人也没执着，带了几个自己人就上路了。”

救援的人点头：“知道找人，肯定对路线有一定了解，自保能力还是有的。”

陈既这才说：“有几个浑崽子当街把我们的同伴带走了，她着急救人，当时给我打了很多个电话，我有事，手机也没信号，一个都没接到。”

几个人明白了，前边胡乱猜测的人也道了歉：“不好意思，我还以为是你的朋友任性。”

陈既把烟盒递给几个人。几个人一人捏了一根烟，用一只打火机轮流点着烟。

陈既把琮玉最后发的一个位置又给他们看了一眼："这是我们刚才路过的地方，之后就没消息了。"

向导说："哈次很大，但穿越路线就那么几条，如果他们是追着当地人进入的，那这个当地人肯定知道路线。"

救援人员也点头："我们有线索，营救又及时，你的朋友面临的自然环境的威胁不大，要有威胁，也是这几个浑蛋。"

这就是陈既不等航警，自己找人，及时出发的原因，也是琮玉着急的原因。

琮玉他们找到常蔓的时候已经半夜了，车轱辘陷冰里被冻住是后半夜发生的，常蔓是在五点多醒来的。当时琮玉和老秦醒着，老秦第一时间给常蔓倒热水，琮玉赶紧问："怎么样？"

常蔓一睁眼睛就感觉有萤火虫在飞来飞去，脑袋和眼睛很胀，像是她的肝火消不下去时的样子。

琮玉往毛巾上倒了点儿热水，给常蔓擦了脸、手，抹上了面霜和凡士林。

老何和小妃睡得不实，有点儿动静就醒了，瞪着两双睡眠不好导致空洞无神的眼睛，好一会儿，还是小妃先反应过来："常蔓醒了啊……"

常蔓缓了很久，撑着琮玉的手坐起来："这是哪儿？"

"嗐，别提了，车陷冰里了。"老秦说。

常蔓摁住太阳穴："毕迎光呢？"

小妃醒过来了："他们不是把你绑走了？没跟你在一起吗？"

常蔓"哼"了一声，有气无力地说道："几个傻瓜……还没联系上邱文博就在想怎么分钱了……"

老何扶着驾驶座，扭头看着她："内讧了？"

"最大的也就二十二岁，实力跟不上欲望，也没点儿脑子……要不是半路上因为分钱的事打起来，也不会到湖上来……"

常蔓的头实在疼，缺氧的后遗症太折磨人，她问琮玉："有止疼的药吗？"

小妃给常蔓拿了一板布洛芬，把水也给她倒满："他们人呢？"

常蔓摇头："当时有个车队的一辆两驱车熄火了，就挡在路中间，这几个废物不得已停下来了。我本来想着说下车上厕所，跑到人家的车队里，他们不让下车，被堵着嘴我也说不了话。”

小妃骂了一句：“他们是人？”

老何说：“他们当街绑人，肯定不是啊，问的什么话？”

常蔓靠在靠背上，闭上了眼睛：“他们是怎么吵翻的我不记得了，车队的人在外边时，我一直在挣扎，脑门上挨了他们一棍子，昏昏沉沉的，就知道他们下车说了一些你欠我还是我欠你的废话，然后有人上车发动车子，我就被他带到了这附近。”

## 第三章
# 我不想走，别送我走

(1)

老何又确认："一个人吗？"

"嗯，"常蔓用手心拍了拍额头，"当时车好像陷沟里去了，他下车看，我趁他不注意跑下了车。我觉得我一直在往南跑，但事实上也不知道方向，反正就一直跑。"

小妃想到后边了："你们要是没在路上耽搁太久，那你跑那会儿雪正大，这冰面也不好走，估计脚一别，就一猛子扎雪里了。"

常蔓摇头："不记得了。"

老何看常蔓脸色惨白，看着都瘆人，便说道："行了，行了，别问了，让她睡会儿吧。"

老秦也说："马上天亮了，咱们还是先想想怎么从这个破地方脱困吧。"

琮玉把毯子盖在常蔓的身上，一直没说话。

常蔓稍微一抬头，对上她的眼睛，本来没话要说，对视了不说点儿什么又显得很奇怪，就问："陈既不知道吧？"

陈既。

手机没信号后，琮玉就没再打开过微信。她怕想他，不该放松的时候，就让自己时刻紧张着。在没有完全脱困的情况下想他，心和脑子都会乱，她是人又不是神，箭在弦上还想入非非，害人害己。

琮玉没说话。

常蔓自然地闭上了眼："希望救援快来。"

琮玉偏头看了常蔓一眼。

约莫七点，天亮了，雪也停了。

积雪对太阳光强烈的反射，刺得人睁不开眼睛，小妃戴上了墨镜："也就我们这种有准备的人才能在被困的时候这么淡定，我看那些在冰川被困的人，被大规模警力营救出来的时候，痛哭流涕，一个劲儿地感谢政府，感谢党。"

老何在嗑瓜子，老秦冲他伸手，他拿了一小包递给老秦，接着小妃的话说："人家那是什么情况？你现在粮草充足，车动不了，空调能用，就算再耗两天，车打不着了，没电了，也还有户外电源给蓄电池充电。"

老秦也说："手机、平板电脑的电都充足，没电了也还有七八个充电宝。"

老何白了小妃一眼："等你挨饿受冻超过一定时间，再被营救时，保准比他们哭得惨。"

小妃把瓜子皮扔到他的脸上："能不能别在这种时候说这种丧气话？乌鸦嘴了跟你没完。"

老何和小妃又拌起嘴来。

常蔓醒了，看天亮了，想解手。

小妃说："就上车后边吧，也没别的地方。"

老何和老秦在这种话题上默契地闭上了嘴。

常蔓下车，琮玉也跟下来了。常蔓扭头看到琮玉，挑眉问道："你也要解决？"

琮玉没说话，跟着她走到了车后头。

常蔓看琮玉不对劲，笑了："有话要说吗？"

琮玉从兜里掏出一个美甲上贴的装饰品。

常蔓的笑容消失。

琮玉把她的手拉过来，果然，她的大拇指的指甲盖上缺了装饰。

常蔓把手抽了回去，没说话。

琮玉问："你是被人带过来的吗？"

常蔓没回答。

琮玉又问："我们找到你的时候，你的手上有一只男式手套，你的围巾就在面包车上，你真的冷到要戴一只那几个东西的手套？”

常蔓抹了抹嘴，吸了吸鼻子。

琮玉又从兜里把烟盒掏出来，还有打火机：“不着急，想好了再告诉我。”

常蔓看着琮玉手里的烟盒，突然笑了：“你猜到什么了？”

琮玉看向远处的冰窟窿：“车是你开过来的，当时车上有一个人，你把他推下去了。”

常蔓不承认：“他喝多了，自己摔进去的。”

琮玉无暇细问，她现在就想知道：“你是怎么抢了他们的车，开到这里的？他们知不知道你离开的方向？”

这也是常蔓担心的问题。她哄那几个小混混下车跟车队的人打劫过路费，他们胆大包天，觉得她的主意不错，就下了车。她趁机挪到驾驶座上，开走了他们的车，当时后座上坐着一个睡着的酒鬼。

他们当然知道她去了哪儿，眼睁睁地看着的。

常蔓戴着他们之中不知道是谁的一只手套，扶着方向盘，一路往南开，其间酒鬼醒了，抢她的方向盘，她死不松手，脑门挨了他的一铁棍。

也是他们在抢夺车子中，车轱辘陷进暗冰里，他们被迫停在这里。

凭力气，常蔓根本不是酒鬼的对手，幸亏老天待她不薄，酒鬼对她有非分之想，她才借着这点跟他周旋，拖延时间。

拉扯中，酒鬼掉入冰窟窿中，冰窟窿底部的湖水被冻住了，就像一口镶嵌在冰湖里的缸，半米高，即便人摔进去，一翻就出来了。酒鬼喝了太多酒。

这对常蔓来说算是一线生机，但她高估了自己的体力。一直以来，为了让自己更像从小练习跳舞的人，她盲目追求身轻如燕的状态，总是吃两分饱，又跟这个小混混对抗了半天，体力耗尽。

常蔓想过返回车里，但车门被冻住了，于是只能往回跑，没过一会儿就冷得动不了了，晕倒在了雪堆上。她不告诉琮玉他们真相，是不想让他们沾上这个官司，只要他们不知情，就不用做选择，不用做选择就不会挣扎。

常蔓没回答。

琮玉还是在常蔓的沉默中知道了答案，觉得有点儿难办，长出了一口气，露出有些无能为力的神情：“我该怎么跟陈既交代？我可能保护不好自己了。”

常蔓皱眉：“我不可能让你们因为我的事陷入危险之中，要是这几个人在救援的人来之前赶过来，咱们几个人寡不敌众，我会主动跟他们走的。”

“少说点儿废话。”琮玉瞥她一眼，“赶紧尿！”

常蔓根本不是想上厕所，只是心里藏着这件事，觉得车里憋得慌，想出来透透气。

琮玉看常蔓还是担心，告诉她：“前些天我还在想牺牲的意义，觉得有陈既在，可能永远不会出现需要我有舍己为人的时候。”

“怎么就牺牲了？我能让你牺牲吗？到牺牲那种层面了吗？”常蔓不爱听这话。

琮玉笑了一下：“但其实很多事不是陈既可以掌控的，一个人本事再大，也有使不上劲儿的时候。”她看向远处，雪地反射着刺眼的阳光，仿佛要灼瞎她，“我只是怕，怕他自责。”

琮玉搂住常蔓的脖子，风把两个人的鼻子冻得通红，嘴唇也是，咧开嘴笑时，白牙像雪一样反射出了光：“我瞎扯呢，咱们五个大活人呢，有无限可能，一定能回去。”

常蔓盯着琮玉的眼睛许久，突然咧嘴，打着微笑缓解气氛的主意，却笑不出来，随后眉头紧皱，想强压住一些情绪，但还是被它们战胜，被它们催红眼眶。

这个女孩，真是……

琮玉拽着常蔓的胳膊：“上车，冻死了。”

两个人上了车，小妃把话梅递过来：“你俩聊什么了？还要离那么远，怕我们听见？”

“聊陈既呗。”老何说。

小妃挑眉：“表白后有进展没？”

琮玉没说。

老何来劲了：“还以为你们这种小女孩都喜欢那种柔弱的小男孩，你喜欢陈既，我是没想到的，他得大你十来岁了吧？”

小妃拿围巾抽他：“别老给我们女人下定义，我们想干什么就干什么，想喜欢谁就喜欢谁！”

“既哥的身材和脸都属于现代审美的天花板。”老秦承认这一点，也有些羡慕，有些自卑。

小妃点头：“是有那么点儿意思。听说他之前都是长头发，胡子拉碴的，我怀疑他知道自己长得好看，故意遮住的。”

“我也长得挺帅的吧？”老何撩了一下头发。

小妃白了他一眼：“你得了吧！要说帅，老秦其实还可以。”

老何更不高兴了：“你这是什么审美？”

老秦感到受宠若惊，觉得有些不好意思：“我跟老何差不多……”

老何也不要他找补：“你这个差不多用得我很不乐意哈！施舍似的！我又不是要饭的！咱们不靠脸而是靠才华，好吧？”

小妃和老秦都笑了。

就这样，他们聊天、打牌，消磨时间，也尝试了推车，没推出来。十点钟左右，车彻底打不着了。

小妃说了一上午话，嘴累，头也疼，伸了个懒腰：“我睡一会儿啊。”

她刚说完，一块砖头砸向了风挡玻璃。

小妃立刻清醒了。

老何跟老秦朝外看，一辆皮卡、一辆别克 GL8。那帮人还是来了。

常蔓与琮玉对视了一眼。

老何刚要骂街，小妃打断了他的话：“闭嘴！看他们要干吗！”

外头七八个人，都是二十多岁正没轻重的小伙子，三四个剃板寸的，一看就是刚从哪个监狱里被放出来的，手里拿着铁棍，狂妄不羁地朝他们走来。

小妃的额头开始出汗：“常蔓，你那个焰城大款的女人的身份太吸引这类犯罪分子的注意了。”

常蔓感到很抱歉：“我可以下……”

小妃没听常蔓说话：“果然占多少便宜吃多大的亏，这时候就体现出靠着一个大哥的缺点了。”

常蔓又说：“我可以下车。”

“下什么车啊？没看外头都是要人命的人？”小妃说。

老何和老秦也没想到，他们被困在冰湖这么恶劣的环境下，危险竟然还是同类带来的。

外头的人已经在骂街了，叼着烟、手插着兜显得优哉游哉的。

"那个叫常蔓的，不出来我们砸车了啊！"有个小混混叫唤得凶。

老何的身子要低到座位下边去了，不是他不爷们，实在是对方的人太多了，双拳难敌四手。

毕迎光不知道从哪儿走到车前，手里拿着板砖，照着车窗砸了下来。

小妃吓得叫了一嗓子。

老秦没有老何身子弓得那么低，但心里也一直打鼓，额头上的汗接连不断地流下来。

常蔓攥住琮玉的手，说："车窗被砸破后就下车，反正他们的目标是我，实在不行，我先跟他们走，还有的周旋。"

琮玉说："不用，拖延就行了。"她早就报过警了，还是给甘岭公安局打的电话，从时间上来看，警察应该快到了，最多不会超过两个小时，也就是说，他们最多只要拖延两个小时。

毕迎光凿穿了后车窗。没被玻璃膜黏住的碎玻璃碴崩到了小妃的眼角，划出一道细小的伤口。毕迎光和另外两个小混混把手伸进来，抓住了琮玉的衣服。

常蔓拿着吃蛋糕的叉子，片刻都没犹豫，照着男人的手背就是一叉子。

一个男人仰头大叫："啊！"

小混混们脸上玩世不恭的笑容渐消了，他们意识到了被他们包围的几个人视死如归的态度。

一个显得有些臃肿的男人看着像头儿，横着眉毛发号施令："把他们拽出来摁住。仨小娘儿们你们都弄不了？"

几个人一起上了。

琮玉他们不是这些人的对手，被连推带搡、生拉硬拽出了车。

老何和老秦还没站好，不知道谁在他们身后踹了一脚，使他们一个踉跄扑进了雪里，鼻子磕到冰面上，立刻流血了。

小妃哪里见过这个场面，眼角又受伤了，就一直不受控制地叫喊着。她也不想喊，本能驱使的。

有个小混混抬手一巴掌，抽得小妃眼冒金星，也像是掐住了她的声带，她终于没声儿了。

毕迎光薅住常蔓的头发，"啪啪"地拍着她的脸，捏住她的下巴，唾沫都喷在了她的脸上："你不是跑了吗？你接着跑啊！臭娘儿们！"

常蔓提膝攻他的裆部，他疼得咬紧牙，骂了两句更难听的话，抱着常蔓的脑袋往车门上撞。

琮玉一看不成，挣开小混混的钳制，用身子撞向毕迎光。

常蔓见琮玉上前，比这几个小混混还急，挡在琮玉和小混混的中间，生怕他们打到她。

领头的那个胖光头看出来了，叫了毕迎光一声："抽嘴巴！就抽穿黑衣服那个岁数小的！"

毕迎光点了一下头，攥住琮玉的衣领，一巴掌扇过去，没想到琮玉先发制人，在他的巴掌落下来前就先照着他的脸甩了一巴掌。

清脆的声音响起，毕迎光的脸上有五个手指印顿时显现出来。

而琮玉腰杆笔直，神情无畏。

常蔓觉察到不妙，但已经晚了，这回算是把他们的火撩起来了，火势漫天，她再怎么吸引火力，他们还是把琮玉摁在地上一顿抽打，还脱了她的外衣，撕开她的领口、袖口，把她扔进雪堆。常蔓的嗓子喊哑了，换来跟琮玉一样的待遇。

她们没求饶，知道这群人经历过一次常蔓花言巧语的欺骗行为后，不会再相信她们说的话。求饶也不是她们的风格。小妃哭得眼睛都肿了起来。

老何都不敢睁开眼睛看，一直装作空气，盼望不要吸引他们的注意力，省了挨顿毒打。

老秦挣开束缚，口水、血水挂在嘴边，瞪着眼睛，龇着牙，扑过去想跟他们同归于尽，忘了自己的实力连单打独斗都会落于下风。

琮玉和常蔓的身上都挂了彩，这样有好处，他们对她们就没其他想法了。

小妃哭得梨花带雨，在这样的环境、天气下尤其怜人。

琮玉和常蔓看到那个胖光头摸着下巴打量小妃了，对视了一眼，趁身旁的小混混不注意，一个撞击他的腹部，一个迅速抢走他手里的铁棍。

胖光头那边一群人的注意力果然又被她们吸引过来了。

琮玉感觉有点儿缺氧，喘得越来越厉害，头也越来越晕，但只要再拖一会儿，就一会儿，警察就会来的。

警察不来，陈既也会来的。

琮玉脸上的口子在流血，鼻子也在流血，她胡乱地抹了抹，铁棍戳在地上，用双手扶着，借着铁棍勉强站住。抬头是晌午的太阳，看雪地看久了，她觉得似乎都不刺眼了。

这样好的天气，真好看啊。

小混混们看琮玉还挺顽强，其中有个胆儿大的人，边解裤腰带边走向她。

常蔓皱起眉头，挡在琮玉的身前。

那个人就是冲琮玉去的，常蔓挡住他，他直接抡圆了棍子，把常蔓打倒在冰上起不来了。

常蔓挣扎了两下，怎么都起不来。起不来，她爬也要爬过去。

琮玉原本不用来的，事情根本与她无关。她们甚至连朋友都不是，但她来了。

常蔓的视线渐渐变得模糊，她看不清楚事物，脖子很沉，头很痛，脑袋抬不起来，胳膊也不行，但听得到那几声男人的惨叫，让她感到意外的是琮玉竟然还有力气冲他们挥棍子……

臭丫头还挺牛……

但琮玉怎么会是几个男人的对手？常蔓又听到他们把琮玉摁进雪里，狠狠地抽她的巴掌……

琮玉为了陈既，总是流泪，这样的处境下却一声不吭，现在的女孩都这样吗？

常蔓哭了。

琮玉被血糊住了脸，胳膊上好多被划开的口子，小腿上也是，他们还想剜她的脚筋来着，可真恶毒啊。好像肋骨折了一根，也可能是两根？她不知道了。她感觉缺氧了，已经感觉呼吸困难了，眼睛也睁不开了，看不见太阳了。身上真疼，疼得她都不知道哪里最疼了。她手里抓着雪，雪和血混在一起，身体又冷又疼，真是难挨呢。

陆岱川那时候就是这样，把火力都集中到自己身上的吗？他是不是像电视里演的那样，肉盾一样挡在前边？

那他一定很疼。反正她疼死了，早知道就不来了，救世主，谁爱当谁当。她想回焰城了，跟陈既、爆破在一起。她想陈既了。陈既一定很生气，也一定担心死了。他好疼她的，她知道。她什么都知道。

“琮玉！”

看，她都听到陈既的声音了。

陈既跟向导他们走了冤枉道，比预计晚一个多小时找到琮玉他们。他离得老远就看到一群人围着几个人的画面，一瞬间，握住方向盘的手上的骨节被他撑得像是嵌了汉白玉，脖子上的血管也由于他浑身紧绷而不时凸显出来。

他已经那么会掩饰情绪，也还是被同车的几个人看出了难以遏制的怒意。

他一路都没这一会儿开得快。

快到跟前，他也不停车，直接撞向作恶的一群人，然后忽然刹车，车子甩尾，车轮摩擦地面发出刺耳的响声。

车还没停稳，陈既就下了车，手里拿着他车里常备的棒球棍，看到琮玉浑身是血地趴在地上，扭头喊救援人员和向导帮忙时，眉头紧皱，“痛苦”这两个字那么具象地在他的脸上表现。

陈既再回头看向那几个小混混，神情已经恢复如常，就像在焰城唐华路他最常出现的状态。他一棍子打向最靠近琮玉的小混混。另外几个小混混直接被吓破了胆，不敢动弹了。

胖光头不自觉地往后退，想上车。

陈既一把把他扯回来，胳膊反剪，摁到地上。

老何本来畏畏缩缩的，不敢反抗，陈既来了，他就有底气了，一起上了。

小混混们开始被陈既的气场震慑住了，过了半天，反应过来了，意识到他们人多，骂骂咧咧地还起手来。

陈既根本不给他们还手的机会。琮玉浑身是血的样子在他心里、眼前挥散不去，他不可能让他们几个舒舒服服地被警方带走的。向导和救援人员第一时间把琮玉她们几个女孩带上了车，回过身也动手了。

一群人渣，被判刑真是太便宜这样的人了。毕竟受害者受到的伤害不是施害者接受法律的制裁就可以抵消、磨灭的。

返回青木时，陈既让向导开车，他在后座上守着琮玉。

车前镜里，他抱着女孩，亲吻她满是血的眼睛和鼻梁、嘴唇，捏着她的手，不敢用力。

一次、两次，要不是因为在他身边，她怎么会有危险？他就不该留下她。

车开得不快，就怕颠簸，琮玉还是在被一块石头硌了车轮后醒过来了。

她感觉浑身疼，眼睛也只睁开一条缝，看到陈既，还能咧开嘴，声音很小很小地说："你找到我了……"

陈既轻轻拨开琮玉沾满血的头发，宽大的手掌缓缓覆在她的脸上。

琮玉虚弱得像是只有一口气吊着了，但还是要问他："你想我了吗？"

"嗯。"

"你担心我吗？"

陈既仿佛感到被乱箭穿心。

一行人返回青木时已经是晚上九点，陈既抱着琮玉冲进了县医院的急诊室。

值班医生看到浑身是血的琮玉，不自觉地皱起眉，放下手头的所有事，快步把他们引到靠柱子的床位处，一边检查，一边询问。

陈既在旁边有问必答。

隔壁的床位上是常蔓，小妃和老秦站在一侧，协助医生处理她的伤口。

棉球、碘酊、绷带……医生动作不轻，陈既看着看着想自己上手，仿佛可以替琮玉感到疼痛。但他知道，医生下手有轻重，琮玉也能承受，不能承受的只是他那些心疼情绪。

方柱上挂着一块圆表，秒针无声地刮开表盘的灰尘。灰尘太厚，其实很难刮净，但还好，它也转得够久，无休无止的，所以表盘很干净。这样一圈一圈，慢慢地，琮玉的脸也干净了，一道道口子也被修上了补丁。

医生说，琮玉的外伤不严重，内伤要看 X 光片的结果，随手开了单子，让他们去拍片。

他们拿到结果已经是半夜了，意料之中地肋骨骨折，轻微脑震荡。常蔓也是。

琮玉比常蔓的伤要重一些，重在多挨了几棍子，但由于琮玉的身体素质比较好，所以两个人的恢复周期一样。

所有人都踏实下来，除了陈既。

陈既办理好住院手续，缴完乱七八糟的费用，看着琮玉开始输液，随手拎来一把椅子坐在病床旁。老何困得不行，但小妃和老秦在照顾常蔓，陪她说话，陈既看着琮玉，他也不好意思回去。后半夜过得很快，看起来一直精神抖擞的小妃也撑不住了，跟老秦说轮流看护，躺在隔断帘外的折叠弹簧床上。

老秦从外头买了几瓶水回来，掀开琮玉的病床边的帘子，递给陈既一瓶，月光和灯光显得他的肤色青白，照不出他跟他们一样疲惫的眼睛，整个人恍如铁人。他不敢跟陈既说话，本来也不熟，他还对琮玉有过非分之想，不知道陈既心里怎么想他的，干脆装死。

陈既表面上看起来如常，其实不然。他总有慌的时候，只是理智的时候更多，又会掩藏，所以别人以为他没长心。有时候装久了，他自己也会觉得他没长心。他想抽烟，但没等手摸到烟盒就放弃了。抽烟要出去，他不希望琮玉醒来看不到他。他甚至连水都不喝了，为了减少上卫生间的次数。

医生给琮玉开的药有安眠的功效，她一晚上都没醒，醒来时天已经亮了。

陈既立即起身询问："哪里不舒服？"

琮玉看到陈既就笑了，睁开眼睛就能看到陈既，可真是幸福呀！

陈既看琮玉憨憨的，还在傻笑，就是不说话，直接伸手摸了摸她的额头。他也不知道摸额头干什么，但好像昏睡醒来，就应该摸一下额头，看烫不烫，哪怕他知道琮玉就没发烧。

琮玉想伸手抓住陈既的手腕，但胸部太疼了，动了一下，五官都皱在了一起。

陈既下意识地伸出手，忽然觉得不合适，没有片刻犹豫，起身叫了护士。

护士进来，轻轻摸着琮玉的肋骨的位置，问了些"这里疼不疼？""这里呢？"之类的问题，嘱咐陈既一些注意事项。

护士离开后，老秦也离开了。小妃醒来，揉了揉眼睛，先叫了陈既一声："我帮你看着，你先去上个厕所吧。"

陈既没说话，出了病房。

琮玉捕捉到这个信息，他一晚上没上厕所吗？

小妃将脑袋探进隔断帘，冲琮玉竖起大拇指，用口型说了一句话：说他不喜欢你，打死我都不信。

陈既从卫生间出来，走到楼梯间里点了根烟。怕琮玉不喜欢烟味，他想买护士站上放着的芒果糖。护士听到陈既的请求，挑了一下眉，开玩笑说："加个微信吧？"

要知道陈既真是烦透了这种事，却还是同意了："好。"

护士笑了一下："开玩笑的，帅哥，拿走吧，反正也是病人家属分给我们的。"

陈既拿了一块糖："谢谢。"

陈既一走，护士缩了一下肩膀，跟护士站里的另一个护士相互看了一眼，笑了起来："好像离近了更帅。"

"吃你的玉米吧，一看帅哥就来劲。"

陈既回到病房，掀开医用隔断帘。

琮玉看着陈既低了一下头，他确实得低头，个子太高了。她觉得陈既有些累，因为有时候他睁开眼睛会睁成三眼皮，这是缺觉的表现，但他可能是装成习惯了，除了这个小破绽，几乎找不到他疲惫的痕迹。

陈既问她："饿不饿？"

琮玉摇摇头，又点点头。

陈既不问了，点了外卖。

琮玉歪了一下头，皱起眉。

陈既也皱眉："哪儿疼？"

琮玉不说话，闭着眼睛，眉头越皱越紧。

陈既靠过去："还是胸口？"

琮玉只张嘴，不出声。

"不要装蒜。"陈既说。

琮玉就不出声，那架势仿佛在说：反正我疼，你有本事别靠过来。

陈既明知道琮玉在装蒜，还是靠了过去。

琮玉果然亲了他的耳朵一下，一小下，贴了一下那种，然后假装什么也没发生过，脑袋歪向窗外，但嘴角微微翘起，显得那么得意。她早就想这么干了，受伤了也应该有特权。

病房的隔断帘设计真是深入人心呀。

陈既没凶她，也没躲，却也没别的反应，显得很平静。如果换一个地方，少女的热吻或许会令人心猿意马，但在医院的病床上，她浑身是伤，他无法产生一丝杂念。

琮玉悄悄看他，见他的脸色平淡，狂乱的心跳和微翘的嘴角也平复下来。

她还记得昨天陈既心疼她的样子，不信她在他心上撕开的那道口子又愈合了，但目前看来是这样的。他又不认了。

琮玉不再跟陈既说话，粥到了她也不吃。

一直到中午，陈既接到电话要出去，小妃在陈既拜托之前就举起手，说她一定看好琮玉。他又扭头嘱咐琮玉，让她有事打电话给他，安排好才离开。

琮玉烦躁得用被子蒙住脑袋。动作太大了，胸口又疼，她吸了一口凉气，不敢动了，想到昨天挨的一顿毒打，烦劲儿散了些。能活着回来，她还烦什么？

这会儿常蔓也醒了，小妃给常蔓倒了水，随后坐到椅子上，很奇怪地说："没理由啊，陈既昨天可不是这样的，都急疯了。"

常蔓喝完水，看了琮玉一眼，琮玉的状态让她猜到了她们在聊什么话题。

"我是他的战友的女儿，而且比他小很多，换成别人可能不管这些事情，但他是陈既，他有病。"琮玉什么都知道，只是人都不喜欢死心，总要一遍一遍地确认，再一遍一遍地不好受。

陈既就是太正经了，但凡像禽兽一点儿……但也许他走进人群，她就不爱了。他若跟别人都一样有什么可爱的？她爱的不就是他跟别人不一样吗？

小妃理解了。

常蔓扶着床头坐起来，问小妃："我伤得严重吗？"

小妃放下了水杯："你们觉得呢？挨一群小王八蛋的毒打，不严重就奇怪了。"

"我怎么觉得没那么疼？"

"输液了啊，药物有止疼作用吧。"

"这样。"

这时，常蔓的手机响了，邱文博的来电，她示意两个人不要出声，随后接通，抽抽搭搭地喊道："叔叔……"

小妃没见过常蔓变脸，觉得有点儿尴尬。

琮玉早看过了，没什么反应。

不知道电话那头的人说了什么，常蔓哭得更厉害了："可是我想为你分担……"

过了很久，常蔓对着电话说："阿蔓知道了。"挂断电话，她立刻止住眼泪，演都不演一下，轻轻抹了一下脸，把手机放在一旁，“输两天液要回甘岭了。”

“邱总让你回去？”小妃问。

“他已经叫人过来接了。”

共患难过，常蔓敷衍邱文博这件事就不瞒着小妃和琮玉了，反正大家都不傻，一个年轻女孩跟一个除了钱要啥没啥的男人在一起，可能是因为爱情，但前提是真的得到了爱。然而邱文博对常蔓就是在养一只漂亮、乖巧的宠物。他没爱，常蔓怎么会爱他？

小妃不说话了。

琮玉不感兴趣，就没想过问。

陈既拿着琮玉和常蔓拍的片子、检查报告、病历本送了检，随后前往派出所。

他得去做笔录。哈次湖上把那群小混混打了一顿后，陈既留下了两名救援人员还有一位牧民看着他们，等警方赶到。

琮玉和常蔓受伤严重，不能等，他就自作主张地让老何开着小混混们那辆皮卡，载着常蔓他们。他自己带琮玉跟向导一辆车。他们刚从湖上回到路上，警方救援就到了，他下车跟他们聊了两句，给他们指了路。

现在琮玉的情况已经稳定，他也就可以腾出手来协助警方处理那几个人渣了。他们快到派出所时，邱文博打来电话，陈既接听了。

邱文博没问常蔓的状况：“我叫人去接她了，这么大一个破绽在外边，对我很不利。”

“好。”

“那边的事不是解决完了吗？干得不错，别的事回来再说。”

“暂时回不去。”

“那个小姑娘？”

“嗯。”

“让她跟常蔓一起回来。”

邱文博这么说，陈既也不好再说留下的话了，只是这样他想利用青木矿区的违规操作斩断邱家兄弟一臂的计划要泡汤了。

本来没这个计划，是常蔓的介入让他和周惜罇忽生一计，决定在矿区找找机会。

陈既早就跟常蔓沟通好了，让她进入项目部，以学习经验的借口找到青木矿区开采文件造假的证据，或者是跟有关领导暗通款曲的证据，交给周惜罇，由他向上级申请调查令。

他没想到会出现常蔓当街被掳的情况，这么一来，计划全被打乱。

他要是回去了，基本算是白来一趟。

派出所门口，陈既没着急下车，点了一根烟，平静地抽完，接着又点了一根。

一根接一根，他抽了好几根，那点儿烦闷情绪仍无法去除。烦闷的几点中，除了不能完成任务，最让他内心摇摆不定的就是送琮玉回去的事。这次无论她愿不愿意，他都要把她送回去。只是，这一送，她一定恨透他了，他们也不会再见面了吧？

这不可怕，他总在跟人见最后一面，总在送走一些人，可怕的是，他只要一想到要和她就此别过，再也不见，就会有一个瞬间觉得自己在做的事一文不值。

过去很多年，艰难险阻，他也不曾怀疑自己的选择，现在一个鬼机灵让他动摇了。可是，他不能留下她了。他保护不了她。

他将手搭在车窗上，拇指和中指捏着烟，另一只手掐住眉心。看到琮玉的消息到现在，他没合过眼，两天两宿，时间仿佛被拉长到几十倍，分秒难熬。

下午，小妃去饭店买饭，病房里只剩下了琮玉和常蔓。

常蔓平躺在床上看着天花板，叫琮玉："我能抽烟吗？"

"不能。"琮玉也平躺着，也望着天花板。

常蔓吸了吸鼻子："邱文博也让陈既回去。"

琮玉没说话。

常蔓说："但他不能回。"

琮玉扭头看着她。

常蔓不瞒她了："青木矿区不能死了那么多人还一点儿责任没有，还要被报纸写几篇文章歌颂，还要继续开采，破坏山体，破坏地貌。”

琮玉不自觉地拄着床板，疼也撑起了身子，看着常蔓。

常蔓扭头看着琮玉，没解释：“邱文博很谨慎，还多疑，邱良生比他更甚，他让我回去，我必须回去。我黔驴技穷了，你要能想到办法，就帮陈既留下来。”

琮玉一下子明白了那个困扰她的问题：常蔓为什么装成从小学舞蹈的人留在邱文博的身边。常蔓和陈既在做差不多的事。

琮玉没问常蔓为什么告诉她这些事，昨天并肩而立，彼此的情感已经胜过千言万语。

“我是苏州人，以后到苏州，我招待你。”常蔓说。

琮玉没应，拉开右侧的帘子，看向外头飘落的雪，问了一句：“苏州冬天的雪大吗？”

“以前不大，我很多年没回去了。”

“以后一起回去吧。”

常蔓笑了：“嗯，等打完老虎，我带你去我家住。”

琮玉把头转回来看着常蔓，对视中，两个人忽然都笑了，一笑胸口就疼，疼也要笑，一边皱眉，一边咧开嘴角。

(2)

常蔓走了，陈既说，他们也要回去，就在这两天。

琮玉住的病房只剩下了她自己，还挺冷清的。

陈既两天跑了几趟派出所，现在可能是解决完了，有时间陪着琮玉了，给她削苹果，去除车厘子的核。夕阳发红，照在他身上，琮玉一下就被迷住了。她太容易对陈既心动了，不知道是因为处于少女阶段，还是因为他真的迷人。她托着下巴，歪着头，像朵小野花，陈既仿佛她的阳光，她所需要的养分都来自他。

陈既可以不用承认，只要她能在他身边，这都不重要。琮玉又自己想开了。

陈既把车厘子给她。

琮玉张嘴。

陈既不喂："自己吃。"

琮玉摇头。

诡计多端的黄毛丫头，陈既勉为其难地喂了一颗。

真甜呀。

琮玉看到陈既的三眼皮："你昨天不是睡觉了，还是很累吗？"

陈既睡了，半夜醒了就没再睡了。

琮玉让出一点儿床位："你要躺一下吗？"她其实没抱多少希望，就是逗他成了习惯，他越不让她侵入他的领地，她就越斗志昂扬。年轻有勇气的女孩总是不畏艰难。

她没想到陈既同意了。

琮玉把枕头分给他半个，自己又往边上挪了挪。

陈既放下装车厘子的塑料盒，坐在琮玉的病床上，靠在床头，跟她有两个拳头的距离。

琮玉忽然觉得心跳好快。她还没跟陈既躺在一张床上过，有点儿紧张，但如果让她躲开，她又不愿意。她的手指悄悄地爬到了陈既的手边，假装不经意地碰了碰他，然后她偷偷扭头观察他的反应。陈既没什么反应，她就当是默许，继续向前，手指爬到他的手背上。

陈既没躲开，她就牵住了他的两根手指，佯装自己不是故意的，脑袋往另一边偏着。陈既让她牵了。琮玉想牵三根，陈既突然翻手，把她的小手扣在了掌心下，不许她再动。

琮玉抽了两下，没抽回来，索性放弃。其实，被他这样握住感觉也挺好的，管他是出于什么目的呢？小手像一团火，陈既握住她的小手感到有一些煎熬，但作为陈既，握一会儿应该能被原谅吧？他总是成为各种人，很少是陈既。

琮玉想让这一刻变得长一点儿，但医院的环境不允许，她还没过瘾，走廊里传来的动静让陈既坐了起来。他没慌乱这种反应，自然地坐了起来，再自然地松开了琮玉的手。

护士进门发药，问了琮玉一些常规问题，就离开了。

琮玉还想牵他的手，但陈既已经坐到很远的地方了。她收起满脑子不正经的想法，跟陈既说起正经事："颂雅芝的丈夫是梁有节，这你一定知道，梁有节是梁之势的侄子你一定也知道。颂雅芝在跟梁有节因为孩子的抚养权打官司，她势单力薄，我给她出了点儿主意。”

陈既知道，只是有些意外琮玉居然在这么短的时间内跟颂雅芝交往到这种程度。

琮玉说：“你应该会接到邱文博的电话，让你先别回了，帮梁有节找颂雅芝。”

陈既皱眉。他刚意识到琮玉做了什么，邱文博的电话就打了过来，说颂雅芝拿着梁有节的把柄回到矿区了，让他去找找，跟她沟通一下，看有没有商量的余地。

邱文博的第二句话是：“霍国炜这次出了不少力，他的女儿出嫁办酒席，要回甘岭，矿区的事你盯着点儿。老唐这人心术不正，我不太放心。”

“好。”

房间里很安静，陈既的通话声音适中，但邱文博的嗓门大，琮玉就听到了一句半句。

原来陈既有办法留下来，看来常蔓的担心多余了。也是，陈既嘛，就是本事多。

陈既挂断电话，没问琮玉跟颂雅芝聊过什么，他能猜到。琮玉这个人，目的性很强，对他在做的事不感兴趣，自然只会问关于他的那部分。琮玉应该知道了他坐牢的原因。

病房里安静下来。

过了许久，琮玉冲他笑了笑：“你怎么不说话？”

陈既不知道说什么，怕习惯作祟，张口就会凶她。她现在脸上贴着纱布，青一块紫一块的，他不能凶她了。

琮玉又笑：“我们可以过很久的二人世界。”她一想到这点就觉得开心死了，什么叫福兮祸兮，受伤了，但是可以被人心疼，可以开启二人世界模式了。

陈既没说话，又拿起车厘子：“还吃吗？”

琮玉点了点头，陈既递给她。琮玉不接，想要他喂。陈既拎着椅子过去，坐下来一颗一颗地喂给她，心里一点点地泛出苦水。就在琮玉憧憬未来跟陈既在青木增进感情，沉浸在陈既限定的温柔举动里不能自拔时，她要出院了。

出院本来是开心的事，但因为一辆不是陈既的车，她竟然不自觉地心跳加速。

县城的人少，县医院门口的人也不多，下着太阳雪，雪很大，风也大，雪花飘在半空中，也不落下，没到地面就化了。

琮玉的羽绒服毛领上沾满雪花，被冻红的眼睛和鼻尖让她的皮肤更显白，像精灵，只是精灵有些难过，眼中的不安情绪已经溢了出来。

陈既站在车前，没看琮玉。

小妃还没意识到即将发生什么，还在对琮玉笑："想吃什么？今天吃个够！"

老何和老秦也打趣："胡老师做东，咱们挑县里最贵的饭店！"

琮玉听不进去，只是看着陈既，但这个男人看都不敢看她。

周围吵吵闹闹的，聊着出院的人不要回头看，还要在身上洒水，琮玉都听不进去。她不想琢磨，为什么这么久了，他还是要送她走？

陈既打开车门，琮玉的行李他早就放在后备厢里了。

琮玉真的不懂啊，摇了摇头，嘴角有些不受控制地撇着，鼻子发酸，眼睛也是，突然不想出院了。

陈既的心够狠，还能说出口："上车。"

琮玉还在摇头："你不能这样。"

周围的欢声笑语骤然停住，所有人的目光聚焦在琮玉和陈既身上。

琮玉不上车："凭什么？就因为我受伤了？"

陈既在睡不着的晚上练习了无数遍："我还有事，没空跟你耗，不想再重复一遍。"

小妃他们忽然变得紧张起来。他们也不太理解，为什么陈既翻脸比翻书还快。

风刺骨，话伤人，琮玉的心稀巴烂了，她就是不掉一滴眼泪。陈既要把她送走，她掉眼泪也改变不了，所以只问他："是不是一定要走？"

"是。"

"你看着我说！"

陈既不看琮玉："别让我过去拽你，赶紧的！"

琮玉微微歪着头，攥紧两个拳头，指甲也把掌心抠得稀巴烂。

小妃不喜欢陈既说话的语气，即便有些畏惧他，还是替琮玉说话了："你那是什么态度啊？常蔓是你要照看好的人吧？琮玉给你带回来，受了一身伤，你还对她这么凶？”

老何拉了拉小妃的胳膊，示意她别作死。

小妃把胳膊扯回去，气急败坏地把头发拨到耳朵后：“你有什么了不起的？”

老秦也去拉她。

陈既不理人，又把车门关上了：“你最好在我还愿意送你回去时上车，不然你愿意在这儿待着也可以，就是别跟着我了，我嫌麻烦。”他面无表情，上嘴皮碰下嘴皮，难听的话当着那么多人的面说，灌进了琮玉的耳朵里。

琮玉摇头，眼泪明明被理智打过招呼了，还是掉了下来。她很聪明的，不信，缓缓地走过去拉陈既的手：“你骗我的是不？”

陈既抽回手：“我为什么骗你？”

琮玉的小脸上还有没好的伤，眼泪流了一脸，她又牵住他，使劲攥着他的两根手指头：“我没家……你让我去哪儿？……”

陈既为人，顶天立地，什么都不怕，却不敢看她：“跟我有什么关系？”

琮玉的眼泪接连不断地往下掉，她换两只手一起拉着他：“我们不是还得回焰城吗？爆破还在宠物店里呢……我们回去好不……”

小妃看着琮玉难受成那样，想说话，老秦和老何又拉着她，不让她管这事，她干脆转身，反正是看不下去了。

琮玉多乖啊，凭什么？

陈既第二次抽回手，打开车门，拽着她，要把她塞进去。

老秦也看不下去了：“至于吗？”

琮玉双手扒着车门，死都不上车：“我知道你在想什么，我没事，真的没事……你看我已经好了，后遗症都没有。以后我不管了……谁出事我都不管……就在旅馆好不？……”

陈既无动于衷，就要把她推上车。

“我们不是说好了要去阿库勒雪山的吗？我想知道陆岱川是怎么死的……我们不是说好了吗？……”

陈既把琮玉抱起来，放进车里，把车门关上。

琮玉想打开车门，陈既对司机低声喝道：“锁上！”

琮玉打不开门了，要跳车窗，可是摁不动车窗，就威胁司机，抓起座位上的签字笔比在司机的脖子上。但还没等她说话，陈既在车外说："你非留下也可以，但做好心理准备，我会找女人，会结婚。"

琮玉停下来，渐渐放开司机，靠在靠背上，握着笔的手也渐渐放松了。她不再歇斯底里，虽然现在也谈不上歇斯底里。她太难过了，无底洞似的低落情绪让她像一只被雨打湿的飞蛾，所有带棱角的事，她好像都忘了怎么去做。仅仅过了数秒钟，她已经判若两人："你把窗户打开，我跟他说两句话。"

司机不敢打开车窗。

琮玉又说："我不下去了，就说两句。"

司机看向陈既，陈既点了头，司机打开琮玉身旁的车窗。

琮玉脱了外衣，摘了帽子、手套，还有鞋，凡是陈既买的，全都被扔回他身上，声音终于恢复成常态："我就一个问题，后悔吗？"

"不。"陈既甚至没有犹豫。

琮玉点了点头，注视着前方，眼泪早已止住，多少不甘情绪尽数收敛："那你记住，没有卖后悔药的。我走可以，你这辈子别想再见我。"

陈既没说话。

琮玉知道了，笑得很疲惫，看起来真像释怀了："就当我没来过。"

琮玉关上车窗，淡淡地对司机说："走吧，他让你送我去哪儿，照他说的送我去吧。"

司机发动车子，离开，小妃追了两步，看车里的琮玉连头都不回，扭头指着陈既骂道："你真别后悔！后悔也没用！死去吧！垃圾男人！"

陈既看都没看那辆商务车驶离的方向，直到拐弯，才扭过头，但迎接他的双眼的只有空旷街道、寒风、太阳雪。

陈既把琮玉送走了，还是把她送走了。

小妃带着火气离开，老何和老秦也没留下来。亲眼见到这个场景，让他们意识到一个问题，陈既的心狠程度不是他们能估量的。同样是男人，两个人知道他对琮玉早就不只战友的女儿这么简单，但陈既居然能忍，还能把她送走。

他们觉得陈既很傻，不懂及时行乐，估计陈既也觉得他们很傻，好好的人不当，要当狗。本来他们不觉得自己是狗，看到陈既在欲望面前的做法，突然发现，他们可能永远不会跟陈既成为朋友，不只因为他天生的距离感，还因为他们做不到像他那样禁得住欲望的诱惑。

但他们还是觉得，做个自私的俗人挺好的，至少可以把喜欢的姑娘搂在怀中。所有人都走了，陈既还站在大雪里，过了很久，蹲下来把琮玉的衣服、鞋子、帽子、手套捡起来，捡得慢，边捡边掸掉在上边的雪花。

这时，不远处的墙角有一双眼睛看着他，是琮玉。她还是用签字笔威胁司机回了头，从车上下来，准备跑回陈既的怀里，不管他说什么屁话都咬定了跟他到底。但看到陈既那么笨拙地捡起她的东西，她突然觉得没劲。他明明做不到，还是逼自己送她走，她回去有什么用？他已经下定决心了不是吗？

算了，陈既铁了心，那即便她不要脸了，也白搭。

只是，她付出一腔烟火一般的热爱要怎么收回来？

琮玉走了，陈既回到旅馆，关了手机，想给自己放半天假。

前台的人不知情，还问陈既要不要再买糖心苹果，他说不用了，没有人要吃苹果了。

他回到房间，屋子里又湿冷又阴暗。他把琮玉的东西放在桌子上，缓慢地走到写字台边，站了很久，不知道想到什么，脑子里很乱，又仿佛什么都没有想。也不知道过了多久，他坐了下来。转椅旧了，却是第一次在他坐下后发出“吱呀”声。

陈既再怎么装，椅子也还是泄露了他的疲惫。他打开抽屉，把票夹拿出来，琮玉给他写的信还平整地待在里边。

陈既撑开松紧带，把它取出来展开。琮玉一手破字，看着很费眼睛，但他还是一遍一遍地打开来看。他已经忘记少年时什么都相信、什么都尝试的样子了，琮玉总会让他想起年轻时的样子。

琮玉写，琮玉的陈既。

陈既眉心一紧，有些足以击溃他的情绪出现在眼里，在一阵酸热之后，奔涌而出。他几乎不会流泪，却第一次知道，陷入一种难以纾解的疼痛中，不会流泪只会更疼。

陈既从行李箱里取出一支钢笔，重新铺平一张客房配置的信笺纸。

他写，濛濛。

他有一手漂亮的字，在澳海生活时，他是那种别人家的孩子。如果父亲不犯罪，如果母亲不去世，他可能会在工程大学毕业，再找一份还不错的工作，找一个很喜欢的女孩，像大多数人那样简单地生活。

可惜命运是恶作剧之神，他憧憬的平凡生活没有到来，他的人生恶作剧一般冲破平凡的跑道，闯进了总也猜不到题目的赛场。

他抱着牺牲的心思应征入伍，从开始服从命令去履行职责到甘愿付出，渴望平凡的心第一次有所动摇。

当兵七年，他一直占着龙门武警最优秀的兵这个头衔，直到前往边防支援，见到烈火一样的边防营、巍然屹立的陆岱川，有些认知开始发生改变。

他们跟他一样，都有烈日、暴雪下作业的痕迹，但他们比他积极，想要活着，不像他一样以牺牲为目的去完成任务。他们每个人都有挚爱的人，有想守护的东西，却仍在危险时刻到来时以血肉之躯挡在人民身前。

陈既好像重新明白了军人的使命，首先要活着，然后再为祖国的安定奉献自己。

陆岱川如传说一样惜命，总在教手下的兵怎么在危险来临时活下来，可那一腔热血还是凉在那场与入侵的境外势力的对抗中。他知道前方等着他们的是什么，当时陈既准备跟他们会合，他擅作主张地传达给陈既错误的信息，让陈既跑错方向，等陈既意识到不对劲折返时，他已经倒下。

陈既的重伤是在抢回陆岱川时与对方发生冲突造成的，所幸他总算没让陆岱川死后遭受屈辱。

陈既在很长一段时间里不能原谅自己那一刻的判断失误，如果他在，陆岱川至少不会是这样的结果，但他不在。他始终认为，他应该跟他们站在一处，留在那座山峰上，但他侥幸地活下来了，他的命是陆岱川给的。

陈既也以为，他开始对琮玉的纵容都是因为陆岱川。包括此时，他也不管不顾地认定他痛苦的根源来自对陆岱川的愧疚感，而不是对琮玉的不忍心。

可是他写下“濛濛”两个字的时候，根本没想过陆岱川。他忽视了，或者说他在逼自己不去认识到这一点。以后他应该不会再见到琮玉了，这半年过得像梦一样。梦是什么？是什么都好，但他总要醒来。

陈既写了满满一篇荒唐的心事，又将纸揉成团，丢进垃圾桶。

还是算了，他就当她没来过。

小妃把陈既送走琮玉的事跟常蔓说了，电话里，常蔓沉默了很久。

小妃不理解："我觉得他对琮玉有感情。"

常蔓回过神来，没什么强烈的反应："有多少？"

"不知道，但肯定有。"小妃很笃定，"所以为什么啊？"

常蔓随口说道："害怕了吧？他怕保护不好她。"

小妃不信："陈既啊，我虽然跟他不熟，但也听她们说过，他可以说是两个邱总手下最有能耐的人了吧？你看他办事那个利落劲儿，反正在青木的这些男的办事没这么痛快。"

平淡的一句话，像一把锋利的刀，扎穿了常蔓。面对真正在意的人，再大的本事他也觉得不够，再纵横捭阖也害怕一着算错。措置裕如是对外人的，小心翼翼唯恐出现差池是对心上人的。琮玉竟然真的被陈既爱上了？

常蔓苦笑，没再接话，很快挂断了电话。

邱文博敲了她的门，她抹掉脸上的一滴眼，弯起嘴角，装出深情的样子，看向这个油腻、恶心的男人："叔叔。"

邱文博进门搂住她的腰："哭过了？"

常蔓抽抽搭搭地说道："看了虐人的电视剧。"

邱文博笑了一下，捏了捏她的脸蛋："跟小孩子似的。"

常蔓靠在他的肩膀上："有人保护真好。"

"现在知道了？要不是我让陈既保护好你，你这根小脖子都得让人掐断了。"

"还是叔叔想得周到。"

"以后还瞎跑吗？"

"不了。"常蔓说，"我想好了，以后也不去上班，我要跟叔叔形影不离，叔叔去哪儿都得带着我。去甘岭啊，什么酒局、饭局，我都要去！我不能离开叔叔！"

哪个男人不想被宠爱的女人需要？邱文博被取悦了，掐着常蔓的小腰："小跟屁虫吗？"

"你带不带嘛？"常蔓噘着嘴问。

"带。"

常蔓趴在他的肩膀上："叔叔最好了。"

司机要带琮玉走高速，琮玉提出想坐飞机，司机觉得很为难，迟迟不说行不行。

琮玉也不管他觉得行不行，坚持坐飞机。

在高速上后悔她可以停车，可以在中途下高速往回走，坐飞机不行，所以她想坐飞机，不想给自己任何后悔的机会。

司机给陈既打电话打不通，也拗不过她，还是把她送到了甘岭机场。

坐了一天车，琮玉终于到达甘岭机场。

下车前，司机递给琮玉一个包，琮玉不想要。

司机说："既哥给你的，拿着吧，不拿我不好跟他交代。"

"那是你的事。"

"举手之劳而已，哪怕你下车就扔了呢？"

琮玉还是接过包来，但没看，到自助柜台打印了机票，正常得像是旅游，但在接水喝的时候，还是让眼泪掉进了纸杯。她靠在墙上，看着稀稀拉拉的几个人在眼前经过，她还可以跟他们擦肩而过，但可能再也见不到陈既了。

琮玉从不害怕跟谁见最后一面。她向来拎得清，怎么跟陈既说再见这么像剜心一样呢？

明明住院时还好好的，陈既还会喂她吃水果，如果是因为这样，他觉得麻烦，她可以自己吃，只要他告诉她。

为什么陈既会毫无征兆地把她送走？他送也就送了，为什么演技拙劣，让她知道他在自责，在害怕保护不好她？这让她怎么死心？

琮玉在墙根处待了很久，目不转睛地盯着一处，眼睛也不眨一下，等入神了，眼花了，彩色的世界开始染灰，所有人都没了脸。但就在她以为自己即将失明时，疼痛帮她闭上了眼睛。所以，铺天盖地的疼痛感会触发身体的本能，让一个人不自觉地蜷缩起来，想要逃。她想要陈既，但很疼，那就只有逃离才能止疼了。

琮玉用里程换了休息室，到自助区拿了瓶酒，回来时，服务人员正帮她把包放进柜子里，陈既给她的那个。她还是没想打开，不敢。她觉得那里是让她回头的东西，只是现在的形势已经明朗，她感到疼，而陈既意已决。她得走了。

琮玉在休息室里昏昏沉沉地休息了半天，十点多登机，起飞，两个小时后，到达首都机场。

从摆渡车上下来，身后有个男生一直喊她，她听见了，但不觉得是在叫她，就算是她也不想回头，很累。

那个男生拍了她的肩膀一下："你的东西掉了。"

琮玉这才停住，扭头看到陈既给她的那个包，不想接来着，对方又往她跟前推了推："还有这张卡，从包里掉出来的。"

琮玉这才看到有一张被字条缠住的银行卡，后知后觉地接过来："谢谢。"

"没事。"男生笑了笑。

所有人都走了，去拿行李了，起初走得最快的琮玉反而停下，站在原地，身后是午夜点的机场，身前是除了工作人员外空荡冷清的通道，灯光不蓝不紫。

她缓慢地拉开卷着银行卡的字条，上边写着：卡里有三十万，密码是你的生日。

她再垂眼看卡，一张邮政的退役军人保障卡。

琮玉仅存的理智悉数溃逃，身体再也支撑不住情绪的重压，她蹲了下来，放声大哭。

第四章
# 转瞬三年，恰若半生

(1)

琮玉半夜到京州，没回家，住了一晚上酒店。

第二天回去，家里的密码换了，她切换微信，给沈经赋打电话，没人接，给家里阿姨打了过去。

阿姨听到她的声音，感到很惊喜："丫头，回来了？"

琮玉浅浅地答应了一声："家门的密码换了？"

阿姨告诉她："哦，是婧一换的，沈老板住院了，她就把几套房子的密码都换了，说是以前的密码不吉利，所以沈老师的血糖才下不去。"

"是吗？"

阿姨说："不说这个了，你在竹园那套房子吗？现在沈老板和婧一住孔安苑这边。"

琮玉知道了："我师父现在在哪儿？"

"在窦庄医院住院楼，好像是内分泌科那层，房间号有个'17'。"

"好。"

挂断电话，琮玉翻开微信，重新看了一遍张婧一发给她的微信。原来张婧一打的是这个主意。

琮玉从竹园出来，在咖啡馆坐了一天，打了半天电话，还见了一个人，天快黑时才打车去窦庄医院。

半路路过水果超市，她买了低糖果篮。

前几年医院扩建，住院楼是新盖的，琮玉没来过，问了几个人才找到内分泌科所在的楼层，找到 817 房间。

开门的是张婧一，她看到琮玉时脸上的表情很丰富。

琮玉没空看她，越过她，看了一眼满地的礼盒，把圆桌上的进口羊奶拿到地上，把她买的便宜果篮放了上去。她戴着棒球帽，遮住大部分脸，主要为了遮住脸上的伤，然后坐在桌旁。

沈经赋听见动静，费劲地挪动身子起来，胳膊肘撑着床，看到琮玉，揉了一下眼睛，老小孩一样，喜悦之色藏不住，但也就维持了十来秒钟，马上刻薄地哼哼道："还知道回来？"

沈经赋确实老了，但半年时间就有这么明显的老态，还是让琮玉感到很意外。是因为她没守在他身边吗？

琮玉看了一眼床头桌上的果盘，问沈经赋："知道吃的是什么东西吗？"

沈经赋扭头，眯着眼睛用力看："不是水果吗？"

琮玉说："是。"

"别说这些个了，你的事办完了吗？每天练功没有啊？过了年有个演出，很重要！"沈经赋看见琮玉就忍不住说戏，还用那句老话刺激她，"你还想不想当小李胜素了？"

琮玉一直没反驳过，但也心情不好，不想听这种话："这世上只有一个李胜素，她已经站在那儿了，后来的人把身份证改成人家的名字，那也不是，不是就做自己！"

沈经赋愣住了，突然哑口无言，看起来痴痴呆呆的。这是他以前常说的话，站在他的角度就是起激励作用，他也不想让琮玉成为谁，只是想她了，以为这是稀罕人的话，以为……原来这个丫头一直不爱听。

琮玉抬头看沈经赋沉默的样子，没来由地有些懊恼。她在发什么脾气呢？谁也没对不起她不是吗？她不再说话，站起身，把沈经赋床头的那盘水果倒进垃圾桶，还有那杯鲜榨的果汁。

张婧一倒是有眼力见，不掺和琮玉和沈经赋说话，知道她开口讨不了好。

琮玉转身把张婧一拽出了病房，一直扯到中央电梯附近的圆形走廊上。

张婧一一直想抽回手，但琮玉从小就劲儿大，这一趟出去又长个儿了，被她钳得死死的，根本动弹不了。

琮玉把张婧一甩到栏杆上："谁让你给他吃高糖水果了？"

张婧一也不是好惹的："他只是老了，不是傻了，不知道他有糖尿病不能吃高糖的水果吗？我给他他就吃？那些是我吃的！"

琮玉从包里拿出几张纸，全是记录张婧一和清光律所一名律师见面的时间和地点。她找张婧一的瑜伽老师的朋友要的。

开始那个老师还装傻，琮玉把张婧一出轨的证据给她看，她意识到帮张婧一没好处，才告诉琮玉，张婧一最近准备哄着沈经赋立遗嘱。

琮玉把这几张纸扔到张婧一的脸上："我说你怎么有胆量威胁我了，原来是找律师琢磨我师父的财产了。我告诉你，你光屁股的照片我有的是。你要是老实待着，我睁一只眼闭一只眼；你要是不老实……"她没说完，留给张婧一自己琢磨后果。

张婧一不是省油的灯，过去没少给琮玉使绊子，沈经赋行动还利落的时候，经常因为她的撺掇抽琮玉鞭子，琮玉都给她记着呢，现在有了她的把柄，琮玉不往死里折腾她，那都是仁义了。

也是那时候琮玉装愚扮拙，让张婧一以为她偶尔发火是色厉内荏的表现，从不把她放在眼里。

反正她回来一身火气，最好谁也别惹她，不然吃了她的呛话也得自个儿受着！

其实她可以让张婧一滚蛋，但沈经赋是一个需要陪伴的人，这么大岁数了，找个护工或者阿姨，估计人家也受不了他的古怪脾气，到时候起了歹心，还不如这个不安分但有把柄在她手里的小师娘。

张婧一没想到琮玉出去一趟脾气更大了，恰逢心虚，被她捏住了把柄，就没说话，干咽了这口气。

琮玉说完回到病房，把所有新牌子的饮品、食品都装进黑色大垃圾袋，不让沈经赋吃了。

沈经赋拍着床骂她："你抽什么风啊？"

琮玉不搭理他，拖着垃圾袋，交给医院的保洁阿姨，让她们去分了，回头把低糖果篮拎到沈经赋的床头："以后吃这个。"

沈经赋气得眼红，又咳又喘。张婧一这会儿装上了，过去拍他的背："看你，动不动就激动。”

沈经赋很刻薄，结了那么多次婚就是因为对枕边人动辄骂，张婧一越劝，他越翻脸，甩开她：“有你什么事？！滚出去！”

张婧一什么也没说，拿上羽绒服和包就走了。

病房里只剩下了沈经赋和琮玉。

一阵沉默之后，琮玉说：“我给柯霄哥打电话了，让他帮我办一下复学。年后的演出我会好好准备。”

沈经赋激动的情绪渐渐平复下来：“之前不是在家里学的，你又想去学校了？”

“总得去学校。”

两个人又是一阵沉默。

沈经赋已经不喘了，本来也没有呼吸道的毛病，就是太激动了，这会儿音量降下来了，语气也柔和了：“出去这趟，是不是被欺负了？”

琮玉眼睛一热，鼻子也酸了，否认道：“没。”

“找到了吗？你好奇的答案。”

“找到了。”

“还走吗？”

“不走了。”

沈经赋很高兴，但嘴硬，还哼哼：“你可别想着赖上我啊，丫头片子成天气我，还想在我眼前晃悠？”

琮玉说：“那你也受着点儿吧，我要考你家门口的大学，不住校，天天回家。”

“臭丫头。”沈经赋没忍住，还是笑了。

琮玉回来了，回到自己的房间，屋子还是她离开时的样子。

阿姨给她端来一杯牛奶，笑着说：“沈老板不让我进你的房间，但我不进来，那这桌子、这琴、这床不都得落灰了？”

琮玉将双手拄在了桌面上，桌子很干净，想来阿姨没有听沈经赋的话。

他们以前是住在竹园的，过年才会来孔安苑，孔安苑是花园别墅，地方大，环境好，估计是张婧一哄沈经赋挪的窝。

沈经赋很刻薄，但又实在心软，或许对张婧一没感情，但会记得是他把她从乡下带到了城里，会给她买漂亮的衣服和好吃的蛋糕。但张婧一不会记得他的好，因为他嘴坏，特别坏。

“柯霄下午来过了，让你给他打电话。他说给你打电话，没打通。”阿姨打断了琮玉纷乱的思绪。

“好。”

“那我去做饭了，做你爱吃的，不管那老头。”阿姨要琮玉把牛奶喝完，“快喝了。”

琮玉喝完牛奶，正要抹嘴，阿姨伸手给她擦了擦嘴角，眼尾有一条长又深的皱纹：“丫头是不是长个儿了？”

长了一点儿吧，没量过。

阿姨拿来皮尺给琮玉量了量，惊呆了：“这多半年，长了这么多吗？”

阿姨没等琮玉说话，又自作主张地量了量琮玉的胸围，眉毛挑得很高：“丫头是真的长大了，已经是个大姑娘了。”

琮玉没说话。

阿姨收起皮尺：“再过两年就要谈恋爱、结婚了，这日子过得还真是快呢。”说完话，她端着茶盘下楼去了。

琮玉靠在桌沿上，看着正对着她的一幅丙烯画。

谈恋爱、结婚，这应该是跟她无关的词。

世上不会有第二个李胜素，她永远是琮玉。世上也不会有第二个陈既，她谈什么恋爱？

没有陈既，那就干事业吧。

也许过两年，她会把他忘记，到时候是做赚钱的机器，还是找个男人谈恋爱，看那时候的心态吧。

她佯装云淡风轻地规划着自己的未来，其实每次想到陈既，猛烈心跳的余震总是自心口延伸出去。也就半年，她已经要用一生去忘记他了吗？

她又有些眼睛发酸，赶紧逼自己打住，拿出手机充电，给柯霄回了电话。

柯霄是沈经赋的外甥，职业是一名律师，沈经赋膝下无子，很多事是柯霄在帮忙打理。琮玉复学需要家长办理手续，沈经赋的岁数大了，这个任务自然落到了柯霄的身上。

“我给你问了，你打算什么时候过正常人的生活？”

“越快越好。”

“要求还挺高，你以为是你们家厨房，想走就走，想去就去？”

“你要是办不了，我找别人了。”

“少激将我。”柯霄看了琮玉七年，早知道她是个一肚子坏水、满脑子主意的人精，说，“你得留级一年，从高二开始上，不然人家也不要你了，除非你去混，混个高中毕业证。”

“我补习不行？”

“你有毅力？”

琮玉没什么不能有的，练功多年，褪了何止一层皮？只要结果是她盼望的，她不在乎过程付出多少努力。

琮玉没说话，柯霄却知道了她的答案，问了跟沈经赋一样的问题：“受欺负了？”

“没有。”

琮玉没嘴硬，是她不觉得有些伤害是受欺负。如果这世上所有事都能贴上对错的标签，那又是基于谁的对，谁的错？没有道德问题的一段关系里，受不受伤、受多少伤，都是自己默许的。两个人分开就分开，反正这世上有那么多爱而不得。

柯霄在电话那头的声音有些无力：“如果你的同学还是孤立你，怎么办？”

“随他们的便。”

柯霄沉默了一会儿，不说别的了，挂了电话。

琮玉放下手机，坐了下来。

琮玉休学就是因为流言蜚语，她不合群，自然要被孤立，要被编造谣言。她无所谓，沈经赋却勃然大怒，非让她回家，还找人到家里来教她。

只是半吊子的老师不好好教，钱都白花了。

沈经赋那段时间身体不好，怕自己一身本事没有传承，怕衣钵烂在身上，无疾而终，于是惶惶不可终日，变本加厉地逼琮玉突破自己。

琮玉倔强到愿意用生命去证明一个道理，所以在所有事都不如意时，偏执地认为这世上的一切事情都在针对她，于是背上包去了甘岭。她确实想知道陆岱川是怎么死的，但也确实感觉到自己被这个世界抛弃了。

后来，陈既给了她栖息之所，然后又亲自夺回去了。

再后来，没有了，她回到她的轨道，变成一个“正常人”，以后她还是会去弄清楚陆岱川牺牲的真相，只不过下一次的计划里，没有陈既的出场了。

野人而已，她要不到就不要了。

突然，琮玉感觉脸上一股凉意，伸手一抹，手心在灯光下像夜晚公园的湖面，铺满了碎月亮。

颂雅芝也没躲起来，就在以前的旅馆里，陈既轻松地找到了她。

旅馆旁边的饭店里，颂雅芝在一盆热辣的毛血旺菜汤前，流了第三次眼泪，手里攥着卫生纸，低着头，一会儿展开，一会儿揉成团。

陈既等她哭完。

颂雅芝哭完了，把一部旧手机推给陈既：“我回去收拾东西时发现的，梁有节的把柄。琮玉说你认识一位专门打离婚官司的律师。”

陈既没看手机里的内容：“我不认识。”

颂雅芝突然双手捂住脸，无声地大哭起来：“琮玉为什么骗我？”

“她不这么说，你可能等不到见我就把这件唯一对你有利的东西还给你的前夫了。”陈既说，“但我也没别的路指给你。”

颂雅芝将头压得更低，眼泪都掉在了旧毛衣上。她回去那天跟梁有节见面了，他好像心情特别好，对她说了两句好话，她以为他醒悟了，愿意改了。毕竟那么多年的夫妻，她还是希望能有一个合家欢乐的结局，就留下过夜了。

但是第二天早上，他竟然在她的手上印印泥，强迫她摁在那份放弃抚养权的文件上。

简而言之，就是梁有节的父亲不放弃孙子，梁有节没本事，一直以来都找他父亲拿钱，对儿子没感情，对颂雅芝也早不如当年，为了有钱拿，就对他父亲唯命是从。

颂雅芝这一次哭了很久才停下，擦掉眼泪：“他前两天打电话给我，说话很难听，我情绪太激动了，就跟他说拿了他的手机，还说了一些威胁的话。”

陈既知道，不然也不会接到邱文博的电话，让他来跟她谈判，拿回手机。

颂雅芝说：“她手机相册里有照片，能证明他婚内出轨，但只要我不还给他，或者把照片公布出去，他就会给我编派一些罪名，找媒体发布出来。”

陈既也知道这点。

颂雅芝双手攥住桌沿，身子前倾：“他家真的做得出来这种事，我想过利用网络来施压，但亲眼见过他们是怎么颠倒黑白的。”

她不是害怕，是在对方势头正盛、权柄滔天的时候，她的势单力薄会更明显。

陈既说：“所以我劝你放弃。”

颂雅芝咬着下唇，眼泪“啪嗒啪嗒”地往下掉：“只能放弃？没有别的办法？”

“你不比我清楚？”

颂雅芝突然像是被抽走灵魂，靠在椅子上：“是啊，我比你清楚。”她明知道他们一家人都不是好东西，就因为虚荣，为了让人羡慕她嫁进有钱有势的人家，硬是逼自己忽略所有的隐患。这会儿哭什么呢？

陈既教她：“把手机还回去之前，备份一份里边的内容，也许以后用得上。”

颂雅芝本来没想到这事，陈既一提醒，她也觉得有用。既然还是要妥协，那她就为自己争取更大权益，保存了梁有节的把柄后，再利用手机里的内容跟他谈条件，要钱，要求偶尔跟儿子见面。等有人扳倒梁家，她再拿出这些把柄，给那时候穷途末路的梁家“锦上添花”。

当然，也许不会有那一天，这些把柄根本会烂在自己的手里。这也没关系了，反正现在她已经在谷底了。

“他们让你来找我要手机？”颂雅芝问陈既。

“你自己还。”

“那也给你一份备份内容？我总是对他狠不下心，怕他哪天骗我，我鬼使神差地把备份的东西也交给他了。”

“别给我。”

“琮玉说可以相信你，我以为这就是说，在这件事上，你是站在我这边的。”

琮玉……陈既把她送走了。他眼睫毛微动，恻隐之心发作了，但很短暂，轻易地被理智战胜，随后他滑开手机屏幕，看了一眼时间，又把手机放回桌子的正中位置，显得从容又镇定：“她想多了，我毕竟跟着邱总做事，不可能跟你们站在一头。”

颂雅芝沉默下来。

“我不会要。”

其实颂雅芝有二心，是想等梁家倒台，她出面揭露他们的恶行，陈既的手里也有这份对梁家不利的证据，或许会为了明哲保身而拿出来。梁家下地狱就是邱家下地狱，陈既跟着邱家做了不少事，肯定是不能独善其身的。等他把这些东西拿出来，就是变相地为她证明她所言为真。现在看来这个算盘打不响。

陈既又看了一眼手机，时间已经不早了：“琮玉都跟你说了什么？”

颂雅芝见陈既的样子有商量余地：“她说你有是非观，知道对错。”

陈既捏捏眉心，松了一口气：“把手机给我。”

颂雅芝立刻把手机推到陈既面前，他打开，连接蓝牙，把照片和视频传到了自己的手机上。

见他传完，颂雅芝苦笑：“白跑一趟。”

陈既没说话。

颂雅芝收起手机，问陈既：“我听同事说，你把琮玉送回京州了。”

陈既不想聊这些事：“还有事吗？”

“没了。”

陈既便走了。

琮玉回到京州的第三天，复学的事确定好了。

三个月后就参加高考不是补不补习的事，她脱一层皮都办不到。就算她天赋异禀，超常发挥，现在也已经错过艺考报名的时间了，考非艺术类学院首先不说能不能考上，就说放弃戏曲这一点，沈经赋就不会同意。

从学校的教务处出来，琮玉看着结伴去教学楼的同龄人，好像这才是一个花季少女正常的人生。她那种跑到高原作死的经历好像只会出现在电视剧里。

可是谁规定什么是正常的？她骨子里还是不愿妥协，还是认为自己做得正确，却没意识到，既然她觉得自己是对的，为什么还是要上学？

琮玉坐在柯霄的车里，车前镜照出柯霄的半张脸，精英身份一望便知。大概因为她处于这个没什么事是百分之百能确定的社会里，读书是能让自己脱离现状的唯一能确定的事。

为自由剑走偏锋，或许可以有另外精彩的人生，好像也确实有这样的例子，但不会有人公布，其实前边有九十九个失败例子。

对一直运气不怎么好的琮玉来说，幸存者偏差这个观点里，她是未幸存者，西北的狂风飞雪和俊俏野性的男人确实很吸引人，但就像喝一杯酒，酒醒之后，她还是要过好她的人生，像大多数人那样成长，生活。

人生下来就戴着枷锁，没有人有真正的自由。

拐过一个路口，琮玉恍惚想起陈既教过她一个道理，类似于以一人之力对抗世界，失败了被说很傻，成功了也不会有人感激。也许这就是那些喊得最欢的人，最后还是淹没在人群里的原因。

琮玉这才明白，为什么陈既的本事很大却善于沉默。想必比起获得的成功，他经历的失败更多，认识到一个人的力量有多微弱，所以什么都看得很开，不会盲目自信、大声吆喝、自以为是地认为能保护谁……

想到这里，琮玉眉心一紧，又叫眼泪洗了一遍脸。到底怎么样她才能忘记他？哪怕一刻呢？可是，她总是想着他的好处，这怎么能忘？

别想他的好了，想想他是怎么丢下你的不行吗？管他什么顾虑，他都丢下你了不是吗？

琮玉托着下巴的手缓缓捂住嘴，眼泪顷刻救淌满了指缝。

陈既一整天都在瞎忙，回到旅馆先洗了手，抬头看向镜子中的自己，胡子几天没刮了，头发好像也长了。他一点儿也不想打理，就这样吧，回到以前有些人没来之前。

他坐到写字台前，翻开从颂雅芝那里得来的照片、视频，几张拍下来的合同夹杂在照片中，他的疲惫、慵懒一扫而光。

这是梁有节的父亲梁广强和良生矿产公司签的暗股合同，没写甲、乙双方的权利和义务，只写了利益分配。

青木几个矿的盈余，梁广强分走了不少。估计是梁之势暗地里给良生矿产公司便利，配置资源，梁广强在前收受贿赂。通过合同上严谨的用词，不难看出这套模式早就屡试不爽了。

陈既又往前翻了翻，没别的了，看来是梁有节告诉邱文博，手机里有他们的暗股合同，所以邱文博才这么着急。

这是权钱交易的直观证据，只要将这些东西给到周惜罇，他向上反映，就能立即启动调查程序。

但陈既要考虑这件事对邱、梁两家的实际伤害有多大以及牵连的人，比如要怎么保护好颂雅芝。他有法脱身，邱、梁两家找不到这个往监察局递消息的人，就会追究照片的泄露源头颂雅芝。

颂雅芝要是承受不住压力，将事情和盘托出，说她回到青木是琮玉出了主意……

他得先为颂雅芝摆脱怀疑，等调查令下来，只要明面上事情跟颂雅芝无关，就跟琮玉无关。

陈既放下手机，双手扶住额头，面朝着桌面，闭上了眼睛。

西北的火不能烧到京州去，京州的人也不能被牵扯进来。

她应该像大多数在正常生活的女孩那样，而不是像他这样。

沈经赋给琮玉补办了一场生日会，叫了很多梨园子弟，满屋子关系户，琮玉作为一个因为父母双亡被沈经赋捡来收养的女孩，第一次呼吸到另一个阶级的空气。

柯霄的女朋友是一个注册税务师，家在安平巷胡同，三十八岁，个儿有一米八二，身材好，皮肤也白，更是漂亮。她跟柯霄进行了十四年的爱情长跑，就是不结婚。

柯家人已经默认她是儿媳妇了，沈经赋自然也承认，于是她在柯、沈两家很说得上话，比张婧一那个有证的女主人撂碗都有声儿，也比张婧一爱发号施令。

这个女人一直不待见琮玉，说她是京州村儿里的女孩，一窝狗崽子也有俊的和丑的，北河跟阜成门哪是一回事呢？

也不怪她。那时候琮玉在沈家的地位都不如狗，沈家的规矩又大，吃饭她一次没扶碗都要被罚站，坐着没挺直背就要吃顿鞭子，反正什么都能成为挨打的理由。

琮玉每天除了练功，还要当个小催巴儿，被他们家那些锦衣玉食的小少爷、大小姐呼来喝去。

寄人篱下的日子不好过，但如果她活不下去了，也不会有人为她感到惋惜、难过。而且就这么窝囊地死了她也不愿意，她硬得很，头硬，骨头也硬，早早就下定决心，这梨园最大的台子她要坐得稳如泰山。后来程派、荀派风头盛，沈经赋久病缠身，登台唱不完一段戏，琮玉替他扛大旗，一嗓子换来少年成名。

当然她只是在梨园有这点儿名头，但也不得了了，沈经赋在琮玉登台那天收到了很多人的慰问，是他门庭清冷那几年以来过得最热闹的一个晚上。也是那次之后，他对琮玉的态度好了很多，连带沈家、柯家的人，也把她当成了这个家里的一分子。

柯霄的女朋友，就是在那之后一口一个玉儿地叫，很腻。

琮玉一直觉得自己发育晚就是因为光长心眼儿了，太知道一个人要想获得尊重，长得漂亮、讨人喜欢，只能得到一时青眼，而有用，才能为身价加码，有身价，才能被补办这么有排场的生日会。虽然她不喜欢，也知道沈经赋在把她当物件利用。

琮玉坐在落地窗前的单人沙发上，看着仿真壁炉里的3D火焰入了神。

柯霄的女朋友给她端来一盘新炸的水果干，坐在她的对面："怎么回来就失魂落魄的？搁外头玩了一圈，把心落下了？"

琮玉逼自己不去想陈既快一天了，被一句话打回原形。戒断反应强烈得仿佛可以腐蚀骨头，琮玉再硬也还是不能抵抗陈既这一口的劲头。她已经在试着复健了，只是效果甚微，早上起来的枕头还是湿的。

很多问题，她想明白了，又想不明白了，总在反复。她也总在被情绪撕扯、打击。

那个微信她再没登录过，怕看到他的消息，也怕他再也没有发过来消息过。

琮玉把脸扭向窗外，托着下巴的手又捂住了嘴。

"被欺负了？"柯霄的女朋友也这样问。

琮玉没回答。

柯霄的女朋友讨了个没趣，起身走了。

唱戏的人都有瘾，喝得头晕，瘾上来了，拿着架势，一段接一段地唱，欢声笑语的。

琮玉是这场热闹的主角，却觉得这一角空间才是她的身心的避风港。她似乎失去了在一场饭局或者聚会中让别人注意到她的小聪明这个技能。她学会了在任何时候都要沉默，就像陈既那样。

如果她变成第二个陈既，陈既会来京州看看她吗？

眼泪如雨。

当然不能了啊。

三月初的时候，琮玉已经离开一个月，陈既也回到了焰城。他还是喜欢洗澡，但一个月不剪头发、不刮胡子了，也不敢看爆破的眼睛。他不能回答它的问题，也不能告诉它，它不会再见到琮玉了。

爆破每天蹲在窗台上，望着这个院子的入口，好像它等得够久，就会有一辆载着琮玉的车开进来，停到楼门口。但是好奇怪啊，它再没在陈既的身后看到琮玉的身影。它开始歪着头疑惑地盯着陈既，想听到他告诉它，为什么只是出去一趟，就把琮玉丢了。

琮玉呢？怎么再也不回来了啊？

陈既总是把房门关上，把它关在门外，一个人抽烟，一抽就是一宿。

爆破就趴在陈既的房门口，蔫蔫地低叫着。它想她，甚至学着琮玉的习惯吃哈密瓜，吃两口就抬头看他。它想让他看看它，看看它跟琮玉一样的动作，但他就不看。

他的心真狠哦！爆破不懂为什么会这样。

日子过得似乎很快，又很慢，就这样过了一个月，陈既带爆破搬去了侨里湾，爆破却不走，冲着琮玉睡过的房间狂吠。它在试图告诉陈既，琮玉还没回来，如果我们搬走了，等她回来就找不到我们了。

陈既站在门口听着它叫，仿佛有不明生物在心里啃咬。他还是不能告诉爆破，她不回来了。

五月份到了，琮玉适应了学校的节奏，也跟上了学习进度。她的运气好像变好了，她还是不合群，但不会被孤立了，他们不会再背着她说她的坏话，但也不会跟她做朋友，对她就像对一个认识但不熟的同学。

这就够了。

琮玉发现当一个人白天、晚上都有事做时，就会减少想起一个人的次数。她让自己变得特别忙，但也许是刚开始，效果不太明显，只少一次两次，再多不行。

五月初五那天晚上，雨一直下，琮玉睡不着，外边的雨大，心里的雨也大。

手上的小月牙被她生气时抠破了，第二天她学都不上了，去文身店补好了。

文身师问她，为什么会文这个？

她说，犯贱。

文身师没说话。

那场演出很顺利，琮玉认识了一位新朋友，他有一家西式书店，还有一家开在化成门内大街的酒馆。酒馆也卖咖啡，他是第一次听琮玉的戏，就送了她向日葵和咖啡机。他说只要有琮玉的场子，无论在哪座城市，他都会去看。他想加琮玉的微信，琮玉没答应。

散场后，琮玉在后台卸妆，总是走神。同行问她怎么了，她说没事，起身去了卫生间。

琮玉还是打开了另一个微信，收到好多消息，有常蔓的，夺吉才让的，小妃的，甘岭酒店前台那人的，焰城唐华路火锅店老板的，唯独没有陈既的。她点开他的朋友圈，看到横杠的那一刻，蹲在地上，抱住胳膊，咬住手腕，眼线被眼泪弄花，油彩浮着，像一幅抽象画被制成了贴纸粘在脸上，很难看。

陈既甚至不愿意留着她的微信，可她也没打扰他。

演出过后她生了一场大病。那以后，陈既出现在她梦里的次数变少了一些。

琮玉忘不掉他，但人在规避让自己痛苦的事情上总是像有一种天赋。

她确实忘不掉，但是太疼了。

七月份时，梁有节在马场赌马，认识了一个高调的皮条客，连续一周跟她混迹在一起，被骗了不少钱。

陈既总算找到突破口，把这个皮条客的犯罪条目整理给了周惜罇。

甘岭公安厅拘留了这个皮条客，梁、邱两家都慌神了，因为梁有节不记得自己有没有在喝多的情况下，以吹牛的形式对她透露一些他们的权钱交易的信息。

很快，新野省嘉云市委书记梁之势被组织函询、谈话了。

紧随其后，良生矿产公司也因为非法开采被立案调查了。

从颂雅芝那里得来的几张合同照片成为导火索，引爆了青木县多年以来开采乱象的炸弹。

针对良生矿产公司的调查持续了一个季度，邱良生和邱文博在此期间变得更低调了，但也没闲着，接连发布了很多带有误导性的文章，模糊了良生集团的责任。

到十月份的时候，良生矿产公司的实际控制人霍国炜涉嫌非法开采被甘岭市警方逮捕。

矿产公司的账户被查封、冻结，青木矿区所有开采行为被永久封停。但因为良生矿产公司属于良生集团的下属公司，实际控制人也早已经不在集团入职，所以良生集团运营正常，没有受影响。

陈既和周惜罇早就知道邱良生和邱文博有后招，却是在公告出了才知道，他们很多年前就把良生矿产公司的实际控制人变更为霍国炜了。也就是说，即便没有意外，陈既、周惜罇、常蔓的计划顺利，他们找到了青木矿区违规操作的证据，也无法撼动邱家兄弟的根基。陈既见过霍国炜提起家庭的愁容。于是，霍国炜对伪造文件、非法开采的犯罪事实供认不讳，其间无论警方怎么问，他都一口咬定均是个人行为。

至于梁之势，过了半年之久也没被立案审查。调查的消息出来，周惜罇就知道了，梁之势逃脱了。

十月末，陈既和周惜罇时隔多半年见了一面，周惜罇想卸掉肩膀上的负担，酩酊大醉，却在接到疗养院的电话后匆匆赶了回去。他的植物人妻子还需要他照顾。

陈既一个人待在包间里，坐在窗前，任由冷风从窗户缝“呼呼”涌入，拍打他的脸。

冬天又到了。上一个冬天，他收到了一份来自京州的礼物。他没好好保存，后来再没收到了。

琮玉又要过生日了。

生日会比过年时补办的那个还要热闹，东郊别墅里，所有人围着她，她就像个明星。

她也确实是明星了，上过中秋晚会，喜提过几个热搜，发到邮箱里的节目邀约看都看不过来，个人社交账号都有两百多万粉丝了。

京歌在年轻人当中迎来流行期，琮玉在五月份的演出结束后，就在梨园前辈的引荐下，与一个成熟的运营团队签了约。他们给她找知名音乐人量身打造了两首京歌，但因为知名度低，营销也没谈好，新歌发布后几乎没热度。

琮玉还因为不唱戏唱京歌跟沈经赋大吵一架。

沈经赋不接受失去了传统的传承，指着琮玉的鼻子骂她有辱师门。

琮玉问他梅派从梅老板创立初期，到中期，再到后期，是不是一个表演形式循序渐进、逐渐完善的过程，这个过程中，就没有一丁点儿改良和创新吗？

沈经赋哑口无言，但很较劲，又跟琮玉开启冷战。

到中秋节的时候，中央台的晚会制作方给沈经赋递来了邀请函，沈经赋以年老体衰、嗓子倒仓的理由婉拒了，推荐了弟子琮玉。

琮玉在晚会上又唱京歌，没想到小火了一把。

沈经赋跟着沾光，被大众重新提起，甚至有节目组专门给他做了一期人物访谈，把他为京剧奉献的一生详尽地介绍给大众。沈经赋原谅了琮玉唱京歌的事，但还是说好，传统的技艺不能丢。

两个人在一个下午，由琮玉端上一杯热茶后正式和解。

这起起伏伏的一年里，琮玉长到了一米七，细腰长腿，星目剑眉。

办生日会的这天，常蔓和夺吉才让从焰城来，常蔓送了她玫瑰和香水，夺吉才让还是老样子，送给她少见的珊瑚首饰。

夺吉才让经常给琮玉发消息。

琮玉经常不回复。

夺吉才让就来京州找她，租了房子，还买了车，偶尔出现在琮玉的学校门口，惹得流言四起，都说她找了个异域风情的汉子当男朋友。

琮玉骂夺吉才让，他还傻傻地笑。琮玉还是会拒绝他，他却再没有过受伤的神情。

常蔓问夺吉才让为什么？他说不奢求回报就不会失落，喜欢应该是一件不考虑回报的事。

常蔓问他，如果琮玉跟别人在一起了呢？他说："我会把她放在心里，包括想要送给她的玛瑙和珊瑚，也一并封存，然后祝福。"

常蔓仿佛被他上了一课。

琮玉在生日会上被众人奉承，人人都说琮玉迎来高光时刻，往后必定前途无量，还说沈经赋有一双毒辣的眼睛，在那么多人中独独选了她。

沈经赋被哄得那张满是褶子的脸神采奕奕。

张婧一也借着沈经赋这一场接一场的活动，结识了更多的男人，带人去了更偏僻的酒店。

常蔓在楼上琮玉的房间里，跟她聊了很多焰城的事。

比如，邱良生和邱文博越发神龙见首不见尾。

九姐跟了一个开湘菜馆的男人，但没离开霓月。

宝郡放贷无度，被有关部门勒令关闭，霓月还开着，查得不严就安排一些陪唱服务，查得严了就只当 KTV。

城市的行政管理突然抓紧了，三不五时有城管巡街，姑娘们不在半夜里站街了。

常蔓说她现在住在甘岭，没告诉琮玉陈既去了甘岭。

琮玉也不问，看起来就好像不爱他了。只要她不再弄湿枕头，不再闭着眼睛像被魇住一样亲吻手腕上的小月牙，不盯着他的朋友圈的那条横杠发呆，不再反复听她收藏的他的语音，不再抚摩她在松川县服务区不远处给他拍的那张照片……她就好像真的不再爱他了。

常蔓离开时，递给了琮玉一支烟，别的什么都没说。

琮玉叼着那支烟，靠在露台的栏杆上吹了一宿冷风。她知道，这是陈既的。

原以为时间和经历能催化有些记忆的丢失，可她对陈既的喜欢，好像在这样一宿一宿的冷风的裹挟中，变得更深沉了。

她以为，得不到的人永远最好。

## (2)

陈既从青木回来，莫名其妙地被邱文博冷处理了很久，邱文博对他还是以前的态度，也交代任务，却始终不提把他安排到良生集团的事。

直到十一月份，矿产公司的事尘埃落定，浪漫十方温泉会所里头抓起了内鬼。

江北不知道怎么跟颂雅芝认识了，知道了她曾经把梁有节的手机的相册备份给了陈既一份。陈既再次被推到风口浪尖。

江北一直跟邱路雪在一起，好像动真格的了，也没再跟别人传出过不正当关系。

邱文博似乎把江北的改变看在了眼里，渐渐地，只交给陈既做的事，分了一些给江北。

很多人揣摩不透邱文博的心理，当江北拿着所谓的证据直指陈既出卖邱文博后，邱文博淡然处之的姿态，让他们知道，他不是摇摆不定，是怀疑陈既了。

邱文博坐在两排假古玩前，颇有架势地把玩着一只玉老虎，偏偏不抬起眼睛来。

陈既在他那张桌案前站着，桌上有两箱子现金，陈既两侧站着七八个小痞子，就等着邱文博的一个眼神，然后把陈既摁在地上。

江北得意死了，播放完颂雅芝亲口承认的语音，凑到陈既的跟前，别提多贱了："既哥，上次哥们揭露了你中队长的身份，结果邱哥早知道这事，那是我的问题。这次总不至于还是我的问题吧？"

陈既反应平淡，也不说话。

"我也不是没跟梁有节打过交道，他是荒唐了点儿，但不可能把这么要紧的事泄露出去。他很怕他老子的，他老子的话向来是圣旨。"江北自以为是地说，"要说他亲自把把柄交给一个拉皮条的人，这说不过去吧？"

陈既没理他，只问邱文博："邱哥，你纵容江北这么搞，是跟他一个想法吗？"

邱文博抬起头来，那眼神就是谁都不信。他确实也没百分之百地信任过陈既："我只是听他的说法比较有趣，又有语音，我应该配听你的一句解释吧，既哥？"

这一句既哥背后，剑拔弩张，蓄势待发。

陈既拿出手机，播放了他跟颂雅芝在那家饭店的录音。

"他们让你来找我要手机？"

“你自己还。”

“那也给你一份备份？我总是对他狠不下心，怕他哪天骗我，我鬼使神差地把备份也交了。”

“别给我。”

“琮玉说可以相信你，我以为这就是说，在这件事上，你是站在我这边的。”

“她想多了，我毕竟跟着邱总做事，不可能跟你们站在一头。我不会要。”

……

江北越听脸色越难看，再看邱文博，邱文博倒是神情如常，但如果这次又搞砸了，江北别想去集团了。没等听完录音江北就走向邱文博，试图给他洗脑：“陈既留着这种录音肯定是料想到了今天，这不能信！”

陈既在这时说：“确实不能信，但你找个女人，把她哄上床，拿到这么一份语音，就能信了？”

江北扭头，太阳穴上的青筋突突跳着，眼睛瞪得溜圆，眼角的肉皮也不规律地翻动着。

陈既收起手机，摘了手表，解开袖口的扣子，把左臂放在桌上，比在场这群带把儿的人摞在一起都更像个爷们，云淡风轻地说道：“邱哥要是觉得我有二心，现在就能废了我。”

气氛一瞬间变得更加紧张。

陈既以往是废别人的胳膊的角色。

邱文博没说话。半晌，邱文博站起来，油腻的脸上泛出虚伪的笑容，走到陈既的跟前，搅着他的脖子：“这说的什么话？你跟我这么多年，我的什么事不是你办的？谁有二心，你都不能有二心。”说完，他给了江北一脚：“我说支持你，没让你拿这种模棱两可的东西兴风作浪，废物东西！”

江北被邱文博一脚踹得胯骨磕在了桌沿上，疼得咧嘴，却没说什么。

原来陈既有后招！

这事之后，邱文博就把陈既安排去了集团。

七年了，陈既终于来到邱良生身边。

江北发家的梦还没碎，得知陈既进了集团，他发了几天火，还装了场大病。

邱路雪心疼啊，跟邱文博一哭二闹三上吊，要他把江北也安排进集团，不然就在大街上骂他有失公允。邱文博会纵容她，但分情况。邱路雪没成功，再次单方面跟邱文博断绝父女关系，硬是带江北搬到了甘岭。

陈既跟着邱良生的第一年，没干什么要紧事，白得了不少钱。

邱良生给了他一套甘岭最好地段的房子，说是车就不给换了，还是低调一点儿好。

悠闲的日子仿佛可以消磨一个人的志气，幸亏陈既早经历过生死，才能在安逸的环境里保持清醒。他把爆破带到了甘岭，还有琮玉买的东西，留声机、电热毯、保温杯……

陈既哄自己，带这些东西是因为有用。其实有没有用，他比谁都清楚。只是他已经离开了跟她一起生活的地方，如果将她的东西也一并丢下，他不知道还有什么能证明她来过。

他的心吗？可他总是嘴硬，连自己都骗。

所有人都说的高光时刻，在琮玉选择沉寂一年，奋战高考后也沉寂下来。她没那么火了，却终于有时间取悦自己了。

考上戏曲学院后，除了巡回演出，她还去了很多地方，国内外都有，最喜欢澳海和西塔坡。

十七八岁时她总是念叨要去更多地方，终于在这两年实现了。

琮玉变得更漂亮了，走在路上会有人扭头看她，学校里的匿名表白墙上，她的名字出现的频率最高。

即便她不当红了，私信也总是满满当当的，塞满酸话。

只是她的漂亮比从前多了攻击性，再没有稚嫩的痕迹。私下接触过她的人说她气质淡雅，如山茶，眉目情薄，如山霭，纤细有致，疏远有距离，第一眼会惊讶于她的精致五官，第二眼总是被事不关己的眼神泼一盆冷水。

所以她没有朋友。那种可以聊心事、发牢骚的朋友，她没有。当然也有她不愿交朋友的原因，她嫌麻烦。

二十二岁生日的前一天，京剧贺年的演出在国家大剧院开场，周林律买了一千朵玫瑰以及所有工作人员的咖啡，给她捧场。周林律就是那位放言不论她在哪里演出他一定抵达的书店、酒馆的老板。他算是琮玉的朋友，虽然琮玉从不主动联系他。

化妆间里，同行跟琮玉开玩笑，羡慕她有这么体贴的男友，三年来对方从不缺席她的演出。

琮玉没否认，周林律这种程度的殷勤表现，她否认他们也不信。何况这样能给她挡掉不少私人饭局的邀约，她不用在这个老板、那个领导之间周旋，挺好。

琮玉演出结束后，回到化妆间，桌上有一束百合，没署名。她问助理是谁送的，助理说是保洁阿姨拿来的，没说是谁。

琮玉不收不认识的人的花，除非知道是粉丝，否则引起误会，说不清。琮玉把花交给助理："丢了。"

"不再问问了吗？"

琮玉没说话。

晚上的庆功会是周林律安排的，一个唱歌、跳舞、喝酒的会所。

琮玉穿着西装，坐在角落里听他们胡侃，一副置身事外的样子。这些年她总是这样，对什么都提不起兴致，再没有好奇的反应出现。

周林律是个体面人，招待好了旁的人才回到琮玉身边，把她手里的酒换成水："你已经喝了一杯了。"

"又不会醉。"

周林律笑了，暗光下既有破碎感，又显得朦胧，将他八分的帅气放大到十二分，尤其那一笑，很让人有一种豁出去释放自己的冲动。

琮玉不在这些人中。也许喝蒙了，她会失态，但她很久没醉过了。

周林律歪着头问她："谁让你学会的喝酒？"

琮玉不理他。

周林律被琮玉无视习惯了，要是哪天被她说两句好话，他都觉得浑身不得劲。他其实也没想过，二十八岁的人，应该是着迷于内涵的阶段，他却莫名其妙地迷恋起一截二十二岁女孩的腰。

"他们都说我是你的男朋友。"

琮玉吐出一口烟，拇指和中指捏着烟卷，食指轻轻弹掉燃成的灰，另一只手臂展平，自然地搭在沙发靠背上。垂及肩膀的头发柔软，却不柔顺，像她一样，乖张。她没回答周林律的问题，把空杯端到他的面前。

周林律不给倒酒："不能再喝了。"

琮玉也不讨他这一口，拿起一瓶未开封的酒。

周林律将酒夺过来，拿远了，闭上眼睛，咂了一下嘴，很无奈："行，惹不起你。"说着他给她添上了一杯。

琮玉一饮而尽，小拇指指腹刮掉嘴角的一滴酒，看向屏幕中沈经赋年轻时的演出。他们在唱沈经赋的成名选段。

周林律靠近她："今年没演出了，还出去玩吗？"

琮玉没回应。

周林律继续问她："去过西北吗？"

琮玉站起了身，想去卫生间了。从厕位出来，她双手拄在洗手池边缘，看着镜子中的自己，很瘦。以前她也瘦，但还有幼态，现在是一点儿都没了。想起那时候她还戗常蔓，说她比二十五岁的女人有胶原蛋白，一眨眼她都二十二岁了。

周林律问她去过西北吗？

破地方，狗都不去。她洗了洗手，准备回包间，扭头看到一身西装，不自觉地戗了一句："上厕所你也跟着？"

周林律没说话。

琮玉与他擦肩而过，还没到门口，忽然眼晕，晃了一下。

周林律扶住她的腰，攥住她的手腕。

琮玉抽了两下，没抽回手来，转身把他按在了墙上，拽着他的领带："干什么？"

周林律说："你喝多了。"

琮玉抽的烟有水果清香，所以呼吸甘甜，不经意地对着他的嘴唇吹了一口气："多了吗？"

"嗯。"

她吻住了他。

她的动作很突然。周林律愣了一下，随即一只手攥住她的两只手腕拎起，举高摁到墙上，吞没她的全部呼吸，并不温柔地继续亲吻她。他好过分，好像要把她吃掉一样。

琮玉闻到了周林律嘴里的酒味，他也喝了酒，喝酒就可以当禽兽了？她一手抓着他的衣服，一手握着他的手腕，抢到一点儿空隙说话："好亲吗？"

周林律没说话。

琮玉又问："好亲吗？周林律。"

周林律停下了。片刻后，离开了。

琮玉缓慢地靠在墙上，微微仰头，闭着眼睛，再睁开眼睛时，醉意蒸发了三分之一。她没去看周林律离开，有些人离开的样子，她看过太多遍，到死那天都记得。

琮玉回到包间，拿上手机，没跟任何人打招呼，往外走去。周林律追了出来，攥住了她的胳膊。琮玉抽走胳膊，走向电梯。

周林律看着琮玉离开，知道这场庆功会又黄了，心里烦闷，忍不住松了松领带。

其他女演员端着酒杯出来，顺着周林律的眼神看向电梯："她走了啊？怎么了？"

周林律没回答。

琮玉从电梯里出来，有一点儿恍惚，叫了代驾，半小时后才能来。她脱了外套，只剩一件趋近于男款的白衬衫，解开领口的两颗扣子，感觉呼吸都畅快了一些。

她在大厅坐了一会儿，轻轻合着的拳头抵在太阳穴上，胳膊肘戳在沙发的靠背上。

前台的人见她穿得单薄，过去问她要不要张毯子。

琮玉睁开眼睛，英气的眉眼压迫力十足："不用。"

"好的，您有需要随时可以说。"

前台的人一走，琮玉又闭上了眼睛，假寐的三分钟里，藤蔓绕足，大雾缠身，有一只手从身后勒住她的脖子，那种循环反复地抽走大脑里的氧气的窒息感，逼得她睁开了眼睛。

酒喝多了是这样的。

琮玉不等了，把车钥匙给前台的人，让他们帮忙交给代驾，一个人走出了会所。

冷风一下子把她吹透，冬天又来了啊。她的生日在冬天，小时候她问过妈妈，为什么要在冬天过生日，冬天好烦，妈妈没回答。长大以后她才知道，妈妈生她那年，是陆岱川时隔四年第一次回家过年，然后就有了她。她还问过更愚蠢的问题——当兵家属是能随军的吧？听说有那种军属家属院。妈妈摸着她的头笑，没回应。

她以为是妈妈不愿意说，上学以后听老师讲，原来当兵不是一种职业，是一种使命，大多数兵种是潜伏在鬼门关里，即便有军属家属院这种安排，也是周末放假才能见。

那时候她太小，听得再多也不懂父母的辛苦，后来想听父母的故事了，父母已经走了。

于是对父母的爱情，她只记得，陆岱川一死，妈妈一病不起。可以肯定的是，她的母亲一定很爱那位边防的兵，爱到他一走，她也不愿再活。

等红灯时，她把西装外套搭在肩膀上，点了根烟。

路过的两个女生向她问路，她给她们指了方向，她们接着问她："能给个微信吗？姐姐？"

琮玉说，没微信。

两个女生听到她的声音，看向彼此，什么也没说，走开了。

琮玉有一点儿天然而生的烟嗓。

那时候她答应团队唱京歌，也是因为她的嗓子有时候很难演绎出沈经赋要的那种效果，她总在这种时候发现，她其实没天赋，纯靠吃苦。

没有天赋要付出十倍、百倍的汗水，她倒不怕，只是知道沈经赋比起传承，更不想过门可罗雀的日子。也许在他辉煌时，他确实想做这个时代里最伟大的京剧艺术家。但当他淡出屏幕时，年轻人几乎不认识他了，邀约越来越少，他的脾气更大了，人也更刻薄了。

琮玉就知道，传承是一回事，不火都是扯淡。

果然，她火了几天，沈经赋的脸上又开始出现笑容。

风骨固然可贵，可人也就活几十载，端着太累。

沈经赋和琮玉都懂得这个道理，只不过沈经赋嘴硬不愿承认。琮玉没风骨那东西，自然坦言，不介意别人说她就是一个为微名和五斗米折腰的烂俗人。

一路冷风刮骨洗身，琮玉走到了公交车站。

车站对面有一棵歪脖子树，她以前路过，眼神驻留过数秒。它在这条陈旧的街道上有些特立独行，像件艺术品。

她上了车，走到最后坐了下来。

倒车镜里隐约可见站台前立着一道挺拔的身影，看不清脸，但西装革履，腰窄腿长，比那棵树更像艺术品。她冷笑，低头看手机，教练问她明天几点到拳馆，她没回。她又像走流程一样，翻开朋友圈，麻木地刷了一遍，最后点进自己的主页，看着三年来唯一的一条动态，仅一个人可见，但那个人没有点赞。因为他早把她删了，是她还留着他不肯删。

那时她真贱，一整年，每天都哭成孙子样，跟活不了了似的。所幸后面两年忙起来了，她也渐渐活过来。

一转眼三年过去，扒皮抽筋的日子没再反复，再提起来，她已经平淡如水，还可以把这条动态连带着他的微信一并删了。

琮玉再抬起头时，那抹身影已经不见。

贺年演出结束后，琮玉就只剩一场春节晚会的录制，日子又平淡下来。

那天她路过猫舍，有个个子很高的男人牵着一条马犬去买猫，他的身侧有一个身材娇小的女孩，挽着他的胳膊，笑起来很甜。

琮玉开车回家，没着急上楼，就待在停车场里，开着车窗抽了半盒烟。

停车场的灯明明灭灭，她始终心如死水，翻不起波澜。

过了生日，她就很少有除了平淡外的情绪了，也不怎么会哭了，从去年开始，更是再没掉过一滴眼泪，变成了一个眼泪匮乏的人。她不得不说，不哭很酷。

再浓烈的曾经泡成一杯茶，也就维持一阵味道。时间是庸医，但做断情绝爱这场手术时，确实是个高手。估计再过两年，她就会忘记她去过西北。

一眨眼，还有半个月琮玉就放假了，沈经赋问她又要去哪儿野？她说还没想好。

后来周林律问，常蔓也问。

常蔓偶尔会和琮玉聊微信，偶尔也去看琮玉的演出。她不懂戏，但琮玉一扮上妆，做足架势一开嗓，那劲儿，她就觉得名票梅派理应如此。她有时候被琮玉的漂亮激发攀比心，也会把她跳舞的视频发过去让琮玉品鉴。

琮玉总是说一般。

马上，琮玉又有时间了，常蔓想着来一场双人之旅，去漠河看极光，于是发了消息。

琮玉看到常蔓的消息时，刚洗完澡，一手擦头发，一手回复："我去过了。"

"你可以为我再去一次。"

"以后睡醒再给我发微信。"

"怎么你的变化这么大，就嘴贱这点不变呢？"

琮玉把肩膀上的毛巾拿开，搭在椅背上，上身穿着工字背心，胳膊上一排数字文身显现出来。

她走到冰箱前，拿了一瓶啤酒，周林律送的，她没喝过这个牌子，看了一眼配料表，果葡糖浆、蔗糖素。她又放了回去，关上冰箱，到酒柜里拿了瓶二锅头。

琮玉走到桌前，将酒打开，自斟自饮起来。

这几年来，沉默是她独处时最常出现的样子，她已经习惯沉默。

喝了半杯，她才又回："我订了机票。"

很久，常蔓回："去哪儿的？"

琮玉没回答，在暗光中饮酒，辛辣酒液穿喉也无动于衷，明晰的下颌骨到肩膀这一条流畅的弧线，让她更像一盏孤独但骄傲的月亮。

她以前可是太阳，只是暖不透一颗心，于是就不当了，多大的情种才总做温暖别人的事？

常蔓又问："去哪儿啊？"

"甘岭。"

邱文博最近新弄了批假古玩，摆在办公室里，被手下砸了一只碟子，发了好大一通火，牙疼了好几天。他的运气也不好，治牙疼的药劲儿太大，导致他开车时出现幻觉，车扎进路边的沟里，腿骨折了。

邱良生回不去，就叫陈既回一趟焰城，帮邱文博料理些事。

邱文博最近新养了一个女人，是邱路雪的初中同学，嘴甜，哄得邱文博云里雾里，甚至把她安排在霓月，许了大堂经理，压了九姐一头。

九姐这两年老得很快，尤其是陈既一走，她跟江北的合作瓦解，衰老几乎是肉眼可见的。

陈既回焰城这天，她久违地换了身显嫩的衣服，打了很厚的粉底，眼线也画得深，嘴唇涂了玫红色，坐在霓月的前台等他，假装只是值班。

时针走过中午十二点，晚上十二点，陈既没来。

反倒是邱文博新养的那个女人姗姗来迟，上下打量她，讽刺道："九姐穿这么花哨，是要跟黄老板约会啊？"

九姐跟的那个湘菜馆老板姓黄，几乎整条唐华路都知道，九姐选他不是因为他多有钱、多帅，是他年轻时耳朵长疮被割了一半。

而陈既的耳朵有一角缺口。

同样中意陈既，她不如常蔓，懂得先爱自己再爱人。

当然也不能比，她走到泥潭里是被身边人出卖，常蔓是自己选择了泥潭。

一个一直被别人规划道路的人，看起来再风情万种和睿智，最真的愿景也还是依附于一个强大的男人，做一个被捧起来的掌中宝。所以她恨琮玉，恨琮玉实现了她的白日梦。

常蔓之所以能跟琮玉惺惺相惜，是因为知道陈既的例外给到谁，跟这个谁没有关系。

九姐被戗，也没说话，只是神情落寞，连恨都比那时多了股力不从心的感觉。

三年前拈着烟的风云人物，还是被解不开的死结绊住了双脚，别人都在往前走，她永久停在了禁闭室里看到陈既的那个瞬间。

爱能杀人，她杀了自己。

陈既很久没来过浪漫十方温泉会所了，邱文博让陈既下池子里陪他泡着。

邱文博光着膀子，肥硕的身体外面贴着一身桑拿服，脸被蒸得通红，耳朵滴着水，闭着眼睛坐在池子里，边上技师给他按摩肩膀，他过了半天才说话："常蔓怎么样？"

"插科打诨。"

常蔓是去了甘岭，只不过没如愿地去集团，进了邱文博原先给她安排的广告公司。她也不是早就去了，是邱文博看她看腻了，正好也找了新人，分身乏术，干脆把她送去了。

邱文博一直觉得常蔓跟他三分真、七分假，绝大多数时候在逢场作戏。

而且饭局、酒局她不想缺席这件事太容易让人多想，一次两次，他觉得是她粘人，多了就有点儿别有用心的味道了，所以总也不相信她，叫陈既帮他盯着点儿。

邱文博睁开眼睛：“江北和小雪呢？”

“江北带小雪去西塔坡了。”

邱文博皱起眉头，抬手示意技师停下，问陈既：“什么时候？”

“周末走的。”

邱文博垂下眼睛，难得紧张起来：“你去弄清楚江北要干什么。”

“好。”

陈既返回甘岭那天是星期三，下了雪，傍晚雪才停，街上的人渐渐多了。

唐总宿醉未醒，约他出来喝酒，他拒绝了，唐总干脆去敲他家的门。

陈既要有事，管都不管，正好也没事，就把唐总载去了他念叨的地址。

那就是一家很火爆的露天烧烤，唐总也不说为什么想去，反正车一停他就下车了，晃晃悠悠地挑中最靠马路的一张短腿桌，一屁股坐在了小板凳上。

陈既停了车，到餐位时，唐总已经点好了菜。

唐总将双手搭在桌沿上，肿胀的眼皮把眼睛挤压成了一条细缝，鼻子好像不通气，张着的嘴吐出来的都是一股发酵味儿。他看着马路边停满的车，说：“这里以前还只是个摊儿。”

陈既没接话。

唐总眼睛一眨不眨地盯着，盯得眼睛疼，也不收回目光，眼泪都流下来了，又说：“那时候，我们从各个地方过来，跟着老邱打江山，隔三岔五地就来这边光顾。”唐总揉了揉眼睛，不盯着车看了，“十几年了，现在人走没了，老霍也进去了。你知道，我以前还觉得‘物是人非’这个词就是一些酸人想出来的，现在觉得这个词真牛。老霍这事一出，我基本知道自己的结局了。”

酒上来了，老板专门过来跟唐总打了声招呼，说是这顿当请他的，两个人推拒了半天，还是老板赢了。

唐总想开了似的：“那时候全靠我们照顾他的生意，现在人家是甘岭口碑最好的烧烤店老板。”说着他指向那些车，“看到那些车了吗？都是外地人过来捧场的。”

陈既给唐总倒了点儿酒。

唐总将酒一饮而尽，不够，又对瓶吹了，喝水一样咕嘟咕嘟地喝完，把酒瓶子往桌上“哐当”一撂：“本来我给自己洗了几年脑，都忘了自己还有结局这回事了，昨晚在京州那个丫头的欢迎会上，我一看她就想起青木发生的事，老霍发生……”

“京州的谁？”

陈既本来在开酒，突然被瓶盖的锯齿划破手，酒瓶也从桌面滑出去，碎了，白沫子流淌了一地。

唐总正要说，突然出现一只手，纤细，洁白，从陈既的肩膀上伸到他的胸前，拉走了他被划破的手。

没等陈既回头，手的主人已经绕到他的身前蹲下来，一手握着他的手指，一手拿着一枚创可贴，就在陈既面前不到五厘米的地方，用牙撕开包装，给他包好流血的手指。

她离得太近了，总觉得秀挺的鼻子就要蹭到他的。鼻尖触碰在一起，太暧昧，可他没有躲。她的呼吸里有芒果香味，也有烟味，很像是一种芒果香味的烟。

陈既知道有一款水果香味的烟，只有两种口味，柠檬和芒果。

她给陈既贴好创可贴，从他的手里把酒起子拿走，指尖在他的食指上滑过。

她的手很凉，以前也这样。

她拿起一瓶未开的酒，轻轻扳动酒起子，短促的气声响过后，瓶盖从她的手中掉落，在桌面上弹起来，不知道崩去了哪里。

她给陈既和唐总一人满上一杯酒，放下酒瓶，重新看向陈既。他们的眼睛都漂亮，他们都觉得对方遥远，望尘莫及。

还是那五厘米的距离，她的呼吸吐在他的薄唇上，她替唐总回答了他的问题：“京州琮玉。”

第五章
# 京州琮玉，别来无恙

(1)

星期二，京州多云，甘岭晴。

琮玉在飞机上睡着了，醒来时距离抵达甘岭机场还有半个小时。

周林律拉了拉琮玉腿上的毯子，手里端着她醒来要喝的水。她睁开眼睛看到他的双手被她的东西占满，想起家里的阿姨。她把纸杯接过来，说："少当保姆，没钱给你。"

周林律微笑："你知道有个词叫'心甘情愿'吗？"

"油不油？"

周林律一直在笑，为了不打扰别人，声音低了些，有些暧昧："三年化不开你心里的冰，那就五年，五年化不开，也没关系，估计到那个时候，没人能比我把《水星记》唱得更熟练了。"

琮玉皱眉："别恶心我。"

周林律笑了笑，不再说话了。

琮玉不知道，他只会给她当舔狗，别人从他这里得到的，也是一张冷漠的脸。但活到他这个年纪的人，深情也不敢说得认真，就把真心话糅在假话里吐出去，将来被拒绝了还能留有余地。

飞机落地，琮玉拎着行李走下飞机，十二月的甘岭，天依旧蓝，云很多，团团堆叠，很有层次感。

出了机场，栏杆前边仍然有酒店的托儿、包车的司机。

有的拿着纸牌子，嘴边叼着烟，有的用假名牌皮带勒着硕大的啤酒肚，提着气，攥着手机，追着下飞机的人，重复着“订好酒店了吗？”“去哪儿啊？”“坐不坐车？”

三年了，目前看来，只有琮玉变了。

周林律叫了车，但常蔓先来了，车里还有小妃。

小妃第一个下车，那架势仿佛早想好了见面就给琮玉一个拥抱，但一见琮玉，人就愣住了。琮玉的变化让她不敢认了，她皱着眉，半天才说：“我不会抱错人吧？”

常蔓打开车窗，看向站在台阶上的女人，这么御姐范儿的打扮，再搭上那双形似苗刀之祖的眉毛，不是琮玉又是谁？

琮玉把墨镜摘了：“抱错了你又不吃亏。”

小妃笑：“说得也是。”说着走过去，不管旁边的护花使者，一把搂住琮玉，“终于又把你盼来了！”

琮玉弯了嘴角。

小妃松开琮玉，上下打量着她：“你这长成了也太好看了吧？跟整容了一样。”

常蔓笑了：“真损。”

“别曲解我的意思啊！我不是那个意思，她这五官都没变，哪有医美的痕迹啊？我是想说，她不像小孩了，你懂吗？以前还有点儿嫩，现在这风格多带劲，咱西北光秃秃的山和戈壁更配不上她了。”小妃拨了一下琮玉的头发，“别找男人啊！男人都下贱！”她还跟当年一样，嗓门大，夸人也像阴阳怪气，而且压根儿没把边上的周林律当人看。

周林律懂事，需要他当背景板，他就不跳出来抢画面。见琮玉有人接，他默默地取消了网约车。

琮玉的话也听不出是夸还是损：“几年不见更会说话了。”

常蔓笑了，接着琮玉的话说：“跟老何吵架时更会说话。”

小妃知道她俩话里有话，但也是这么一句带玩笑性质的话，叫她恍惚间感觉回到哈次湖上生死一线，她们很像那时的情景，风和云也都很像。她呼一口气，微笑时，在车窗上看到自己眼角的一条细长的纹，猛地回到现实中。

像而已，但不是，三年时间都过去了。

小妃可不会给她们调侃自己的机会，把琮玉推进车里："给你办了个欢迎会。"

琮玉不想去："也不怕折腾。"

"你走的时候我们没送你，你来了还不让你感受到诚意，那咱们过命的那两天不是白处了？"

琮玉看向常蔓。

常蔓撇清责任："别看我，他们要搞的，我拦不住。"

小妃手扶着车门，弯腰看车里的琮玉："你就别管了，踏踏实实地当你的远行客。而且我跟你说，咱甘岭现在跟以前青木那种规格可不一样了，保准给你把排场整明白！"够贫的，她以前可没到这种程度。

琮玉又看向常蔓。

常蔓懂她的意思，用力闭了一下眼睛，用口型跟她说："小妃的亲妹妹在国外得了肺炎，没了。"

琮玉懂了，没再拒绝。

小妃上车前想到周林律，看过去，施舍似的说："你不是跟琮玉一起的？上车啊，磨蹭什么？"

常蔓透过窗户看了周林律一眼，好像上次琮玉演出，他坐在第一排，但也没听琮玉说交男朋友啊。这会是第二个夺吉才让吗？

周林律被轻视，也不恼，爱屋及乌，琮玉的朋友，他也会当朋友。

前往饭店的路上，小妃一直缠着琮玉说话，说青木矿区被永久封停了，他们这些原青木矿区项目组的人，有的离职了，有的进了集团。不等琮玉问，她又说："老秦走了，唐总现在在一个新项目上当负责人，老何升官了，管一个部门了……"

认识的人差不多都提到了，剩下一个名字，小妃故意略过似的。

琮玉静静地听着，像是也没觉得少了谁。

老何已经在饭店等着了，见到琮玉愣了一下，就像小妃刚才见到琮玉那样。

小妃调侃他："行了，别看了，眼珠子要掉出来了，别想，好吗？没戏。"

老何瞥她："就你有嘴，单纯地看看美女不行啊？"

“吹牛，你单纯吗？”

常蔓见怪不怪了：“又开始了，准点节目。”

老何不搭理小妃了，终于看到琮玉旁边的陌生人：“这位是……”

周林律自我介绍：“周林律。”

老何大幅度地点头：“也是京州的朋友？”

“老家上津的。”

“哦哦。”

几个人落座，小妃叫服务员上菜，老何问琮玉回京州做了点儿什么事业。

琮玉说：“瞎混。”

老何听出她的疏离，比过去还严重，也没给自己找不自在，笑了笑，这番叙旧点到为止。

夺吉才让来晚了，进门先看琮玉，再跟周林律对视了一眼。

小妃站起来：“怎么这么晚？”

夺吉才让说：“堵车。”他很自觉地坐在了琮玉的另一边，跟周林律一左一右，护法一般。

常蔓觉得这个场面有趣，不易为人察觉地弯了弯嘴角。

夺吉才让跟琮玉见面，必备礼物，她可以不收，但他必须要给。这次也不例外，十二寸蛋糕大小的方盒子，里面是琮玉的手办。

夺吉才让选的是琮玉第一次上地方台春节联欢晚会的扮相，鞋是玉雕，冠是珊瑚和玛瑙，袍子上的金线就是金子，六分像本人，十分贵气。

看不起男人的小妃都开始起哄了：“夺吉下血本了吧？”说着她比了个大拇指，“真好看。”

老何埋怨夺吉才让：“还让人活不？你把老爷们的水平线拉那么高，我们这些给不起金子的人可要跳河了啊！”

周林律的话加入得很是时候：“没有金子，有心也行，诚意比钱更能打动人。”

老何支持：“是吧！”

常蔓笑了一声：“他说你就信？人家开店干赔钱，那也开，天天看戏听音乐剧。”

老何觉得更糟心了：“哥们，你这就不厚道了。”

周林律笑了笑："我也只会看看戏了，送不起金子。"

气氛变得很微妙，甚至连小妃都感觉到了，悄悄看了常蔓一眼。常蔓倒是一直嘴角挂着笑。周林律说完这话之后不动声色，颇有坐山观虎斗的意思。

他再看琮玉，眼皮微抬，神情冷淡，看起来知道这两个人对她不怀好意。

夺吉才让这几年跟着家里做生意，长了些心眼，能听出别人的弦外音，却学不会话里藏刀，只会看着琮玉，让她看到他像湖水一样的眼睛里映的全是她。他也不想做圣人看着她爱别人，但放不下，唐华路十字路口的一眼是一张无形的契约，那以后他心头的三寸地都刻着琮玉。他没拿到入场券，就在场外筑高台，举着灯照着她，很傻，但他真的甘愿。

尽管琮玉连这也拒绝。她的原则堪比天，对那些随便玩玩的坏女人，她那么不屑。

夺吉才让有时候希望她坏一点儿，哪怕给他一根手指牵。可她不，她就要冷着脸，说不爱就不爱。

琮玉把盒子的盖子盖好，没要："烧得你，有钱不知道怎么花了。"

微妙的气氛就此终结。

常蔓再看这个场面，发现她想多了，周林律不是第二个夺吉才让，夺吉才让不要回报，而他不是。也是，这种浑身是心眼儿的男人怎么能无欲无求地喜欢一个人？

没多一会儿，服务员把菜上齐了，小妃却不张罗开动，说还有人。

常蔓和老何知道是唐总，夺吉才让不知道，以为是陈既，扭头看向琮玉，想从她的脸上看出一些情绪波动，但没有。

当唐总进门后，夺吉才让不自觉地松了一口气。他能看着琮玉爱别人，但是害怕陈既。很奇怪，他就是怵陈既，有陈既在，他看起来平常，但心总是提着。

唐总进门，看到琮玉，吐了两句又漂亮了之类的客套话，这场欢迎会算开始了。

周林律是听到小妃说开动才知道就这些人了。他以为有多大的排场，没想到只是在一个比较贵的饭店，几个过去的朋友围坐在圆桌边吃饭。他想见的人，也没来。

周林律认识琮玉的时候，她就是一个隐藏自己很深的人，但他走南闯北最好洞察人心，所以能从她显露不多的情绪中，感知到她在这里有一段难忘的经历，还有一个难忘的人，难忘到几年过去，她仍然悸动。

周林律这趟死皮赖脸地跟过来，也是想看看是一位什么样的人物叫她这么惦记。

琮玉在别的圈子里不入流，但在梨园，在这几年还是算一号人物的。她应该爱戏，不应该爱人。但她心里有人，总归是让人好奇的。

小妃说的欢迎会其实不止一顿饭，还包了酒吧，只是琮玉坐飞机太累了，想休息了，就没去。

周林律陪她回了酒店。

酒店的套房在高层，一层有三个房间，周林律定了对门的两间房，进房间时对琮玉说："有事叫我，随叫随到。"

琮玉把门关上了。

周林律看着一碗"闭门羹"，还能笑出来，甚至对着那扇紧闭的门说："早点儿睡。"

琮玉脱了衣服，躺在床上，看着灯发呆。

她好久不来高原地带了，缺氧的反应缓缓袭来，但是会一直给她准备氧气瓶的人没有来。

不过她自己带了。

躺了一会儿，常蔓发消息，问她明天的安排。

琮玉回过去："你说你的。"

"请你吃饭。"

"行。"

常蔓又问："你还没说，你这回来甘岭干什么？"

琮玉坐起来，把酒店的浴缸套好一次性塑料膜，放了水，回复道："干之前干了一半的事。"

"男人？"

"男人有什么好干的？"

常蔓给她打了个语音电话。

琮玉刚接通电话就听到常蔓的笑："没有吗？"

“没有。”

“那你得说到做到啊，别说不干到时候又跟我抢。”

“还没死心？”

“妹妹，陈既，你不要有的是人要。”

琮玉挂了语音电话。陈既有什么了不起的？微信她都删了。

常蔓带琮玉去了当地有名的烧烤店，出于客气也叫了周林律，没想到撞见了熟人。

琮玉在车里，确定路边矮桌前坐着的是陈既，扭头看向常蔓，眼神询问她几个意思。

常蔓给她看甘岭的美食排行：“我真不知道，请你吃这家是因为这家在甘岭很有名。”

“算了。”

常蔓歪着头看她，笑着问：“那怎么着？要不咱换个地方？”

琮玉解开了安全带：“不用。”

周林律自车停下后就注意到了路边矮桌前的男人，只能看到侧脸，但骨相极佳，是上镜也照不丑的类型。但也不值得多看两眼，他对男人又不感兴趣。

听到琮玉和常蔓的话，他再次看向那个人，突然有几声心跳脱了轨。

这就是让琮玉悸动三年的人？

琮玉本来想当作没看见，但这家店确实火爆，停的车把路都堵死了，他们必须从陈既和唐总跟前经过，偏偏被她听到他们在聊昨天欢迎会的主人，陈既被瓶盖割破了手指，还问唐总京州的谁。

琮玉已经走过去了，还是转身给他贴了创可贴，答了他的问题。

“京州琮玉。”

陈既用以前那样淡的眼神看她，她不在意，本来也没想多留，这样的反应只是让她走得更快而已，甚至在起身后搀住周林律的胳膊，进了店门。

大冬天的吃露天烧烤，纯粹有病，她可没病。

常蔓在琮玉身后，也没跟陈既打招呼。他俩实在不熟，哪怕曾经有过合作，哪怕她在半夜为他流过眼泪，喝醉了问天上的云他为什么不爱她，没用啊。

他们三个人走进店里，陈既只会看向琮玉，他的眼睛混浊，并不清澈，这样带着私心的眼神，琮玉走后，她再没从他的眼睛里看到过。

常蔓也好想被他这样看一眼，可陈既就像是被琮玉贴上了标签，命定了所属权，努力也争取不来。眼神是，人也是。

于是常蔓就不想了，两情相悦她还愿意搏一搏，就像琮玉，不是就算了，就不要爱情了，本来它对人生而言也是锦上添花的东西。

店内的人更多，好在常蔓预订了，他们才能在一个角落落座，像打仗一样点了餐。

常蔓托着下巴，看琮玉平直的嘴角和没有期待的眼睛，其实跟当年一样，但就觉得有所不同。

琮玉以前的聪明和淡漠都能让人觉察到刻意，毕竟小，她表现出来的样子再从容，也沾那么一点儿为了给别人看的感觉。现在那一点儿感觉已经没了，她完全长大了。

常蔓也有这个过程，长大总要有些变化，年年月月不光要带走胶原蛋白，还要留些别的痕迹，不然成长有什么意义？

周林律也很平静，还给琮玉和常蔓涮了杯子，倒了两杯热过的烧酒。

常蔓说：“我不喝，还得开车。”

周林律说：“没事，我可以开。”

常蔓把眼神从琮玉身上收回来，改看向周林律：“我好像在剧院里看见过你，你是琮玉的粉丝？”

周林律挽起袖口，手搭在桌沿，他也有漂亮的手腕，但不会引起琮玉的注意。他回答了常蔓的问题：“嗯。”

“粉丝对偶像的心理，应该不是你这种吧？”

周林律胳膊肘撑着桌子，小臂在面前搭起金字塔，双手叠在嘴边：“女人对男人的喜欢，开始也是崇拜吧？”

常蔓笑了一下：“我可不觉得上学的时候喜欢上一个男同学，是因为崇拜。”

“所以我说男人，不是男同学。”周林律就差把琮玉喜欢陈既是因为崇拜明说了，但琮玉就是没一点儿反应，他知道琮玉听得懂。

常蔓也听得懂，但不想佯装旁观者清地掺和他们乱七八糟的事，就没再说话。她开始聊别的话题："还去焰城吗？"

"没计划。"琮玉说，"这两天去贡方里，过几天去下一站。"

"哪儿？"

服务员上菜了，周林律先把干料碟和油料碟分别端到两个人的面前。常蔓看着，觉得目的性强的男人也没什么不好，可能有点儿油滑，但比块木头会来事多了。

琮玉说："西塔坡。"

三个人进了店门，陈既再没听唐总说话，也没等他吃完，结账离开了。

他回到家时，天黑了下来，路灯点亮，街道还是很昏暗，看不清红绿灯下的斑马线。其实他很喜欢走夜路，只是有时候会想要一束光。

阳光、月光，都可以，或者是她眼睛里的光。

他第一次在白天见到她像一个成熟女人那样化淡妆，她很漂亮，化不化妆都漂亮。她终于长大了，这件事比他再见到她的惊与喜，都更像铡刀，割断了他心中紧绷已久的孤桐。但其实他从没等她长大，也一直不允许自己对她有一丝想法，可当她长大后，那样好……

这个事实血淋淋地铺在面前，他总归忍不住翻动一些回忆。摞得很高的胶卷里，没有一个废镜头，全是他妥协、妥协、妥协的有力证明。

陈既从对她妥协开始，他没那么无情这件事就已经瞒不住了，但还是强撑，装到送她走，让她以为他是一块化不了的冰。他以为，作为男人理应克制，有战胜欲望的能力。喜欢、想要一个人很容易，但忍住不要是他的使命所强调的，也是他在人生走了快一半后应该懂得的。虽然没有欲望的人生一眼能看到头，但他对自己比对别人狠，可以挨过去，也不觉得难。

只是当他感受过一颗蓬勃的太阳，照亮漫漫长夜、坎坷路途，他就忍不住对欲望低头了。不自觉地，他习惯了寒冬，也无法拒绝一筐炭火。拒绝了，他也无法不去妄想。

陈既确实不愿百年以后没脸面对陆岱川，但想着她的心根本不管他受到的教育是不是允许他觊觎战友的女儿，也不管他懂不懂礼义廉耻，知不知道他的人生过半，而她的人生刚开始，他不能用一副塞满冰雪的残败身去沾染风华正茂的她……

可是，他真的想要她。

他进了家门，爆破正趴在客厅的地毯上等他。

陈既照常走到冰箱前，拿着酒干喝。喝到一半，他不自觉地说了一句："黄毛琮玉。"

原本趴着的爆破一下子挺直脖子，竖起耳朵，滴溜溜的大眼睛看着他。

他听到爆破的动静了，但没扭头。

爆破好像知道自己没听错，跑到他身前，前爪搭在他的腿上，歪着头。

陈既躲不过去了，随口问："想见她吗？"

爆破开始摇尾巴，仰头叫，这还不够，开始在地上打滚，撒欢儿。

陈既捏着它的耳朵："她有别人了，不要你了。"

爆破急得直转圈，疯了似的叫，它不信！它折腾的样子就像在表达：琮玉只可能不要你了，不可能不要我！你要说就说你自己！别说我！我又没让她不高兴！

它一个劲儿地打滚，边滚边叫，口水都喷了出来，它要见琮玉！立刻见琮玉！

琮玉在拳馆的教练打来电话时，她正在睡觉。她不耐烦地接通电话："喂！"

"这么凶？"教练说。

"有事说。"

"跟你说一个好消息，上届女子业余赛评委组查清楚了，第二名买通了别人打假赛，现在名次被取消了，你从第三名变第二名了，奖金比原先多一倍，应该会在代扣个税后打到你的卡里。"

琮玉原本以为枪耍得好就能保护自己，事实证明不能，还让人觉得她无能、累赘，就在唱戏练功之余找了老师学散打。后来老师要转行，推荐给她一个拳击教练，她一学就是三年。

三年来，她参加了两届女子业余赛，虽然只获得过一次成绩，但也能在狼堆里抗衡一二了。就像她为自己准备的氧气瓶，以后她不会再从任何人那里获取安全感，自给自足。

"知道了。"琮玉说。

“你现在是在酒店吗？”

琮玉睁开眼：“谁跟你说的？”

“你说出远门了，我给你打电话你这么不耐烦，那肯定是在酒店睡觉啊。”

“知道就懂点儿事，赶紧挂了电话。”

“行了，行了，挂，挂，挂。”

挂电话，琮玉把手机音量摁到底。

但她还是被吵醒了，被狗叫声吵醒的。

她连外套都没披，穿着一件紧身白背心就出去了，两条细白的胳膊裸露着，脖子到胸脯这一片肌肤也是白得晃眼，背心还短，遮不住肉，隐约可见川字腹肌。裤腰本身就低，更是松垮垮地悬在胯骨上，不夸张地说，她稍不注意就走光了。

她昨晚整理东西没睡觉，就指着这会儿养精蓄锐，才不管是谁，也不管自己现在这身打扮适不适合见人，果断地敲了隔壁的门。

门被打开，陈既的脸出现在眼前。

她愣了愣，还没意识到是什么情况，陈既的身后蹿出来一头身法敏捷的“野兽”，精准地扑在了她身上。事发突然，她又不堪其重量，不自觉地往后退了几步。就在她的后背将要磕到墙面时，陈既伸手搂住她，掌心贴住她的背，手背代替她的身体，重重地磕在了墙上。

陈既的神情严肃，不是因为磕疼了，是因为琮玉连衣服都没穿好就出来了。

这时，周林律的门从房内被打开。

琮玉看过去，只看到周林律迈出脚，还没见到人，陈既一把拉住她的手腕，把她拽进了房间。陈既不可能让别人看见她穿着暴露的样子。

周林律出来只听到关门声，什么都没看到，以为刚才的动静是客房服务弄出来的，也没在意，又回了房间里。

琮玉在陈既的房间内，看着不断蹭她的裤腿的爆破，冷脸也不自觉地柔和下来了。她蹲下来，捏了捏爆破的耳朵。

陈既靠在桌沿，双手拄在身侧，看着这一幕场景，恍如隔世。

琮玉对爆破还是一样温柔，跟它玩够了便站起身，突然没话对陈既说。

她正准备不打招呼就离开，不经意地看到桌上的情趣礼盒，走过去打开，手指钩着肩带提起来，下意识地问了一句："既哥现在好这一口？"

"房间给邱哥订的。"

"嗯，我信。"琮玉讥笑道，松了手指，吊带又掉回了盒子里，她随手盖上盖子，准备走了。

"你可以问前台的人。"陈既又说。

琮玉停住了，转过身："你以为我好奇？"

陈既没说话，好像房间的温度高，热了，也好像不善于跟别人解释，紧张了，鬼使神差地解开袖扣，挽起衬衫袖子。

琮玉在陈既开门的那一刻就注意到他一身西服的正装打扮了。她确实喜欢好身材的男人穿正装，但这么多年，看过太多了。

陈既是最引人吞口水的又怎么样？不过是低级欲望，她八百年前就戒了。而且喜欢她可以自己穿，也一直在自己穿。她又面带讥笑，走到他跟前，背心的领口太大，兜不住，以至深沟若隐若现。她不在意，还离他很近，但就不靠上去，然后抬起下巴看着他："既哥不会还没找对象吧？"

陈既不说话，也不看她的身体，当和尚他很有一套。

琮玉很讨厌陈既这副冷静自持的样子，装什么神仙啊？她把手覆在他的手背上："那你真不行，我都换仨了。"

陈既没抽回手，也不吭声，只是看着她，他的那双眼睛弧度正好，时时透露着她做什么都可以，他都允许，都愿意的意思。

琮玉手指的指腹沿着他的指骨滑动，他好像是刚来不久，沾染了一路的冷空气，导致手指凉丝丝的，很好摸："你不是说找女人结婚吗？找了吗？"

陈既突然翻过手，握住了她，就像那时在医院，他俩躺在一张病床上，他翻手握住她那样。但那之后没多久，他就把她送走了，死都要送她走。

琮玉心头一震，原来过了这么久，都不能释怀。她抽回手来："既哥这样握我的手，不怕女朋友误会？"

"没女朋友。"

"我可有男朋友。"

陈既沉默下来了。

琮玉看他没话要说了，不想待了。

陈既又说："我等一下有事，你能不能帮我照看一下爆破。"

"凭什么？"琮玉停住脚。

晌午过后没多会儿，太阳正大，投入房间形成光柱，微尘在光柱里跳舞，地毯上都是太阳光的碎片，陈既站在明与暗的中间就像以前，他的鼻梁可以挡住光线，他的肩膀也遮住了黑暗。他轻启薄唇："天一黑我就把它接走。"

"有那时间我还不如跟我的男朋友调情呢，凭什么给你看狗？"琮玉张嘴就来。

"你开了两间房。"

"什么？"

"情侣不是开一间？"

琮玉侧靠在墙上，有文身的那只胳膊贴着墙，姿态不羁，也笑得轻佻："有情趣，有钱，想睡这间睡这间，想睡那间睡那……"

琮玉还没说完，陈既两步迈过去，一把拽住她，将她扯进怀里，俯身吻住。他这还不够，还托着她的大腿，把她抱到桌上亲。他像是早想这么干了，搂她搂得很紧，两个人从未那么严实地紧贴在一起过，她能感受到他浑身坚硬，仿佛浑身都是对她的念想。

这个吻激烈，绵长。

琮玉本来就有高反，他根本就是不想让她活了。没多会儿，她感觉到窒息，出现缺氧的症状，脸有些烧，头也晕，憋得难受，仿佛被封锁在迷雾中。但她没叫停，双手仍紧攀着他的胸口，就像在圆一场少女时期的梦。

花期正好时，这是她的愿望。虽然现在她已经成熟了，已经没这个愿望了，但可能是身体没忘，记着她吃过的苦，记得她还没得到他，所以抗拒不了。

可能是吧？她不知道，反正满脑子是终于被曾经迷恋的男人拥吻。他还穿着她喜欢的白衬衫，修剪着干净利落的短发，胡子剃得干净，就这样吻着她，薄唇柔软，呼吸间都是水果的香味……

没关系吧？她先顾眼前，之后再掰扯？

何况，她真喜欢他……

陈既总算发现怀里的人越来越虚弱，停下来，把她抱到床上，从爆破的包里拿出他习惯性准备的氧气瓶给她吸氧，紧张地握住她的手。

琮玉好累，好困，缺氧又叫她头晕，但这样被他牵着，她真舒服，即便是晕也舒服，迷迷糊糊地就睡着了。再醒来已经是半夜，她扶着脑袋坐起来，爆破还在床边趴着，这也不是她的房间。就是说，陈既强吻她，她也没拒绝的经历不是梦。

琮玉叫了爆破一声，爆破将前爪搭在床边，乖乖地看着她。她揉了揉它的脑袋："想我没有？"

爆破仰着头叫，在地毯上打滚转圈，它想疯了！

琮玉笑了，冲它伸手："过来。"

爆破把狗头扎进琮玉的怀里。它好想念在焰城的生活，跟琮玉，跟陈既，午后的零食时间是它最喜欢的。

琮玉抱着它，想要跟它、跟陈既一直一直在一起的愿望就好像是昨天许下的，但是已经过去三年了。

琮玉坐起来，回自己的房间换了衣服，拿起手机，看到一连串的消息和未接电话。她皱着眉一一点开，小妃发的消息最多，说邱文博在甘岭，领着一帮人吃饭唱歌，现在刚开场，要她赶紧去。

琮玉不想去，正要回复，常蔓打来电话："在哪儿呢？"

"酒店。"

"来状元门。"

"不去。"

"你不是说要去西塔坡吗？邱文博明天去，陈既也去，好像是江北带邱路雪去了。你们都奔着一个地方是干什么？"

对于邱文博和陈既也去西塔坡的消息，琮玉反应平淡，也不准备跟常蔓说什么。

常蔓又说："你说前往西塔坡之前要去趟贡方里，是要找谁？"

琮玉没回答，只是问："怎么？"

"邱文博叫了一个老匠人过来，正好是甘岭市随南区贡方里的，不会有这么巧吧？"

琮玉没想到这件事，当下没应声。

常蔓又说："你要是找这个人，正好不用跑了，过来全解决了。"

琮玉没立刻答应。

"你想想吧，过来的话给我打电话。"

把常蔓的电话挂断，琮玉想了几分钟，还是决定把爆破暂交给酒店前台的人照顾，前往状元门。

琮玉到了后，常蔓到门口接了她，领着她穿过大厅往里走，还小声跟她说：“等会儿你混在那群年轻的女孩里边，我到邱文博跟前敬酒的时候，想法儿帮你跟他传话，让你把事给办了。”

说着话，常蔓把琮玉带进状元门最大的包间，十多个人围在圆桌旁，十多个人在唱歌。

陈既坐在离邱文博不远的地方，面前的酒杯已经空了。

常蔓进门推了琮玉一把，想把她推到 K 歌区，反正那边都是年轻人，混进个人也没人知道，没想到邱文博鼻子灵，眼睛也尖，仿佛在她们刚进门时，他就感应到琮玉的气息了，贼眉鼠眼地踅摸起来。

这一打量，他连饭都不吃了，拿纸巾擦了擦嘴，掸了掸手上的烧饼渣子，扯着脖子喊了一嗓子：“那是谁？到跟前来。”

常蔓心头一慌，把琮玉往身后拽：“我同学，已经结婚了，正好碰上，带她过来玩玩。”

“别废话！过来！”邱文博可不听她那套。

陈既看见琮玉，本来很麻木的脸上顿时显露出不悦的表情，站起身，明目张胆地挡住了邱文博的视线。

邱文博挥了两下手，没挥走陈既，再看陈既的神色，紫蓝色的镭射灯光映衬下越发显得他坚定从容，他铁了心护着那个女人，不让别人沾的态度毫不掩饰。

邱文博喝了点儿酒，正逢场上没一个是需要他给面子的人，顿时勃然大怒，拍桌子把筷子和小酒杯都震到了地上，更是捡起一块碎玻璃扔向陈既，刮了他的下颌骨。

琮玉一直不动声色，直到陈既的脸上见红。她皱起眉头，不自觉地往前迈了几步，手扶住椅背。

陈既攥住琮玉的手，把她拉到身后。有他在，远不用她自保。

顿时，包间内的冲突似乎一触即发。

那头唱歌的年轻人立刻暂停音乐，房间内昏暗的灯光也被明亮的灯光替换。

房间变得亮堂了，邱文博眯着眼睛，嗓音低沉地问陈既：“你要干什么？”

虽然这不算事，陈既护一个琮玉还是很轻松的，但邱文博正醉着，不清醒，那即便陈既的应对措施毫无破绽，非正常状态下的邱文博也不一定买账。

而关于琮玉，陈既不允许出现一丝差池，遑论拿她赌，就认怂了：“邱哥，别的随便提，别打她的主意。”

陈既的一句话很寻常，在场的人也能听出他放低了姿态，但几个年轻人还是不自觉地屏住呼吸，噤若寒蝉。因为邱文博的难看脸色并没有因此缓和，甚至愈演愈烈。

老匠人一直不动声色地瞧着琮玉。

常蔓的大脑疯狂地转动着，她把琮玉带来，是想帮忙，帮不上也不能害了琮玉。

小妃去卫生间了，没赶上琮玉来，在门口听到里边的动静不太对劲，就没再进门。

“我今天要是就要让她到跟前来呢？”邱文博拉着脸，眼睛很红，不知道是酒喝多了，还是被气的。

陈既本来以为认怂能解决问题，邱文博不接受，那还是表明态度——抬起手，给邱文博看他牵紧琮玉的动作，什么都没说，但好像什么都说了。但凭处置，反正他不放手。

邱文博一拍桌子站起来，椅子往后平行擦开，椅子腿在地上擦出刺耳的声响。

陈既听而不闻，当着众人的面领着琮玉往外走去。

常蔓假装害怕，缩到一边，其实是给陈既让道。

邱文博抄起酒瓶扔到了门上，酒瓶摔碎了，玻璃碴掉下来，“哗啦啦”溅了一地。他没说话，但这些碎玻璃胜过语言，仿佛只要陈既出了这道门，他对陈既的信任就由此瓦解了。

陈既仍扳动了门把手。

“给我把他拦住！”邱文博翻脸。

那头被叫来玩的年轻人哪里见过这场面，一半慌了神。

饭桌边的年轻人、老伙计，都知道陈既跟了邱文博多少年，倒是能禁住陈既的拳头，就怕是这会儿听了邱文博的话得罪了陈既，等陈既翻过身来，把他们凑一盘下锅，那就纯属没事找事了。要知道邱文博离不开陈既是公认的事实。但也有早就看不惯陈既的愣头青，管他三七二十一，反正先痛快这一会儿，就趁着酒劲拎着把椅子过去了。

陈既又把琮玉拉到身前，回身就是一脚。

愣头青的腹部挨了踹，吃痛往后退，但椅子已经砸向陈既二人。

陈既一把攥住椅子腿，挽起一点儿袖口露出一截小臂，手一用劲儿，几条青筋盘踞着。他轻轻放下椅子，还是开门带走了琮玉。

门被关上，挨了一脚的愣头青还在地上打滚，不敢喊疼，邱文博的脸色白里透红，咬肌在频繁地抽动。

常蔓感到如释重负。

陈既把琮玉带出状元门，领她上了车，将车钥匙也给她，扶着驾驶座的车门俯身问她："能开车吗？"

琮玉答："不能。"

陈既停顿了一下，像是在思考，最后冲她伸出手："我送你。"

琮玉当下没给他车钥匙，靠着靠背，像以前那样仰头看着他："以前发生这种事你不都骂我？骂我不老实地待着，到处瞎跑。"

陈既没说话。

琮玉等了很久，等不来下一句话，也不在意。她早过了事事要回应的年纪。

这时，陈既突然说："以后不会了。"

琮玉眉心一颤："为什么以后不会？"

陈既沉默下来。

琮玉不死心地继续问："难以启齿？"

陈既还是不言语。

琮玉死心了："没以后了。"她把车钥匙还给他，下了车，擦着他的身体走过去，站在远处说，"既哥还是找个女人吧，看你已经没有一点儿廉耻心了，我有男朋友你还对我动手动脚，不合适。"

陈既维持着这个姿势很久，风把什么都吹动了，唯独吹不动他挺立的身体。

琮玉转身离开，想吹冷风了。

“你喜欢他吗？”

陈既在身后问，琮玉没停，没回头：“反正不喜欢你了。”

琮玉走了，沿着路边往前走着，背影慢慢消失。

陈既在车前站了很久，抽了两根烟才返回包间，他还有烂摊子要收拾。

酒又续上了，那边的年轻人也都玩上了，邱文博还在喝酒，眉间压抑着的火气在乱窜，但已经不像之前那么没商量的余地了。

陈既一进门，热闹的氛围暂停了几秒钟。

后来所有人恢复笑脸，但都不自觉地把注意力投向陈既和邱文博那边。

邱文博不喝那多半杯白酒，或许会考虑前往西塔坡还得倚仗陈既，毕竟很多事非陈既不能做。但黄汤害人，陈既那句“别打她的主意”，他不觉得是认怂，觉得是在当众给他难堪。他自以为是，认为他不算用下半身思考问题的人，不是看见个女人就精虫躁动，只是让那个丫头到跟前来一趟，陈既就那么不愿意，他以后还怎么驭下？

正值冲动上头，他越想越气，越想越觉得陈既拂他的面子，而在场的人都在看他的笑话，就把邱良生平日里嘱咐他的话都抛到了脑袋后边，当着外人的面跟自家兄弟翻了脸。

现在，门开开关关好几回，冷风不断涌入，他混沌的脑袋渐渐清晰，也想起了邱良生教他的谨慎。时代变了，已经不是他们想干什么就干什么了。

他们才因为非法开采的事被上面的人注意，不得已当了一阵子缩头乌龟，眼看着要度过风险期了，不能在这时候功亏一篑，何况陈既比女人对他有用多了。就算他对陈既不满，也得等陈既没用了再宰。

他这么一想，前面昏头的情绪已经荡然无存。

陈既走到桌前，给邱文博铺了台阶：“喝点儿酒冲动了，邱哥别恼。”

所有人都在暗暗观察邱文博的神色，邱文博还沉着脸，看起来不想原谅陈既，谁知道下一秒大笑起来：“咱哥们开个玩笑都把他们吓一跳，这群老鼠胆子的东西！”

到这里，持续了一个多小时的紧张气氛才渐渐消散。

邱文博站起来，亲自给陈既倒了酒，够不到他的脖子就使劲够。

陈既也有眼力见儿，弯了腰，让邱文博搭住了肩膀。

"还得说你的眼光，那时候挑的姑娘就长得俏。"邱文博眼拙，不知道眼前这个人就是以前那个。

陈既没说话。

邱文博拉着他坐下："来，咱们再跟郭师傅喝两杯，赶明儿咱们一道出发，保准一路顺风。"

年轻人不明白为什么邱文博变脸这么快，老伙计们只能猜个一二，常蔓却十分清楚。

邱文博在修复罅隙，无论是什么罅隙，他都要修复好，不给任何人利用这些小漏洞攻击他的机会。这都是邱良生教的。

常蔓以为青木矿区违规的事可以把他们搞个半死，没想到他们不仅早有措施应对，还迅速拓展其他业务填补了矿区的损失。她也一直觉得，她不得不蛰伏是因为力量薄弱，而陈既也给邱文博当狗，好像有点儿大材小用。毕竟周惜罇是检监院的人，权力和资源都有，有机会就能有作为。后来她渐渐发现，是她太天真，敌人根本不给机会。

任何政策下来，往往是敌人研究得最早、最透彻，这样一来，即便是周惜罇和陈既这样的组合，面对专门搭政策东风、钻政策空子的对手，也不得不谨小慎微、从长计议。

看着灯光下邱文博那张泛着油光的脸，常蔓差点儿觉得之前在青木露天烧烤，她借着酒意念的那首诗念得太早了。

天很难亮，而血液已凉。

常蔓在他们的欢笑声中退出房间，靠在走廊的墙上。她发现邱文博对她总是有所保留后，就不在他身上花心思了，他厌烦的事她一件接一件地做，他终于腻了，找了新人。

邱文博收走了给她的特权，连那些酒鬼、嫖客、小姐都不再拿正眼看她，她却因为呼吸到久违的自由空气感到惬意。

青木矿区没了，羌白矿区的意外也再难翻案，似乎随着琮玉离开，她的使命也如一首被切掉的歌戛然而止。她看不到前方，也不能回溯过往，就这样被卡在时光的激流中，不知道何去何从。

终于，琮玉又回来了。她、陈既、邱文博、江北他们要去同一个地方，常蔓不知道他们去干什么，那里有什么，但就是觉得那股顽强的生命力又回来了。就像琮玉离开时摁动了磁带机的暂停键，让这个冬天持续了三年，今天，她又亲自拨动开关，磁带一圈一圈地重新运动起来。

好像很快，长冬将结束，万物将生。

夜里八点钟，马路上的车川流不息。

琮玉走在甘岭这座被群山包围的丁字形的城市街头，看着比三年前更洋气明亮的霓虹灯，心中十分平静。

她的手心被铁片割的口子已经不流血了，好像也不疼了。刚才在包间里，被邱文博点名时，她就把进门的柜了上的简易红酒起子抄在了手里，也想好砸了他的场子，她怎么脱身。

她早积累了十几种方案应付冲突的场面，游刃有余，但还是在一个瞬间不理智地想，将事情闹大吧，越大越好，闹得警察出动，她正好找律师，再利用公众人物的身份揭露一下邱文博经营娱乐场所的不法行为……

要是不幸他们可以操控舆论，她寡不敌众，那也无妨。

烂命一条，没了就没了，就让她坠入海底，归于浮泥。至于那些还不明朗的线、她再次来的目的……都交给别人去弄清楚吧，没道理这个世界薅羊毛就可着他们一家薅，她的父亲、她曾以为的丈夫，再加她自己。

谁见了不说一句，真是大圣人之家，净为别人奉献了？她做好了最坏的打算，包含所有冲动和不理智的后果，就是没想到陈既会果断地站在琮玉身前，牵着她的手。她所有防患于未然的设想都没了用武之地。琮玉变成了一只提线木偶，被他带出了门。

是这三年自己处理事情习惯了，忘了被人挺身而出地保护是种什么感受了？

她记得那时候她还讽刺常蔓，出门在外，遇到问题习惯性地自己处理，是身边没有值得信任的人。归根结底不过是那时陈既惯着她，把她养得忘了自己解决问题才是自然法则。

琮玉当了三年自己的骑士，把她丢掉的人又站在了她的面前，好像一切都没变。

琮玉手插着兜，目视前方，任冬日刺骨的风吹得脸颊生疼。

她走到十字路口时，小妃打电话给她，问她在哪儿。

琮玉说在马路边。

小妃问能不能找她待会儿。

琮玉说："那我回酒店。"

"好。"

(2)

小妃来找琮玉的时候，拉着行李箱，琮玉没问她为什么。

进了门，小妃才有些艰难地扯了扯嘴角："要回老家了。"

琮玉走到展柜旁，靠在上边，看着径直坐下的小妃。

小妃提了一口气，神情装得还算轻松："本来前两天就要走了，常蔓说你要过来，就拖到了现在。我想趁着今天聚会跟你聊两句，没想到又遇到这种事。"这话说完，她抿了一下嘴，"邱文博发火的时候，我没进去，你别怪我。"

"不会。"

小妃以前还有勇气，义薄云天，当暴雷一道接一道地砸向她后，击溃了她太多的信心，她渐渐发现她力量渺小，一双细窄肩膀充当不了谁的依靠，深信不疑的东西就开始变得不确定了。她再也看不到自己不顾安危、为别人肝脑涂地的样子。

小妃本来想着跟琮玉开开心心地道个别，就让琮玉以为她有了好的结局，但被邱文博突然耍酒疯搅乱了计划，发现她装不出轻松的感觉了。她带着倦容赶来酒店，千头万绪，面对琮玉又全都不见了踪影。

小妃跟琮玉感情不算深，只是这三年没有再遇到让她记忆深刻的人，她就总把当初和琮玉、常蔓一起经历的事一遍遍地回忆。

琮玉的头发披散在肩膀上，胸前分了一绺，淡漠的神色似乎在告诉别人，别指望她能说出一个温柔的词语。

从小妃的角度看她，其实琮玉何止变得更漂亮了，也变得更孤独了。

房间很安静，一直很安静。

小妃又说道："常蔓跟你说了吗？在青木捞她的那群人被抓了，包括以前干的勾当，数罪并罚，最久的被判了二十年。"

"现在知道了。"

“上次的欢迎会有外人，也没跟你说全。”小妃长出了一口气，“颂雅芝出国了，说是过慢节奏的清闲日子去了，但听说是被她前夫送走的。”

琮玉看到新闻了。

颂雅芝之前开了社交平台的账号，还没发东西就因违反平台相关规定被封禁了，等解禁时，她已经在国外了，每天分享生活日常。或许她真的是为了清闲去的国外，那个账号真的只是记录日常生活，而不是打算揭露什么。或许……

房间里继续安静着。过了很久，小妃才又说：“我妹妹没了，我爸妈年纪大了，我得回去了。”

琮玉继续沉默着。

小妃抬起头，又笑了一下：“我也说好婚事了，就跟我们当地的一个公务员，过了年办事。”

琮玉看到丝丝缕缕的遗憾情绪从小妃强装的笑颜中挣扎而出。

小妃好像说完了，站了起来，攥着行李箱的拉杆：“人这一辈子是一定要结婚的对吧？好像不结婚的那些人都过得不太好。而我还是想好好生活的。”

琮玉没说话，假装听不出她的反讽、不甘心。她明明烦透了男人。

小妃说完忍不住撇了一下嘴，哈次湖上梨花带雨的那一幕场景差点儿重演。

琮玉不会安慰人，就静静地听着。

小妃把该说的话都说了，最后晃了一下手机：“明早的票，我的房子退了，订了车站旁边的旅馆。”说着，她提了一口气，“等你什么时候去我们那儿，我请你吃饭。”说完她又笑，“不过我们那儿太穷了，没山也没水，估计吸引不了你。”

琮玉跟着小妃走到门口，什么“电话联系”“有缘总会再见”“一定会去你老家做客”之类的客套话，一句都没说。

出了房门，小妃放开拉杆，伸出手来：“要不咱俩整点儿虚的，抱一下？”

琮玉刚摊开手，小妃一把搂住了她。

这个拥抱持续了十来秒钟，小妃松开琮玉时，还挑眉说：“上次抱你你穿得太多，还是穿少了才能抱出料，可以，比常蔓的大。”

琮玉微笑起来。

小妃重新攥住拉杆："走了，姐们回乡去了，不看你们神仙打架了！"

琮玉也出了门。

小妃像是早知道，头也没回地挥手："别送我啊，你走的时候我也没去送。"

琮玉停住。

小妃上了电梯，走廊的声控灯熄了。

琮玉站了一会儿，打算换身衣服去接爆破，周林律的房门在这时被打开了，他的手里端着一份蛋糕："吃点儿？"他甚至不隐瞒自己偷听了她们的对话。

琮玉瞥过去："狗。"

周林律笑了笑："我就听到一句比常蔓的大。所以什么比她大？"

琮玉没理他，回了房间，换完衣服出来，周林律还在门口："尝尝，他们说这个很好吃，我排了很久的队。"

琮玉越过他走向电梯。

电梯门打开，酒店前台的人急匆匆地冲出来，跑了两步，想起什么似的，扭过头看着琮玉，手举到半空，指着她紧张地问："您是1703的顾客吗？"

"嗯。"

"不好意思，您托我们照看的那只马犬不见了……"

"什么时候不见的？"

前台的人很抱歉，重复了一遍"不好意思"："事情是这样的，我们酒店不允许带宠物进房间，设置了宠物看护服务。但我们的看护师请假了，所以就由行李服务员和安保人员轮流照看，但他们也有他们的工作，所以就……"

"不允许带宠物进房间，前边那人怎么把它带上来的？"

"哦，陈先生跟我们酒店是……"琮玉不想听了，类似的话她三年前就听过了。在邱良生的地盘里，跟他沾边的人都是皇帝。她就想知道狗丢了怎么办："找了吗？"

"我们已经派人去找了。"

周林律走了过来："怎么了？"

琮玉没搭理他，走进电梯，接着问前台的人："看监控了吗？"

“看了。”

“没看到吗？”

“它跑出了旋转门……”

琮玉又问：“所以它什么时候跑出去的？”

前台的人支支吾吾的。

“说！”

前台的人身子一颤，抬起头，脸憋得通红：“半个小时前……”

“半个小时前就跑了，你现在才告诉我？”

前台的人一个劲儿地道歉：“不好意思，是我们的疏忽，我们一定竭尽全力地帮您寻找，实在找不到，我们可以赔偿您的损失……”

周林律这才听懂了：“什么丢了？”

琮玉没答，给陈既打了电话。

陈既很久才接通电话，嗓子哑了：“嗯。”他嗯什么嗯？

琮玉说：“爆破丢了，从酒店跑了，它有没有喜欢去的地方？”

“没有。”陈既貌似喝了很多酒，声音有些发飘，没平常的沉稳磁性。

“还在状元门？”琮玉问。

“嗯。”

“狗你还要不要了？”

“要。”

“那出来找。”

“我喝酒了。”

琮玉想了一下说：“我开车。”

“你来接我。”

周林律跟着琮玉出门，琮玉打电话，他只听到她的声音，但也猜到狗丢了，而她就是在给狗的主人打电话。

周林律看琮玉叫了车，无非是找狗，却还是问：“去哪里？”

琮玉果然没答。

周林律假装不在意，又笑着问：“你把我带过来，但是晾在一边，是不是不太礼貌呢？玉老板。”

琮玉的车到了，她在上车前说：“是你非得跟着，受不了可以回去，没人留你。”

“够绝情的，我好歹也算你的粉丝，稍微宠粉一点儿能怎么样？”

琮玉上车离开，留下周林律傻傻地站在路边。他为琮玉受尽冷风吹，她也只会吐出一句活该。这样的女人如果爱一个人，他真的会怀疑那个人从开始就是她的救命恩人。他给这边的朋友打了电话，约在酒吧见面。

琮玉打车去了状元门，邱文博的局散了，老伙计们都走了，只剩下一群年轻人三两个挨着站在路边，穿着单衣，被冻得颤巍巍的，鹌鹑一样，嘴里再叼一根烟，不时往后甩甩被风吹乱的头发，好像挺酷的样子。

琮玉从网约车上下来就看到这幕情景，在现场找了陈既一圈，没看到他在哪儿，正想再打电话，他从状元门里出来了，看起来也不像喝多了。不过也是，陈既怎么会让自己喝醉？他的自制力可不是吹的。

琮玉没过去，就站在路边，几个年轻人看着她，小声议论着。

浑身是钩子的女人在他们眼里、嘴里不是什么好东西，形容的词要多难听有多难听，但如果可以睡，将脸皮撕碎了当抹布擦桌子都愿意。

陈既从他们身后走来，路过他们身边时没停，但随手在一个人的脖颈上掴了一巴掌。

几个人像是有心电感应，这一巴掌之后，全都脖子一缩，闭上了嘴。

陈既走到琮玉跟前，把车钥匙给她。

琮玉还挺别扭的，这情形怎么那么像她来接她在酒局上喝多的丈夫回家……

“怎么了？”陈既问。

“没事。”琮玉接过车钥匙。

陈既在她之后上车，小痞子们接连喊：“既哥跟嫂子路上慢点儿！”

琮玉皱起了眉头。

副驾驶座的车窗开着，陈既居然回应了，却没澄清：“别瞎晃悠。”

琮玉：“……”

陈既把车窗关上，等琮玉将车子开离会所跟前的马路，便靠在靠背上闭上了双眼。

蓝牙自动连接手机，环绕音响开始播放一首歌——《保留》。

陈既自然地切了歌，换了一首别的。

开了五分多钟，车内只有音乐声，琮玉忍不住问道：“爆破丢了你不急？”

“急。”

“那你这是什么反应？”

“急也没用。”

“总得去找找吧？”

陈既在导航上输入了一个目的地：“这里。”

琮玉不说话了，按导航提示掉转车头。

车里又剩下了音乐声，还有偶尔的消息提示音。

陈既现在手机里来消息已经不会被中控台擅自朗读了，估计是重新设置了。

在中控台频繁响起微信消息声后，他切断了蓝牙。

琮玉不在意，只是冷不防地看向屏幕，一个熟悉的名字让她心头一颤。

车子拐过路口后，陈既说：“前边烟酒店停一下。”

琮玉把车停在了路边。

陈既下车买了条烟、一只打火机，在门口拆了烟身上的塑料皮，打开一盒，点了一根，手扶住栏杆，看起来想把一根烟抽完再上车。

琮玉看着他，拿出手机打电话给一个人，不等那头的人说话，直接问道：“你跟陈既什么时候认识的？”

电话那头的人沉默了。

琮玉的眼睛盯着站在栏杆处抽烟的陈既。

旁边饭店出来的两个女生拿着手机走到他身边，跟他说了些什么，他扭过脸看向车里的琮玉，指了一下，也说了什么。

琮玉始终看着陈既，又对电话那头的人说：“我打电话给你、问你，就是说我知道了，你还瞒着我，那就是要跟我掰了。我不强迫你回答，你自己考虑。”

陈既上车后，琮玉已经挂了电话。她什么也没说，重新发动了车子。

再上路，距离目的地只有五公里了，穿过几个红绿灯，琮玉把车开进一个高档小区。车子停在一栋楼前，她往外看了一眼：“你家？”

“嗯。”

“不找爆破了？”

陈既没说话，下了车，靠在一楼大厅门外的围栏上。

琮玉也下了车。

陈既想抽烟，抽烟会让他发蒙的脑袋清醒。

琮玉看陈既不着急上楼，也不着急找狗，那她也无所谓，靠在车头，也点了根烟。

陈既好像很累，改坐在栏杆旁边那个球形石墩上，半晌，终于说："爆破不乱跑，找不到就是回家了。"

琮玉看过去，六分醉意下陈既的唇比平常柔和，眼神也没平常那么冷漠。

"都已经把我骗过来了，你为什么不等上了楼再说？"

陈既没说话。

琮玉走过去，站在他面前，居高临下地看着他比她宽很多的肩膀、曾搂过不知道多少次的脖子，刚才那通电话里，拳击教练的声音又飘进了她的耳朵里。

"我本来不认识，是那时候他找到我，让我教你。除了你给的学费，他另外给了我一份，希望我尽心点儿，再就是你演出的时候，给你送一束花。

"开始我是不同意的，他也不说你们是什么关系，后来我发现他也没别的目的，就答应了。

"我也是有点儿恻隐之心吧。

"他总来拳馆，却一次都不见你，你演出、比赛等时候，其实他有无数次机会站在你面前，但他都没有这么做，都站在角落里。

"怎么说呢？

"这三年在你不知道的地方，你的宠辱好坏，他都没缺席。

"之前我问过他，为什么不见你，他没说。

"他就好像只是希望你变得更厉害，过得好。所以我就想，是不是你以前出过什么意外，受过什么伤。

"我没别的意思，就是……如果不是你受过伤这个原因，我不是很能理解，他为什么这么执着于让你有自保能力。

"哦！对了，女子业余赛第二名找人打假赛的事，是他把证据递给评委的。

"本来这是件好事，馆里的人都挺开心的，他却魂不守舍的。

"我跟他不算熟悉，但也没在他身上看到过这种明显的魂不守舍的状态。

“就是在你贺年演出的第二天。

“那天我有事没去，花也没给你送。当然一直以来都是他送给你的，只不过以我的名义送的。

“很抱歉，一直瞒着你，我也确实想过告诉你，但实在不想辜负他的良苦用心。

“我不知道他这么照顾你是出于什么目的，但这样的人，我活了三十几年，没见过第二个。

“他真的在乎你，比你师父强多了。

“你师父可能会要你艳绝京城、流芳千古什么的，他看起来只希望你平安。

“但你应该也挺糟心的，因为他心里都是你，却死活不告诉你。”

琮玉就站在风里，风很凶，但比陈既诚实，也比他勇敢，它爱一个人就从占有她开始，说穿透就穿透。陈既不是，陈既是个大菩萨。

陈既还要抽烟，又点燃一根。

琮玉从他的手指间把那一根烟夺过来，替他抽了一口。

陈既皱眉，还用以前的口吻说：“好的不学学这个。”

琮玉又从陈既的口袋里把他的手机掏出来，解开屏幕，找到音乐播放器，点开听歌排行，看到《保留》这首歌听了两万次，她顿时像是被什么东西猛地抽走氧气。剧烈的疼痛感、强烈的窒息感，让她一下子就支撑不住冷风的肆虐了。她这三年唯一发过的一条朋友圈就是《保留》这首歌。

琮玉打开他的微信，原来他变成横杠是因为清空了朋友圈，只有一条，发了一个句号，还设置了自己可见。她再搜她自己的号码，看到自己安然地待在他的好友列表里。她一下子仰头，却还是没阻止眼泪，有狡猾的两滴从眼角滑落，滚进两鬓的头发里。她以为他把她的微信删了……她以为……

琮玉再看向陈既的时候，神情已经恢复如常，也看似从容地用指腹抹掉脸上的泪。她又问陈既：“都到楼下了，为什么不等我上楼再告诉我爆破没丢，可能就在家里？”

陈既靠在栏杆上，酒精不会让他醉，但会让他感到累，他眼皮沉重，索性闭上眼睛：“我不骗你。”

琮玉有些心疼：“你装什么？送我走的不是你？我那么求你，你心软了吗？”

“没有。”

“那你又追到京州干什么？”

陈既睁开了眼睛，盯着地面，声音不飘了，像平常那样：“不放心。

“送你走时，就再没想过任何可能，但你太小了，那里没你的亲人，我不知道他们能不能待你好。我有一点儿不放心。

“贺年演出的庆功会上，在走廊尽头的卫生间里，你吻着我喊别人的名字，我知道你要重新开始了，下定决心最后一次靠近。

“可是，你回来了，回了西北。我就想，是不是还有机会。你现在可以保护自己了，我们是不是还能有机会。我想屈服于欲望一回，就做你手边的人，不做陈既。”

琮玉感到很心痛：“不放心什么？”

“不放心你。”

琮玉抬手就是一巴掌，掴在陈既的左脸上，清脆的一声，刺破了长空。

陈既接受。

下一秒钟，琮玉捧住陈既的脸，吻住了他的唇。

陈既停顿了几秒钟，开始回应。

两年的时间，琮玉几乎要骗自己骗成功了，可是，骗的本质就是说，忘了他是假的。她根本不只想圆一场少女的梦，还想牵着他的手走过下一阶段、下下阶段的路程。

贺年演出那一次，陈既穿着西装、带着花去看她了，他们重逢在庆功会会所的卫生间里。他太帅，她实在没忍住，亲了他，却故意喊了别人的名字。她把这一切归为一个成年女性偶尔对接吻、欢爱的需求，还逼自己承认，她是对帅哥没有抵抗力，不是因为他是陈既，更不是说对他还有感情。但她明明能跟约好的人到西塔坡再见面，却还是来到甘岭，无非是想知道陈既去京州是不是代表他后悔了，他是不是想她了……

只是陈既嘴很硬，他强吻她、保护她，就是不说心里话。

从状元门出来，琮玉口是心非的怨怼一一砸向了他，他也还是很冷漠。她被熬得心灰意懒，险些放弃，却又在不久前知道，原来他不只在她贺年演出时去了京州，而是一直都去了，年年去……他就站在她不知道的地方看着她……难怪他再见她一点儿都不惊讶她的变化……三年的委屈不甘，突然瓦解。她卖不了惨了。谁都不比谁轻松。

过去因陈既反复拉扯的情绪卷土重来，她一直在动摇，也终将投降。她让自己滚烫的眼泪洗掉他脸上的委顿，让舌尖的一点儿水果香覆盖烟酒在他的唇瓣上留下的痕迹。

陈既搂住她的腰，经历上次把她亲得缺氧的事后，克制很多，也一直在躲。

琮玉却不管那些，就跟自己找缺氧似的，发狠似的亲吻陈既。常蔓说得对，陈既有的是人想要，琮玉想让他身上都是她的味道，让这“有的是人”望而却步。

陈既不能在露天地里跟她做什么，忍住了意乱情迷，把她抱起来，进大厅，上楼。

两个人走入电梯，亲吻也没停下。

陈既的酒醒了，醒得彻底。陈既的唇长得漂亮，也软，可能是他浑身上下最软的地方了，琮玉喜欢，早就想过这样吸着他。

两个人亲了一路到房门口，爆破从他们下电梯时就一直跟着，很没眼力见儿地叫唤着，蹭陈既的脚踝。陈既不管它，单手搂着琮玉的腰，开门，进门，差点儿就把爆破关在门外。

爆破没被理会，更着急了，追着陈既，咬他的裤腿。它不明白，为什么陈既要舔琮玉？他是不是想把她吃掉？

陈既把琮玉抱上床，吻她的鼻梁和眼角、柔软的碎发和耳轮上的小痣。她的粉颈纤细，不堪一握，他怕用力吻弄疼了她，又怕不用力，她不知道他心里汹涌的在意。他再次见到她，她出落得美好，以前没有过的欲望突然灌满浊身，他对她再不是克制的情感，而是带着欲望。他知道他要对欲望认怂了，他挨不了没有琮玉的余生了。

陈既解开她的衣服的扣子，隔着背心轻轻握住她的腰。她的腰太软，又细，他不敢用力，怕他的动作粗鲁，怕他的手劲太大，弄疼了她。他将她搂得很紧，手从她的紧身背心下摆探入。陈既想尽可能地拉长战线，不是他多能忍，是不想弄疼她，也怕她缺氧。

在陈既终于开始以后，琮玉也只是觉得她跟陈既再没有彼此了，她终于把她在青春岁月里看上的男人睡了，没别的快感。

谁知道第二个“半天”一开始，她就被征服了……

不知道多少次，琮玉带着一身汗腻在陈既怀里，脸贴着他的胸膛，疲惫地闭上眼睛。

这一幕场景她想了很久。所幸陈既把她搂得很紧，和她梦里的情形一样。琮玉的手钩住他的小指，哑着嗓子说：“晚安，琮玉的陈既。”

第六章

# 合浦还珠，幸甚至哉

## (1)

陈既六点多就醒了，站在料理台前，双手撑在石制的台面上，面前是蝴蝶面和鸡蛋卷。他以前图省事，经常给琮玉吃这些东西。琮玉营养不良其实有很大一部分原因归于他的粗糙。

男人肯定没那么细致，琮玉那时候铁了心跟着他，他也动过一点儿用恶劣的生存环境吓跑她的念头，却低估了她的顽强。

琮玉有很多喜欢的美食，红烧肉、火锅、水果，但也不挑，没有喜欢的东西就给什么吃什么。衣服、鞋子也是，她会自己买，若忘记了，穿破的也愿意。她一直很懂事……

这些事不能想，越想他越觉得当初送走她的决定是错误的。但要是重来，他还会这么做。琮玉得自己长大。若他一直托着她，等他的胳膊断了，她就摔下来了。

陈既把这两样东西收起来，出门去买早餐了。

琮玉比陈既醒得晚一点儿，睁开眼睛先伸懒腰，身体绷直，疼得她直皱眉。她坐起来，掀开被子下了床，打开门，没看见陈既，只有爆破在房门口歪着头看她，尾巴一直在摇。

琮玉捏了捏它的耳朵："野人呢？"

爆破跑到门口跃起，把杂志从柜子上扒拉下来给琮玉。

琮玉看了一眼封面上的早餐图，知道了："他几点走的？"

爆破又跑去叼了一只西洋棋。

琮玉笑了一下，又捏了一下它的脖子："七点？"

爆破仰头叫了一声。

琮玉走进卫生间，看到洗手台上陈既准备好的未开封的电动牙刷，还有一支她以前用的牌子的面霜，弯了弯嘴角，抬头看向镜子中的自己。

额头爆痘了，一颗，还挺叫她意外的，她以为昨晚那么激烈，至少得爆三颗。以前她熬夜练功也会上火爆痘，这比练功劲儿大多了。

琮玉洗漱完，回到房间，垃圾桶已经换了新的垃圾袋。这野人是想把战场收拾干净当没打过仗？

从陈既动了把她骗回家的心思，到在烟酒店买烟顺带买了盒安全套，却还是在上楼前后悔，坦诚地告诉她爆破没丢……琮玉就知道，昨晚上的一切，都将无法避免。欲望谁都有，尤其喝醉酒，人性中无法掩藏的丑陋往往会被放大十几倍，但陈既还是忍住了。

琮玉对陈既来说不是遥不可及的月亮，是唾手可得的灯光。没有良心谴责这个弊端，也没有世人鄙弃这个隐患，他想要就可以得到，只要他伸手，但他还是没有允许自己行动。琮玉认识的陈既就是这样的，克制，假装不爱，像一个浑蛋。

时间改变一切，唯独不会改变陈既。

可是，不管是那时还是现在，她总是会被这样的陈既吸引，所以他越是战胜欲望，琮玉的欲望越是强烈，鼓噪喧嚣。即便他一身正气，不动如山，她也还是会把他从高处拖下来，骑在身下。

于是有一些事水到渠成，她被他占有，终于得偿所愿。

爆破站在门口，看着她，眼神一直在她的背心和四角裤上徘徊。这不是陈既的衣服吗？琮玉为什么穿陈既的衣服？

琮玉坐下来，冲它招手："过来。"

爆破走过去，把长嘴搭在她的膝盖上，眼睛看着她。

琮玉摸了摸它："有没秘密跟我说？"

爆破把脑袋支起来，停顿了一下，爬起来跑进一个房间，叼来厚厚的一本票夹放到琮玉的腿上。

琮玉以为是陈既收藏的飞去京州的票根，打开看到称谓处的“陈既的琮玉”这几个字，直觉心飘浮往上，悬在了喉咙处。

酒店。

邱文博醒来已经十二点了，一堵墙似的壮硕的胳膊上躺着一个光溜溜的女人。女人脸上的妆很浓，晚上还不明显，这会儿天大亮，看到浮在额头上和卡在法令纹里的粉，顿时觉得昨晚喷的延时药都不值当了。他把她扯开，一脚将其蹬下床，横着眉毛从床头摸来烟盒，点了一根：“滚蛋！”

女人也不怵他：“后半场的钱转给我了吗？”

“你也配？”

女人“哼”了一声：“行，当我嫖你的。”

邱文博气得脸发绿：“你说什么？”

女人穿上胸罩，头发往后一甩，不知道他是谁，也不在乎，反正最后几天在甘岭下海了，钱攒够了就出国了：“珍惜唯一一次的机会吧大哥，就你这条件，倒贴都没人脱裤子的。”

邱文博从床上下来，要动手，女人已经穿好衣服准备走了，躲开了他迟缓的动作。他伸手抓了空，重心没把握好，摔在桌沿。

女人背上包，瞥了他一眼：“温馨提示，下回再找陪玩，别让那个帅哥帮你下单了，省得姑娘一来，觉得跟诈骗似的。”

邱文博气得胸脯子直抖，但因为太突然，脑子里一团糨糊，什么话都说不出来，只会哼哧哼哧地喘粗气。

女人走了，邱文博面前的桌子被他呼出的气打湿了，偶尔还喷出几滴哈喇子，显得有些狼狈。他扶着桌面坐下来，气急败坏地抹了抹油乎乎的头发，打电话给陈既：“你在哪儿呢？”

“家。”

邱文博听到陈既的声音，停顿了一下，音量放低一些后才说：“下午三点出发，别忘了。”

“嗯。”

邱文博一早上的火无处发泄，他想骂街来着，但冷不防地记起昨晚在状元门他那差点儿没把握好轻重的态度，一次可以找补，两次就有嫌隙了。最后他还是憋住了火，没说重话，只是嘱咐 :“以后再找女的，不用亲自跟那些拉皮条的人见面，谨慎点儿，别让人看见你的脸。”

“好。”

邱文博扶着脑袋，闭着眼睛 :“你去贡方里接一趟郭札，要不就让他跟我们会合，反正你看着安排。我下午去集团一趟，到时候你可以带上他去接我。”

“好。”

挂断电话，邱文博洗了个澡，下楼吃饭时，撞见了从电梯门里出来的周林律。

周林律酒醒了才回来，有些宿醉未醒的迷糊劲，看见邱文博，感到有些意外，这一层住的不就他和琮玉吗？

邱文博瞥了他一眼，摁了下行键。

电梯门关上，周林律走向琮玉的房间门口，敲了敲门，确定没人，给她打电话也没人接，就给常蔓打电话。

常蔓倒是接了 :“怎么给我打电话了？”

“琮玉一晚上没回酒店，你知道她在哪儿吗？”

常蔓听说了，琮玉后来又去状元门接陈既了，没回来肯定是跟陈既在一起。她说 :“不知道。”

“真的？”

常蔓笑了 :“你现在是以琮玉的谁的身份质问我？”

“朋友。”

“那你就只能听到一句不知道。要是你跟她的关系再近一点儿，或许我会帮你分析一下，她可能在哪里。”

周林律不问了 :“打扰了。”

常蔓洗完澡就接到了这个电话，挂断后握住椅背。琮玉和陈既在一起。她知道这是早晚的事，但一想起来还是会难受。

陈既回来时，琮玉还没换衣服，就穿着陈既那两件衣服，靠在阳台围栏上抽烟，胳膊肘搭在栏杆上。

陈既把早餐放在桌上，从房间里拿了一条毛毯，走向琮玉，从她面前盖过去，罩住她的身子，将毛毯两边在她的后背处交叠。

琮玉长高一些后，再看他，就不像那时候使劲地仰着头了，但也是要把下巴对着他的喉结。她手里捏着烟："昨晚没抱够？"

"别作。"

"做完说别作？晚了吧？"

陈既用力抽紧毛毯。

琮玉吸了一口凉气，瞪他："疼！"

陈既不说话，但也不松手，将她裹得很紧。

琮玉抽了一口烟，吐在他的脸上，同一缕芒果味儿的烟在两个人的鼻间流窜。她抽的这款烟有两个口味，芒果、柠檬，陈既戒烟时吃的柠檬糖，她就没买过柠檬味的了。

琮玉的自制力不如陈既，刚分开的那年，一根常蔓带来的他的烟她都能细细地嗅一晚又一晚，柠檬味道一定会让她想起他呼出的气息，和她对他的迫切渴望，恐怕她根本挨不过三年，早厚着脸皮回来了。

她若那时回来，无非是让陈既把她的尊严反复践踏。她没那点儿骨气就不假装，不假装很释然地去接触跟他有关的一切东西，省得越看越想，干出犯贱的事来。但逃避本身就是一种放不下。

幸好陈既不知道这款烟只有两个口味，不然她两次吹气的烟味都是芒果而不是柠檬，他一定会想到她是因为他，也一定会得意的。

陈既从琮玉的手里把烟拿走，抽了一口，掐灭在小圆几上的烟灰缸里。

他平常抽烟最好看的是吐烟的嘴唇和夹烟的手指，猛抽一口时最好看的是太阳穴凸出的青筋。

她微微勾起嘴角，歪着头看他："既哥体力真好，还有力气起床买早餐，老当益壮呢。"

陈既没低头，眼神向下看着她："去换衣服。"

"换不了。"

"怎么换不了？"

"一走路就疼。"

陈既停顿了一下："赖谁？"

"你不是想赖我吧？我让你起反应的？"

陈既看着琮玉。

“好，就算是我，但半路上买套的是你吧？”琮玉的手指在他的喉结处滑动，“怎么会有人连狗都利用？爆破真可怜。”

陈既不跟她掰扯，语速很慢，表明他的态度：“回房间把衣服换了。”

“我说我动不……”

琮玉还没说完，陈既把她打横抱了起来，抱到床上。

琮玉当即起身，还没起来就被摁住了。

陈既用他习惯的姿势——单手攥住她的两只手腕，警告她：“甘岭到西塔坡要开两天车，你要不想这两天都好不了，就老实一点儿。”

“怎么？又想要了？”琮玉顺口调戏他，没等他答，说完就又问，“你怎么知道我要去西塔坡？”

陈既没回答。

琮玉反应过来似的点了点头，很随意地说道：“也对，既哥什么不知道？”

陈既要起身，琮玉拉住了他的衣襟，贴近他的耳朵，鼻息扫动耳垂，轻轻地问：“昨晚都那样久了，既哥不会还能硬吧？”

陈既不回答她的问题，眼睛也看向别处，动作像心虚，神情不是。他的本事之一就是任何人都休想从他的神情探知他的内心世界，纵使他心中有滔天的爱恨，神色也平淡无澜。

她知道他很爱她了。

“那你真棒。”琮玉阴阳怪气上瘾了，“可是你买的那五个套用完了，硬了也不能来了。”

陈既被很多人调戏过，通常冷脸，不给面子，但被喜欢的人调戏，骂都不知道怎么骂。

琮玉还没说完：“你也是，对自己的实力这么不了解？怎么才买了五个？”

黄毛丫头在气人这方面还跟当年一样，他们下午都有事，再说下去，别想出门了。他用力攥她的手腕：“别叫！”

琮玉就叫：“问题难答？那我换一个。”

陈既不想听：“闭嘴！”

琮玉就问：“我给你写的情书都摩挲成卫生纸了，你一天看八遍？你都不会看吐吗？”

陈既皱眉，扭头，果然在旁边的矮桌上看到他的票夹，再看向爆破。

爆破心虚地把脸扭到一边，躲避着陈既的眼神。

不赖我，跟我无关，是琮玉自己发现的。

陈既松开了琮玉的手，从她的身上起来，默默地把票夹收走，头也不回地说：“起来吃饭。”

琮玉往上挪了挪身子，靠在床头，微笑着看着他的背影。

陈既把早餐从纸袋里拿出，摆到桌子上，再看爆破，它还是眼神闪躲。它也知道它当了叛徒。见到琮玉什么都忘了，白养了。

琮玉慢吞吞地走到桌前，陈既提前拉开了对面的椅子，她也还是要坐在他旁边。

陈既不管她，把咖啡端到她跟前。

琮玉低头看了一眼：“这三年我每天喝什么你都知道，你在我住的小区里租了房吗？”

陈既不回答她：“你跟常蔓谁开车？”

琮玉撕了一块面包：“她开。”

“我给你找了个司机。”

琮玉看他：“是司机，还是监视我的人？”

“司机。”

琮玉放下面包：“我要是不愿意呢？”

“开两天累死。”

“又不是我开，你是心疼常蔓吗？”

“跟常蔓有什么关系？”

琮玉知道陈既的意思，就想听他直白地说：“那跟谁有关？你心疼谁？”

陈既把面包掰好了放在她的盘子里：“我心疼狗。”

“这只狗一定很漂亮。”

陈既看着她漂亮的脸，说：“丑。”然后他起身走进了衣帽间。

琮玉笑了一下。你就装吧，有你不装的时候。她把金枪鱼三明治里的金枪鱼用叉子刮掉了，挑着番茄和酸黄瓜吃了两口，咖啡喝完了。

陈既换好衣服，出来时正系着领带，看到琮玉，动作放缓。

琮玉正靠在餐桌上，双手拄着桌沿，胳膊撑得笔直，肩膀高高耸起，却没颓样——她不含胸驼背，就这样慵懒地靠在那里餐厅对面的窗开着，风徐徐吹入，头发丝都被吹起，映在她的脸上的影子把她的五官衬得很立体。

只有西北有这样的风，而这样的人属于四方。

琮玉看着陈既，没说话。

陈既走了过去，站在她的面前。

琮玉伸手给他系领带。系好后，仰头看着他："是不是两天不能见？"

"嗯。"

琮玉重新用新号码添加他的微信，捏着手机一角，举起来："给我发微信。"

"发什么？"

"两天时间你没话跟我说？"琮玉歪了脑袋，眉头挑起，并不是惊讶的语气和神情，更像是淘气，是故意的。

陈既盯着这样的她数秒钟，忽然托住她的后脑勺，吻住。吻着吻着，他把她抱上餐桌，拂开桌上的盘子、碟子，双臂撑在她的身子两侧，压迫感像一座山，她的腰显得更细了。

他的肩膀宽得刚刚好，刚刚好笼罩住她。他这样吻，琮玉一定会缺氧的，就顺着他的手腕攥住他的手，与他十指紧扣，躲开他的唇，把脸埋进他的脖子里："给我发。"

陈既的鼻尖在她的耳朵上轻轻蹭了两下，他又问："发什么？"

"你想我。"

"要是不呢？"

琮玉咬住他的脖子，使劲咬出两排牙印："你试试。"

"黄毛丫头！"

"野人！"

琮玉不服输地看着陈既，陈既顿时感到周围的一切都坍塌，仿佛这三年就是一场荒唐的梦境。她的眼睛里，还有跟当年别无二致的韧劲。

陈既失神片刻，旋即躲开她的视线，悄悄勾起嘴角。

合浦还珠，幸甚至哉。

琮玉假装没看到，脸歪向左边，嘴角也像他一样微微扬起，余光瞥见领带，突然觉得碍眼，就又单手给他解开了抽走，缠在小臂上："我不在就别系了。”

陈既随她，准备走了：“晚点儿有人到家里接你。”

“真的找司机了？”

“那个男的就让他回去吧。”

琮玉装傻：“哪个男的？”

“你说呢？”

琮玉摇头：“我不知道。”

“装。”

琮玉双手握住他的一只手腕，沿着他的血管往上摩挲，浮夸地“哦”了一声：“我男朋友周林律？”

“他是吗？”陈既把手抽走。

“不然呢？难道你是吗？”琮玉双手往后拄在桌上，垂在桌边的脚晃悠着，“我们这是偷情，别占完便宜就充大尾巴狼，严格意义上来说，你只是‘小三’。”

陈既捏住琮玉得意的脸。

琮玉被捏着脸也不认怂，还笑呢。

“把他踹了。”

“凭什么？”

陈既松开了琮玉：“‘小三’上位。”

琮玉的笑容更深了：“想得美。”

陈既转身走了，琮玉拉住他的三根手指。他转身看着她的手。

时间仿佛暂停，浮尘止于空气中。她牵着他往怀里拉。他缓慢地重新走回她怀里。

琮玉低头看他手腕上的小月牙，轻轻抚摩着，音量也轻：“路上小心。”

陈既亲吻她的发心。

“嗯。”

以前他了无牵挂，以后会珍惜生命。

常蔓临行前买了很多东西，以为这趟只有她跟琮玉，直到跟琮玉碰头，见到一辆陌生的车，驾驶座的车窗打开，露出一张陌生的脸，她的“以为”动摇了。

她下意识地拿手机跟琮玉确认，琮玉在这时叫了她一声。她弯了一下腰，看向后座，看到琮玉，确定这趟不止她跟琮玉了，皱了皱眉头，带着一肚子疑惑上了车。

两个人坐在后座上，常蔓看着琮玉，在手机备忘录上摁了一行字给她看。

琮玉说："找了个司机。"

常蔓又打了一行字："那咱们俩不是一路都得当哑巴？"

司机从车前镜看到常蔓和琮玉交头接耳，解释说："我不跟你们去，到收费站就换人了。"

"那不还是一样不认识？"常蔓说。

司机不说话了。

琮玉说："你有什么话非得在路上说？"

"两天路程，你能不说话吗？"

"能。"

常蔓无话可说了。

快到收费站时，司机停了车，三个人在路边等了十多分钟，一辆黑色的轿车停在他们的车前面。

常蔓跟琮玉对视一眼，试图让琮玉意识到她的不满，等黑车上的人一下来，常蔓愣住了。

琮玉不认识那人，但看常蔓的反应，貌似很熟。

司机跟两个人说："你们去哪儿就跟这哥们说吧，我还有别的事。"

琮玉问："一开始就不是你送我们？"

"我就负责把你们送到这里。"

琮玉知道了。新司机也就二十多岁，个儿挺高的，牙很白，上车不着急走，扭头跟常蔓打招呼："好久不见了，蔓姐。"

琮玉扭头看向常蔓。这个女人装起来了，劲儿劲儿的，鼻子出气，答应了一声。

琮玉一见这场面就知道他俩有故事，他又是被陈既派来的，那应该是自己人了，就问了一句："陈既让你跟我们去？"

听到陈既的名字，常蔓瞥她一眼："就知道是他安排的，他这是不放心你出门吗？这是插了一个眼线！"

那个男孩笑了一下："我姐夫让我给既哥帮忙的。"

姐夫？琮玉想了想说："你姐夫姓周？"

"嗯。"这一答应，就是说，他也知道琮玉是自己人，所以不必否认、隐瞒。

常蔓感到有些意外："你也认识周惜罇？"

琮玉没回答。

那个男孩说："既哥叫我来送你们时嘱咐了很多话，我猜测我护送的人准跟既哥是亲密关系。那她知道我姐夫就没什么好意外的了。"

常蔓摇摇头，否定了他的后半句话："别看我跟陈既不熟，了解不多，但也知道他多有原则，不该说的事，就是睡过一张床的人也不会说。"她说完瞥了琮玉一眼，"是你眼前这个女的猴儿精猴儿精的，你再跟她聊两句，她连你家祖坟安在哪儿都能给你套出来，我之前……"

原来是这样。那个男孩听着常蔓说话，边笑边发动了车子，驶离甘岭收费站。

琮玉也光听常蔓说话了，还不知道人家的名字，就阴阳怪气地说道："常蔓姐喝口水吧？"

常蔓如往常那样接上："不用了，妹妹，出来时喝过了。"

琮玉见常蔓停下，总算得空问那个男孩："你叫什么？"

"李西南。"

琮玉又看了常蔓一眼："你跟常蔓姐是朋友吗？"

李西南笑了笑："我跟蔓姐以前算是搭档吧，我姐成了植物人以后，我就去焰城了。那时候没经验，差点儿就折在那儿了，是蔓姐帮了我。后来认识了，慢慢了解了，我们自然而然地成了搭档，一明一暗，获取一些信息。"

琮玉恍然想起她跟常蔓认识就是在宝郡门口，常蔓好像是去接人，却关上车门，走向了她。她问常蔓："咱俩认识那次，你是去宝郡接他？"

常蔓轻挑眉梢："这都能想起来，记性不错啊。"

琮玉又问："那怎么是好久不见？"

李西南先常蔓一步，答："宝郡不让开了，蔓姐来了甘岭，我也回了重庆，忙家里的生意。现在家里的生意步入正轨，不用亲自盯着了，正好过去的事还没结果，我也就回旧地了。"

"你跟陈既是通过你姐夫认识的？"

“不算，既哥这人仗义，从蔓姐那儿知道我的身份也没透露给我姐夫。我姐夫固执，不允许家里的人掺和这些事。我也理解，他主要是怕噩梦重现，怕我们也被打击报复。”李西南点了根烟，继续说，“是既哥先联系上我的，跟我说那时的形势不适合再多一个人搅和，我是听了他的劝才决定回重庆。他这么照顾我，我肯定投桃报李，就主动跟我姐夫坦白了我擅自去焰城那些事。”

常蔓问：“挨骂了吧？”

李西南撇了一下嘴：“小挨一顿。”

常蔓想都不用想：“小不了。”

李西南接着说：“我姐夫是挺生气的，但后来可能是觉得我很多事办得还挺带脑子的，就同意我帮忙了，只是反复嘱咐我一定要听既哥的话，有危险先保命。”

常蔓说：“这是要紧的。”

“嗯，我姐夫说虽然是文明社会，但狗急跳墙的人根本不管这一套，到时候大义可以不要，命得保住。”

琮玉听他俩一唱一和：“你跟常蔓这期间就没联系过？”

李西南从车前镜里看了常蔓一眼：“蔓姐……她不接我的电话。”

“这样啊。”琮玉知道了。

常蔓听着琮玉的语气，觉得别扭：“把你想象力丰富的小脑袋瓜暂停一下运转。”

“可能是你蔓姐的手机坏了吧，不然她不可能不接你的电话。”琮玉坏透了。

常蔓不跟他们说话了。

李西南这时想起什么似的跟琮玉说：“后面有既哥给你备的东西。”

琮玉扭头往后看，一个行李箱、一个旅行包，还有一个白色的塑料袋，上边一层全是暖贴和充电暖手宝，最下面一层是一个纸袋，她打开看到是红色的手套、帽子、围巾。这已经不是从前那套了，她却还是心跳加速。

琮玉看向窗外，又下雪了，睁眼闭眼间，她好像还很小，陈既开车载着她和常蔓前往青木，发梢敛起一路的风霜，红唇对得起漫长的冰冷寂寥。她偶尔会幻想贫瘠的山岗上长出浪漫的花，期盼爱意在每一个不经意的对视中滋长……

日子过得真是快。

李西南已经把话题延伸到了对目的地的讨论上："西塔坡古代建筑群的历史可太悠久了，现在发展旅游业，白天、晚上活动特别多，酒店也多，功能很全，咱们得选一阵子。"

常蔓也说："我知道有一条古玩街，很长，很宽，一天到晚开放。"

"还有一条街，玩的地方多，吃的东西也多。就像我小时候去我姥姥家那边逛庙会，这地儿好像天天有庙会。"

"邱文博要来这地方我能理解，他的办公室、家里都是假古玩。江北或许是想投其所好？这也能理解。"

"你用这个句式，是有不能理解的地方？"

常蔓扭头看向琮玉，回答李西南："我猜测不到琮玉去的原因。"

琮玉没怎么听他们说话，专心看外头的雪，刚上国道时，雪开始下，边下边化，后来越下越大，地上渐渐地积了一层雪。

微信消息的提示声响起才打断她的注意力，她拿起手机，有两个人发了微信，陈既和周林律。

她只点开了陈既的信息，他就发了一个"想"字，还没标点符号，看着就很敷衍，完成任务似的。她弯了一下唇，佯装不懂地问："想什么？"

陈既没再回复。

三十好几的野人了，这都害臊吗？

琮玉又笑了一下，托着下巴的手不自觉地盖住了嘴唇。

李西南刚才说什么？选酒店是吗？

琮玉他们在高速上行驶了四百多公里，加上服务区休息的时间，用了差不多九个小时，到玛吉县时天已经亮了。

本来他们想半夜找个服务区，窝在车里睡一宿，开半天车也没找到，放弃了。

后面，三个人轮换着开车，中途除了下车抽烟醒神，没再耽误。

七点多，李西南把车停在路边，扭头看向靠在一起睡着的琮玉和常蔓，伸手帮她们把毯子往上拉了拉。

琮玉睡得不踏实，稍微有动静就醒了，看向窗外："到了吗？"

“嗯，等一下吃点儿东西，找个地方睡一觉，再出发。”李西南说，“我看那边有卖烧饼夹羊肉的，你吃几个？”

琮玉半夜吃了不少山楂糕，这会儿胃里正打鼓，什么也吃不下：“你买你跟常蔓姐的份，我喝点儿热水。”

“那我给你买个汤吧。”李西南说着话打开了车门。

冷风灌进来，常蔓也醒了，往琮玉的怀里缩了缩，迷迷糊糊地问道：“到哪儿了？”

琮玉拽了拽常蔓的帽子，帮她盖住耳朵：“玛吉。”

常蔓在琮玉的肩窝里蹭了蹭脑袋，找了个舒服的位置：“还得开一天。”

“等会儿找个地方睡一宿，明天再走。”

“那要后天到西塔坡了，不耽误事吗？”

琮玉说：“西塔坡冬季古玩博览会这个周五预热，下周五正式开始，就算我们后天到也才周四，还得等几天。”

常蔓睁开眼睛坐好，看着琮玉：“就知道你要去博览会。”

琮玉不否认：“我跟朋友约好了。”

“你什么时候对这种东西感兴趣了？”

琮玉没回答，只是一只手随意地搭在另一只胳膊上，平静的程度丝毫不亚于拽下常蔓的帽子，帮她盖住耳朵那件事。

常蔓越跟琮玉这样亲密接触，越能感觉到她翻天覆地的变化。常蔓原本以为问出这个问题后，琮玉会故作神秘，或者像个揭秘者那样把悬念拉满……但是，都没有，琮玉越来越像陈既，仿佛不动声色地已经取代原先的性格，这成了她的本性。

陈既对琮玉的影响，并不仅限于穿衣打扮上。

窗外的温度太低，车窗糊着一层浓雾，阻隔车内外的人，叫他们看不清彼此的神情。

常蔓和琮玉都在车内，常蔓离琮玉那样近，却觉得自己看不清琮玉了。她一直以为琮玉是因为陈既才掺和这些事，而现在有一种直觉，琮玉自己也有想追寻的答案。

琮玉抬头看到常蔓眼里的落寞情绪，把暖手宝放在她的手里。

常蔓握住暖手宝，深吸了一口气：“你比我想象中的有本事，年轻，漂亮，还得到了我想要却没要到的人。这滋味……”说完她靠在靠背上，语气感慨，“三年停滞期让我像是老了十岁，还能不能结束了？”

正好李西南回来了，打开车门听到这句话，边递给她们早餐，边问：“什么停滞期？”

常蔓没回答。

琮玉接过烧饼递给常蔓，说：“常蔓姐习惯了向上，突然没事做了，感觉自己的生命暂停了。”

李西南小心翼翼地分好汤，说：“有得势的时候，就有低谷的时候。感到停滞只需要耐得住寂寞，总有再得势的时候。”

常蔓支起脑袋看着李西南：“李总字字泣血啊。”

“装呢。”李西南笑了笑。

“你以前不会说这种话。”

“我爸这两年告诉我的，我一直觉得扯，这是第一次找到用武之地，可能它唯一的作用就是回答蔓姐的问题。”

“我可是有很多问题的。”

“你问嘛。”

他们俩说着话冷不防地对视，默契地笑了。

琮玉在旁边像一枚又大又圆又亮的灯泡。

常蔓拿着烧饼，撕了一条放进嘴里：“你找旅馆了吗？在哪儿休息？”

李西南说：“前边往左有个连锁酒店，再开五分钟吧。”

“那别在车上吃了，到旅馆再说。”

李西南没有犹豫，放下烧饼，发动了车子。

琮玉扭头看着常蔓。

常蔓躲开，直接选择不看她。

琮玉也不多嘴，是花总会开的，没缘分，硬起哄促成的，得不了好。她伸手擦了擦车窗上的雾气，望向早晨冷清的街道偶尔骑过去的一辆电动三轮车，还有一些店铺刚刚被推开的大门以及贴在大门上的对联……

一月底就要过年了，没几天了。

琮玉拿出手机，翻看聊天记录。

陈既前半夜发过消息，说他们一行人在玛吉歇脚，她没说她也在这里。

陈既他们到达玛吉县，找了最大的饭店吃夜宵，又去了温泉汤浴，泡了半宿热水池子，计划天亮了到隔壁的酒店睡觉，但看邱良生和邱文博各领一个技师进包间的嘴脸，恐怕计划要落空了。

陈既不喜欢在池子里泡着，洗完澡就出去了，站在路边吹风。抽完一根烟，他返回汤浴，走到前台拿起台子上的笔，撕了张便笺，写了自己的手机号码："等我的两位大哥醒了告诉我一声，他们要问，你就说我出去买盒烟。"他不确定邱良生和邱文博醒来会不会找他，但不能让他们找他时找不到。

"好的。"

李西南定了三个房间，待三个人办理完入住手续，常蔓看着手里装着烧饼的纸袋："这些东西，怎么分？"

"你们分，我不太饿。"琮玉先一步上楼了。

常蔓把汤和烧饼递给李西南一份："睡醒见。"

"好。"李西南往楼上走去，半路回头跟她说，"蔓姐有事可以打电话给我。"

"嗯。"

他们三个人的房间都在二楼，房间不大，都是木制桌椅，喷着白漆，有些地方漆掉了，露出木头原色，像癍，长条木头地板人一踩上去"吱呀呀"响。

床还好，坐上去很安静。

琮玉放下包，洗了澡，换了身衣服又出门了。

网约车来得快，接上她也就开了十几分钟，停在一条宽敞的马路的尽头。

琮玉透过窗户可见分布稀疏的几排楼，还有盖着厚雪的山。

司机扭头对琮玉说："下了几天雪，前边那条路成了泥路，晚上气温一降，地面直接被冻住，崎岖不平还硬，我这车轱辘太窄，开进去会翻的。"

琮玉顺着司机的视线看过去，整条路都是被冻住的泥浆，就没为难人家："我自己过去。"

从车上下来，她低头看了一眼自己的登山靴，底儿很厚，不怕路陡，但也架不住太陡，估计得走上一阵子了。

刚拐过弯，琮玉就看到一辆熟悉的大G。接着，她又从风挡玻璃内看到一张熟悉的脸。她不再往前走，就站在路边，双手插进兜里，跟风挡玻璃内的人对视。

这时，手机响了，琮玉看都没看，直接接通电话。

“喂。”

陈既说：“上车。”

“干什么？”

“外边冷。”

“心疼我？”

“心疼狗。”

琮玉假模假式地搓了搓手，在手心里哈气。这个动作果然引得陈既皱眉，他不废话了，下来把她领上车。

陈既返回驾驶座，刚把车门关上，还没来得及收回手来，琮玉一把扯住他的衣襟拽过去，吻住了他的唇，沿着唇瓣啃咬，像只小狗。

陈既托住这只小狗的腰，逮着空隙提醒她：“要缺氧了。”

他刚说完，琮玉就显出颓态。海拔四千五百米，琮玉这副适应不了高海拔地区的身子骨理所当然地蔫了。但别说海拔四千五百米，就是海拔五千五百米她也会吻上去。

陈既感觉到琮玉的呼吸急促起来，扶住她的肩膀停了下来。

琮玉靠在靠背上大口喘气。

陈既打开扶手箱，拿了氧气瓶熟练地给她戴上，等她的呼吸平稳下来。

过了很久，她的呼吸频率正常了，她却不睁开眼睛。

陈既拧开一瓶水，放在杯槽里。

琮玉缓过来了，睁开眼睛，脑袋仍然靠着靠背，脸却扭向陈既：“你都等我了，肯定知道我的目的，要不咱们趁这个工夫来一个坦白局？”

“坦白什么？”

“我们俩各自来玛吉、西塔坡的目的。”

陈既的手摸到了烟盒，他不想答一些问题时，就会做摸烟盒的动作。

琮玉也没那么执着，他说不说其实意义不大，该知道的她早知道了。不该她知道的，她也没以前那么刨根问底了。缺氧的情况好转，她看着陈既：“其实你要是不准备跟我坦白，可以不在这儿等我的，不然你等我，又不告诉我，我稍微不懂事一点儿就生气了。”

陈既看着外头那条被冻住的泥浆路："你叫的车不可能带你过去，这么走过去你要被冻透了。"

原来是这样。

琮玉弯了弯唇，将手伸过去。陈既看看她的手，再看她。

琮玉晃了晃手："看在你这么心疼我的分上，给你牵一下。"

幼稚，陈既不理她。

"不牵拉倒。"琮玉正要把手收回去，陈既牵住了，从手指开始，慢慢收紧，慢慢捏住她的手心，最后两根手指夹住她的手腕。

车内很暖和，心也很暖和。

琮玉看着陈既细长的手指，想到那时候想牵手还要假借涂护手霜的由头，好不容易牵上，他还要抽走。熬了几年，苦尽甘来，她总算有了光明正大地牵住他的手的身份。

陈既握着她的手腕："下午就走了。"

琮玉点点头，手上仍活动着。

陈既的手背的青筋很明显，她喜欢沿着血管的形状摩挲，安全感会把一颗小小的心塞得满满当当的。

陈既摁住她的手："乱动。"

琮玉看着他的眼睛："那我自己的东西，摸摸怎么了？"

"又是你的了？"

"不是吗？"

陈既不说话，但也不松手，就牵着她。琮玉有瘾，他也有。

琮玉也想知道："咱俩现在是什么关系？"

"你说呢？"

"我是你的战友的女儿？"琮玉故意拿陈既以前说的话揶揄他。

陈既皱眉。

琮玉就喜欢看陈既生气但拿她没办法的反应："不是吗？我还以为这是标准答案呢。既哥那时候当着那么多人的面，义正词严，说我只是你的战友的女儿，我的印象很深刻呢。"

陈既使劲捏琮玉的手腕："故意的？你会跟你爸的战友过夜吗？"

琮玉疼得吸了一口凉气，不吃亏的性格让她也使劲地回掐了一下："说得这么委婉，那是过夜吗？那是你要流氓，不当人。”

陈既要松手，琮玉不让他松，攥着他的手指，攥得很紧：“你看，你还拉我的手呢，你怎么对你战友的女儿动手动脚啊？”

琮玉狠狠地过了一把嘴瘾。就在她还沉浸在揶揄陈既的快感中时，突然身子腾空。当她意识到发生了什么时，陈既已经握紧她的腰，把她平移到自己的腿上，果断地吻了上去。她睁大眼睛，嘴也不自觉地张开了，结果被他抓住了机会。

陈既的吻很激烈，他完全不管她会缺氧，跟故意的一样。

琮玉感觉到了，认怂了，紧攥着他的肩膀的手心都快出汗了：“陈既……”

陈既不饶她。

“哥……”

陈既听不见。

琮玉只能咬一口他的嘴唇。

陈既这才松开，给她戴上氧气瓶。

琮玉吸了一会儿氧，靠在他的肩膀上，软得像猫咪，仿佛液体塑的。

陈既说：“继续说。”

琮玉威胁：“你等我不缺氧的……”

“你以为你躲得了？”

琮玉听出来了，这意思是，陈既要想让她缺氧，在平原也白搭。她从陈既的怀里支起脑袋，看着他：“是哪个狗之前说不会让我缺氧的？”

（2）

陈既食言了，就不强词夺理。

琮玉却跟找到攻击他的方向一样：“多少次了，既哥？我能活着度过五个套那天晚上，可真是命大。”

陈既看了一眼时间：“屠宰场早间交货快结束了，他们该回来了。”

正事要紧，琮玉就没不依不饶，缓了缓，从他的身上坐回副驾驶位置，整理衣服时都不忘威胁陈既：“你等着。”

他俩的话还没说完，马路对面驶来一辆破旧的平板车，车速很快，人也急，还没等车停稳，副驾驶座上的女人就拉开车门跑了出来，奔向那条全是冻泥的路。驾驶座上的人紧随其后，手上拿着一个黑颜色带拉链的皮包，看起来凶神恶煞的，横着的眉毛和咧开的嘴像要吃人。

女人跑了没两步就摔倒了，琮玉和陈既先后下了车，陈既拦住凶神恶煞的男人，琮玉扶起摔倒的女人。

男人立刻甩开陈既的手，对他骂骂咧咧的。

陈既薅住男人的衣领，拧他的手腕，他一疼，松开了手，皮包掉在了地上。

兴许是意识到这两个多管闲事的人有点儿本事，男人不折腾了，求饶了。

陈既一松手，那个人赶紧把皮包捡了起来，往家里跑去。

琮玉把女人扶上了陈既的车，给她拧开一瓶水。

女人"咕嘟咕嘟"喝了两大口水，才有力气跟他们道谢。

琮玉看着她头巾盖不住的白发，又等她喝了一口水，才问道："我们想问您一些有关郭师傅的事。"

女人原本还挺感恩的态度陡然转变，凶神恶煞的程度不亚于前头那个男人，她把水也还给了他们："我没有要说的。"

女人说完要下车，不料陈既提早锁了车门，她没扳动门把手，横眉竖目地吼道："你们要干什么？"

琮玉安抚她："您别害怕，我是乾南文物保护局的，这位是《京州日报》的记者。我们知道您是甘岭著名的民间文物鉴定师郭札郭师傅的前妻，准备就民间鉴定高手这个专题写几篇文章，想从您一个前妻的角度更深刻地了解一下郭师傅。"

琮玉张嘴就来，陈既没想到她会这样说，却没拆穿，因为琮玉问的问题也是他要问的。

女人很不耐烦，不想配合："上回来了两个年轻人，说是他以前的同事，今天你们两个又要给他写文章，他真是好大的脸！"

两个年轻人，琮玉和陈既对视了一眼。

女人又说："我们已经离婚很多年了，以前我也不算了解他，他的事情不用来问我了，我给不了你们想要的答案。"

"那您能跟我们说一下，您当年为什么跟郭师傅离婚吗？郭师傅憨厚、老实，怎么也比您现在找的这个脾气暴躁的屠宰场的屠夫懂得体贴人吧？”

琮玉这话仿佛引爆了炸弹，女人直接打翻没喝完的半瓶水，嚷嚷起来：“你放屁！赶紧放我下去！再不放我叫人了！”

琮玉本来还有一招，但不经意间看见陈既坐收渔翁之利的样子，立刻不想用了，明晃晃地把接力棒交给了他。

她给，陈既也就接了，顺着话茬又说：“你跟郭札离婚是因为你们唯一的女儿走丢了，如果我告诉你，有你女儿的消息，你是不是就愿意说了？”

女人停止折腾，看向陈既，脸色苍白，嘴唇颤抖：“有消息……”

陈既说：“看你能说多少。”

女人盯着陈既，过了许久，低下了头，声音很小很无力：“你想知道什么？”

“郭札以前给谁干活？干什么活？”

女人又抬头，还是盯着陈既，这个问题叫她连女儿都不顾了，选择逃避，一字一顿地说：“我不知道。”

陈既不问了，却还是留了电话给她：“等确定了你女儿的行踪，我会告诉你的。”

女人也不傻：“你不用拿我女儿当说辞，你们来找我的事，我会保密的。”

“谢谢。”

该说的都说完了，陈既打开车门，女人下了车，拖着崴了的脚走进那条都是冻土的崎岖山路。

陈既发动车子，先开离了这条街。

琮玉拿纸巾把女人打翻的水擦干净了，随后才看向陈既。她看他这游刃有余的架势，就是说这种威逼利诱别人的事他没少干。她这次前往西北，目的不在甘岭，而在西塔坡。陈既提早帮她找了司机，就是知道她的目的地。在她没透露她也在玛吉县歇脚的情况下，陈既早在这里的路口等她，就是知道她会来这里找人。她一点儿也不意外陈既知道这几点。

琮玉这两年到处旅行，没有隐瞒行踪，社交媒体上也都有消息。这期间她去了很多地方，其中西塔坡去了两次。

西塔坡的古迹多，但可玩性不强，琮玉去了两次是找修复师，帮沈经赋修复一个瓶子。

沈经赋早年得了一件年代久远的瓷器，不知道被谁说这个瓶子不是真的，他又是找人鉴定，又要找人修复、保养，弄得周围人都知道他有一件价值不非的瓷器。琮玉这个徒弟这么好使，他自然用得顺手，就把任务交给了她。

琮玉前往西塔坡，周林律死活要跟着，她管不了人家去哪儿，就随他了。没承想周林律关系遍布天下，她甚至在周林律的引见下认识了几个民间的收藏家。

从这几个收藏家的嘴里，她知道有个从德国回来的女修复师，叫乔枝，很厉害。两个人接触了几回后，渐渐熟了。

琮玉这次前往西塔坡就是应乔枝的邀请，参加一个古玩方面的博览会。也是在相处过程中，琮玉知道了乔枝的身世。乔枝的父亲就是甘岭市随南区贡方里的鉴定师，郭札。她是在郭札早年从事鉴定工作时走丢的，后来郭札夫妇因为她走丢的事有了隔阂，继而离婚了。

乔枝回国也想跟家里人相认，只是运气不好，总是被各种事耽搁。再就是还有一件比较棘手的事——郭札不认她。

琮玉听说了这件事，也很奇怪郭札为什么不认她，正好来了甘岭，就想着跟这位郭师傅见一面，没想到邱文博事先把人接走了，也就有了状元门的那场冲突。

琮玉只好来找乔枝的母亲。

刚才琮玉没有直接表明身份，也是怕乔枝的母亲跟她父亲一样不认她，换了一种方式询问，结果却没什么不同。她的母亲宁可不要女儿的消息，也不说郭札以前的事。也就是说，郭札以前做的事很重要。

琮玉想起刚才乔枝的母亲说的话，提醒陈既："她说之前也有两个年轻人找过她。"

"嗯。"

琮玉看陈既心里有数，不多说了，伸了个懒腰，头靠在靠背上，专心地看他的脸。

陈既没扭头："看什么？"

"明天到西塔坡，你们住哪个酒店？"

"干什么？"

"问问。"

"还不知道。"

"我不信。"

"我决定不了。"

琮玉不问了："我住四季。"

"告诉我我也不找你。"

琮玉点头："你千万别来，省得破坏我的一夜情。"

陈既皱起眉。

他皱眉，琮玉就觉得开心。

陈既伸手捏住她的脸："试试。"

"试试就试试。"琮玉现在不怕他。

陈既认怂："我也住四季。"

"你不是决定不了吗？"

陈既不理她。

琮玉牵着他的手，揉搓他的手指："给你留门？"

"不用。"

"行，你别半夜敲我的门。"

陈既把琮玉送到连锁酒店门口，给她解开安全带，从扶手箱的纸袋里拿了个苹果给她。

琮玉没接，看向纸袋："一袋子就给我一个吗？"

"就一个。"

"我不信。"

陈既把袋子也递给她。

琮玉一看，真的就一个："买的？"

"澡堂子送的。"

琮玉"哼"了一声："谁看了不说一句既哥真会过日子。"

"回去睡一会儿，别等在车上再睡。"

琮玉早就不困了，把苹果重新递给他："削个皮。"

"不削皮吃不了？"

"嗯。"

陈既拿过苹果来，还不忘骂她："毛病。"

琮玉把纸袋子折好，放进扶手箱，给他接皮用。

还是那把瑞士军刀，陈既给苹果削了皮，重新递给了她。

琮玉接过苹果，问了一句："上回我亲的是鼻梁吧？"

陈既刚抬眼看过去，她已经吻过来，带走了寄居在他身上的霜寒。

一吻终了，她声音低低地说道："这回亲嘴。"

陈既被喜欢的女人投怀送抱，突然不想放她走了，但她已经下了车，绕到驾驶室的车门处敲了敲窗。他打开车窗，琮玉的胳膊交叠着搭在窗框上："别想我。"

陈既没说话。

"谢谢既哥的苹果。"琮玉指了指嘴唇，"还有这个，很喜欢。"

琮玉说完走了，陈既目送她进了连锁酒店，这才靠在靠背上，闭上眼睛，嘴角在他无意识的情况下微微勾起。

买苹果的小票还安静地躺在扶手箱里。

琮玉回酒店也没睡着，吃完苹果，又洗了个澡。她刚洗完澡，常蔓来了。

常蔓看到了烟灰缸里琮玉还没来得及丢进垃圾桶的苹果核："哪儿来的苹果？"

琮玉擦了擦头发："前台的人送的。"

常蔓皱眉问道："怎么不送我？"

"看你不顺眼吧。"

常蔓瞥了她一眼："狗嘴吧？从来不吐象牙。"

琮玉边护肤边问："他醒了吗？"

"早醒了，去超市了。"

"还买什么？"

"杨梅，我们那盒不是吃完了吗？"

琮玉说："枣儿也吃完了。"

常蔓装听不懂。

琮玉却不放过她："他怎么就买杨梅？我又不爱吃杨梅。"

常蔓喜欢吃杨梅，不搭茬了，开始刷手机："不知道西塔坡是什么天气？"

琮玉擦完脸，转动椅子，面对常蔓："有个甩掉停滞期的好办法，那就是找个上升期的人拖着你，虽然对方放手你会摔得很惨，但肯定动起来了。"

常蔓就知道琮玉迟早跟她聊李西南的话题，本来想逃避，却鬼使神差地放下手机："要是他可以，几年前就成了，等不到现在。"

"几年前成不了是你以为别人还能成。"

常蔓不说话了。确实，她以为她跟陈既有戏，毕竟陈既的身边没别人，谁知道认识早晚没有用，后来者居上的例子比比皆是。

琮玉只用半年就混成了陈既心里的一把手，百分之百控股。

常蔓不想聊了，心不在焉地拿来琮玉的烟盒，魂不守舍地掀开盖子，看到一根快被揉搓烂了的烟，还没皱眉表示疑惑，琮玉已经抢将其回去。

常蔓后知后觉地问道："那个……是不是我给你的那根？"

"不是。"

常蔓确定了："就是。"

琮玉不答了，但骂她："有没有礼貌，乱动别人的东西？"

常蔓托着下巴，露出一副胜利者的姿态，好像这一回合终于拿到了好牌："你不是天天晚上拿那根烟睹物思人吧？"

"想多了。"

"哦，我想多了。"常蔓笑，"那你应该也不想知道这根烟怎么来的。"

琮玉看过去。

常蔓挑眉："看我干什么？你不想知道？"

"有瘾？"

常蔓又笑了一声，不逗她了："不是我偷拿的，是陈既故意给的。"

琮玉等着下文。

常蔓也没卖关子，直接告诉了她。

周惜罇发了大火，因为护工给他的植物人妻子擦手时力道重了，给她擦出一道玫红色的痕迹，素日脾气最好的人也变得暴躁起来。

护工的领导前来，亲自跟他道歉，他冷着脸说："给我老婆道歉！"

领导连忙揪着护工的胳膊，给躺在病床上的植物人鞠了三个躬。

周惜罇看他们那副惺惺作态的样子，天大的火在身体里乱窜，却不能发泄出来，终于把他们轰了出去。

周惜罇拖着疲惫的步子走到床前坐下来，重新洗了毛巾，给他的妻子擦手。他一边擦一边挑眉，试图让已经睁不开的眼睛再坚持一下。

周惜鐏觉得很累，连续加班让他那些由不良生活习惯积累的毛病纷纷露出马脚。但又不能歇，他还有妻子要照顾，从单位出来就马不停蹄地赶到了医院，看到护工的敷衍对待，肩膀上的重担突然加重，他一下子感到自己无能。他擦着擦着，眼睛变得湿润。他总是怨自己，若不是他坚持忠于国家、忠于党的原则，那发生在他妻子身上的悲剧就能避免。可是他吃的是这碗饭，真要因为害怕被打击报复就对黑恶势力低头吗？

他低不了。他还是选择履行责任，抛却对家庭的义务，结果就是失去最爱的人，这么多年总是往返于医院和单位之间。

周惜鐏一直揪着邱良生和邱文博不放，是因为当年他调查中心银行甘岭支行原党委书记、行长的严重违纪违法行为时，发现良生集团一笔工程贷款的审批流程漏洞百出。但最后不知道这事触及了哪股势力，两个省的公安厅和检察院联合成立的专案组骨干成员被调离，他的妻子也在这个过程中出了意外。

他顿时变得孤立无援，这个案子也被搁置了。直到机缘巧合之下认识了陈既，他们一拍即合，开始在私下秘密调查良生集团的违法行为。

陈既给邱文博卖命多年才换来帮邱良生办事的机会，谁知道邱良生收下了他却还是有所保留，什么核心的任务都没交给过他。邱姓哥儿俩这么低调谨慎，背后必然有高人指点。

周惜鐏一脑子糨糊，摸索多年还是探寻无门。他一度心灰意懒，什么狗屁正义，突然失去了意义。

谁知道皇天不负有心人，随着陈既深入追查，一桩陈年旧案浮出水面。

这一年，他们暗地里查阅资料、卷宗，走访相关人员，顺藤摸瓜，终于在最近有了点儿眉目。但愿蛰伏十年的结果尽如人意，遮天的老虎最终成为瓮中的王八！

琮玉他们到达西塔坡时天已经黑了，常蔓刚在车上睡了一觉，醒来就看到面前一条街上高悬的灯笼。

李西南把车停在路边，问后面的两位女士：“下去逛逛吗？”

常蔓睡眼惺忪地看着外面：“什么活动啊？”

“就是夜市，咱们这个位置往西走，拐个弯就是四季酒店，在十字路口。”

李西南说，“蔓姐要是想去酒店休息，我就开车过去。”

常蔓看着外头热闹的景象，刚要开口，琮玉说：“车上就蔓姐一个人？”

外头橙红色的灯光投进车内，照得李西南的眼神扑朔迷离，耳轮的颜色越发显得不正常。但他这人不扭捏，脑子转得也快，当下便说：“我会把蔓姐送到酒店，再回来陪你逛夜市。”

琮玉看了看手机，笑了笑说：“送你蔓姐吧，我有约了。”

常蔓瞥了她一眼：“说什么乱七八糟的？”

李西南也说：“约在晚上啊？这我得跟既哥说一声。”

“随你。”

琮玉拿上包，手搭在门把手上：“你们要是不累，可以下来逛逛，氛围不错，适合约会。”

常蔓拿起手边的围巾丢过去，砸在了车门上——琮玉已经下车了。

车内顿时安静下来了。李西南看了常蔓一眼，正好有车经过，车前灯像舞台的聚光灯，灯光扫过她的双眼，光影和阴影顿将她变成一幅颇具美感的电影画报。

这一幕画面令他的大脑暂停运转了片刻，然而肌肉记忆不会叫他迟疑，于是他还是勇敢地问：“要不下去逛逛？”

琮玉跟常蔓他们分开，又叫了车，穿过两条街，进入一家海鲜楼。

乔枝早就在等她了，除了乔枝，还有一个人，周林律。

海鲜楼是古典装潢，每张台子配备两个高靠背的卡座，挨着过道的隔断是一道拱形门，木头雕的，刷了红漆，很有古装电视剧中酒楼的既视感。

琮玉一坐下，周林律也不看手机了，腰杆笔直，双手交叠在唇边看着她。

乔枝先跟琮玉说话：“这一路累了吧？听周哥说你开车过来，我还想劝劝，谁料你已经出发了。”

琮玉说：“还好，不开车也不累。”

“有人开车那还好。”乔枝给琮玉倒了茶，看向周林律，“怎么不说话啊？”

周林律看着琮玉：“说什么？说玉老板把我带到甘岭，自己跑了？”

乔枝感到有些疑惑，眼神在他们两个人的脸上扫视，这才发现他们不对劲：“什么意思？你们不是交通工具没商量好啊？”

乔枝以为他们一个自驾，一个坐火车是因为没沟通好，现在看来就没沟通。

琮玉纠正周林律："我没带你。"

"是，我非跟着你。"周林律做琮玉的空调太久了，几乎不会跟她生气，即便她这么不给面子，他还是体贴地问，"订酒店没有？"像是一种习惯。

"订了。"

乔枝没见过周林律这么底线低的人，还是说他对琮玉就没底线？

"你们俩应该快在一起了吧？"

周林律装模作样地叹气："玉老板可看不上我。"

乔枝笑了笑，没再搭茬。

菜上了，乔枝把盘子推到琮玉跟前："看见票了吗？我发到你的微信上了。"

"看见了。"

周林律说："我的票呢？"

乔枝说："也不知道你要来啊，还是你给我打电话，我才知道你也过来了。"

周林律瞥了琮玉一眼，说的话是带着埋怨的，语气却宠溺："要不是我灵机一动给你打电话，都不知道这个祖宗说去甘岭，其实目的地在西塔坡。"

乔枝又笑了一下："正好这边有个挺大的活动，我想着玉老板也放假了，就邀请她过来观摩一下。"

"你俩现在比跟我熟啊。"周林律不自觉地拿来螃蟹钳，给琮玉剥起螃蟹。

乔枝跟琮玉更熟是因为她的身世只说给了琮玉听。也是琮玉机灵，在乔枝看似正常的状态下发现了一点儿不正常，而这点儿不正常，恰好源于缺少来自父母的避风港。

琮玉深谙没有父母庇护，成长道路如何艰辛，于是开心见诚，循循善诱，使乔枝放下戒备，吐露了心声。两个人的关系自然而然地更近了一步。

乔枝没跟周林律解释，只说："跟你不熟吗？我不是接到你的电话就告诉你玉老板要过来？而且这可是西塔坡最贵的海鲜酒楼，人均两千二。这我都请了，还不够熟啊？"

周林律就那么一说，也不是真埋怨，女孩子之间可聊的话题多，两个人亲近是必然的。他淡淡地笑了笑，开玩笑："那乔师傅除了海鲜宴还有别的安排吗？"

乔枝切着鲍鱼，蘸了酱料："这两天是庙会，夜市开到两点，我可以带你们去逛逛，有些老师傅就挑半夜练摊儿，我们去看看能不能捡个漏儿。"

周林律说："行啊，乔师傅带我们长长见识。"

后面三个人聊了些东家长西家短的废话，酒足饭饱后，乔枝去了卫生间。

周林律和琮玉都知道乔枝是去结账了，没拦着。

他们认识两年了，将彼此的脾气摸了八成，乔枝长得秀气，性格却大气，所以他们不用假客气，除了糟蹋她的一番心意，没用。

饭桌边独留周林律和琮玉，他们倒也不尴尬，有乔枝在场琮玉也不接周林律的话。倒不是她故意不礼貌，是周林律没个分寸，油嘴滑舌。

周林律还在给琮玉拆螃蟹、剥虾。

琮玉路上被常蔓强迫吃了不少杨梅，胃里发酸，现在也没好，就没吃多少东西，他剥出的肉她一点儿没动。

两个人就像拼桌坐的，看起来就算没有深仇大恨，也不可能是认识了好几年的朋友。但有时候赶得巧，越不愿意发生的事，越敲锣打鼓地来。

就在周林律把堆满蟹肉的盘子推到琮玉跟前时，服务员迎进一行人，邱良生和邱文博走在最前面，集团高管、郭札、几个陌生面孔的人紧随其后。最后是陈既，他旁边还有个女孩。

琮玉看见了陈既，陈既也看见了琮玉，还看见了她旁边的周林律。

乔枝回来时，眉飞色舞地说："我刚才在走廊上看见一个男的，长得特帅。"

琮玉很平静地问："你刚才说这是西塔坡最什么的海鲜？"

"最贵的啊。"乔枝坐了下来，"那些宴请领导，还有比较有钱的公司团建，都会选这儿。"

干得漂亮。

琮玉和乔枝等三个人吃饱后就没在海鲜楼耽搁，出发去了夜市。

乔枝去年在西塔坡买了房，前几个月买的车，准备在这地方扎根了。

周林律问了问乔枝这辆车的配置，又问："就没想往大城市走走？你这行当在哪儿都能找着工作。"

乔枝扶着方向盘，说："我要是做那种需要跟人打交道的工作，可能会考虑去一线城市待几年，修复师每天对着一些老玩意儿，到哪儿都一样。这边节奏慢点儿，我还不至于有心理压力。"她说着，看了周林律一眼，"而且就那些地方，我拼死拼活二十年都凑不齐一套房的首付。"

周林律说："赚钱的门路可有的是。"

"那是你，少爷。"乔枝说，"你开那几个店哪个不赔钱？你还有闲钱走南闯北交朋友，我们打工的人可不敢在生活没保障的情况下抛却本职工作，去找另外赚钱的门路，输不起。"

周林律不跟乔枝聊这方面的话题了："京州的房也没多贵。"

"没多贵？开玩笑呢？"乔枝撇嘴，"你问问玉老板，她肯定比我有钱吧，不也还没买房呢？"

琮玉坐在后座上，没听他们说话。到点了，陈既应该像前几次那样给她发一个"想"字了，但她刷了半天，什么也没刷出来。

陈既好像生气了。

琮玉本来想解释一下，但一想起跟在他身后的那个女孩笑得那么甜，就不想废话了。他气着吧！

乔枝又叫琮玉："玉老板想什么呢？"

玉老板这个称呼是周林律瞎喊的，其实有点儿架着她的意思。唱戏的人到达一定高度就会有一些尊称，但琮玉距离这个高度还差得远，她的专场演出上座率跟那些前辈有不少差距，成角儿都勉强。而梨园不成文的规矩就是角儿才称老板。

琮玉被周林律这么叫的时候从不应声，后来乔枝也随他瞎叫了。

琮玉收起手机："没有。"

乔枝又问了一遍："买房了吗？"

"有计划。"

乔枝跟周林律对视了一眼，看起来都没想到这点。乔枝又问："在京州？"

"还没想好。"

"钱准备好了？"

琮玉没回答。

"可以的。"乔枝说，"不过你俩在一起以后，这个问题应该不用你考虑吧？周哥不把十套八套的陆月湾跃层房子写你的名字，我都看不起他。”

乔枝以前问琮玉和周林律有没有在一起，琮玉否认了。乔枝明确知道周林律喜欢琮玉，就以为他们是双向的，只是更享受暧昧感觉，就没确定关系。

琮玉又澄清了一次：“不能在一起了。”

乔枝愣了一下，再看周林律，他一副“的确如此”的神情，她终于意识到她有多离谱，当即道歉：“不好意思，我搞错了……”

琮玉没说话。

经过这个插曲，接下来的路程，乔枝和周林律再没聊天的想法了。

到了夜市入口，乔枝放下琮玉、周林律，说道：“我去停车，你们可以先去逛逛，到时候打电话。”

“好。”

琮玉答应着，却不准备进去。她不爱热闹，接受乔枝的安排，只是不想扫兴。

周林律站在路边陪她。

夜市的街道是南北走向，火红的灯笼，暖色调的街景，练摊儿的人都穿得极厚，棉裤上几道横褶，大头皮鞋四十六七码，至少三码是被棉花占走了。

他们不吆喝，整条街却仍然熙来攘往。

琮玉没戴陈既备的围巾、帽子，冷空气和呼出的热气不相容，白雾从被冻红的鼻间、唇瓣间泄出。寒冷甚至刺激了泪腺，眼泪打湿睫毛、浸润眼球，她站在街道旁的路灯下，热闹的人依旧热闹，麻木的人都开始看向她。就像夜里的光稀有，佝偻蹒跚的人群里，这样一道既清冷又蓬勃的身影也稀有。

周林律在这时突然问道：“你只是来看博览会的？”

琮玉没回答。

周林律还有问题：“那晚你没回酒店，是去找他？”

琮玉的脑袋里突然闪现那晚她跟陈既缠绵缱绻的画面，眉头不自觉地皱起，眼神忽然变得厌烦。她不喜欢被刨根问底地追问私事。

周林律以为琮玉露出这种神情是被说中了，气急败坏起来。他从小到大在感情方面几乎没有失败的经历，所以即便面对琮玉这样铁石心肠的人，也不认为会输，但若琮玉只要那个人，他赢不了。

碍于琮玉的偏爱，他们之间抗衡，大概会是那个人对他进行降维打击。

当然，也许不用琮玉为那个人加码，他就已经人仰马翻了。

周林律的眼力不错，什么样的人在他跟前过过眼，他都能看出个一二三来，那个人看起来就不是泛泛之辈。

琮玉不想答这些莫名其妙的问题，走到街对面的射击摊前，五面泡沫墙，每一面都用松紧带勒了七八圈气球，围成一个气球圆盘。

她看向棚子栏杆上挂着的电子黑板，荧光字一闪一闪的：三十块钱十五个飞镖，三十块钱十发子弹。

飞镖、射击全中是三等奖，奖励一个电动车头盔。

飞镖累计满五十个，奖励一个大玉桂狗。

射击累计满五十个，奖励一个更大一号的玉桂狗。

琮玉正想扫码来十发子弹玩玩，一只手从她的身前伸过去，拿起一把枪。她并不好奇，但这个人的气息她很熟悉，果然扭头就看到了陈既。

陈既的旁边还是那个女孩。

那个女孩还在说："既哥，我想要那个狗。"

这时乔枝也回来了，悄悄打量陈既两眼，眼睛一亮，凑到琮玉跟前拽着她的袖子小声说："我在海鲜楼看见的那个帅哥好像就是他！"

琮玉的音量不低："帅吗？我看就一般。"

乔枝又拽了她一下："你小声点儿，他听见了！"

陈既没说话，没有用标准的握枪姿势，慵懒随意，但就像画家拿起画笔，琴师抚住琴弦，陈既与枪的契合，明眼人都能看出来。他每打中一枪，那个女孩就叫唤一声，他弹无虚发，她高兴坏了，蹦蹦跳跳地鼓掌欢呼，生怕别人不知道陈既打个气球百发百中。

乔枝也感慨道："这么远都行？"

琮玉没说，中队长以前都是摸真枪的，玩具枪不跟玩儿一样？何况还有啦啦队给他呐喊助威，叫得人肾上腺素飙升，他射不中才稀奇。她看这个情形，不想玩了，问老板："那只狗卖不卖？"

老板说："卖，但不便宜。"

琮玉不怕贵，指着奖品区的那几只大狗："那六个，我包圆了。"

老板猛抽一口烟："一百五一个。"

琮玉说："给我装起来。"

乔枝感到震惊了："你买这么多这个干吗啊？"

陈既旁边的女孩也歪着头，一脸不解的表情。

一直站在远处的台阶上旁观这一幕场景的周林律，是在场除了陈既、琮玉两个当事人之外最镇定的人。从他在海鲜楼瞥见那个人起，就知道他一定会跟来。

周林律没往跟前去，此时的气场跟那边不太搭。

老板拿了一根手指粗的包装绳，把六个玉桂狗的原装塑料袋封口穿起来："您扫那个码。"

琮玉接过狗，看着老板，用下巴点了一下陈既："他结账。"说完她就走了，步伐潇洒。

老板、乔枝、那个女孩还不知道发生了什么，陈既已经给琮玉付了六个玉桂狗的钱。

乔枝这才反应过来，琮玉跟这个帅哥认识。

那个女孩看着琮玉，直到琮玉的背影远去，才回头问陈既："既哥认识她？"

陈既神色柔和，只是街灯斑驳没人知道："我女朋友。"

"啊？"

陈既对她说："等一下会有别人来找你。"

"呃……我哥跟邱叔说让你们轮流陪我逛庙会就是开玩笑，他想的是我们年轻人可以玩到一起，就把我们往一起凑了。交个朋友而已，我也没别的意思，你这么抗拒，搞得我们好像……"

陈既跟没听见似的："他到了会给你打电话。"

那个女孩不高兴了："你其实就是想陪你女朋友吧？"

"嗯。"

"……"

陈既说完，走了。

不久将有一场拍卖会在西塔坡文化馆举行，这个女孩是主办方的妹妹，邱文博让陈既送她回酒店，陈既本来想送到就返程，在路口看到琮玉和周林律站在一起的画面，心里觉得烦躁，早在海鲜楼就被点燃的那股无名火烧得更旺了。

正好这个女孩突然要逛夜市，他也就陪她走到了射击摊这里。

琮玉不想逛夜市，乔枝也没强迫，让她好好休息，反正三个人最近都在西塔坡，随时能约。

散伙后，琮玉去了四季酒店，办理完入住手续，在前台的人疑惑的眼神中，把几只玩偶拎进了电梯。

进入房间后，她把几只狗放桌上，边脱衣服边走向浴室，洗澡洗了一半，有人敲门。

琮玉不想开门："谁？"

没人说话，不说她就不开。

琮玉慢吞吞地洗完澡，把头发擦得半干，换上一条吊带裙，雪白的肩头露在外头，这才开了门。

门口是陈既，这在她的意料之中。

琮玉让陈既看了自己一眼就要关门，陈既看到她的裙子，眉头紧锁，手撑住门，没让她关。

那琮玉就不关了，靠在门框上，抱着手臂："有何贵干？"

陈既站在门口，过了半晌才说："没事。"

琮玉又要关门，谁知道他又用手撑住门，还是不让关。

琮玉刚要骂街，陈既已经推开门，左手捏住她的脸，迫使她仰起头，旋即吻住，把她压进浴室，抵在洗手池边缘。

门缓慢地合上，发出"咔嗒"一声响。

两千米的海拔，他可以更过分一点儿。

琮玉环住他的胸膛，声音变得跟她平常不太一样，她也不知道为什么："那个女的是谁？"

琮玉的手也没停着，伸进他的衣服里，抚摩着他的背，她突然像只狡猾的猫，亮出锋利的爪子，用力抓了一把。

陈既把她往怀里压："我是不是让那个男的滚蛋？"

琮玉接着说："你还给她打气球……你怎么那么勤快呢？"

陈既："跟他吃海鲜，跟他逛夜市。"

琮玉那张利嘴也不饶他："海鲜楼撞见，微信都不发了……既哥的醋性这么大，你泡的那是澡堂子，还是醋瓶子？"

陈既："闭嘴！"

琮玉歪着头看他，卫生间的灯光是冷色调的。陈既的本事肉眼可见，他将薄唇抿成了线。

房间很热，两个人更热。

陈既不该来的，他有要紧事，只是琮玉也来了，要紧事就只有琮玉这件了。他在之前的三十几年没这么荒唐过，一向对自己严格，更不允许任何人打乱他的棋盘，篡改他的琴谱。

现在这也算是扯淡了。琮玉把他的棋盘给掀了，琴弦也割了。他不生气，还想在杂乱的棋盘和断了弦的琴上当彻头彻尾的禽兽……陈既在琮玉面前不再是陈既，而是琮玉的陈既。

渐渐地，浴室已经盛不下两束火焰。

琮玉的脸颊被烧得火红，眼神迷离得像败给了酒。

"叫宝贝。"

陈既皱眉。

琮玉不喜欢听别人叫她宝贝，但又真的想听陈既叫。他叫她的话，她肯定酥麻得骨头都软了。

"换一个。"

"那你下去，别来了。"

谁能想到陈既被一句宝贝难倒了？琮玉看他神情严肃地逼自己把宝贝叫出口……心跳突然加速。怎么会有人克制起来那么让人心动？他其实可以很粗鲁的，她也能感觉到他想兽性大发，但他好像真心疼她。他真的不用说话，他的爱总在行为当中。她敢说，没有男人比陈既了得！

凌乱的房间里，两个人躺在地毯上，背靠墙壁，她把她的小月牙和他的贴在一起。

陈既从没告诉过她，这枚月牙的意义不美好，但好像也不用告诉她，意义明明可以由她来赋予。她喜欢，那这就是它的意义。

第七章
# 再赴战场，凛夜将明

(1)

西塔坡是一座地处高原与平原之间的隐蔽古城，地形狭长，风景极佳，历代多位名豪都选择把墓地建在这里，于是从南到北，这里墓群相连。

二十世纪八九十年代，各地底层文保力量薄弱，导致盗墓团伙如雨后春笋，盗墓现象如家常便饭，文物被损坏、丢失严重。

西塔坡尤甚。

2000年以来，国务院连续颁布治理文书，各省公安机关积极响应，严厉打击盗墓犯罪行为，西塔坡被当成了重点地区。

开始几年推进得有些艰难，因为盗卖文物零成本，利润大，尝到了甜头的人怎么会收手？后来政府加大惩处力度，才渐渐有了成效。

近几年明面上已经是肃清的状态，还敢嚷嚷的人，都是个别要钱不要命的亡命徒在负隅顽抗，再就是一些急需用钱、走投无路的人不惜铤而走险。

但是又渐渐衍生出一些新的地下势力，做着所谓文物的生意。文物嘛，假的说成真的，可以空手套白狼，一本万利的买卖谁不眼馋呢？

于是，以仙乐街和新视野两个地界为标志，划分了两股最大的势力，一个是号称在刑侦队有关系的赵独虎的管辖范围内，一个是西塔坡最大的古玩市场老板卫将军的地盘。

西塔坡近年不再有盗墓的问题了，造假的比例却高上来了，还有套路拍、鉴的情况，多少有些乌烟瘴气。

但一打开窗户，还是碧天白云。

不远处的广场西塔台，屋顶的飞檐翘角折叠一束晌午的阳光，送进四季酒店的落地窗，散在琮玉的身上，肌肤显得晶莹发光。

琮玉早上才睡，隐约感觉到陈既把她抱上了床，桌上的两张房卡，被他拿走了一张，接着就没动静了。

中午太阳大，光线充足，载着街道的吵闹声扑进房间，琮玉睡不着了，干脆起床洗个澡，整理好自己。

她刚冲了杯咖啡端在手里，陈既回来了。

陈既穿着黑色夹克、黑色束脚工装裤，搭配黑色中帮作战靴，也不知道是万能色永不失误，还是因为它们穿在陈既身上，真令人心动。

琮玉原本可以继续欣赏陈既均匀挺拔的身材，他突然转身，靠在桌沿上，也看向她。她不动，还倚在落地窗前的栏杆上，胳膊往后搭在栏杆上。

黑色高领紧身线衣让琮玉上半身的线条尤为突出，她只是外头搭了一件西装，虽然没系上扣子，但也盖住了天生的性感身材。

两个人就这样对视。以前琮玉也会这样偷偷看他，只不过他一扭头，她就装没事人似的赶紧看向别处。现在琮玉已经不会躲了，巴不得两个人的眼神拉丝带电，死死地焊在一起。

陈既从口袋里掏出烟盒。

琮玉看到是她的烟盒，悠闲不起来了，三步并作两步走过去，上前要抢。

陈既叼了一根新的烟在嘴里，身子丝毫不动，只是举高了拿烟盒的手。

琮玉一米七多，但陈既差不多一米九，她根本够不着烟盒。

陈既叼着烟，看着她皱眉生气，感到一阵莫名的轻快感觉。从他不再觉得生活压力大时起，“活着”变成一件值得期待的事。

琮玉一巴掌打在他的胸口上：“给我！”

“给你什么？”

“我的烟！”

“你的？”

“废话！”

陈既还故意换了一只手，琮玉只能眼睁睁地看着，烦了，胳膊肘戳在他的肚子上："烦不烦？拿我的东西！"

"点着。"陈既用牙叼着烟，上下晃动着示意。

琮玉瞥他一眼，从桌上拿起打火机，挡着风给他点着烟。

陈既抽了一口，拿烟盒的手放了下来。

琮玉立刻抢走了烟盒。

陈既看她急切地检查，问："很重要？"

琮玉看到那根烟安然无恙地待在烟盒里，知道肯定瞒不过陈既了，也不屑于否认。她走到栏杆前，胳膊搭在上边，看向窗外热闹的街景，把背影留给陈既："我以前以为，我可以永远像个孩子。"只要你在，但你把我丢了。我是不会求着你再把我捡起来的，就只能叼着这支烟，叼着那些个痴心妄想。说重要倒也不重要，就是这能证明我那段时间吃了数不清的苦，就因为爱你，爱一个有着钢铁心的陈既。

陈既仿佛听到了琮玉没说完的话，忘了抽烟，那根烟燃烧的速度突然就变慢了。他停顿了几秒，把烟掐了。

琮玉握着烟盒："不是很重要，但毕竟陪了我好几年。"

陈既走到琮玉身边，也随她看向窗外。

琮玉扭头看着他："我藏你的一根烟很稀奇？你不也暗暗地让常蔓带东西给我？我这个被抛弃的人藏点儿东西偷着想无可厚非，你一个抛弃我的人，还悄悄摸摸地干这种事，明明就放不下你装什么无所谓？"

陈既很平静："谁带东西给你了？"

琮玉从手机里翻出一段视频，常蔓发给她的。

当时宝郡还没关门，零售区正主卖一款泰国甜酒，所以大厅的挂壁电视就一直循环播放这款甜酒的广告。

广告的时间很长，更像一部微电影。

正片开始在一个便利店，购买一盒甜酒，可定制一盒立方体样式的手撕日历。

男主角送了女主角一组甜酒，附带了这么个日历盒子。

两个人分开多年，女主角在一次搬家时偶然发现，这个日历每撕几张都会只剩一个字连在底托。她好奇地撕完，扔了一地纸片，最后发现一句话——

"如果一年以后，你还想我，就打我的电话，响一声就好，我飞奔去见你。"

原来这不是手撕款日历，是3D浮雕，撕到最后可以看到隐藏其中的图案，或者文字。

女主角捂住嘴，崩溃地大哭。

就因为这个广告，这款酒卖得极好，顾客喜欢定制款，亲人、爱人之间送着玩，他们内部的人也喜欢，也互相送。

常蔓一直觉得这没什么新鲜的，但每次去宝郡，还是会坐在大厅里安静地看完广告。

广告拍得确实好。

有一次常蔓喝了酒，难得地放松自己，就跟宝郡的内部人员分析为什么这款酒在年轻人中卖得好，因为年轻人都想被用心对待。

那之后没两天，常蔓去宝郡财务室，看到茶几上有四盒甜酒，旁边是只剩一根烟的烟盒，再旁边有配套的四个透明盒，能看到里边的浮雕日历。她知道这些东西都是陈既的，一下子想到琮玉。正好她要去京州，就拿走了那个烟盒，想着一个烟盒而已，也不会有人发现。

等常蔓从京州回来，又在宝郡看到几盒甜酒，几盒日历，不过被丢在了墙角。她连续两天看到没人拿，就问经理有没有人要，经理说陈既不要了，她就拿走了。她没像广告里的女主角一样，很多年以后才撕开，而是一张一张地扯完了。四盒日历，有四句话：

“演出顺利，平安健康，不要哭，不哭才是好琮玉。”

“晚上不要晚睡，注意身体健康，演出顺利。”

“演出顺利，平安健康。”

“平安健康。”

常蔓觉得有些崩溃，无声地落着泪。她几乎能通过这四句话，想象到陈既是怎么一点点地把对琮玉的喜欢忍回去的。

原来陈既猜到常蔓会给琮玉带去他的东西，却没想到，她会去财务室，提前看到了他准备这堆东西，更没想到，她即便看到了，带走的却是他无心地丢在茶几上的烟，而无视了他一直斟酌着却没决定下来的藏在日历里的祝福语。后来有很多次，常蔓都想告诉琮玉，但琮玉再没跟她提起陈既，她不想触及琮玉的伤心事，也不想再记起这段她也觉得很难过的经历，就逼自己渐渐忘了。谁能总想着自己喜欢的人小心翼翼地爱别人的样子？

直到在玛吉县的连锁酒店里，常蔓在琮玉的烟盒里看到那根熟悉的烟，往事重现，却发现自己没有那时候那么难过了。她好像真的释然了，还以一个占据上风的姿态调侃琮玉，告诉她，这根烟和那四盒日历的背景。

琮玉听完这些，沉默了很久，常蔓再说什么，她都没反应。她又拿起那根烟叼在嘴里，发呆到李西南通知她们要出发了。

琮玉本来不想跟陈既提起这事的，陈既不愿意说，那她就当不知道。但不知道为什么，他走过来，双手也搭在栏杆上，也看向窗外，她还是扭头戳破了这个载着私心的记忆囊。

陈既没反应，这在琮玉的意料之中。她仍然看着他俊朗的五官，突然生不出一点儿欣赏的心情,而是觉得心疼。他怎么就净干这种悄悄摸摸的事呢？要不是她精明，谁能知道啊，这个臭野人！

陈既看似平静，其实也有些意外。他以为常蔓把那根烟拿走了，就是因为不知道四盒日历的事，他以为这个被废弃的方案只有他自己知道，原来不是。他其实定制完日历就意识到自己荒唐了。且不说这些玩意儿太小孩子气，他少年时都不屑做这样的事，就说先送她走，再弄这些，真没劲。要说隐晦，他又能有多隐晦？就算只有一句“平安健康”，也满是欲盖弥彰之意。

现在，琮玉戳破了这事，他否认没用了，但承认也没意义，就在沉默了接近三分钟后，牵住她的手：“饿吗？”

琮玉看着陈既的薄唇轻启轻合，突然释然了。三年不好过，他们也过去了，总想以前的事，还怎么向前看呢？他又不是不爱她。她又不是真能狠下心跟他断了。她把烟盒打开，把那根烟拿出来点着了，抽了一口，把烟雾吹给了窗外的风，它兴奋地将烟卷走离去，琮玉的心如此平静，疼痛感慢慢模糊了。

琮玉真的很漂亮,是陈既在旁边看着她抽烟都险些不能全身而退的程度。只要她再多抽一秒，他再多看一秒，今天这扇门谁都出不去了。琮玉没多抽一秒，陈既也没多看一秒，但还是一把将她抱起来，托着她的大腿，将她抱进浴室，打开淋浴，一边吻她，一边脱了她的高领线衣。

琮玉的胳膊搭在他的脖子上，她被吻得心跳加速：“不吃饭了？”

“一会儿再吃……”有爱催情久，两个人什么正经事都没干，这一天又这么过去了。

陈既把毯子都铺在窗前，把琮玉抱过去，让她靠在自己身上看烟花灯景。

琮玉很喜欢两个人现在这样不言不语的状态，像老夫老妻。

刚才陈既接了一个电话，骂得很凶，琮玉一下子想起，她刚去焰城的时候，在宝郡玩百家乐，他要拽她出去，冷着脸骂她，比这还凶。这就好像是昨天的事，但今天他已经在温柔地吻她了。

那时候她哪里想过，当她不再是小女孩后，不仅可以决定沈经赋的事情，还可以当陈既的家，做陈既的主。

琮玉还是爱冒险，却不觉得你爱我、我爱你这些东西烦得很了。这都怪野人，她想着掐了陈既一下。

陈既不怕疼似的，没反应，只是握着她的手腕，指腹在她光滑的指甲盖上打圈。她胳膊上的数字文身若隐若现，像一种密码。他盯着她的胳膊上的文身看，她看到了，拧动胳膊，自己看了一眼："想看这个？"

陈既自然地搂住她的胳膊，来回地摸了摸她的上臂："没有。"

琮玉坐直了，面对他："你就不好奇？"

陈既没说话。

琮玉重新靠在他的怀里："不知道好，不重要。"

陈既吻她的额头："下去吃饭？"

"嗯。"

陈既把她抱起来放上床，给她拿来一身衣服。

琮玉看他挑的衣服颜色稍微浅了一点儿，有些清新，笑了。野人的审美还真是万年不变，她又想起他给她买的那件白羽绒服了。她不穿："给我那身黑的。"

"就穿这个。"

"你管我穿什么？"

"管你。"

琮玉笑："我依你可以，有什么好处？"

陈既看了她半天，琮玉以为他想不出来，他突然说："宝贝。"

琮玉像是被摁了暂停键，不再出声，前不久还微勾的嘴角渐渐平复。烟火和灯光辉映，显得她五官明丽，眼神生动，回想起刚才的那句话，她确实酥麻，但也真的别扭。

琮玉也没想到，这两个字会在这种时候被说出来。她拎起陈既给他选的浅色外套："我是没想到既哥还挺虚荣，你们男人是不是都喜欢牵一只小白兔？"

陈既瞥一眼她的那些黑衣服："你也不看看你那些黑的衣服都是什么破烂。"

琮玉不爱听了："什么叫破烂？"

"你再买这种暴露的衣服都给你扔了。"

琮玉被他说得诧异，走过去，拿起行李箱里的衣服："这些，暴露？"

"你说呢？"

琮玉重新审视自己的衣服，过了半天，感觉自己琢磨出味道来了，拎起自己的紧身打底衫："你管这连脖子都遮住的衣服叫暴露？你清朝来的啊？"

陈既从她手里抢走衣服，扔到窗台上了。

琮玉顺着他扔的方向看去，那种味道更冲了，往后退两步，靠在墙上，脚往后抵在玻璃墙上，抱着双臂："既哥不会是不喜欢人穿黑色、高领、紧身的衣服吧？"

陈既扭头就走："穿完出来。"

门"咣"的一声被关上。

琮玉微笑起来。骂她的话脱口而出，哄她的话费劲巴拉，就一句宝贝他也能酝酿两天哦？野人谈起恋爱真不行，跟他的本钱差远了。

琮玉最后还是依了陈既，穿了那身浅色的衣服。她还想下楼后再讨一个"宝贝"来着，刚下电梯，一只手把她拽到了怀里。她下意识地挣脱，闻到陈既身上的味道，停下了。

琮玉正想问陈既在搞什么突然袭击，突然有人喊了她一声。她看向声音的来源处，知道陈既为什么拽她离开了——酒店楼下的餐厅里，两个人为单位地分布着一群熟人。

常蔓和李西南也住四季，在这里很正常。

周林律知道她在这里，挪到这里来住也正常，乔枝想做东道主，出现在这里也不算稀奇。

琮玉和陈既去玛吉县找乔枝的母亲时，得到两个年轻人也去找过人的消息，琮玉猜测是江北和邱路雪。常蔓告诉过琮玉，她觉得邱文博来西塔坡是因为江北带邱路雪过来了。所以江北和邱路雪出现在这里，琮玉认为也能解释。

毕竟四季酒店是西塔坡不多的五星级酒店。

为什么夺吉才让也过来了？他不是帮家里做生意？不是忙得脚不沾地吗？

夺吉才让跟他们都不一样，看到琮玉，就会到她的跟前傻傻地打招呼：“琮玉！我来了！”

琮玉说：“我看见了。”

夺吉才让手里拿着袋子，是送给琮玉的礼物：“这次不是戴在身上的，是可以吃的。”

琮玉没接袋子，双手插进运动服的兜里：“你怎么来了？”

“你不在甘岭了，我就问常蔓姐了。她说你在这里。”夺吉才让的眼睛很亮，他穿着一身休闲装，又高又帅像个模特，刚来时，餐厅里的陌生人都盯着他看。

琮玉瞥了常蔓一眼，常蔓还微笑着冲她招了招手，好像在说：不用谢。

夺吉才让还举着袋子，不怕累似的。

“先坐下吧。”琮玉说着走到一张空桌子前。

江北那边一直没看琮玉，只是很不屑地看了一眼陈既。

邱路雪以前跟陈既还算熟，陈既给不给她好脸色放一边，至少她一口一个哥地喊。现在碍于江北跟他不对付，她也不敢打招呼了。

琮玉坐下来，陈既没坐，站在她的旁边，菜单就在面前，指了几个菜：“这个，这个，再加这个。”

服务员点头，收起菜单，转身离开。

琮玉仰头看陈既，看出了他要走的架势，没问他去哪儿：“吃完再走。”

陈既伸手抚摩了一下她的头发，很自然地说道：“顾不上了，你吃吧。”

琮玉牵住他的手腕，揉了揉小月牙：“给我发微信。”

“嗯。”

陈既临时有事，走了，只剩琮玉看一群人打擂台了，但好像在他们的眼里琮玉和陈既才是一出好戏。

夺吉才让的眼神在陈既触到琮玉的头发时黯淡下来，揪袋子的手突然紧绷，他不再讨人嫌地说话了。他知道这是早晚的事，只是亲眼见证，并不好接受。不过接受也是早晚的事，不被需要的殷勤会被人讨厌的，他只是幸运在琮玉虽然不喜欢他，却人品良善。

李西南和常蔓对视着，直至陈既离开，他们才挪到琮玉那桌。

周林律和乔枝也坐了过去。

常蔓和周林律互相介绍了身边的人。

不远处的邱路雪和江北在陈既走后，正好吃完，也没多待。

过了饭点的餐厅没什么人了，大家都去逛夜市了，偌大的厅堂西北角的酒廊，就只有琮玉一行人，她扒拉着汤里的菌类，听乔枝说话。

乔枝没问琮玉的私事，误会她跟周林律的尴尬才发生不久，长记性了，只说："因为博览会，最近这边的活动多得数不过来，仙乐街和新视野都想要客流，正好也到年关了，什么舞狮子、踩高跷之类的，新视野还搭了戏台子。明天我没事，正好带你逛逛。"

常蔓问："什么戏？"

"黄梅戏。"

"没京剧场吗？"

"有，后天下午有。"

常蔓边说边看向琮玉："那我得去看看，看看水平怎么样。"

乔枝说："好像是一百二十元一张场内票，不过我认识那个戏班子的班主，之前工作时认识的，你们要想去看，我可以打电话问问团购价。"

常蔓看了一圈几个人："应该没人不去吧？谁不想听听民间戏班子的角儿跟大明星有什么区别？"

没人有异议，乔枝就给班主发了消息。

常蔓又问："明天有什么活动？"

"明天可以去博物馆，这三天所有博物馆都免费开放，只限流量，同时段限定一定的人数。"乔枝说完冷不防地抢了一句，"哦，还有，有时间的话最好去廊桥底下逛逛，懂行的人真能捡漏儿。"

"这边没懂行的。"周林律说。

乔枝冲他笑："这种时候你就应该抱紧我这条大腿。"

"得了吧，你那腿快跟琮玉一般细了，不抱。"

乔枝还是笑着："你这是夸我吧？"

常蔓还挺感兴趣的，邱文博最喜欢鼓捣这些玩意儿了，家里、会所里的展柜摆满了假货。她要是有幸以低价收一件真的，搞不好还可以在邱文博对她下手的时候自救。

琮玉吃完了："你们再聊一会儿？我回去睡了。"

常蔓拉住她："睡一天了还睡？"

乔枝下意识地接了一句："可能这一天都没睡觉。"

几个人互相看了一眼，神情都变得很复杂。

常蔓打破尴尬："廊桥底下随时能捡漏儿吗？"

乔枝也自然地接上，重新开启话题："不是，就最近。"

"怎么说？"

乔枝说："这回的博览会的阵仗很大，那天我去会场找人，瞥了一眼名单，有很多大人物。当然有些可能是代拍过来，本人不来，但也有不少行业的老板亲自来了。"

"是有什么好东西会在博览会上出现吗？"周林律问。

乔枝点头："会有好东西，但不在博览会上，而在赵独虎和卫将军的拍卖会上。"

常蔓来之前打听过，西塔坡有两股民间势力，牵头的就是赵独虎、卫将军。

乔枝没等问，继续说："就是西塔坡最有头有脸的两个人。"

"赵独虎是谁？"常蔓问。

"仙乐街明面上是赵独虎的妹妹赵子茯控股，事实上赵子茯是没实权的，所以当地人，还有一些跟他们有业务往来的人，说起仙乐街只说赵独虎。"

乔枝又说："卫将军本身是个书法家，听说以前跟盗墓的人合伙倒卖文物，具体情况也不知道，反正现在在整个古玩行当很有地位。"

乔枝回到开始的问题："他俩明争暗斗很多年了，拍卖会要比，仙乐街和新视野两个地界的流水也要比。廊桥连接两地，桥洞子都是老师傅练摊儿，一半是赵独虎的人，一半是卫将军的人，这种大型活动就是吸血的好时机，所以他们会在一堆假货里放几件真的。"

原来是这样，常蔓问："都是好东西吗？"

"没拍卖会上的好。"

“拍卖会上有什么？”

乔枝说：“早些年丢的东西。”

“什么意思？”

“就是以前出现过，后来被倒卖，下落不明的那些名贵文物。”乔枝手指捏着手机，转着玩，“那可都是一等一的好东西。”

“拍卖会有门槛吗？”

“肯定有啊。”

“能想办法进去吗？”

“可以啊，有票可以观看竞拍的，但如果没有提前跟他们提交资质的话，是没有竞拍资格的。”

“得达到什么样的资质才有资格？”

“分两种情况的，不方便透露身份的交保证金就行，方便的就提供身份证明，达到主办方标准的，他们就给排号码了。”

“保证金是统一的？”

“那要看拍卖会的级别，就是申请下来是什么级别，根据级别而定。”乔枝看周林律一眼，说，“这事周哥熟，他常出没在这种场合。”

周林律笑了一下：“我还是出现在剧院的时候更多。”没有人问为什么，谁都知道他的话外音。

常蔓的问题差不多问完了，李西南在常蔓在的情况下，就是个听候差遣的角色，没有问题。

夺吉才让除了琮玉，对其他的人都不感兴趣。

周林律的感情寄放在琮玉身上，但现在他对陈既产生了比较浓郁的兴趣。他开始还只是觉得这个人有点儿意思，刚才陈既和琮玉进来，再看到陈既，他突然觉得有些似曾相识，只是怎么也想不起来在哪儿相识的。

然后几个人又聊了一些家常，快十点钟左右，男人们要喝酒，几个女人不愿意陪，就散了。

周林律、李西南和夺吉才让不熟，提出喝酒，也是想带着几个女生一起。她们都不去，他们这临时的局也就散了。

常蔓和乔枝打着聊点儿女人心事的旗号，跟着琮玉上了楼。

邱良生他们住在仙乐街的洞庭府。

陈既过来时，总统套房的客厅里已经坐了不少人。

邱良生坐在案前，手里把玩着茶杯盖儿，一个精干的小老头的形象袒露人前。

邱文博跷着二郎腿，手在肚子上放着，这两年发福了，本来就不小的肚子更显得圆润肥硕了，一坐下来，加大版的衬衫都撑得紧绷。

剩下的都是老熟人了。甘岭南路派出所的所长，琼红炜；龙门省巡视组主任，钱雍；焰城县委书记的妻子，柴老板；邱良生和邱文博御用律师团的主任律师，张致。这些都是假军官诈骗投资那场热闹的当事人。他们和邱氏兄弟以朋友的名义相处，其实是纯利益关系，都是一个协会的会员。

邱文博看到陈既进门，叫了他一声："怎么样？"

陈既没约到卫将军，摇了摇头。

邱文博皱着眉头，长出了一口气："先出去吧。"

陈既转身出了门。

邱文博他们已经跟赵独虎见过面了，还把他的妹妹赵子茯哄得很开心，就是打发给陈既去陪着的那个女孩。好一番殷勤，他们无非是想讨好赵独虎，提前得到他在拍卖会上的隐藏拍品的信息。

赵独虎和卫将军的拍卖会上都有隐藏拍品，都是稀罕、名贵的东西，参与竞拍的各路老板都想提早知道点儿内部消息。

钱雍问："这个卫将军是将军吗？"

张致回答："他只是名叫卫将军。"

"嗐。"钱雍嗤笑了一声。

"这个卫将军有点儿只闻其名不见其人哪。"张致说，"他名下公司的法人都是他身边的人，主办历届拍卖会，也不见他出来露脸。"

邱文博点头："这边治理过，能活下来的都一个赛一个地谨慎，别看赵独虎吃了我们请的饭，能不能给我们个方便还要两说。"

琼红炜一直皱着眉头："不能再拖下去了，咱们几个冒这么大风险凑在一起赶到这里，必须得知道这几件隐藏拍品是什么。是不是真的？咱为什么把郭札带过来？不就是让他鉴定这几件东西？"

几个人对视了一眼，纷纷沉默下来。

过了一会儿，一直不动声色的邱良生开口："他要是不出来，就想办法把他逼出来。"

所有人的视线汇聚到了邱良生的脸上。他抬起头来："他不是找了个戏班子在新视野摆台唱戏吗？把台子给他拆了他不就出来了？"

邱文博很久不见他哥这副样子了，邱良生这几年总是一脸慈祥的样子，满口仁义道德、爱党爱国，可见这次的事有多严峻。

钱雍觉得可行，点着头："但强龙不压地头蛇，咱们在人家的地盘上闹事合适吗？"

邱良生放下茶杯盖："不是刚跟赵队长吃了饭？"

钱雍了然了。

邱文博也懂了："我让陈既去找赵独虎，看看怎么合作，是出钱还是什么，让他去跟他的老搭档斗。"

柴老板一直在聊微信，放下手机正好赶上他们商量的尾声，也听懂了他们的意思："对，赵独虎跟卫将军向来是冤家对头，赵独虎巴不得能拆卫将军的台。"

"记得控制好力度，不要过劲，别闹出西塔坡。"邱良生嘱咐。

邱文博点头："知道。"

琮玉回了房间，刚要关门，常蔓和乔枝一人一手撑住了门，没让她关上。她也不知道为什么这些人总跟她的门过不去。

常蔓问琮玉："要不要去前边的商场逛逛？想买洗脸巾，我那盒丢在玛吉酒店了。"

"不要。"琮玉要睡觉。

乔枝笑了笑："聊聊天。"

琮玉没的聊，想直接给她们吃闭门羹的，突然来了一个电话，一只手挡不住两个人的力量，就任由她们闯进门了。

琮玉走到窗边："喂。"

拳击教练在电话那头说："你年后的课还照今年这么排吗？"

"怎么？"

"我收了新会员，你要是还这么排，我就把他安排在别的时间。"

琮玉看到落地窗一角有一只用过的安全套，教练说什么她也没听，蹲下将其捡起来。

乔枝看见了："什么啊？"

琮玉攥在手里，不给看。

常蔓没看见琮玉蹲下，乔枝一问，常蔓也好奇了，伸向她的手："怎么当着我们的面藏东西？礼貌吗？"

乔枝没伸手，但也目不转睛地盯着琮玉的手，跟两只好奇的猫似的。

琮玉躲开常蔓的手，直接张开手指："套，用过的，想要？"

常蔓伸出去的手停在半空中，一个自然拐弯，抬起手摸了一下耳垂，轻咳了一声："够恶心的，也不收拾干净了。"前半句话异常清晰可辨。

"不是你非要进来，非要看的？"琮玉把东西丢进了垃圾桶里。

常蔓不说话了，坐了下来。

乔枝不知道常蔓和琮玉的关系到何种程度，但跟琮玉之间从没有用这种语气说过话，应该比跟她熟悉一些吧？

琮玉继续打电话："你接着说。"

教练听见了这头的动静："开荤了？"

琮玉没回答。

教练笑了："不会是我认识的那个哥们吧？"

"你还有事吗？"

"你主动的吗？"

琮玉挂了电话，刚把手机锁屏，还没转身，教练又打电话过来，琮玉接通："说正事。"

教练不跟她闹了："你那个会员费用好像总部的系统自动扣了，然后帅哥早上又给你交了一笔，我微信转回去了，他还没收。"

"你想说什么？"

"我的意思是，你什么都知道了，我跟他之间这种约定也就不存在了，没道理还收他一份钱，得要脸。"

"确实。"

"客气一下你还真就顺杆儿爬了。"教练咂了一下嘴，"我看他没有收的意思，要是微信系统退回来了，我就转给你。"

"你跟他说，给我不合适。"琮玉走到卫生间，将手机摁了免提放在一边，洗了洗手，擦干水，拿起手机取消免提。

教练说："你俩的钱多啊？"

琮玉从卫生间里出来，走到桌前，从玻璃柜里拿下三只纸杯，提起昨天在超市买的纯净水倒了三杯水，放到常蔓和乔枝面前一人一杯，自己端一杯，重新立在窗前，胳膊搭在栏杆上，喝了口水，才又说："给他吧。我跟他说一声。"

"那也行，你别忘了。"

说完这件事他准备挂断电话时，琮玉突然想起一件事："等等。"

"怎么？"

"我胳膊上的文身，你说过什么吗？"琮玉觉得她提起文身时，陈既的反应太平淡了，虽然很多事他鲜少有情绪流露出来，但女人的直觉总是像隐身的侦探。

教练在那头停顿了一下，再开口时语气沉重了一些："你想听到什么答案呢？"

琮玉皱起眉头，手上一用劲，纸杯瘪了："你也不知道，你又能跟他说什么？"

"我确实不知道你文那些是什么意思，但明眼人都知道是日期，我也不知道这些日期对你有什么意义，但能告诉你，你文的那些日期，他都在京州。"

琮玉把纸杯捏得更瘪了，不自觉地，水从杯口涌出，"啪"的一声溅到地上。她后知后觉地看向地面，这才松了手，把水倒进盆栽，将纸杯丢进垃圾桶。

"你想想吧。"教练最后说了一句话。

琮玉挂了电话，不知道怎么那么巧合，吹来一阵风，原本的镇定自若发生裂变。野人哪，总是有办法让她烦躁起来。

琮玉转过身，常蔓和乔枝还在等她，她却没心情跟她们聊天，也没说一声，自顾自地出门了。

常蔓和乔枝都没来得及问怎么了。

乔枝问："是刚才那个电话的缘故吗？"

"不是。"

乔枝惊讶于常蔓的回答，没反应过来：“你知道为什么？”

常蔓坐着转椅转过来，面对乔枝，没回答问题：“等会儿就回来了。”

乔枝听常蔓这样说，也不问了。

“那班主回消息了吗？”

乔枝点头：“回了，免票了，但班主说没有京剧场了，演员临时有事，来不了了。”

“没事，那就不看了，听惯了琮玉唱的，真不见得能听别人的。”

不知道常蔓的这句话给了乔枝什么样的灵感，乔枝突然身子前倾，手扶住桌沿，神采奕奕地说：“但其实我有一个想法！”

“什么？”

“如果玉老板可以登台……”

常蔓挑眉，倒是没想到这点。

乔枝说：“之前我听周哥说，琮玉到了瓶颈期，正好西塔坡最近热闹，换个环境唱一出戏，说不定她就找到方向了呢？”

听着这倒是一个思路，但也有问题要克服，常蔓提醒乔枝：“以琮玉的脾气，她不见得会答应你。”

乔枝也就是灵机一动，琮玉不愿意当然不能强迫她：“没事，不答应我们就看黄梅戏，也一样。”

“嗯。”

琮玉走出了酒店，手插在运动衣的口袋里，走在街头。

买鲜花的小贩跟着她，让她买束花，她心情不好，不想理会，就说：“没带钱。”

小贩笑了一下，从篓子里取了一枝：“我送你一枝。”

琮玉没接：“谢谢，我不要。”

小贩硬塞到她的手里：“你这么漂亮，应该收到花的。”

琮玉呆呆地抬起手，看着这枝玫瑰花。

过了许久，她拿着花走到街对面的便利店里，买了盒烟，出来点着，把烟雾吐给了冬天。

站在台阶上，看着车来人往，脑海里的记忆却仿佛开始倒带。就像监控，封存了一堆录像，埋在心里的坟中。无心被提起的文身，就像一把镐头，把坟刨了，录像带重见天日，脑海里的画面开始按照胳膊上那些日期的顺序进行播放。

三月六日，她在酒吧喝了一宿的酒，酒精中毒。

四月十二日，她在浴缸里睡着，不小心摔倒，骨裂。

四月二十四日，下雨天她在操场上跑圈，发高烧，坚持上课。

五月二日，她在图书馆一天一夜，短暂失明。

五月十一日，她在练功房里胃疼，疼得呕吐，很久吃不进一口东西。

六月一日，她暴饮暴食之后肚子疼，神志不清，吃太多诺氟沙星，导致洗胃。

六月九日，她因为成绩吊车尾被罚站，中暑晕倒。

……

播放到一半，琮玉强制暂停了。全是她自己犯病脑瘫酿成的受苦受难日，回忆一遍，恶心一遍。但她还是把它们标记在身上了。因为犯病脑瘫的根源，是对陈既的疯想。她以为陈既最多知道教练知道的那些事，像她犯病，瞒住了身边的所有人，就算有人看到她的文身，知道她记录了一些日期，也一定不知道这些日期的含义。

她太自信，她的脸好疼。

这些日期，陈既都在京州，那是不是说，她犯病，他也都知道？

陈既不可能事先知道的，她自己都不知道，除非他一直在京州。所以，教练看到她的文身，回忆那些日期，发现他当时正在她附近。

然而事实上，他不是那些日期在，不止那些日期在，而是一直在。

一直。

琮玉拿着一枝花，站在路灯下吹了半个多小时的冷风，陈既给她打来了电话。她接通，没说话。

“在哪儿？”陈既问她。

琮玉还不说话。

陈既说：“说话。”

“不告诉你。”

陈既说：“我看见你了。”

琮玉扭头，看到了不远处的陈既，看不清脸，只看到站得笔直，肩宽腿长的人影："那你问啥？"

"我得罪你了？"

琮玉就把电话挂了，他自己想去吧。

陈既走到琮玉的身边，拉住她的胳膊，强迫她转身，给她拉上了拉链。

琮玉闭着眼睛，不想看他。

"你闹什么气？"

琮玉不说话。

陈既停顿了几秒钟，突然说："没发微信？"

谁因为这个生气？他又不是一回两回不发，都三四回了。琮玉睁开眼睛，正要骂人，陈既递给她一枝玫瑰花，跟她插在口袋里的那枝一样。

琮玉还没问是不是那个小贩送的，陈既在现场给她发了条微信消息："想。"

琮玉的手机屏幕亮了起来，她低头，手机自动解锁，看到陈既的消息，她气不动了。

这男人，搁谁谁不犯病？

（2）

赵子茯一进门就摔碟子砸碗，发了一通脾气。

赵独虎在沙发上闭着眼睛盘腿打坐，无动于衷。

赵子茯故意掉了手机，故意"哎呀"了一声："磕到我了！一天天的没好事！"

赵独虎终于睁开眼睛："又干什么？"

"刚才陈既是不是过来了？"

"嗯。"赵独虎又闭上了眼睛。

"那你怎么不叫我啊？"

赵独虎说："你不是说你睡觉的时候谁都别叫你吗？"

"但我也说有特殊情况除外。"

"谁知道什么又是你的特殊情况？"

赵子茯换到赵独虎的身边坐下："哥，你觉得他怎么样？除了耳朵那儿有点儿残疾，别的方面是不是挺不错的？"

"是不是又怎么样？"

赵子茯扶住他的胳膊："帮我认识一下呗。"

赵独虎把胳膊抽回去："你从国外回来，让你看店你不看，要学设计，也送你去了，每天除了谈恋爱、买东西，什么也没干，惯坏你了。"

赵子茯觉得有些不耐烦："我不是创了个品牌吗？"

"然后抄袭人家的图纸，被逼在那什么微博上道歉，半个月不敢上网，就在家里哭闹，发脾气。"

赵子茯被说得火大，站起来，边骂人边往楼上走："不愿意帮我拉倒，翻什么旧账啊？你干的都是什么好事？干好事你把仙乐街的几家店交给我？你不就是让我当你的替罪羊，到时候出了事你好脱身？我还是你的亲妹妹呢！真是专坑自家人，先是爸妈，然后是我！"

赵独虎每次训斥她都得到这么一套说辞，已经不会愤怒了。

陈既刚才来找他，是邱文博他们想给卫将军的戏台子搞事。

邱文博他们在他这边献殷勤，无非是想知道那几件隐藏拍品是什么，是真是假，美其名曰帮他压卫将军一头，其实是想见到卫将军，好两头下手，到时候从他这边套不出什么，就去卫将军那儿套。

这哥儿俩看起来也不像蠢人，怎么就狗急跳墙了呢？真有意思。

赵独虎表面上答应了陈既，给了他们戏班子的底细、戏台子的位置，还有新视野的地形、周边的店铺种类，也给他们介绍了这边几个藏在暗地里的黑社会头子，剩下的事就让他们自己搞去吧。他跟卫将军之间的事，可不用外人插手，外人也别想着拿他当枪使。

不过这个陈既还挺有意思的，看上去好一条忠诚的狗，但他怎么觉得那么奇怪呢？他扭头瞥向墙上的书法挂画，刚才这个陈既多看了它几眼。怎么？这人是对他写的字感兴趣？

琮玉拿着陈既送给她的玫瑰花，夜风吹动她的头发，左边是街灯，右边是车流，两个人一个站在台阶上，一个站在台阶下。

陈既看她的兜里也有一枝花，但没问哪儿来的。

琮玉见陈既在看她的花，拿出来，伸到他的面前："好看吗？"

"不好看。"

"这不跟你给我的一样吗？"

"你这是谁给你的？"

"别的男人。"

陈既将花拿过去，利落地扔进了垃圾桶。

琮玉刚回过神，花已经被扔了，抬头瞪他："你闲的啊？"

"瞎收，谁给的都要？"

琮玉笑了："你这枝不是别人给的？"

"我买的。"

"哟，我真不信。"

陈既看琮玉这么笑就不喜欢，捏住她的脸："有多好笑？"

琮玉不笑了，拿掉他的手，手指滑到他的手腕，握住："我们去逛逛。"

陈既一转手腕，牵住她的手，领着她朝夜市的方向走去。

琮玉以前幻想过跟他这样，安静地走在路边，周围很吵闹，但他们之间有爱，于是声势滔天，震耳欲聋。

陈既牵她牵得特别紧，他漂亮的手指终于只会牵住她。他们这一路没说话，当然，也不用说。再次经过射击摊，琮玉还是松开了陈既的手，走过去拿起了一把枪。陈既随后走到她的身边。琮玉扭头，看着他："怎么能百发百中？"她这话说得嘲讽，内涵陈既昨天带别人玩，百发百中。

陈既换到她的身后，从身后抱住琮玉似的，握住她的双手："我教你。"

他的声音出现在耳边，琮玉突然感觉耳朵有些酸麻，不自觉地躲了一下，但又不想完全躲开，所以幅度很小，很小，像欲拒还迎。陈既不再说话了，带着琮玉打了十发子弹，稳稳地，十发全中。琮玉接过老板递上来的奖励，交到陈既的手里："真是厉害。"

陈既的嘴角微微翘起："阴阳我？"

琮玉笑："我夸你呢。"

陈既重新牵住她："走了。"

"嗯。"

两个人没再往前走，回了酒店，站在琮玉的房间门外。

她敲门，没人开门，就是常蔓和乔枝早走了。

琮玉靠在门上，歪着头，姿势性感：“怎么？想进门？”

“不想。”

“哦……”琮玉用下巴点了点电梯，“那走啊。”

陈既打量走廊：“我站在这儿吹吹风。”

琮玉伸手捏住他的上衣下摆，动作轻轻的，仰起的下巴，不像之前那时娇俏，多了一些自信的气场：“我既哥，最厉害。”

陈既的下巴也微微抬了半寸，眼神飘到一边，他不去看她：“小骗子。”

琮玉捏着陈既的衣服下摆的手挪到了他的手上，勾着他的两根手指：“大浑蛋。”

陈既的视线终于收回来，他再次盯着她，盯着她的眉眼。

琮玉现在可不怕被他看了，随便看，她的底气早跟山一般高了：“有点儿饿了。”

“出去吃？”

琮玉摇了摇头：“不，睡觉前四个小时不吃东西，个人习惯。”

陈既说：“我记得你以前都半夜吃烧烤。”

琮玉把手抽回去：“睡觉了。”她说完刷卡进门，把陈既关在了门外。

门被关上她也没走，悄悄背靠在门上，后脑勺贴着门，想听他的动静，但什么也听不到。待了半分钟，没劲，她就去洗澡了。

琮玉洗完澡出来接到电话，是陌生号码打来的。她挂了一次，对方又打过来。她放下了毛巾，接通电话。

“您好，外卖，酒店不让进，要不您下来拿一下？或者我给您放旋转门外的桌子上？”

琮玉一下子想到是陈既点的：“放桌子上吧。”

“好的。”

她把头发吹得半干，穿了件厚衣服下去拿了一趟，排骨玉米汤。

回来后她把汤放在桌上，给陈既打电话，摁下免提，将手机放在一边，整理桌面。

陈既接通电话。

琮玉看了屏幕一眼：“你点了个汤。”

“嗯。”

“你自己点了吗？”

“我不饿。”

“你晚上吃了什么？”

“忘了。”

“没吃吧？”

“吃了。”陈既说，“你看我像会委屈自己的人吗？”

“说得也是。”

“还有一个水果捞。”

“还没到。”

“嗯。”

“先挂了，在收拾东西。”

“你收拾你的。”

琮玉停下，扭头看向手机，笑了一下，拿起手机关掉免提，走到全景窗前，靠在栏杆上接电话：“不想挂？”

陈既没说话。

“那我要是准备睡觉了，怎么办？”

“不是可以连麦？”

琮玉笑了，很久没有那么下意识地发自内心笑出来：“学我？谁要跟你连？”

陈既又不说话了。琮玉也不说话。

房间里很安静，但他们也听不到彼此的呼吸声，直到外卖的电话再次打来。

琮玉下楼拿了水果捞，再回来，抬起手来，看着手心里黑屏的手机，还是没有再给陈既打电话过去。跟他打电话她什么都不想干了，耽误事。

琮玉喝了一点儿汤，吃了几口水果捞，在房间里缓缓地走了几步，洗漱完，坐在窗台上。她再拿起手机，犹豫着要不要再打电话过去，陈既已经像是跟她心有灵犀似的发来一段语音。

她看着陈既那个纯白的头像，故意等了半分钟才接通电话：“怎么回事？”

陈既还没说话，琮玉又说：“我都睡着了，吵醒我了。”

“那挂了？”

“你又不连麦了？”琮玉冷笑道，“闹半天是说着玩。”

“你不是说吵醒你了。”

“那不是已经吵醒了？”

“嗯。”

“嗯什么？”琮玉挪到床上，后背上垫了几个抱枕。

陈既说：“那你睡吧。”

“睡不着了。”

“我不说话了。”

“你不说话也没用了。”

“那就说。”

“行，说什么？”琮玉的嘴角一直带着笑。

陈既又沉默下来了，大浑蛋光长别的不长嘴啊？

琮玉又说：“说啊。”

又过了半分钟，陈既说：“我是有话说。”

“嗯，我听着。”

“……”

“说啊，我又没堵你的嘴。”

陈既还清了一下嗓子，看得出来酝酿已久：“你叫琮玉。”

琮玉以为是什么豪迈的、令人惊讶的发言：“你不知道吗？”

“你别琮玉了，从我。”

琮玉愣住了。她还没反应过来，陈既那边已经后悔：“没什么，你就当没听见，我收回了。”

琮玉反应过来了，笑了：“尴尬不？土不？”

“你能不能当没听见？”陈既的语气还是那样，但语气委实气急败坏。

琮玉停下，又笑起来：“你现在是不是很难受？”

“没有。”陈既嘴硬。

“谁教你的？”

“自己想的。”

“想得很好，下回别想了。”

“挂了。”

“怎么，不陪我连麦了啊？”

“你多大了还连麦睡？”

琮玉听他生气更想笑了：“我刚才真困了，现在真不困了。哥，要不我回你一句吧？我从你？可以不？”

陈既停顿了三秒钟：“挂了。”

赵独虎那儿挂的那幅字，写的是：你别从心了，从我。

陈既想到了琮玉。他其实感觉到尴尬了，但琮玉非要他说话，他也就鬼使神差地说了出来。他确实尴尬，以前从没说过情话，以后也会杜绝。

琮玉这边听到“嘟”的一声，忍不住把手机扔在被子上，躺倒就开始笑。是她陷太深了吗？为什么这么奇怪的话她也觉得心里暖暖的，也觉得甜蜜呢？

她虽然在笑，但真的感受到他想让她开心。他好像做了很多他并不擅长的事，就为了不委屈他的琮玉。

她笑着笑着，停了下来，坐起来发了一会儿呆，又给陈既打过去。

陈既接通电话，她没等他说话，缓缓地说：“我没笑话你。”

陈既不说话了。

琮玉又说：“我只是觉得你从不会说这种话。”

“别扭吗？”

琮玉说：“不，惊奇吧，大于所有其他情绪。”

陈既又不吭声了。

“其实有时候很难区分到底谁在爱你，是现在已经看透这个社会浮躁、知道没有值得不值得的我，还是从前梳着马尾辫、像尾巴一样跟在你身后的我。”

琮玉说完沉默下来，心里开始出现声音——

我觉得是现在，因为我开始不要你回报我很多，不再计较我们各自喜欢多少。

可你知道吗？有时候看向你，就像三年前我的眼里连风都没有，只有你，炙热得仿佛我自己都要被燃烧。所以陈既，我变了，但对你的爱没变。

我不用你为我做什么，我知道，感情一旦开始计较付出多少，就很难走到最后，但也谢谢你愿意为我付出。你为我做的那些事，让我的义无反顾行为有色彩了。

所以，百年以后，我为你举办葬礼。

百年以后，我的身边还是你，只有你。

陈既的声音也有些和缓、慢条斯理，他明明被触动，却还嘴硬地说："你这句还不如我那句。"

琮玉能从他放慢的语速中感受到他的温柔："比你那句高级多了，你那句多土。"

"我没说过这种。"

"我知道。"

两个人又沉默下来。

过了许久，琮玉问："你一个人睡，冷吗？"

"不冷。"

"哦。"

"但不想一个人。"

琮玉快速、别扭地笑了一下，还清了清嗓子："谁管你？"

陈既那边不说话了，她"喂"了几声，没人答应，这才发现他把麦闭了，正在疑惑，他把麦打开了："开门。"

琮玉皱着眉头，从床上下来打开门，看到陈既，还没等她再看清楚一点，他已经进门把她抱住，抓住她的手腕，举高摁在墙上。

琮玉让他亲了一下，然后提醒他："我的房间没那个了。"

"我的房间里有。"

"连着好几天了。"琮玉再次提醒他。

"我还行。"

"我不行了。"

陈既停顿片刻，放开她的手。就在琮玉以为今天不会再有意外时，陈既一把抱起了她。

她吓得搂住他的脖子："干什么？"

"你行。"

"行什么？"

这一晚，琮玉做了很多梦，都是跟陈既相关的，往常做梦会累，但这一次她睡得很好，一觉睡到十点。

琮玉醒来，陈既不在，给她留了一张房卡，还有一个苹果。她拿起苹果又放下，转身坐到桌边，伸了个懒腰，再拿起手机，先看陈既的消息——

“今天一天不在，三餐你自己安排。”

好熟悉的话，好像回到焰城，那时候他总是让她自己解决三餐。

琮玉没回消息，又点开跟常蔓的聊天对话框，常蔓早上发过消息：“给你打电话不接，我们去博物馆了啊，乔枝带我们去。”

琮玉回了一个字：“好。”

常蔓的电话立刻打了过来。

琮玉接通电话，常蔓先开口：“活过来了？”

“刚起。”

“连着几天了吧？真有瘾。”

琮玉没说话。

常蔓说：“你来不来？我们都在西塔坡北区博物馆呢。”

“我不去了。”琮玉走到卫生间里，把跟常蔓的通话摁了免提，将手机放在一边，洗脸，刷牙：“你们玩。”

常蔓说：“我上午撞见邱文博他们跟几个脸生的人在广袤饭店吃饭，陈既的旁边坐着一个女的。”

琮玉没说话，漱口，擦嘴，回到桌前，拧开一瓶水喝了一口。

常蔓得不到琮玉的回应，语气都急了：“还喝呢，听不懂啊？邱文博给陈既塞了个女的。”

琮玉喝完水：“还有别的吗？”

“你知道？”

“嗯。”

“那我不管了啊。”

“嗯。”

常蔓想了一下，说道：“那就没别的事了。”

“挂了。”

“等等！”常蔓又想起来，“乔枝跟你说了吗？新视野的戏班子没京剧场了，你想去唱一场吗？”

“不去。”

常蔓早就知道似的：“就知道你不去。”说完，她停顿了一下，又说，“还有一件事。”

“什么？”

“你认识焰城唐华路的老金吗？开茶楼的。”

“认识。”

“我也看见他了。”

“在哪儿？”

“新视野，他在戏台子旁边那个店铺的柜台内，不知道那家店铺是他开的，还是他在给卫将军打工。”

琮玉知道了：“嗯。”

“别的没了。”常蔓说，“夺吉才让我也带出来了，我看他一个人待着太无聊了。”

“嗯。”

“那晚上见。”

挂断电话，琮玉坐了下来，手指捏着手机把玩。

没过一会儿，乔枝发来消息：“新视野的戏台，缺京剧场的演员，你要不要去唱一场？不是专业的场子，你就当唱着玩。”

琮玉过了几分钟才回过去：“好。”

“太好了！”

琮玉看着乔枝的这条消息，半天才又回复道：“你让我去唱戏有别的目的吗？”

许久，乔枝打来电话：“什么意思？”

乔枝那头很安静，貌似去了一个比较人少的地方，适合说点儿要紧事。琮玉就说：“你当年不是被人拐走的，是你爸送你走的，就为了不让邱良生捏到他的更多软肋，对吗？”

乔枝那头沉默不语。

琮玉又说：“邱良生哥儿俩是走私文物发家的，你爸当年就负责帮他们鉴定非法得来的文物。赵独虎和卫将军这次拍卖会上的隐藏拍品是你提供的，都是邱良生哥儿俩卖到海外的那些东西。你把它们找回来，把邱良生哥儿俩引到了这里。”

乔枝深吸了一口气。

琮玉平静地喝了一口水：“看起来好像是我很热情地帮你跟父母相认，其实你早知道我的父亲戍边牺牲，死在一伙境外势力手里，那伙人就是邱良生哥儿俩的走私团伙。”

乔枝还是沉默着。

琮玉最后问乔枝：“我现在再问你，你让我登台唱戏，有没有别的目的？”

琮玉说完，过了很久，乔枝都沉默得像是不存在，但琮玉知道乔枝都听见了，所以不着急，还可以再等一会儿。

当她再端起水时，乔枝说：“回去见面说。”

“我晚点去万古大道，三岔路口有个缘咖啡，我在那儿等你。”

“好。”

挂断跟乔枝的电话，琮玉下了楼。

周林律就在楼下等她，手里拿着两瓶烈酒。

琮玉站在电梯口，双手插进黑色风衣的口袋里，高跟的鞋跟很细，腿也细，很美。

周林律自从认识她，就没在她身上看到过活泼的一面，但总能在常蔓对她下意识的照顾行为中感觉到，她以前是允许被照顾的，现在不是了。

“找个地方？”

琮玉没拒绝。

周林律带琮玉去了当地的一家清吧，氛围很好，灯光很酷炫，适合拍照，音乐偏电子风格，很年轻化。没有酒吧会允许自带酒水，但认识老板的人就不一样了。

周林律一进门，老板就匆匆结束了跟酒保的对话，走过去将手搭在他的肩膀上：“周哥。”说着他看了一眼琮玉。

周林律给他介绍：“角儿，沈经赋沈老师的入室弟子。”

老板不认识，但也很给面子地露出了惊讶的表情：“那可不得了。”

“你忙你的。”

“嗯，那你们待着，有事叫我。”老板点头，然后让经理送了他们两份套餐。

周林律双手叠握，搭在桌上："乔枝跟你说了吗？她想让你去给新视野的流动表演救急，帮忙唱京剧场。"

"说了。"

"去吗？"

"再说。"

周林律点了点头，看着她的侧脸，看了很久，才又说话："琮玉。"

"说。"

"你骗过我没有？"

琮玉当下没扭头，直到屏幕上的画面放完才转过头来："骗你什么？"

"正常情况下，你听到我这么笃定地问，不应该有心虚的反应吗？"

琮玉没说话。

周林律点了一下头，了然似的："也是，你心虚什么？你又没长心那东西。"他先给琮玉倒了酒，接着给自己倒，随后喝了一口，平时挂在脸上的温暖笑容不见了，"一直以来，好像是我缠着你，你去哪儿我都跟着去，你有什么事我都当成我的事费尽心思地去做。"他说完，停顿了几秒钟，再次开口声音有明显的颤抖之意，"京州、澳海、西塔坡、甘岭等等，我真没想过，我这么舔，或许是因为你的引导。"

琮玉反应平淡，保持着一个姿势，看着一个方向。

周林律将身子前倾一些，胸膛抵在桌沿："你手里有根隐形的线，一直牵着我，我帮你做的事、介绍给你认识的人，其实都是你的目标，你只是缺我这么一个掮客，一个合乎逻辑、顺理成章的促成者。"

这句话之后，琮玉没再沉默："依据呢？"

"喝酒吧，喝完了找个安静的地方聊。"周林律端起酒杯。

"那为什么不直接找个安静的地方？"

周林律笑了笑，自嘲道："我怕不喝点儿酒，根本不能对你说重话。"

琮玉没吭声。

他们离开时，天已经黑透，正适合走在路边。

琮玉就在周林律的身边，周林律很想把她的手牵过来放进口袋里，但缺一个这么做的身份。他的一只手插进西装裤口袋里，一只手百无聊赖地放在身侧。

琮玉挺喜欢西塔坡的街景，马路宽敞，却有胡同、弄堂里喧闹和眼花缭乱的感觉。

周林律慢悠悠地说：“沈经赋的那个瓶子，你说是出自西塔坡一个汉代的贵族墓群。我跟你来到这里，几个行内人鉴定，这个东西虽然名贵，但不是汉代的东西，也不是出自西塔坡。”

琮玉没说话。

“但当时我们已经在这里了，而追究这个瓶子的出处也不是目的，修复才是，于是我们顺理成章地认识了修复师乔枝。”周林律说，“我下午打听了乔枝工作的地方，她回国后留在西塔坡，就是因为抢手，我们那时找修复师，十之八九会有人介绍她跟我们认识。”

琮玉自然地握住了手腕上的月牙。

周林律以为她冷，下意识地把外套脱了，要给她披上。

琮玉躲开了，也是下意识的动作。

周林律举着西装的手在半空中僵了几秒钟，腕子一转，他又将西装穿上了，还是那副吊儿郎当的姿态：“不穿拉倒，那你别嫌我不绅士。”

琮玉看着前方，红灯前的车队一眼望不到头。

周林律迎着夜风，又说：“我知道认识乔枝是你引导的，知道为什么吗？”

琮玉一心让他说完单口相声。

“我知道陈既是谁了。”周林律说，“如果跟陈既有关的那件事是你推波助澜，那我几乎可以想象到，所有我动用关系帮你达成的事，都有可能是被你利用的。”

去年夏天，沈经赋的外甥柯霄接了一个棘手的案子，事关一个活血化瘀药膏的配方的所属权。

那时柯霄抽不开身，就让琮玉跑了一趟他的当事人的老家澳海，了解事情的原委。

琮玉人生地不熟，而老手艺人又不信赖生人，根本不让她登门，遑论对她说实话，她的聪明也就不顶用了。周林律动用关系，帮她拿到了见面的资格，也就帮柯霄拿到了打赢官司的关键所在。

当时在对方的老宅里，周林律有幸看到创制这个配方的家族这一代当家人的照片。他怎么也没想到，他竟然在陈既的脸上看到跟那张照片上的人相似的眉眼。

周林律恍然大悟，也许这个案子被告会找到柯霄，都是琮玉暗中介绍的。

琮玉就是想掺和陈既家的事。

周林律也就忍不住想，或许这些年来，他帮她忙前忙后，其实都是她引导的。

琮玉把手插进风衣口袋里，被无情地拆穿，也没有紧张。

周林律继续说："当这个思路无懈可击，根本找不到漏洞时，我大概知道，你为什么不喜欢我，却允许我在你身边，因为我有一定的价值。"

琮玉突然笑了："你觉得是我骗了你。"

周林律看她没否认，竟然有一些释然，点着头说："是，你只是没告诉我，你心里那么多丘壑，是我心甘情愿地跳进你的陷阱里，是我犯贱。"

琮玉停住了，拿出手机，翻出周林律以前在酒友群里的聊天记录，把手机扔给了他。

周林律疑惑地接住手机，看到自己很多年前说过的一句话："挺带劲的吧？三天，我就把她拿下。"还有他发出来的一张琮玉在庆功会上的照片。他记得，那是看了琮玉的舞台表演后被她吸引，痴迷一样，后来托关系、找人进入他们的庆功会现场，就为远远地看她。后来不满足于这样，他偷拍了一张她的照片。

那天他太开心了，跟几个朋友喝完酒，又去了另一个朋友的私人酒廊里，加了酒友群，说了点儿胡话。

琮玉靠在路边的栏杆上，从口袋里摸出烟盒点了根烟："你对我又有几分认真？成年人看透不说透，你不来质问我，我也不会把这些东西翻出来给你看。"

周林律没解释："所以，你就想报复我？"

琮玉摇摇头，笑了一下，没说话。

周林律也知道她没那么无聊，她只是不在意吧？她根本不在意。他忽然觉得心很疼，强装镇定："是，你根本不想理会我，只是恰好发现我有这么厉害的人脉网，对你有用。"

琮玉抽完一根烟，脑子更清醒了一些："我知道关于你的那些聊天记录不代表你的真实想法，你也知道除了用了你的关系网，我没对不起你。”

琮玉沉默片刻，再开口时看向周林律：“所以有些事不用说得那么明白。”

周林律没说话。琮玉说得对。她除了没对他坦白，不动声色地引导他，没做出格的事。而不管她坦不坦白，他都会对她的事百分之百地上心。也就是说，即便知道她有别的目的，他也会帮她完成，舔狗是这样的。他也靠在了栏杆上，手伸向旁边的琮玉：“给我来一根。”

琮玉把烟盒和打火机给了他。

周林律点了根烟，叹气一般吐出烟雾：“有没有这么一种可能，你俩以后的感情淡了，你看不上他了？”

琮玉没答，愚蠢的问题，浪费口水。

周林律早就知道答案，就是想问。他争不到一婚了，就想争二婚。他一直以为自己是有所保留的，对她没那么奋不顾身，更别说无私奉献。他本该如他多年前发在群里的话那样，是个下流又阴暗的人……他也以为他没缺过什么，面对再喜欢的东西，自然也绝不丢失风度……可是好像，这些以为都是误判。

当周林律知道琮玉跟那个男人分开后，还是为他的事用心，他没去找她，她却回到他们共同生活过的地方……那种感觉，没比第一次创业失败好多少。

抽完一根烟，周林律还是问她：“你会嫁给他吗？”

琮玉背靠着栏杆：“嫁不嫁都是他。”

周林律看着琮玉朝前走去，消瘦的背影在斑驳灯影中被拉长。他真的很难想象，真的要放下她了。他收回视线，仰头咽下苦味，等那难挨的劲儿过了，再吐出那口气，转身走向跟她相反的方向。没走两步，他还是折返，跑向琮玉，第一次想从身后抱住她，却被她伸手隔开了，到了也只是拍了一下她的肩膀。

琮玉阻绝了周林律的靠近，双手还插在风衣的口袋里，眼神还是很冷淡。

周林律喘着气说：“我等你俩散了，散了找我。”

琮玉转身走了。

“不是都说女人过不了没钱的日子吗？你就当我的偏见了，你要是过不下去了，打电话给我，我有钱！”

琮玉连头都没回。

周林律没再说话，也没再追上去。再看琮玉的背影，他突然笑了，能放手了。不管能不能等到她二婚、三婚，反正等就是了，也许等待的过程中，感情变淡了，他还是忘不掉她，但没那么想要她了。

谁知道呢？就像小时候他喜欢的玩具、游戏机，后来也都被其他东西替代了。再高的浪，总会有落下去的那天，落不下去再说。

第八章

# 智慧夫妻，各自行动

（1）

咖啡店内人不多，咖啡师整理着工作台。

琮玉要了一杯黑咖啡，坐在独立的软包座位里。

窗外不断有车行驶而过，也总是有一两声汽车鸣笛声从玻璃门的门缝里钻进来。

陈既在这时给她发来微信，就一个字“想”，够敷衍的。

琮玉笑了一下，将手机放在桌上，一只手托着下巴，另一只手悠闲地打字：“想什么？”

“狗。”

“想爆破？那你干吗给我发？”

“爆破在宠物店。”

琮玉知道：“你这两天给宠物店打电话了吗？”

“前天打过。”

“电话是多少？”

陈既给琮玉发过来电话号码。

琮玉问他：“我要怎么介绍，店员才会让我看它？”

“介绍什么？”陈既明知故问。

“自我介绍。”

“你就说电话是我给你的。”

“不用说我是你的谁？”

“不用。”

“那要是店员不给我看呢？”

“那就等晚上你用我的手机打。”

琮玉就是想让陈既说她是他的谁：“那不还是要自我介绍？”

“你想怎么说都行。”

“陈既的家属？”

“嗯。”

“妻子？”

“嗯。”

“你知道妻子是什么意思吗？”

陈既不回复了。

琮玉微挑嘴角，收起手机。

没过一会儿，乔枝发来消息，说来不了了，要去一趟医院。琮玉直接打电话过去：“怎么回事？”

乔枝那边很乱，她说话也有点儿急：“一句两句说不清楚。”

“哪家医院？”

“不用。”

“说。”

“宫所这边的。”

琮玉挂了电话就叫了车，去了宫所区的医院。

乔枝说不在急诊，在住院楼里，琮玉到了她说的那一层，双眼一扫电梯外的标识，踩着瓷砖地面走到了过道尽头的一间病房门口。

病房的门半掩着，乔枝看见她就打开了门，让开通道：“进来吧。”

病房里有冰箱、电视，生活用品一应俱全，看着不像医院的病房，倒像一间三十平方米的小公寓。

琮玉进了门，看到病床上躺着一个脸部被大面积烧伤的病人，脑袋上戴着帽子，身体在被子里，只能通过没有喉结判断性别。

乔枝给琮玉搬了一把椅子：“你先坐吧。”

琮玉看了病床上的人一眼。

乔枝打消她的顾虑："她听不见。"说着她给那个人喂起饭来，完事后扭头问琮玉，"你吃饭了吗？"

"这不是在等你？"

乔枝点头："等会儿她的家里人过来，咱就能走了。"

"好。"

前后也就十来分钟，两位穿着环卫工作服的老人急匆匆地推门进来，都顾不得琮玉这个陌生人，冲到乔枝跟前，眼睛看着病床上的人，嘴上问她："严重吗？"

他们带来的寒气太重，扑向乔枝，令她不自觉地敛紧了领口："有点儿发烧。"

"好了吧？"老妇人问。

乔枝扭头看了一眼输液瓶："吊完就好了。"

老妇人点头，赶紧去看病床上的人。

老先生还站在原地，看着乔枝，面露歉意："又麻烦你。"

"没事，都是朋友，应该的。"

"辛苦了。"

说完客气话，乔枝拿起外套，看向琮玉，琮玉会意，两个人一前一后地出了门。

病房到医院外的这段路程不短，但两个人愣是没说一句话。

乔枝带琮玉走到自己的车前，没有立刻上车，而是沉默了三秒钟之后，到马路对面的超市买了一盒烟，回头不熟练地点了一根，抽了一口，抽完就开始咳，又把烟掐了。

琮玉站在车前看着乔枝，等她的下一步动作，也等她开口。

乔枝把烟给了琮玉："我抽不了这东西，给你吧。"

"我不抽这个牌子的烟。"

乔枝笑了一下："真挑啊！玉老板，要是你抽的那个牌子倒闭了，你抽不抽别的？"

"有很多东西可以代替烟。"琮玉问，"去哪儿？"

乔枝说："去我那儿吧，我点外卖，凑合一顿。"

“好。”

乔枝带琮玉去了她的家，进门给琮玉拿了双新拖鞋：“坐，我就不让你了啊。”

琮玉坐在沙发上，乔枝端来两杯柠檬水：“喝一点儿清淡的吧，我这儿没饮料。”说完她坐在地毯上，看着茶几，“刚才病床上的女人叫窦雯，原先西塔坡八只鸭连锁饭店的老板娘，几年前跟她老公两个人出了车祸。”

琮玉静静地听着。

“卫将军以前是她的饭店里的伙计。”乔枝说完之后笑了，“你是不是感到很惊讶？现在西塔坡地位这么高的卫将军，竟然是打杂的出身。”

“没有。”

乔枝继续说：“西塔坡最火热的那些年，还没有卫将军、赵独虎这些人，他们都是在上方治理过西塔坡后，搭着政策的东风不断地向上方卖好，迅速发展起来的势力。”

乔枝端起柠檬水，又说：“现在赵独虎和卫将军平分秋色，但是只要卫将军举报邱良生，并且邱良生被立案调查，他在西塔坡的地位肯定超过赵独虎。赵独虎肯定不干，自然会想方设法地掺和，努力把功劳混淆成两个人的。以他俩的影响力，不怕上方不注意这里的事。”

“邱良生在上方有人。”琮玉提醒她。

乔枝点头：“我知道，但西塔坡跟甘岭不一样，西塔坡早年被专门治理过，是个重点防控对象。这里的狼现在都当起了兔子，就是因为稍微有点儿风吹草动，上方一定会成立专案组。”

乔枝不等琮玉说话，继续说道：“公安部直接下批调查，不用层层上报，邱家哥儿俩的保护伞没有用的。为什么邱良生听到走私的文物回归，立刻赶了过来？就是因为他们也知道一旦东西在西塔坡被曝光，很多事就瞒不住了，所以才会不惜一切代价地要阻止。”

琮玉明白了，也就跟她打开天窗说亮话了：“这跟我登台有什么联系？”

乔枝看着琮玉，也很坦白：“卫将军想听你的戏，我答应他，我会请到你，只要他对外放出风声这次拍卖会的隐藏拍品是什么。”

“隐藏拍品是邱家哥儿俩走私出去那些文物，你利用这点把他们引来，再让卫将军帮你揭露他们的犯罪事实？”

乔枝没回答。

琮玉替她回答："窦雯和她的丈夫出车祸之后，卫将军拿出一份窦雯签过字的转让合同，霸占了八只鸭连锁饭店，没多久就将其转手出去，用转手的钱在新视野盘下了十几个店。"

乔枝紧蹙了一下眉心，放下了玻璃杯。

"好奇我怎么知道？"琮玉说，"我还知道你是窦雯介绍给卫将军认识的，窦雯和她丈夫出车祸当天跟你见过面、吃过饭。"

乔枝脸上那一丝悠然自得的神色不见了："你什么意思？"

琮玉反而悠然起来："我不是说窦雯和她丈夫的车祸跟你有关，反正警方也没查出来，我乱说什么？纯属猜测，你带我见窦雯，就是要告诉我卫将军手段狠辣，连提拔他的人都没好下场，你要是不听他的话把我介绍给他，他不会帮你，还会害你。"

乔枝否认："不是！"

"哪里不是？"琮玉看着她的双眼："我哪一件事冤枉你了？"

在琮玉的注视下，乔枝的惊愕之色渐渐退去，她看向地毯。

琮玉告诉她："你可能以为你瞒得滴水不漏，确实，西塔坡当地人也都不知道你跟窦雯、卫将军的渊源。但你给自己编身份时，没编好，你说你是从德国回来的，我问了你以前进修的学校，没你这号人物。"

乔枝刚才就已经意识到自己是哪里出了纰漏，所以琮玉说出这话时，她的反应很平淡。

琮玉又说："你跟卫将军的关系应该不足以让他帮你揭露邱良生，所以你才要让我登台，目的是把我介绍给他。也可以说，你是要把我当成一个礼物送给他。"

"你就一直坦诚吗？"乔枝突然抬头，"你所谓的帮我跟父母相认，其实就是想调查与阽域边防营相关的事。你会去问德国的学校，我就不会问你老家北河的办事处？"

乔枝看向琮玉，字字坚定："你说的那些都对，我没被拐卖，没去德国，都是我爸为了保护我和我妈才这样对外宣称的。我跟我爸一直都有联系，知道邱良生作的孽，包括他的走私团伙跟边防军的那场冲突，知道当时牺牲了很多军人，其中就有陆岱川。陆岱川是京州北河人，有个女儿在他死后被人收养了。你以为我不知道？”

琮玉又被撕了一遍伤口，但早就不会疼了。

乔枝说完，抿了抿嘴，又拿起水杯，手指因为用力攥紧而青白一片。

两个人这样沉默半晌，乔枝才又说话，这回语气缓了下来：“琮玉，我让你登台只是一个幌子，我有卫将军的把柄，只要他帮了我，邱良生贩卖文物一案旧案重审，我就会把他的事都抖搂出来。”

琮玉知道了，点头：“窦雯就是卫将军的把柄。这就是你这么多年来偷偷照顾窦雯的原因。”

说出这些事，乔枝反而释然了，放下水杯，说道：“我爸一辈子做文物鉴定，一辈子本本分分，跟了邱良生，开始违背良心。他想过跑，没成功，还被拔了舌头。”她在说这话时，眼角有泪光，“琮玉，中国太大了，这些角落的地方天高皇帝远，一个案子查十年、二十年，谁管你的死活啊？就算我照顾窦雯的心思不单纯，谁也没心疼过我，我没必要做个善人。”

琮玉没说话。

“你比我想象中的要聪明，我们一起做这件事，好不好？”乔枝真心地问。

琮玉说出了乔枝这个计划的破绽：“你不能把宝都押在卫将军的身上，毕竟邱良生能给他的东西比我们多很多。要是他们把他收买了，那他不就回过头来对付你了？”

“邱良生见不到他的，他知道低调活得更久的道理，所以轻易不会露面。”

琮玉告诉她：“你这个计划筹备了那么多年，不就是知道邱良生他们不是什么好对付的人？你觉得他们要是想见卫将军，能见不到？”

乔枝捏住眉心，靠在了沙发靠背上，声音有些颤抖：“那你告诉我，要怎么办？”

琮玉沉默下来了。

乔枝用胳膊挡住眼睛：“我有家不能回，有父母不能认，你告诉我，我应该相信谁？我不是没写过举报信，所有回执都在推卸责任，说他们不负责此事，要不就是杳无音信。也就我的手艺对卫将军有用，不然我连跟他这么一个地痞流氓谈条件的机会都没有，遑论去找什么硬气的靠山。我的力量太小，你明白吗？琮玉，我们太普通了。”

琮玉知道，事隔太久，要想让上方立案调查这些事，就需要证据，毕竟邱家这几年一直在立爱国爱民人设，没证据就调查他们，谁也承担不了乌龙的责任。所以乔枝动了这批流到海外的文物的心思，这也的确是唯一可能走到天亮的路了。

琮玉朝乔枝伸过手去。乔枝拿下胳膊，看了看她的手，又抬头看她。琮玉始终伸着手，乔枝慢慢把手交了过去。琮玉轻轻握住她的手："我会登台。"

琮玉没在乔枝那儿吃饭，正好常蔓打来电话，琮玉也就有借口离开了。她走在马路上，高高的坡，尽头是高高的门。进入那道天门，就到了西塔坡，丝绸之路的必经之地，有一百多个文化遗址。事实上，再浓郁的文化底蕴，都盖不住人皮下的丑恶灵魂。

怀璧其罪，西塔坡的原罪就是有那么多墓群，然后它就被掏空了。

琮玉走着走着，鼻子被冻红了，眼睛被风吹得进了沙子。她想从包里拿纸巾，看到手机屏幕亮了，拿起来，发现陈既打了十几个电话。她皱着眉翻转手机，原来不知道什么时候摁了静音……

琮玉给他回过去电话，陈既立刻接听："哪个科室？"

"什么哪个科室？"琮玉问完就反应过来了，"你在医院？"

"嗯。"

"我快到酒店了。"

陈既停顿了一下，没问怎么回事："马上回。"

挂断电话，琮玉差不多走到了酒店门口，在隔壁的水果店买了点儿水果，再到药店买了两盒三支装的安全套。她想先上楼来着，但想到宫所医院离这里也不远，就在门口等着了。

陈既开车回来，看到站在酒店门口的石柱旁的琮玉，鼻子、眼睛、嘴唇都被冻红了，还微笑着看他，刀般的眉毛好像再不能对他崭露锋芒了。

陈既的神色却柔和不起来，他大步走过去，牵住她的手腕走进酒店。

直到进电梯，陈既拉起她的双手检查起来："去医院干什么？"

琮玉让他检查："我下午吐了，去看看是不是怀孕了。"

陈既身子微僵，俊脸上出现一点儿区别于平常的神情。

琮玉没想到他的反应这么大，当下觉得玩笑过头了，站好，牵住他的手："去找人的，我没事。"

陈既最后只是"嗯"了一声。

琮玉还以为陈既生气了，想着进了门哄一哄，还没关上门，陈既突然转身搂住她，很用力，她没防备，有那么点儿惊慌。

陈既掐她的手腕："别骗我。"

琮玉惊呆了，笑了一下，搂住他的腰："骗的就是你。"

"你不怕我被骗多了不信了？"

"不怕。"

"那就是不在意。"

琮玉摇头："因为我知道，你被我骗一万次，还是会一万次地相信我。"

"别绑架我，已经不信了。"

琮玉不闹了："不会骗你了。"

"说话有准度吗？"

"嗯。"琮玉突然显得有些乖巧。

陈既低头看着她，忍不住拨弄了一下她的头发。如果不是见过她凌晨穿着他的布夹克在阳台的椅子上靠着，光着的双腿跷在小圆桌上，一手夹着烟，一手刷手机，冬天的风不断地吹乱她的头发，他会以为，她还跟三年前一样。

琮玉从风衣口袋里掏出安全套，放进他的口袋里。

陈既皱眉："什么？"

你说呢？自己看……

陈既眼神向下看着她："干什么？"

琮玉将身子往后仰，被他搂着腰就不怕摔倒，语气带着挑衅："买水果送的。"

"送这个？"

"嗯。"

陈既把琮玉抱起来，放在玄关的凹槽里，下边是鞋柜，上边是储物柜。她很瘦，那地方刚刚好装下她。他堵在出口，望着她的眼睛。

琮玉仰头看着他，手指勾着他的衣服。

陈既没说话，直接吻了下去。他其实真不温柔，琮玉见过太多次他动手的情况，但他吻她的时候，再用力也在她忍受的范围里。她的既哥，最爱她。

陈既没有更进一步的动作，吻掉琮玉身上的寒意，把她抱到床上了。

琮玉搂着他的脖子不松手。

陈既将胳膊撑在她的身子两侧："干什么？"

琮玉拉下他的头，亲了亲他耳朵上的小缺口。

陈既不理解，但说出来的话显得他一点儿也不在意："净爱这些缺陷。"

"一个完美的人身上不完美的地方本来就应该被加倍呵护。"琮玉的歪理一套一套的，"你管我？"

"我完美？"

琮玉说实话："长得完美。"

"肤浅。"

"哦，你不肤浅，不看我长得好看，纯粹爱我的灵魂？"

"怎么？不行？"

琮玉扒拉开他，很敷衍地说："嗯，我信。"

陈既坐在床上，看着琮玉整理衣服："我二十二岁时，身边的人很少说我长得怎么样，都说人好。"

琮玉的神情清冷："那说你人好的人，应该不少。"

"嗯。"

"你重新投一回胎，别长这么帅的脸，再看看还有没有人平白无故地夸你人好。"

"就没有一种可能，我就是人好？"

"胡扯，说话难听，下手狠毒，说你人好，那人是不是眼神不好？"

"你不说你顽皮。"

琮玉不爱听这话，拽住他的领带，把他拉到跟前："我顽皮吗？"

"嗯。"陈既不怕她这个黄毛丫头的威胁。

琮玉亲了他一下："顽皮吗？"

陈既犹豫了："不要贿赂。"

琮玉这回咬了他一口："再说一遍。"

"不顽皮。"

琮玉满意了，松了手："我要看爆破。"

陈既把手机递给她。

琮玉拿着陈既的手机："密码呢？"

"没有。"

琮玉一眼看到拨打电话功能旁边的微信，恍惚走神，但下一秒钟还是打开通讯录，发现他一个号码都没存："是空的。"

陈既背给她一串数字："宠物店的。"

"邱文博他们的电话你也会背吗？"

"嗯。"

琮玉挑眉："厉害。"

宠物店那头的人很快接通电话，很热情地说："陈先生！要看爆破吗？我们爆破今天很乖哦，出门都自己叼牵引绳的，特别聪明。"

琮玉想象到了那幅画面："能切视频吗？"

她说完，电话那头的人沉默了片刻，小心问："您是？"

琮玉看着陈既，回答电话那头的人："陈既的，家妻。"

陈既感到有些无奈，但纵容她。

店员明白了："陈太太？爆破特别乖！等我给您切视频哈！"

视频里，爆破看到琮玉，原地转圈、打滚，开心死了，陈既叫它，它都当没听见，店员也说："哦，看见妈妈就不要爸爸了。"

琮玉还在跟爆破比画手势，陈既把手机拿走挂断了视频。

琮玉瞥了他一眼："小气。"

陈既脱了外套，准备洗澡。

琮玉以为他要做爱，提醒他："现在还不到九点。"

"我晚上有事。"

原来是这样。琮玉从床上下来，看着光膀子的陈既，他的身体充满力量，但有些偏瘦的肌肉线条上有一道一道的红痕，都是她抓的。她以前还没觉得她的指甲这么锋利，而且她是为什么抓他来着？好像是她太疼了。他不是人。

陈既扭头看到她："怎么？"

"看看。"

"看什么？"

"没事。"琮玉不看了，看多了上头，消磨意志。

陈既在琮玉转身时一把抓住她的胳膊，将她拉进了浴室。

琮玉挑眉："干吗？"

陈既应该吃过糖了，呼吸带着甘甜的气息，打在琮玉的耳边，吹动她的头发。

琮玉感觉一阵酥麻：“别想。”

“想什么？”

“你知道。”

“为什么？”

“太频繁。”

陈既的嘴唇碰着琮玉的耳朵：“琮玉。”

“嗯。”

“琮玉。”

“……”

“琮玉。”

“烦不？”

陈既解开了她的扣子，亲吻住锁骨……

只有一次，仿佛就为了试一下新的套子，完事后陈既看起来也不虚，还能与平常无异地去办事。

琮玉倒也不虚，但是真的腰疼，练功多年都没有用。

陈既走时，琮玉在抽事后烟。他给她把烟掐了，倒了杯水给她：“出门叫李西南，不是白让他跟过来的，该用就用。”

“监视器也要有他的个人时间。”

“什么个人时间？”

琮玉没说李西南和常蔓之间的事：“反正就是个人时间。”

“那去哪儿你要告诉我。”陈既不让步。

“可以。”

陈既开门前又说：“一定。”

“一定。”

陈既离开后，琮玉平躺在床上，看着天花板，在他的促成下，她早比以前有自保能力了，但陈既还是要一遍一遍地确认，要她告诉他她去哪里。他这是一朝被蛇咬，十年怕井绳？他看起来好怕她出事，真是傻。

常蔓的电话来得很及时，她说他们回来了，问琮玉要不要去串吧吃饭。

琮玉本来不想去，这一天已经安排得够满当了，但常蔓说老金也在那家串吧，琮玉突然来了兴趣。

十点多，琮玉赶到串吧，长方形木桌两侧坐满了人，除了常蔓、夺吉才让、周林律这些自己人，还有一些生面孔，常蔓说是路上认识的。

琮玉不在意这些，扫了一圈店内，没看到老金，给常蔓发消息："老金呢？"

常蔓就坐在她的旁边，但也回了消息："刚走没多久，一个人。"

"那我回去了。"

"看见你对面的那个人了吗？我新交的朋友，他的父母在新视野有店铺，卖古董的。他跟我说老金没来多久，而且那家店好多年没招过伙计。"

琮玉看着常蔓发过来的这句话，开始设想老金前往西塔坡的几种可能。她好像再也没见过吕波了，就问常蔓："你认识一个叫吕波的人吗？"

常蔓抬起头看着琮玉，回复过去："你也认识吗？"

琮玉说："他现在在哪儿？"

"焰城监狱吧。他曾经跟江北一伙，想揭露陈既当兵的事，没想到邱文博早就知道这件事，算是玩火自焚。江北肯定不管他，陈既就把他送进局子了。"

琮玉恍然大悟，站起来往外走去。

常蔓闹不清楚状况，跟了上去。

周林律和夺吉才让的眼神追着琮玉，收回视线时，不自觉地对上，两个人眼里一模一样的遗憾之意让他们不愿多看，很快别过眼去。

常蔓叫住琮玉："怎么了？"

琮玉说："吕波跟老金搭档很多年，吕波被陈既弄进局子了，你猜老金会不会搭上江北，帮他搞陈既？"

常蔓的反应很快："你是说江北和老金已经通过气了？"

"除非发现他在这边有生意要做，否则解释不通他不好好地在焰城开茶楼，跑到西塔坡来。要说他自己报复陈既，势单力薄的他拿什么报复？"琮玉说。

常蔓知道了："那怎么才能验证这一点？"

"他不是在新视野的店做伙计吗？明天我唱新视野戏台京剧场，结束后过去看看。"

常蔓对琮玉说的那句话有些疑惑："你不是说不唱吗？怎么又唱了？"

琮玉没回答，只是提醒常蔓："最近天气变得厉害，不是好兆头，你做好准备。"

常蔓见琮玉变得严肃起来，一下子忘了别的事，也严肃地答应："嗯。"

琮玉跟常蔓分开，给陈既打电话，陈既过了很久才接通，那头劝酒的声音传来，琮玉就知道他在什么场合了。

陈既问她："怎么了？"他的声音很疲惫，琮玉突然就说不出口了，也许她可以帮他解决这次麻烦呢？这样就不用他自己来了。总不能她什么忙都帮不上吧？

琮玉正在胡思乱想，陈既又问："要出门？我让李西南送你。"

琮玉压了一下鼻子："没有，就是突然想起一件事。"

"嗯。"

"你的朋友圈那个仅自己可见的句号，发布在你送我走的那天。"

陈既那边没说话。

"送我离开，你也很难过。"

陈既不语，沉默作为回答。

琮玉拿着手机的手被冻得生疼："陈既，你知道，以前我过得不好，但还是想要为妈妈好好活着，现在我过得很好，想好好活着，你别剥夺。"

陈既又沉默了几秒钟，语速更缓慢地问："发生了什么？"

"没事，我就是提醒你注意安全，小心隐藏在暗处的爪牙。"

陈既一下子听懂了："你看见了谁？"

琮玉本来不想说，他身上背负的东西太多了，但也许告诉他，他才有防备，才能更好地规避危险："老金。江北之前不是去找过郭札的前妻吗？我觉得他们在想法搞你。"

陈既知道了："还有吗？"

琮玉以为他忙，准备挂电话了："没了。"

陈既却突然说："我在小心着。"

琮玉微微勾起嘴角："有多小心呢？"

"肯定会让某些人，好好活着。"

这个野人。他不会说情话，但这样的话比情话更能满足琮玉："好。"

下了廊桥，就是繁荣的新视野商圈，两边的店铺多以古董古玩店为主，还有一些手工艺品店，小吃、饮品这类的小店。

街道本来就不宽，中间又排了一长溜的散摊，一条路硬是被劈成了两条。

摊主揣着手，有人问就说两句，没人问就叼着烟愣神。

因为博览会，客流量多了好几倍，闹市中能听到南北方言，多达十几种口音。

西塔坡人民剧团搭的戏台在廊桥广场上，建筑风格就是瓦市勾栏、会馆乐楼。整个建筑刷红漆，重檐和封廊柱雕刻图案略复杂，用金粉填涂。舞台离地一米五高，台上铺着木头板，板上再盖一层红地毯；两厢通后台，正殿面向观众；幕布墨绿色打底，彩线钩织，也有些仿古的既视感。

装饰有点儿俗气，但好像也符合新视野的定位，跟乱哄哄的街景也很般配，很有乡村艺术感。后台年前翻修过，不仅装上了空调，还加了道墙、两扇门，男女演员的化妆间就这么被分开了。

琮玉是下午四点的场，两点多到了以后，她就在后台化起妆来。

常蔓和乔枝先后前来，看到已经扮上的琮玉，下意识地对视一眼，用眼神交流对她的美貌的惊叹。不愧是让周林律每场戏都不缺席的人。

长成的琮玉，整个人带着一股高攀不起的气息。

常蔓环顾四周，拉开一把椅子坐了下来："条件不行。"

乔枝将手搭在琮玉的椅背上："已经翻修过了，以前的条件更差，戏班子，也就是剧团，每回搭台宣传文化都因为环境劝退两个演员，现在的剧团里基本都是些老人了。"

常蔓撇着嘴摇头："琮玉都是在国家剧院演出的，我都担心她这么唱一场，明天就上新闻了，说她沦落到唱乡村流动舞台了。"

琮玉说："最近有关西塔坡的新闻，大概率是上不了的。"

常蔓和乔枝心下了然。

邱良生跟中心新闻交易已久，他要在西塔坡搞事，肯定先跟媒体打好了招呼，所以走曝光这条路，一开始就不在她们的考虑范围内。

颂雅芝就是想用微博曝光自己掌握的证据，结果现在人已经找不到了。操控舆论，邱良生的律师早提出这个必要措施了。

琮玉穿上戏服，挽起水袖，这时她的手机和乔枝的手机同时响了起来。

乔枝惊讶地看向她："是周林律打过来的。"

琮玉没说她的那个电话是谁打来的，走到一边接听了。

电话那头的声音低低的，他说了"在哪里"简单的三个字，琮玉的一只手托着另一只手肘，说："猜。"

"哪儿都行，别是戏台。"

琮玉以为陈既猜到了，还跟他说："你来吗？我带你到后台。"

"你要在新视野的那个戏台上演出？"陈既的声音跟平常不太一样了。

"嗯。"

"别上台！"

"怎么？"

陈既迟疑了一下，还是改口："没事，我等一下过去。"

琮玉看着窗户上的冰花："嗯。"

常蔓这时走过来，问她："陈既？"

琮玉没否认。

常蔓又问："怎么？他那边出事了？"

琮玉收回视线："应该是有人要对戏台子做手脚，陈既不让我上台。"

"啊？"

"后来他改口了，说等一下过来。"琮玉说。

常蔓咂摸出一点儿意思："有人要打戏台的主意应该是真的，只是某个人不想让你被意外影响你想做的事，所以改口。"

琮玉表示知道。

常蔓挽住琮玉的胳膊，歪着头看她："就是说，别畏惧危险，他会保护你。"说完她假模假式地叹气，"真羡慕。"

"有些人也能这么为你。"琮玉说。

常蔓顺着琮玉的视线看到刚进门的李西南，又瞥了她一眼："话真多。"

琮玉没搭茬，略过周林律、夺吉才让和李西南的招呼，把陈既说的那件事跟乔枝说了一声。

乔枝应该不知道这件事，把戏台子砸了，卫将军大怒，那对她没好处，大概是有些人想激怒卫将军。

乔枝一听这事，当下做出判断，扶着琮玉的胳膊，轻声跟她对答案："邱良生。”

只有邱良生，现在迫不及待地想见卫将军，想知道卫将军手里那批海外归来的文物到底是不是他们走私出去的那些。

乔枝小声说：“我去找卫将军一趟，有事打电话给我。”

琮玉点了一下头。

周林律看见了乔枝和琮玉交头接耳，现在知道琮玉前来有别的目的，倒是对什么都感到不惊讶了。

夺吉才让没注意这些事，没有琮玉时，视线是发散的，有了琮玉，焦点是琮玉。

常蔓靠在化妆桌上，抱着双臂，悠闲地看着周林律和夺吉才让，他们真是从进门后就再没从琮玉的身上挪开视线。

一个绅士，西装革履，袖口雪白，手表表盘锃亮；一个乖顺，就像一只来自异域的宠物。原本是八竿子打不着、互相看不对眼的人，为了琮玉，就什么都忍了。

再看看那边云淡风轻的琮玉，她现在满脑子里都是陈既。而陈既呢？野性，猖狂，却又充满正义感，论丰富、复杂程度，陈既确实比这两个人强多了，但这样的人，安生日子都要偷来、抢来，真是一个好归宿吗？

常蔓笑了，生活真比戏剧有意思，合适的不爱，爱的都不适合。

常蔓这边胡乱想着，那边周林律已经走到琮玉的跟前，把背在身后的花递给她：“看完你这一场，我就回京州了。”

琮玉接过了花，该说的话那天晚上都说完了，也就没再言语。

周林律自嘲地笑了笑，拍了下脑门：“心真狠，留都不留的。”

琮玉把花放一边，转身坐下，夺吉才让的手突然伸过来，给琮玉放下一个盒子，看大小又是一只镯子。他也不说话，琮玉要与不要他也不介意，反正要给她。所有人都把视线集中在琮玉身上，想看她会不会拒绝。果然，她还是拒绝了，当真一点儿念想不给。

常蔓打圆场：“有对象了，再收你们的东西合适吗？你们要跟我一般对她，也就算了，你们一个个花花肠子扯出来有好几斤，她能随便收你们的东西吗？”

夺吉才让说：“我要回去了。”

常蔓看过去，不说话了。

周林律精明，觉得琮玉有话要跟夺吉才让说，就没碍事，借口抽烟，转身出去了。

常蔓随后离开。

夺吉才让还在琮玉的身后傻傻地站着。他当琮玉的背景墙已经当了很多年，琮玉好言相劝过，也发火咒骂过，他只会像一只下雨天被淋湿的小狗，睁着黑圆的眼睛，可怜兮兮地看着她问：为什么？

夺吉才让总喜欢问为什么，可琮玉总没耐心回答。

因为她不爱，不爱就没有耐心。

相对于周林律这样精明的人，付出要有回报，夺吉才让从不要回报，于是他在琮玉的心里就有些特别，特别在她不爱也不愿意直白地伤害他。

前面十年，琮玉得失不平衡，在现实世界，她能给予别人的东西特别少，就没人把她当个角色。

她离开京州，前往焰城那一年，是她的新生。

夺吉才让是那座浮躁的城市里难得沉着的种子，载着他的纯真质朴，在琮玉的少女时期结出太多有分量的记忆。她可能再也遇不到这样一个透明、憨傻、执着于她的人了，但记忆就应该待在属于它的地方。他们之间成为记忆才是最合适他们的结局。

“一路顺风。”琮玉说。

夺吉才让笑了笑：“我知道你要跟我说这个，你连骗人都不愿意。”

“我骗你，你又会说，我连一句实话都不愿意对你说。”琮玉的语速平缓，但不柔和，“人都贪心，有一想二，得陇望蜀，没结果的事，就该被埋在地里边。”

夺吉才让点了点头，眼神带着一缕苦涩之意：“你说得是。”

琮玉没扭头，从化妆镜里看着他：“几点的车？”

“五点半。”

“嗯。”

夺吉才让挪动了一下脚，蹲在琮玉跟前，仰头看着她：“可我还是喜欢你，你赶我，把我埋在地里边，我也还是喜欢你。”

琮玉没说话。

夺吉才让说完，沉默许久，像是经过深思熟虑，也像是请教过谁：“不是每一个故事的结尾，男配角都要想开、退场的。我想不开，也不会退场的。你们在一起你们的，我喜欢我的。我已经对赤雪女王许过愿望了，琮玉会一直一直住在夺吉才让的心里。”

琮玉被油彩遮住的神情略显得复杂，夺吉才让像是着了她的道，吃了她下的药，满脑子自虐的倾向，满嘴的呓语。

他铁了心，她也就没再废话，随他的便了。

人生苦短各有命途，谁也度不了谁的执着，谁也不是谁的佛陀。

（2）

周林律站在后门处抽烟，忧郁、沉静的样子与街上的热闹场景显得格格不入。他本身也与这种地方格格不入，他更适合坐在音乐厅的 VIP 席位里。

常蔓递给他一瓶水，靠在门框上，看着前边街角亲嘴的小情侣。他俩是没话说的，本来也不熟，没琮玉都不会单独见面，但也因为不熟，这样待在一起不说话也不显得尴尬。

陈既的车是在这时候开过来的。

常蔓一见那辆大 G，肩膀立刻离开了门框。

周林律无动于衷，烦这个人。

常蔓以为陈既是来英雄救美的，车门打开，陈既那条穿着无限接近于黑色的西装裤，过分笔直又长的腿一迈出来，她就觉得她的判断失误了。西装革履，戴着名表，陈既竟然比周林律更合适这种装扮。他很自然，自然得仿佛与这些配饰浑然一体。

也许是三十多岁的男人更有韵味，陈既从下车的那一刻起，是人都不会选周林律。

陈既没什么表情，从副驾驶座上拿了花，目不斜视地进到了后台。

常蔓还以为陈既是英雄救美来的，看起来不像。这在西北过了那么久粗糙日子的男人，还挺有仪式感，琮玉也真的厉害，常蔓已经不知道他们俩谁驯化了谁。

她正胡思乱想着，周林律说：“我的祝福送到了，我就回去了。你跟琮玉说一声，我得去赶飞机，来不及看她的演出了，京州见。”

“这么突然？”常蔓不想传这话：“要不你自己跟她说一声？”

周林律朝门内看了一眼，神色不太好看，收回视线时挤出一个略带心酸的笑容：“不了，我进去也是碍眼。”

常蔓不知道该说什么，笑了一下。

周林律下一个笑容忽然有些想通了的意味：“来日方长。”

“还不死心？”常蔓忍不住问道。

周林律将手插进口袋，迈下一级台阶：“你死心了？对那个人。”

常蔓微微愣了一下。

周林律喜欢常蔓的反应：“是不是以为我看不出来？”

“别瞎说。”

周林律耸了耸肩：“我可还没说是谁。”

常蔓不说话了。

周林律说：“互相喜欢太难了，每两情相悦一对，就有至少两个人要吃得不到的苦，只不过不是我们作为主角的故事里，我们的感受不用被考虑就是了。”

常蔓看着突然洒脱起来的周林律，又不知道说什么了。

“确实想不开，看到这样的画面也心堵，但想不开也不会改变结果，随便吧。”周林律说完，车到了。他上了车，跟常蔓挥了一下手，关了车窗。

不知道为什么，常蔓觉得，她再也不会见到这个人了。她看着开远的车入了神，李西南拿着包糖炒栗子回来，见到常蔓就递给了她。

常蔓皱着眉头看着这一包糖炒栗子，再抬头看他：“你说有事，就是买这个吗？”

李西南说：“那天晚上逛夜市，你想吃，但又说太晚了不好消化，我刚才来的时候看到有卖的……”

常蔓没等他说完，从他的手里把糖炒栗子拿过来，转身进了门。

李西南后知后觉地笑了一下。

夺吉才让刚走，门又响了，琮玉以为是报幕员来提醒她做好准备，该登台了，就没转身，继续整理戏服。

突然一只手擦过她的凤冠，放了一大捧玫瑰在桌上。

琮玉扭过头，看到是陈既，半天没说话。

陈既的这身打扮，叫她梦回几年前，她在甘岭酒店的走廊上，跟这样的他在拐角撞到，他把她拎到了房间里，粗鲁地给她卸了妆。虽然后面的回忆不太美好，但遇到他的那一刻的场景，她在之后的几年里经常梦到，因为惊艳。

陈既的一只手拄在琮玉的椅背的边沿，他低头看着她，等她的反应。

许久，琮玉手托着后脑，手肘撑着桌面，仰头看着他："要干什么？"

"没事。"陈既说。

琮玉用手指轻轻钩他的领带："穿成这样，干什么？"

"某些人有这个癖好。"

"哦。"琮玉看向一边，"你可别委屈自己。"

"是有点儿委屈。"

琮玉把手收了回去，说翻脸就翻脸。

陈既又说："但没关系。"

"哦。"琮玉重重地说了一声，起身要走。

陈既抄住她的腰，把她拉回来，禁锢在怀里，繁重的贵妃戏服也没能阻止他。

琮玉顶着比她的脑袋大一圈的凤冠，仰头看着他："干吗？"

陈既看着她，瞳仁里只有她："演出顺利。"

琮玉藏住笑意，歪着头，抓着他的领带："不是等会儿有人闹事？你穿成这样还怎么打架？"

陈既没问琮玉怎么知道的，直接回答："脱了打。"

"难办吗？"

"不难办。"

琮玉点头。

这时，报幕员进来了，还有上一场结束的演员，撞见这一幕场景，不知道是该进还是不进，愣在原地不动了。琮玉牵住陈既的手，没有介绍。他们在门帘处站了半分钟，还是笑着进门了，瞧见琮玉桌上的花，热情地夸奖了两句，试图消除尴尬的气氛。

"陈既送的。"琮玉说。

他们听到人名，下意识地看向琮玉身边的男人，了然似的点头。

陈既提醒她：“该登台了。”

琮玉知道，但还有话说。

陈既等她说。

琮玉拽着他的袖口，坚决不踮脚：“耳朵。”

陈既附耳过去。

“没人的时候再穿给我看。”

琮玉说完就走了，留下陈既的眉眼间挂着一丝若有若无的柔和之色。

琮玉登台，幕布被拉开，一把折扇，一副傲人的身段，一经亮相，台下的观众纷纷喝彩。

《贵妃醉酒》，琮玉演绎过无数遍的曲目，她的嗓音刚好到火候，热恋中的女人的娇态羞容，又因微受冷落失意愁闷，她拿捏得很到位。从表演层面来看，她大气又不失矜持，名家出身和四线城市剧团的差距一下子显现出来了。

戏台子搭了几天，本来就座无虚席，琮玉一个京州来的戏曲演员登台，更是吸引了大批观众，听得懂的、听不懂的都来凑了回热闹。

一直在对面古玩城二楼看着戏台的人，墨镜都挡不住他双眼散发的绿光。他就是卫将军，四十六七岁，大腹便便，看起来不如赵独虎利落和干练，事实上手段比赵独虎狠辣了几个档次。他有大家、小家无数，专找外地女人，就为了保持他神秘、不为人知的形象。

乔枝在一边看着，忍住了恶心想吐的反应。

卫将军根本不懂戏，也嫌烦，但那个唱戏的人长得俊，又是个戏曲明星，光这两点就够他露出这副德行了。

卫将军看着琮玉，半天才想起旁边的乔枝，问她：“你刚才说什么？”

“我说，有人要拆你的台，估计是想逼你现身。”乔枝说。

卫将军扭头：“邱良生？”

“你觉得呢？”

卫将军“哼”了一声：“有意思。”

乔枝说完，转身离开，一秒钟都不多待。

台上的琮玉还在唱，手里的纸扇随着手腕转动，与身段、神情衔接自然，好一出《贵妃醉酒》。

陈既也来到台下，站在棚边，目不转睛地看着台上的琮玉。他没有跟琮玉说过，他从没缺席过她的演出。

被邱文博怀疑，被邱良生放养那些时间，倒是方便了他去看琮玉的表演。

他的手机里只有《保留》会反复听，他从不下载琮玉的选段，因为只要没有，他就总会逼自己找时间、找机会去听现场。

他不爱听戏，没有周林律那样包场看戏的嗜好与豪气，只想看看台上的人。看她瘦了没有？胖了没有？声音变了没有？是不是喝多了酒？又是不是抽多了烟？

可能没用，没用他也看。

陈既看着琮玉，一时入神，突然“轰”的一声，观众席的顶棚塌了，顶棚的钢管接连掉落下来，观众一哄而散，纷纷跳开，跑了出去。

大伙还没来得及细看发生了什么，观众席被深绿色的大棚覆盖了，“丁零当啷”的钢管碰撞声响飘荡在新视野里。

灰尘如烟火般向上喷薄，戏台前后顿时变得乌烟瘴气的。

观众里有胆儿小的，尖叫出声，原是有人浑水摸鱼，拿着铁棍在那儿吓唬人。练摊儿的师傅一见这架势，着急忙慌地收了摊，站起来蹬三轮。

新视野乱成一团。

网传，戏开场了得唱完，琮玉唱了十年，没听过这规矩，只是师父躬亲示范，一定要敬业，容不得半点儿含糊，于是唱到底成了戏曲演员之间的默契。

场面没停，文场、武场都没有被影响，宏大的过门之后，琮玉接上，看起来也没被台下兵荒马乱的场景打乱节奏。

有小混混闹事之前喝了二两酒，看到琮玉不怕人的样子，心里憋着气，提着铁棍朝她走了过去，刚用手撑着台子边缘跃上戏台，就被陈既从后面捏住了脖子。

小混混一扭头，陈既直接把他拖到地上，铁棍也被抢走，毫不迟疑。

陈既利落地完成一套动作，头也没回地对琮玉说：“唱你的。”

琮玉本来也没想停，根本不怕，无论陈既在不在。但他在，她总归更有底气一点儿。

常蔓和李西南听到台前的动静不对，跑过来看见这个场面，震惊了半天，但是看见戏台上画面很和谐，陈既也惯着琮玉，所有靠近戏台的人，他全一只手摁住，或者搡到一边，两个人就都松了一口气。

但很快又有新的问题出现，卫将军没来，反而场子越来越乱。

眼看着局面要控制不住了，好在有人报警，警察迅速赶到了。赵独虎竟然也一起来了。

十几分钟后，现场被控制住，琮玉的那一段戏也早早地唱完了，被陈既单手搂着腰从台上抱了下来——后台也塌了，她只能从台前下来。

陈既把车钥匙给琮玉："你先回酒店。"

琮玉看着那头的赵独虎等人，估计陈既且有的消磨，就没添乱："好。"

"嗯。"

琮玉扭头大步流星般离开，常蔓、李西南跟在她的身边。快到车前时，琮玉想起一件事，回身跟常蔓说："老金。"

常蔓会意："你别动了，我俩去一趟，他不认识我们，有问题我们也好问。"

"行。"

琮玉上了车，摘了凤冠，正要脱戏服，常蔓打来电话："江北也过来了，陈既上了他的车，我觉得不对劲。"

琮玉没下车："先上车。"

两个人上了车，李西南手扶着方向盘："去哪儿？"

"回酒店。"

李西南没多问，一脚油门将车子开往四季酒店。

下车时，琮玉已经把戏服脱了，妆还挂在脸上，但不影响她快步走进电梯，来到一间套房门口，敲了门。

李西南和常蔓对视一眼，心里了然。

果然，房间里传来邱路雪的声音："谁啊？"

琮玉不说话，接着敲门。

没过一会儿，邱路雪来开门了，看到来人，下意识地想要关门，但已经被李西南伸手撑住了门边。她只得尖叫一声往回跑，想进卫生间，然后锁上门，但是被琮玉拉住了门把手。

邱路雪无处可逃了，又捂住耳朵："我不知道！"

琮玉攥住她的手腕，扯开她的手："你爸住哪里？"

邱路雪摇头，歪着下巴，还很横："我说我不知道，你听不懂？"

琮玉轻松地拧转她的胳膊，她疼得身子扭曲着，伏在洗手池上。琮玉又说：“你肯说，江北还有救。”

邱路雪的神情中突然出现一丝异色：“什么意思？”

“你一直跟他在一起，不知道他在做什么？哪件事不是犯法的？”常蔓说。

邱路雪脑子蠢，谁都信，江北没嘱咐她要注意的人，她就不懂得分辨对方是哪个阵营的，一听说江北要出事，立刻慌了神。爹可以死，男人不能死。那副强硬的态度没坚持三分钟，她就握住琮玉的胳膊，焦急地问：“那你能救他吗？”

“你先告诉我。”

“仙乐街的洞庭府。”

琮玉扭头就走。

邱路雪没了琮玉的拉拽，身子顿时失去重心，瘫软在地上，花里胡哨的裙子裙摆被卫生间地面的水渍浸湿。她后知后觉地发现：我是不是做错了？小北哥不让我开门……

拿到地址的琮玉先回房间卸妆，换衣服，手上一边动作一边对李西南说：“联系你姐夫，跟他说，陈既可能被发现了，他应该知道是哪儿出了问题。”

李西南说：“刚才发过消息了，他还没回我。”

常蔓问：“你觉得是哪里出了问题？”

“我不知道。”琮玉说。

常蔓也想象不到，陈既平安度过那么多次邱文博的盘查，比任何人都谨慎，按理说不会露出马脚，江北到底发现了他的什么问题？

李西南说：“我姐夫他们肯定有措施，你别太担心。”

她担心是必要的，但更重要的是弄清楚真相，让陈既脱困。

陈既在江北的车上，左右两边是近两年跟在邱文博身边的小痞子。他们像对待犯人一样封死了陈既的活动范围，完全忘了他们根本没有审判的权力。

江北在副驾驶座上，优哉游哉地抽着烟，看起来胜券在握。

终于到达洞庭府，陈既进门时，邱良生一行人已经在等待，都是良生集团的自己人，同席的还有老金。邱文博摆弄着手机，半天才抬起眼皮看向陈既，想等他自己说，但陈既好像没这个觉悟，邱文博就把手机往桌上一撂，“哐唧”一声：“既哥这波真是忍辱负重。”

陈既还是不说话。

江北叼着烟，找了把椅子坐下：“既哥，有什么事还是自己说，等会儿揭了你的老底，你可别狗急跳墙。”

陈既从容地从口袋里摸出烟盒，也点了根烟：“我不知道你想让我说什么，不如你说来听听？”

江北像听到什么滑稽话，哈哈大笑两声，站起来朝门口看了一眼。

所有人都看向门口，除了陈既。

丁柏青被踹进门的时候，一脸惶恐的表情。

江北和老金脸上是掩饰不住的得意神情，他们已经迫不及待地希望看到陈既被自己人出卖的画面了。陈既隐藏十年，邱良生和邱文博一定咽不下这口气，陈既的下场一定惨烈，到时候焰城就再没有陈既了。

邱良生阴沉着脸，只是抬头看了丁柏青一眼，又把目光放回陈既身上。

邱文博短粗的手指头不停地敲击着桌面，他也有点儿紧张。陈既是他一手栽培的，他做不到像邱良生那样冷眼旁观。他虽然总因为别人的“证据”怀疑陈既，但心里还是希望陈既没问题。他带了很多年的人，有感情。什么把陈既废弃、丢掉，这些话可以说，但真到那时候，他也总会给陈既一个好的去处，保证其后面几年衣食不愁。他真的不希望看到陈既一直骗他这个结果。

江北亲自去提了丁柏青，拽到陈既跟前：“既哥，不给解释一下？”

丁柏青没看陈既，像是不敢。

江北越看这幕场景越爽，陈既不说，他帮陈既说道：“《明月日报》社会版块的记者，很厉害的，发了很多揭露贪腐、黑恶势力的文章。”

老金抿了一口茶，急着邀功：“邱哥的事多，手底下的人监管不过来，难免有一两个不老实的人浑水摸鱼，但不碍事，咱闲啊，就帮邱哥盯了咱们既哥一阵子，发现他跟这个记者走得很近。”

江北接着说：“老金怕自己老眼昏花，到时候闹乌龙，就没打草惊蛇，先找到了我。我一听，不得了，但鉴于前几回既哥总有说辞，这回我学聪明了，就没草率地把这位记者绑来对质，选择盯紧这位记者。后来我发现，这位记者去过甘岭随南区的贡方里。”他说完，看向陈既，继续说道，“我也不知道他去干什么，就暂时将此事放在一边，后面跟他来了西塔坡。直到听咱们集团的人说，邱哥做局，请了一位贡方里的老师傅吃饭……”

江北收回视线，看着邱文博：“都是贡方里，不是这么巧合吧？”

老金说：“我去打听了一下这个郭札郭师傅，发现他离异，独居，离异的原因是有个女儿走丢了，我就把这个消息告诉了小北。”

江北说：“当时郭师傅已经跟邱哥一道准备来西塔坡，我想找他了解点儿什么事也不方便，就把目光聚焦在了他的前妻身上。我听说他的前妻二婚嫁到了玛吉县，就去问了问这位郭师傅的前妻，想着万一能问出郭师傅跟这位记者的关系呢？那不就顺便知道我们既哥在做什么了？”

江北说完，耸了耸肩：“很可惜，这个中年妇女的嘴很硬，但没关系，咱们的重点还是这位丁记者，只要不跟丢，咱们总能知道他们的目的。”

老金继续说道：“我跟小北一前一后，我先跟着丁记者到了新视野，他找了一间旅馆住下，我找了份临时工的工作，就为盯着他。”

江北突然拍起手掌：“皇天不负苦心人哪，终于被我发现我们既哥跟这位记者见面。”说完他把手机递给邱文博，“照片为证，防止他抵赖。”

邱文博看了照片，照片上的人确实是陈既。看完，他把手机又递给了邱良生。

江北说：“我不知道二位邱总为什么找郭札，为什么来西塔坡，但这位记者去过郭札住的地方，也来了西塔坡，重点是他还跟陈既见过面……”他说完，给在场的人消化的时间，过了半天才又继续说道，“这个记者的嘴也硬，我什么都问不出来，但一个发表那种文章的记者跟我们既哥关系不浅……我不想阴谋论，但这本身就是阴谋貌，怎么可能这么巧？咱们以前不是没被莫名其妙地阴过，真的是意外吗？”

邱良生把手机放下。

邱文博抬起头，看着陈既：“有没有什么话要说的？”

本来江北和老金你一句我一句，略显照本宣科，枯燥无聊，邱文博这么一问，气氛顿时变得紧张起来，压力集中在了陈既的肩膀上。

陈既抽完一根烟后，就在平静地听，听完江北和老金的一番话，也没露出一丁点儿接近于惊慌失措的反应。

江北就讨厌陈既这德行，装什么从容不迫？死到临头了他都不知道。

老金也咬着后槽牙，看着陈既，满脑子都是他怎么对吕波的，就得被怎么对待的想法。

邱文博的声音低沉了些，他又问："既哥，还得琢磨多久？"

同样的事发生过数次，陈既也就不装一副受气的样了，走到邱文博的跟前，把自己的手机放在桌上，直入主题："相册里是江北私下制毒贩毒的证据。"

江北得意的脸立刻僵住。老金端着茶杯的手也僵住了。

陈既说："早在我们发现老胡没死时，这个记者就查到了江北控制老胡，还有几个咱们以前的弟兄，在翁村制毒、在焰城贩毒的事。"

江北感觉脑袋嗡嗡的，也出现耳鸣，完全不清楚目前的状况了。许久，他醒过神，记起陈既刚才说的话，但不信。他专门问了他的手下人凡子，凡子说那个打听翁村的事的记者不是这个丁柏青，怎么能又是他呢？

凡子骗了他？他的兄弟骗了他？

江北立刻在脑海里搜索凡子欺骗他的可能，好像确实自从胡亮出事，凡子就表现得越来越不耐烦……他也确实没有兑现答应过他们的东西……但他努力了啊。他进不去集团，有什么办法？凡子就因为这事，出卖兄弟吗？

老金看情况不对，赶紧向江北投去求助的眼神，但江北此刻已经无暇顾及他了。

陈既继续说："我发现记者掌握了江北制毒、贩毒的证据，怕这件事连累到我们，就私下跟记者沟通，已经说好五十万买断这个消息。"

江北脸色铁青地靠在墙上。

陈既为了让江北失势得更彻底，说："小北其实很有能耐，也有分寸，怀疑我也在情理之中，但不该跟外人联手。我记得邱哥那时说过，家里的事，在家里解决，不要拉外援，别把家丑抖搂出去。"

这话直指江北跟老金联手。老金吓得不敢坐了，立刻站起来，额头沁出一层汗。

真相明了，邱文博抬起下巴，看向江北："你还真是一点儿都不让我失望啊，我们的小北哥。"邱文博一脚踹过来，江北倒在地上，没说一句软话。

江北这一生，不在意很多东西，女人、金钱，但也在意很多东西，邱路雪、带着最初的几个兄弟赚钱。在不能拓展贩毒渠道的那段时间里，他把陈既当成了假想敌，仿佛让陈既失去邱家兄弟的信任，成为他的目标。他忽略了兄弟，好像也很对不起傻傻的小雪。说来可笑，他对这些人的愧疚感总是出现在大难临头时，就像回光返照。

陈既总有逃生路，他也有。他们都是踩着别人的身体成为邱文博的左膀右臂的，怎么可能没有应付危机的第二措施？但这次，他放弃为自己辩白。

邱文博怒目圆睁，龇着牙，骂着街，唾沫星子和鞋底一起落到了江北的身上。

江北没有听邱文博骂什么，想起了前几天邱路雪说，想再要一个孩子。

邱文博最后还是饶了江北——江北蜷缩在地上时，一直握着脖子上的坠子，那个坠子是邱路雪的，邱文博认识。

邱文博只有邱路雪一个女儿。就算邱良生不想饶，他也会为了邱路雪，不追究江北的责任。只是以后江北再不能回焰城了，甘岭也不行。

老金也被警告了，若是老实本分，那间茶楼还能开，继续想东想西，也别想再回焰城、回唐华路了。老金不敢反驳，知道邱家兄弟可以在法律允许的情况下，处处与他为难。

所有不安分的心思，都随着陈既这一利落的反击烟消云散。

事事都有后路的人太可怕了。

第九章

# 你的父亲，泉下有知

## (1)

邱文博跟邱良生考虑到丁柏青的身份，说了一通良生集团的正规和他们有多遵纪守法，还有江北制毒贩毒是个人问题。但江北毕竟是他们的人，曝光这件事还是会对集团产生一定的影响，所以，如果记者愿意压下这件事，那他们可以在原来的五十万的基础上，再加点儿钱。

聊完这件事，他们顺便旁敲侧击了一下丁柏青为什么去贡方里？

丁柏青拿乔半天，装得很那么回事，说最近他们报社要开一个专题，讲西塔坡的历史，甘岭的这位郭札师傅很有名，他就想拜访一下，但去了几次都没见到人，就先来西塔坡参加这次的博览会了，想着找一些素材发文章。

邱文博和邱良生将信将疑，但又不好表现得太明显，就没再问，最后好言好语地把他送了出去。

丁柏青一走，他们叫陈既查了《明月日报》，发现下期预告确实是西塔坡专题。他们又给律师打电话，让他把《明月日报》的底细整理一份，确定没有官方背景，这才放心。至于陈既，冤一次安抚，冤多了他们就不当回事了，只有邱文博拍了拍他的肩膀，许诺他，回到甘岭少不了他的好处。

陈既没说什么，出了门。

邱文博松了一口气，靠在椅背上，闭着眼睛摩挲着胸口。

邱良生始终不动声色，没有参与邱文博对手下的处理，邱文博以为邱良生在想引卫将军现身的事，没在意。谁知邱良生突然说：“你倒是很相信陈既。”

邱文博睁开眼睛，扭头看向邱良生：“怎么？”

邱良生说：“江北有一句话说得不假，之前被阴的那些事，总不至于是莫名其妙发生的。”

“我知道，陈既要是有问题，该怎么办怎么办，但不是没有苗头吗？”

邱良生不再说什么。

邱文博又说：“说实话，哥，我不知道你防着他什么，让他进集团，但咱们的事也一点儿都不透露，净让他打杂了。他这身本事，打杂不是有点儿可惜？”

邱良生闭上了眼睛，没回答邱文博的话。

邱文博也不再说话了。

须臾，邱良生说起当下要紧的事：“拆了卫将军的戏台子，又在他的新视野闹事，他这都不现身，我们也就没法知道他那些隐藏拍品的真假。现在我们唯一的办法就是把它们拍下来，再让郭札鉴定，看能不能找到幕后的卖家，搞清楚是谁把它们弄回来的。”

邱文博点了点头，顺便提出一个假设：“有没有一种可能，这些东西就是卫将军和赵独虎搜罗回来的？咱们也知道他俩一直不对付，或许就为提升地位，把这些原先属于西塔坡的东西弄回来了？”

“你说的这点，现在也没法验证。”

邱文博点头，确实是。

“还有郭札那个走丢的女儿，有下落了吗？”

“没有。”邱文博说，“找不着也不打紧，郭札已经没了舌头，安分了这么多年，没闹过幺蛾子，现在阴我们的可能性不大，而且他还在我们手里。”

邱文博的一番话令邱良生陷入回忆之中。

西塔坡还是乱象之城的时候，邱良生和邱文博就已经在这里占据了一席地位。但他们不显山、不露水，所有人前的事都交给唐观海去做，就是现在还在良生集团的唐总。

他们盗墓、走私，慢慢垫厚家底。上方一开启治理，他们就回了龙门，利用走私得来的不义之财把别人的开采权、经营权占为己有，迅速成立了良生矿产公司，对外声称手续齐全、开采正规。邱良生由此摇身一变，成为甘岭本土正经八百的企业家。

那些知道他们走私文物的人都被他们用严厉手段封了口，其中就有郭札。

当年邱良生还在做盗墓、走私买卖的时候，郭札就想过要走，说是觉得他们的行为越来越脱轨，光是倒腾民间家传的古董，事情就不小。

邱良生当然不同意，就叫人拔了他的舌头。唐观海见状被吓成了孙子，保证为他们卖命一辈子，邱良生才把他留到了现在。钱雍、琼红炜这些人，都是邱良生那时候的客户。

邱良生之所以把他们发展成客户，让他们刮一层走私的油脂，都是因为他们开始干这个勾当时胆战心惊，很需要一把保护伞，也需要一条稳定、安全的走私文物的途径。

渐渐地，邱良生尝到跟人合作的甜头，就走上了不断寻找保护伞这条路。随着他的年龄越来越大，政策越来越严格，他时常感到害怕，就找到律师张致，让律师帮他把控每一单生意，琢磨出尽可能多的退路，再不断地接触林之势这个级别的人，想方设法地跟他们合作、输送利益，表面又装得谦卑谨慎，爱党爱国……可以说，他在谨小慎微方面已经没对手了。但这次的事件一出，他还是不惜冒着风险亲自来到了西塔坡。他决不允许二十年前的事毁了他今天积累的一切东西。

邱文博宽邱良生的心："没事的，哥，我们这些年低调很多了，老天能看见的。"

邱良生回过神，看向邱文博："平时你鼓捣那些假货，我就提醒过你，咱们不能再沾这东西了，你还不知道事关重要？"

邱文博点头："是。那我不是稀罕这些玩意儿吗？我摆着的那些东西可都是假的。"

"假的也不行！"

邱文博缩了缩脖子，不争辩了。

邱良生将音量放低，吁出一口气："最近几年，说整治就整治，说罢免就罢免，你我早应该知道，腰上别着万贯财就得如履薄冰，何况我们手上不干净。"

邱文博默默听训。

“我总有一种感觉，过去经我们的手的人命，都会以另外一种形式回来，让我们血债血偿。”

“不会的，哥，咱们铺了那么多路，有事也会逢凶化吉的。”

邱良生没说话，眉头渐渐锁得更紧。

陈既从洞庭府出来，一直把车停在路边的琮玉摁了一下喇叭，陈既扭头看到她，走了过去。他上车后，琮玉发动车子，先开离仙乐街，回到四季酒店。在四季酒店的停车场里，琮玉问陈既：“怎么样？”

陈既倒是从容：“什么怎么样？”

“江北。”

“你看着我像是怎么样的？”

琮玉靠在驾驶座的靠背上，没有闭眼，但语气轻松不少：“我看见丁柏青了，原以为江北把他控制住了，要用他找你的麻烦。看到他出来，你又出来，我知道，是你跟丁柏青做了局。”

陈既没回答，也是默认。

丁柏青早调查过翁村，想见到江北手下的凡子很容易，只是让凡子出卖江北费了好一番功夫。亏得江北这人不太会做人，手底下的人心里有怨念，不然陈既跟丁柏青也没那么轻巧做成这个局。

琮玉把脸扭向陈既，冲他伸过手去。陈既牵住她的手。

琮玉看着他：“你知道我在洞庭府外等你时想什么吗？”

“什么？”

“我在想，要是你出不来，我再找对象，是找南方的，还是北方的？”

陈既皱眉。琮玉就想看他不高兴：“反正找哪儿的，找什么样的，都不找你这种的了，脑袋别在裤腰带上，叫人成天担惊受怕。”

陈既理亏，就没说话。

琮玉从包里把陈既给她的军人保障卡拿出来，跟他说：“这是我的购房本钱，我准备在京州买房。”

“三十万首付都不够。”

“你也知道？”琮玉只给他看一眼，又收起来了，“我的钱也存在里边了，你没收到过短信吗？”

她的钱。

片刻后，陈既才说："银行预留电话，我换了你的那个号。"

"甘岭那个？我回京州后肯定不用那个号了。"

陈既没说话。他那时不知道她在京州的号。

琮玉把包放腰后："鉴于你习惯性地拿命开玩笑，这卡跟你没有任何关系了。"

"这卡就是给你办的，只是没多少钱。"

琮玉看着陈既，他一本正经地说给她办卡的事、其他的事，她没办法埋怨他，最后还是伸手，示意他，然后被他抱到腿上，靠在他的肩膀上。

陈既揽着琮玉的腰，感受她的呼吸，然后沉默下来。

过了半晌，琮玉说："我没生气，你有你要做的事，我都知道。"

陈既继续沉默着。琮玉捏着他的耳垂："但我还没跟你过过夏天，你还没见过我穿裙子的样子，所以我们一定要顺利地度过这个冬天。"

"我见过了。"

琮玉从他的肩膀上起来，看着他。

陈既整理着她耳边的碎发："很好看。"我在好好地看着你长大。

琮玉又靠在他的肩膀上，不再吭声了。

陈既偏头吻她的额头："就是我穷，给你买不了京州的房子。"

琮玉顺嘴说："那不是你自己选择过这种日子？不然继承家业的话，你至于这么穷？"

陈既不惊讶她这么说，只是轻描淡写地说道："小聪明。"

琮玉反而问他："你怎么不问我为什么知道这件事的？"

"我知道你去过澳海。"

琮玉不问了。呵呵，监视器。

陈既跟琮玉待了没几分钟又被叫去办事了，琮玉也得赴常蔓的小饭局。

常蔓掏钱，乔枝找地方，两个人在琮玉跟陈既独处时就安排好了，陈既还没走，常蔓已经打来电话，催促了好半天。

陈既在琮玉打电话时，已经下车，绕到驾驶座说："我送你。"

琮玉还没挂电话："不用，我打车。"

"不是问你。"

"但你本来也很少用'吗'这个词，就算是问题你也用陈述句。"

"换过去。"陈既甚至没有解释。

琮玉换了位置，把手递给陈既。

陈既牵住她的手，单手扶着方向盘，把车开离停车场。

琮玉低头看他紧握她的手、他的侧脸，和他不容拒绝的三个字，前后共三秒钟的反差，叫她恍惚想起，妈妈曾说，有些人有杀人的本事，也有救人的慈悲。她以前听不懂这些话，觉得这个世道杀人什么的，太不现实。

父母离开后，琮玉发现，没有比这个更现实的了，这个世道原本就到处是魔鬼，遍地是残骸，只是很大部分肉眼不可见。她不理解，只是那时有父母疼爱，被保护得太好，接触不到。但琮玉以为，她的母亲那时候想表达的并不是对世界失望透顶，而是在告诉她，人都是矛盾的。

陈既的脾气很差，性格是破绽，虽然琮玉不见他坏过事，但的确影响他的人缘。身边大部分人对他的印象是凶巴巴的，经常不耐烦。确实，就比如刚才他让琮玉过去。但琮玉朝他伸手，他还是会毫不犹豫地牵住。

陈既就是矛盾的。冷酷的陈既，柔和地牵她的手的陈既，都是陈既。他就是那个有杀人的本事，也有救人的慈悲的人。

陈既把车停在会馆门口，伸手给琮玉解开安全带："到了。"

琮玉看着陈既的脸："后天的拍卖会。"

"嗯。"

"等结束了，你跟我回京州。"她说的是事情彻底结束后。

"再说。"

"不是问你。"

陈既难得微笑："好。"

常蔓定了温泉会馆的套房，带独立院子，院子里有温泉池。

乔枝不好让她一个人请客，提出 AA，常蔓拗不过她，一连说了几句"行吧行吧"，答应了。

琮玉进门时，她们已经穿着泳装，敷着面膜吃水果了。

常蔓看到琮玉，示意她旁边的空位："赶紧，给你准备好了。"

乔枝在摇椅上叠着腿躺着，闭着眼睛："累麻了。"

琮玉坐了下来：“想干什么？”

“什么想干什么？”常蔓问她。

“你们组这个局，干什么？”

常蔓把面膜掀了：“上回不是说去你的房间聊点儿女人心事吗？你跑路了，今儿个补上。”

“有什么可聊的？”

常蔓说：“姓陈的没事，这不值得放松一下吗？”

琮玉跟常蔓、李西南分开，一个人去了洞庭府，说好有事跟他们联系，陈既这边一没事，她就告诉他们了。

乔枝坐起来：“那会儿我刚从对面古玩城下来，戏台子就塌了，前头也蹿出一堆闹事的人，我赶紧先报了警。”

常蔓恍然大悟：“是你报的警啊？”

“嗯。”

乔枝说完看向琮玉，琮玉没反应。她跟卫将军说了邱良生要来捣乱，卫将军一点儿也不急，她也就没再多说什么，下楼时悄悄报了警。

卫将军那个态度，可能是他早有对策，但她不能把希望都寄托在“可能”上。

琮玉可还在台上，万一出事了，她担不起责任。琮玉没拆穿乔枝，警察来得太快，显然不是出事后乔枝才报的警。常蔓和乔枝的目的大同小异，但她们有自己的考量，既然不愿意再多透露一个人，琮玉会当这个哑巴到结局。

常蔓靠在靠背上：“你什么时候开学？”她在问琮玉。

“二月底。”

“那不快了？”

“嗯。”

常蔓微笑着说道：“真羡慕女大学生，有的是时间谈恋爱。”

乔枝跟常蔓不算熟，但可能是前头半杯鸡尾酒下肚，脑子乱了，接了一句：“可有点儿阴阳怪气了啊。”

常蔓的微笑不减：“我是暗示，让她传授点儿东西。”

乔枝一听这话，后知后觉地点头：“你一说我也想知道，玉老板是怎么钓到那么帅的男人的？我都单身好几年了。”

琮玉穿着一身藏青颜色的衣服，稍微抬眼，神色冷漠，乍一看会让人想要逃，看惯了也还好。她轻描淡写地说道："你们单身，难道不是因为不找？"

常蔓笑出了声，接着阴阳怪气地说道："妹妹太高看我了。"

琮玉懒得拆穿她们一个比一个心里有秘密，老想着以一己之力翻天，太多事排在爱情之前了，当然得单身。

常蔓像是听到了她的心里话，歪着头看她："你不要觉得是因为我个人的选择，我想要的东西没有先后次序，只是因为有一样要不到，所以才有了取舍的局面。"她想要陈既，但陈既要琮玉，所以对后来的她来说，什么事都比爱情重要

乔枝也说："没有人在好走的路和不好走的路之间，选不好的，有时候天赋、运气都有可能阻碍我们到达想去的地方。谈恋爱和做其他事一样，其实不是我们故意对缘分说不的，是缘分就没来。"

琮玉没法反驳，她俩说得对。

常蔓刚说完话，就收到了一条微信消息。她先看了琮玉一眼，才拿起手机看。

琮玉了然："李西南说什么？"

常蔓有一点儿不自然，但自信惯了，游刃有余惯了，那点儿不自然很快不见："是同学，不是李西南。"

"我信。"

"爱信不信。"

乔枝说："只有李西南一直叫蔓姐。"

"聊点儿有用的吧。"常蔓说。

琮玉跟乔枝说："气急败坏。"

"谁气急败坏？"常蔓立刻反驳道。

琮玉没说话。

乔枝也不说话了，但没忍住，笑出了声。

常蔓又觉得烦了："等西塔坡散伙，赶紧，老死不相往来。"

"你别发微信问我干吗就行。"琮玉说。

"臭美。"

乔枝笑着问："你们认识很多年了？"

常蔓说："有几年，刚认识的时候某人一天到晚什么也不干，就追男人。"

琮玉也不说话。

乔枝表情不可思议地看着琮玉，问常蔓："现在这个，是以前追的那个吗？"

常蔓用下巴点了点琮玉："你自己问她吧。"

乔枝又问琮玉："玉老板？不是这么深情吧？好几年了。"

"聊点儿别的吧。"换琮玉说这话了。

乔枝点头："懂了，懂了，你俩只要被说中了，就会说聊点儿别的，真够默契。"

常蔓和琮玉异口同声地说道："谁跟她有默契？"

乔枝拍巴掌笑："绝了，经典剧情，我觉得我每看一部电视剧，都有异口同声这一桥段。"

常蔓拙劣地转移着话题："庸人才沉溺于儿女情长之中。"

乔枝知道她说的不是真心话："谈恋爱还是很美好的，等以后闲了，我也去认识一些朋友。"

常蔓很好奇："你之前在德国，就没有朋友吗？"

乔枝笑了一下，略过这个话题："我太专注于业务了，看起来朋友很多。看起来这事你们都知道，就是有点儿浅。"

琮玉突然说："你认识的收藏家也不少。"

乔枝知道琮玉的意思，问的是收藏邱良生他们走私出国门的那些文物的收藏家："背了好几年，就运气好了那么一下，机缘巧合之下认识了一些收藏名流。"

"怎么个巧合？"

乔枝说："也是跟你一样，找我修复的，不得不说，我这么多年的口碑没白积累，关键时刻还是能争气。"

琮玉不问了。常蔓听不懂她们在说什么，也没多问，作为一个成年人，这点还是懂的，别人不想说就别打听。

乔枝给常蔓和琮玉倒上酒："喝点儿。"

常蔓和琮玉相继端起酒杯。

乔枝说："拍卖会之后你们就要走了吧？"

常蔓点头：“差不多。”

“也不知道以后还能不能再见。”乔枝的神情略微沾染了一丝落寞。

常蔓突然说不出客套话。她也隐隐感觉，拍卖会上会发生什么，也许是错觉。但如果真有什么事还失败了，那这群人估计就再也看不见太阳了。这个世界在他们心里，也会只剩下一个季节，骸骨都埋于冻土中，血液都凉在戈壁上。

乔枝不见她们回答，又说：“希望我们还能有这样聊女人心事的机会，希望那时候，我们俩也不是单身了。”

常蔓点头，放下酒杯，双手叠放在一起：“嗯，希望要有，一次不行争下次，下次不行下下次，只要一直不放弃努力，总不至于一直没有运气。”

乔枝喜欢她这话，伸手跟她击掌：“对，天平总会有倾向于我们的时候。”

两个人笑起来，常蔓突然玩笑道：“要是一直不倾向于我们呢？”

乔枝说：“没关系，苦日子也不是没过过，我们也不是娇滴滴的人哪，摔倒了掸掸土，继续走嘛。”

常蔓始终笑着：“确实是。”

常蔓跟乔枝并不知道彼此在与邱家兄弟的斗争中充当什么角色，甚至不认为彼此是参与的，坚定地说出这些话时，只以为双方都在做一件重要的事，投注了大量心血，祈盼能有一个好结局。

而琮玉知道。其实她们都很瘦，胳膊细、脖子细，即便高声说话也没很大声，但她们不怂，力量微弱也不怂，有直面摔倒的勇气，能在泥泞里站起来。

常蔓将胳膊平搭在单人椅的高帮扶手上，脑袋枕在胳膊上：“日子可真快，我很快就三十岁了，有些事，都有十年了。”

乔枝也躺在摇椅上，望着天花板：“是啊，有些事真的发生很久了。”

换琮玉给她们倒上酒：“拍卖会那天天气不错，可以穿少一点儿。”

常蔓和乔枝齐刷刷地看向她。琮玉举起酒杯到跟前：“天气真的不错。”

晴天，一切都会顺利的。

赵独虎拖着疲惫的身体回家，看到赵子茯约了朋友到家里，客厅被弄得一团糟。他准备上楼，赵子茯却在这时候说：“你眼瞎啊！看不见我朋友？”

赵独虎停住，站在楼梯上。

赵子茯的朋友拉了拉她的袖子，小声提醒她："别这么说你哥吧？"

赵子茯拽了拽胳膊，把袖子从朋友的手里抽走："哥哥？我可要不起这么歹毒的哥哥。"她还在生赵独虎不帮她追陈既的气。

赵独虎没力气跟她吵架，扭过头来："你要是闲得慌，就出去，别在家里给我添堵。"

赵子茯仿佛被踩了尾巴，大步上前："谁给谁添堵啊？我想逢年过节跟爸妈在一起，你能办到吗？"

赵独虎办不到，她的父母在服刑。他就是因为举报父母逃税，参与经济犯罪，所以才借机和刑侦队的某位扯上了关系。赵子茯也不是亲情深厚的人，只是因为欲望没得到满足，所以要用服刑的父母当说辞，戳赵独虎的肺管子。

客厅里安静下来，过了许久，赵独虎上了楼，没回复什么。

赵子茯走到楼梯口，仰着头，不依不饶地说道："你不要装什么敬业，违法乱纪的事你也没少干！你滥用职权，比爸妈的罪名还严重，你别逼我也去把你举报了！"

赵独虎进了房间，关上门。他的案前正对着一幅大字，观海听涛，写得很差。他本来也不爱书法，但传言中说卫将军是个书法家。作为传闻中两股民间势力之一的他，总也避免不了被大家把他和卫将军放在一起比较。卫将军几乎不露面，所以大家对他的议论更多。

赵独虎生下来就被放养，看起来雷厉风行，其实极度不自信，也暗暗地跟卫将军比较。卫将军写书法，那他也写，还要在家里挂满。赵独虎确实干过坏事，但在这样的地方，他的污垢只要不多，他就能有一个心理安慰，只要能被自己安慰到，罪恶感就很淡薄。

但赵独虎把父母送进监狱，其实不是为了拉关系、要好口碑，而是出于对父母的保护。这就要说到很多年前让他的父母惊慌失措、一病不起的一件事了。

转眼，博览会结束，时间来到两场拍卖会的前一天。

琮玉早晨起来去公园的人工湖边溜达了一圈，回来时，碰到邱路雪提着行李从电梯里出来。她准备跟邱路雪擦肩而过，谁知道邱路雪退了回来，挡住她的路。她把双手插进风衣口袋里，看着邱路雪，连句"干什么"都不说。

邱路雪穿着玫红色的外套、牛仔短裤，还有一双黑色的过膝长靴，脖子上是一条波西米亚风格的丝巾，眼神里带着怨恨。

琮玉没看她穿什么，也没看她粗糙的妆容和很重的黑眼圈，神色平静，内心也淡然。

她们一般大，要说区别，那就是一个从小被惯着长大，一个从小寄人篱下。但她们眼里都没有自卑和怯懦，邱路雪是无知者无畏，琮玉的自信来源于她不断提升自身价值。

“我们找个地方聊聊。”邱路雪很横。

琮玉没空：“不必，就在这儿说吧。”

邱路雪左右看看，倒是没人，就说了：“小北哥和既哥都是一样的人，我们一人喜欢一个，本来相相无事的，但你们就要折腾人，我们今天不好过了，十年河东，十年河西，你们也不会一直好过下去！”

琮玉没纠正她说错了成语，只淡淡地问：“嗯，还有什么？”

邱路雪看琮玉一点儿反应都没有，那股火更是在体内上蹿下跳：“你以为既哥喜欢你？他喜欢你就会把所有事放下来陪你，而不是让你在酒店的房间里发霉。”

琮玉原本觉得，看她无能地发怒就好了，但听她这话一说出来，还是回了一句：“所以，再找男朋友，首先筛掉把你放在酒店里发霉的江北。”

邱路雪愣住了。确实，明明是江北总把她放在酒店里。江北怕她坏事，嫌她笨拙，只是他不说。他不能让她生气，还得利用她跟她爸谈条件。她是不聪明，但有女人的直觉，有些事能隐约感觉到。只是因为她爱江北，所以骗自己，直觉都是无所事事时的胡思乱想。

邱路雪沉默下来，琮玉看她没话要说了，又摁了电梯键。提示音让邱路雪醒了过来：“我不被爱，你也一样，小北哥和既哥都想进集团，我们都不在集团，就是说，集团里有比我们对他们更重要的东西！”

琮玉已经进了电梯。

回到房间里，关上门，琮玉站在门口发呆了好一会儿。

邱家兄弟被抓获，邱路雪对江北来说就没了利用价值，江北为人，会念在他们之间几年感情的分上，继续跟她在一起吗？这是愚蠢的问题，他们之间也许根本没有感情。

琮玉走到沙发边坐下，翻开手机，看到李西南发了朋友圈，一包包好的栗子，显然是要给常蔓的。她坏坏地给他点了一个赞，想着，明天见面，常蔓一定会“此地无银三百两”地解释。

常蔓被邱文博“弃养”以后，感觉整个人轻松了很多，那些叼着烟忧郁、情绪复杂的样子，出现得越来越少。她变得更活泼了一些，某种程度上，跟琮玉走向了两个方向。

琮玉正想着常蔓，常蔓发来一条消息：“有病是不？”

“什么？”

“瞎点赞什么？”

“你心虚什么？”

“我可不心虚。”

“不心虚你着急发来消息？”

常蔓打来电话：“我是告诉你，李西南说，陈既定了几份私密保养，应该是给邱文博他们定的。但那个会所的老板娘三十多岁，缠着陈既，又是揽胳膊又是托腰，小动作很多。”

“李西南怎么知道？”

常蔓说：“不是本来打算把闺密局安排在会所的吗？我看当地的休闲排行榜，这个会所的积分很高，想着喝点儿酒，做个按摩、保养，就让李西南去问了。没想到按这种榜单去找地方，撞到熟人的概率真高。”

“撞了，所以就换地方了？”

“不是，李西南那天就说没房间和技师了，刚刚才告诉我撞见陈既的事，那个老板娘一看陈既立刻改口，说还有房间，什么人哪？”

“陈既怎么说。”

“陈既倒是没搭理她，躲了，那你也要有危机意识。”

琮玉带着敷衍地说：“知道了。”

“我提醒你，不是每个男人都喜欢年轻的女人，很多有内涵的人，比起漂亮的脸和婀娜的身材，更喜欢有共同语言和有传奇经历的人。”

琮玉摁了免提，把手机放在一边，剥了一个橘子，吃得悠闲。

常蔓说完还问琮玉：“你有没有在听？”

“在。”

“重复一遍。”

“漂亮的脸不如脑子有货。”

常蔓咂嘴：“那你怎么不当回事呢？别觉得我危言耸听。你可能会被一个人俊朗的脸吸引，但相处之后发现他自大、傲慢、幼稚，没点儿本事，还大男子主义，你还喜欢吗？”常蔓又说，“男人也是一样的，小女孩灵动娇俏，当下喜欢，时间久了鸡同鸭讲，就厌了。”

琮玉吃完橘子：“你觉得我没有那个老板娘有内涵。”

“那倒不是，你的经历一般人也没有，足够让你变得老成了。”

“那说什么？”

常蔓停顿了一下，忽然变得有些心不在焉：“有感而发。”

“你说的情况在喜欢的阶段，我跟陈既不在这个阶段了。”

“那是什么？”

我跟陈既之间是爱。琮玉没说出来。

常蔓却好像在她沉默的空隙意识到了什么，不再刨根问底了：“你就当我闲扯。”

琮玉知道不是：“你有感而发应该不是这个老板娘给的灵感。”

常蔓有些心虚，强装出从容来：“不然呢？”

“是李西南给了你什么信号吗？他说喜欢有内涵、比他大的人？他已经暗示你了吗？你是由此才有感而发的吧？”

常蔓立刻挂了琮玉的电话。

琮玉笑了，几乎可以想象到，常蔓现在的内心有多挣扎。她应该以为她还喜欢陈既，所以当她发现她对李西南的态度发生变化时感到不解，也有一些看不清自己了。等再过一段时间，李西南被她的冷漠态度逼得退却，她也就想通了。但李西南这人有股撞了南墙也不回头的傻劲，估计是不会被她逼得退却的……

琮玉正胡乱想着，乔枝很突然地给她发来消息：“早上卫将军给我打电话，让我晚点儿带你去他的饭局。”

琮玉给乔枝打电话过去：“有应对的法子吗？”

“我开始拒绝了，但他说我好像故意用你去勾引他，就是说他可能感觉到我不是真心把你介绍给他了。”

“就没别的能牵制他的办法了？到底是你在利用他，还是他在利用你？”

乔枝但凡有第二个方案，就不会用这么老套的法子：“要不我们带人？就说你出门得带保镖，毕竟也是明星。”

“不用理了。”

乔枝提高了音量：“那他不就不帮我了吗？”

“我男朋友的脾气很差，我跟你去了，他肯定过去把卫将军的饭桌掀了，把局搅了。”

“你不能先瞒下他吗？”

“他那个脑子我斗不过，我也不想瞒他。能开出让你介绍女人这种条件的人，就不是会遵守约定的。我起初答应你也是于我没损失，唱戏在戏台上，台下都是人，但进了饭局，门一关，我跑都跑不了。就算我能一个打十个，也不当那个勇士，何况我也没把握跟一群男人动手。”

乔枝不说话了。她等了太久，有点儿急了，确实没考虑周到。琮玉的一番话让她清醒过来了，她为什么要跟歹人谈条件呢？她觉得很抱歉：“对不起啊！琮玉，是我没考虑好。”

“对百分之百能取得的成功，如果要用很大的代价来换，都要慎重考虑，何况你说的这一切都是未知数。卫将军要是反水，你哭都没处哭。”

“对不起……”乔枝又说了一句。

琮玉本来不想说，但乔枝这急切的状态，保不齐她还会有什么更冲动的举动，还是给了她安心丸：“那天在你家，有一些事我还不知道，所以也想不到更好的办法，答应你也有些半推半就。”

乔枝沉默下来。

琮玉又说：“现在我知道了一些事，你就别再管了。”

“什么？”乔枝突然变得紧张起来，又感到困惑。

琮玉没说。乔枝也不好再问。虽然她不太习惯把希望寄托在别人身上，但既然她除了出馊主意，没好办法，就乖乖地听别人一回。

挂断电话，琮玉把手机放在桌上，沉思数秒，站起来又拿上手机，出门了。

琮玉回来时，陈既也刚回来。

琮玉给陈既开门，先看到他手里的栗子，手扶着门边，半靠着：“走错门了，先生。”

陈既一点儿情趣都没有："别挡着道。"

琮玉跟大直男没的聊，给他让开了路。陈既把牛皮纸袋放在桌上。

琮玉关上门，扭头靠在墙上，看着那一包牛皮纸袋装的栗子："你拿我当小孩子哄？"

陈既说："你很大？"

琮玉没在意常蔓的话，什么老板娘，她不会放在心上。她是不是被偏爱的人她很清楚，早就把陈既占为己有了，怕什么老板娘，但拿年纪戗一戗陈既还是可行的。她有点儿阴阳怪气地说："你要说大，那肯定不如你大，既哥老牛吃嫩草吃得一点儿负担都没有，谁不说一声厉害？"

陈既穿着黑色衣服，比琮玉的气场还足，坐了下来："嫌弃我。"

"不能嫌弃吗？"

"你诡计多端的时候不嫌我比你大？"

琮玉微勾嘴角："怪我，以前光看脸了，现在觉得男人大一点儿就好了，大太多会有代沟。"

"什么代沟？"

他这是急了？琮玉歪着头，火上浇油的顽皮模样就像以前一样："你不说话时肯定没代沟，毕竟长得年轻，三十多岁像二十七八岁……"

"那以后你都别听我说话了。"

"怎么生气了？"琮玉笑了，"不能夸你长得年轻？"

陈既起身就走。琮玉看陈既跟她擦肩而过，正诧异野人的心眼越来越小，他突然一个折返，把她按在墙上，显摆他手指细长，能单手攥住她的一对手腕。

琮玉不怕死："既哥，怎么添了气急败坏的毛病？你以前不这样啊，是因为岁数大了吗？"

"别叫。"

"正常音量。"琮玉靠近他的胸膛，"你现在不爱听了？以前一口一个战友的女儿，也没见你怕我不爱听。"

琮玉长大了，变得冷漠了，也还是牙尖嘴利。陈既其实可以像过去那样治她，但毕竟对她不是以前的感情了，最后只是低喝："陆其濛！"

琮玉的慵懒姿势忽然变得僵硬起来，她看着陈既，再也阴阳怪气不出来了。

陈既的语气很严肃：“我比你大，你不愿意早说，我不纠缠。”他那么凶，琮玉却还是从他的语气里听出一丝委屈。向来硬气的野人，居然也有这种时候？真让人感到惊喜。

都说被戳到痛处的人才会被唤醒不同的一面，陈既的痛处就是比她大的那些岁数吗？

琮玉把双手从他的手里抽出来，半搂住他的腰，音量更低，很轻柔：“我哪里不愿意了？”

陈既不说话。

“我明明最愿意了。”琮玉牵起他的手，“全世界，我就愿意跟你在一起。”

好直白的话，一点儿也不浪漫，但平复了陈既略微波动的情绪。

“濛濛。”

琮玉的身子微僵，眼睫毛颤动，好半天，她才轻声答应：“嗯，既哥。”

“以前我说战友的女儿，只是想让你知道我们不合适。”

“现在呢？”

“现在我们是全世界最合适的。”

## (2)

琮玉以前看电影，多坚定的人在真爱面前都有患得患失的时候，她虽然不知道她自己是不是这样，但没想过陈既也会这样。大概是陈既给她的第一印象太深刻了，他动起手来干脆，办起事来利落，什么都想得周到，什么都安排得妥当……这样野性的人，也会担心她介意他的年纪。

琮玉把陈既牵到桌前，让他坐下来，她站在旁边，打开牛皮纸袋。

栗子的香气顿时飘满了屋子。

琮玉以为是要她剥，还想着剥两颗哄哄这个野人，没想到栗子都是已经剥好的，她扭头看他：“你剥的？”

“李西南的，我跟他买的。”

琮玉笑了：“你干吗抢人家的东西？人家要给常蔓的。”

“你不给他点赞，我也不跟他买。”

“哦，就是怪我。”

"我是在告诉你前因后果。"

琮玉不跟他辩："你要他就给了？"

"嗯。"

琮玉点着头，已经想象到李西南马不停蹄地再去买一包栗子回来赶紧剥了的样子。

陈既没问琮玉李西南为什么给常蔓剥栗子，几乎不会注意这些旁的事，但琮玉一说，他就懂了。

琮玉喂了陈既一颗栗子，转身要去搬椅子，陈既一把拉住她的手腕，把她拽到自己的腿上坐着。也行！琮玉将胳膊搭在陈既的肩膀上："你刚才叫我，我突然想起来一件事。"

"什么？"

琮玉歪着头看陈既的俊脸："之前在青木，我喝多了，临时找来的司机车技不行，差点儿把我带进沟里，后来有个人英雄救美，特别暧昧地叫了我的名字的最后一个字的叠词。"

陈既装傻："是吗？"

"我一直以为我听错了，或者是幻觉，就一直没当回事，刚才好像又听见了。"

陈既把牛皮纸袋拿过来，示意琮玉："你还吃不吃？"转移注意力的手法拙劣。

琮玉摸着他的下颌线，挑衅地说道："你前脚说我是战友的女儿，后脚暧昧地叫我，说什么让我知道我们不可能，能不能坦诚一点儿？"

陈既不说话。

琮玉抚摩他的下颌线的手指挪到了鼻梁上，他的鼻子长得绝美："你怎么不看我？心虚了？"

"心虚什么？"

"那你看我啊。"

"你有什么好看的？"

"我不好看你叫我濛濛？我妈才这么叫我，你想当我妈？"

陈既见这情形，是非得说点儿什么不可了，倒也不扭捏："顺嘴了。"

"宝郡和霓月，没有人的名字是濛这个发音，既然没有，你是怎么顺嘴的？”

“我以前的一个战友叫这个。”

“哦，战友，我认识你的时候你都离开部队六年了，六年还能顺嘴叫出来，真厉害呢，既哥。”

“有完没完？”他这是气急败坏了。

琮玉捏着陈既的耳垂，不挑衅了，轻轻地说：“我一直没问过你，你是从什么时候起，对我有了别的心思？”

她也不是要陈既回答，但陈既在沉默几秒钟后，还是说：“你呢？”

琮玉看向他的眼睛，不说话了。

陈既说：“往回看，距离你去焰城都过去很多年了，时间是怎么过去的，谁都没注意。”我从什么时候开始注意你我也没注意，我只是知道，有些目光给出去就没收回来过。我越是嘴上严厉，行动却越是妥协时，就已经是在自我博弈了。

陈既只说了半句话，琮玉却好似听到了整句话，因为他扶着她的腰的手心滚烫，就像是心里在许郑重的诺言。

琮玉靠在陈既的肩膀上，很小声地说道：“再叫我一声。”

“什么？”

“你说什么？”

“不叫。”

“快点儿！”

“拗口。”

“你刚才怎么不觉得拗口？”

“现在拗口。”

“不管，快叫我。”

“什么癖好？”

“你管我？”

陈既又转移话题：“你这个名字是谁给你起的？”

琮玉说：“你那个战友。”

“什么含义。”

琮玉仰头，边想边说：“太久远了，好像是取自《诗经》的《东山》，那里边有一句，‘我来自东，零雨其濛’。整篇貌似写战争、家乡之类的，可能是因为应景，陆岱川被触动了，连夜写信回来，让我妈去登记的。”说完这句话，她又枕在陈既的肩膀上，“后来，沈经赋给我起了新名，我就到公安局改了。”

“倒是聪明。”

“当我不知道陆岱川具体的死因时，改名就很必要，要是他死在恐怖分子手里，谁知道这群人会不会循着关系网来把我斩草除根？”

说到陆岱川的死因，陈既不说话了。

琮玉已经知道陆岱川的死因了，陈既有考量，不说也没关系。

明天就是拍卖会了，琮玉问：“明天几点？”

“下午两点。”

“我们这种没号码牌的人怎么进？”

“我给你弄了个赵独虎那场拍卖会的嘉宾证。”陈既说，“卫将军那边，你本来就在邀请名单上，可以进场观摩。”

琮玉有点儿心虚，慢慢地站起来：“我去洗澡了。”

陈既拉住她：“没话说？”

“说什么？”

“为什么你在卫将军的邀请名单上？”

琮玉扭过头，看陈既了然的姿态，在心里说，真没判断错，陈既这脑子一般人斗不过。

“乔枝弄的。”

“那她怎么不给常蔓也弄一个？”

“不知道，可能常蔓不想去？”琮玉说着往后退。

陈既拽了她一下，她撞进他的怀里，被弄疼了胳膊和胸部：“疼！”

陈既就是要她感到疼：“你去新视野唱戏，就是给卫将军看的。”

琮玉：“我想去洗澡。”

“你倒是不怕。”

“向来不怕。”

“你以为我在夸你？”陈既很凶。

琮玉不找死了：“当时去唱戏是阴错阳差，李西南、夺吉才让、周林律他们都在，所以……”

“别说那几个小崽子。”

“……”

陈既看琮玉不说话了，也适可而止，握着她的手腕：“你下午去了监狱。”

琮玉抬起头，想问他怎么知道，转念一想，他怎么可能不知道，就没问：“嗯。”

“你现在知道了，什么都不用你来做。”

琮玉知道了：“那你为什么不从一开始就告诉我呢？也许知道了我就不来了。”

“我答应了你，带你去阿库勒雪山，带你找到真相。”所以要你亲眼看到、亲耳听到当年的事，只是地方从阿库勒雪山变成了西塔坡。

琮玉的心中有所触动，她重新坐到陈既的腿上，搂着他的脖子：“从监狱回来的路上，我一直在想，想着对你说一句话。”

“嗯。”

琮玉却不说话了。

陈既也不在意，揽着她的腰：“濛濛。”

“嗯。”

“我在你身边。”

有我，所以什么都不用你做。

拍卖西塔坡首个汉代古董珍玩的主场，主要展示的是二十一件流落他乡的汉代宫廷古董，由海外私人收藏家委托“仙乐拍卖”和“中国西塔拍卖”两个拍卖单位进行拍卖。

最贵重的一件古董起拍价是一亿七千万，是一件重达三百公斤的金镶玉屏风。其次是一套妃嫔的梳妆台，从桌子到凳子都是玉质，起拍价一亿。

昨天两个单位预展，到场的人很多，光是仙乐拍卖会现场的客流量，一个小时就超过了博览会的一天。

琮玉一行人刚进西塔走廊的大楼，李西南就从里边出来，说：“汉代专场下午两点开场，现在南边的厅是现代艺术专场，北边的厅是珠宝专场。”

常蔓问：“珠宝场有什么稀罕东西吗？”

乔枝回答：“我看了单子，祖母绿制的首饰稍微多一点儿。”

常蔓问琮玉：“看看去吗？”

“不去。”

乔枝说：“可以去看看的，坐不了观摩区，但可以在后边站着，要是参加竞拍的人不多，还可以坐下。”

常蔓又问乔枝：“大概什么价位？”

“基本是一两百万吧，保证金好像是八十万。”乔枝回忆着说。

李西南问常蔓：“蔓姐想去看吗？”

他一问，常蔓又说：“都可以，她们要是不去就算了。”

李西南说：“我可以陪你去的。”

乔枝也说：“你要是想去，可以去啊，反正汉代专场下午才开始，我和玉老板可以在餐厅那边等你。”

常蔓的兴致不高，只是大家情绪不高，想找点儿事做，要是大家都不去，她也没那么想去：“那去餐厅吧，等下午的汉代专场。”

李西南说：“那你们去吧，我再去几个厅看看，有什么异常情况给你们打电话。”

“好。”常蔓答应了一声，随琮玉和乔枝走向电梯，去顶楼的餐厅。

整个西塔走廊大楼有六层，外观上只见汉白玉墙，据悉早些年赵独虎的父母是当酒店来建的，但斗不过几家连锁酒店，荒废了。赵独虎把家业揽过来之后，把这里改成了展览厅，注册了一家拍卖公司“仙乐拍卖”，藏品逾两万件。

“中国西塔拍卖”在卫将军的名下，会场相对赵独虎这边一幢楼的气势略显寒酸——办公室比赵独虎的小一圈，展厅和拍卖厅在他投资的度假庄园里。

两个会场距离不远，“中国西塔拍卖”汉代专场是夜场，他们可以观摩完这边再去那边。

西塔走廊只有一家餐厅，有粤菜，也有沪菜。餐厅装潢是轻奢风格，整体灯光偏暗，音乐舒缓，餐位在铜山样式的隔断里，私密性很强，也很有氛围。听说是大量参考赵独虎的妹妹赵子茯的建议。赵独虎对他的家人还是挺好的，跟他面对别人时的阎王脸有区别。

因为拍卖会，餐厅里人很多，琮玉她们九点半过来，也还是等了二十分钟才等到空位。

常蔓点完菜，突然想到一个问题：“观摩和普通进场的区别就是有座位和站着，是吗？”

乔枝说：“观摩区的座位肯定舒服一点儿，观众可以更清楚地看到大屏幕上的介绍，还有那个网络竞拍人的公示大屏。”

常蔓明白了，看琮玉：“陈既真不会办事，就给你一个人弄了票。”

她只是开玩笑，调侃一下，琮玉知道：“你给你邱哥打个电话，贵宾席你都能坐。”

常蔓听到邱文博就烦：“你别恶心我。”

乔枝听出了什么，觉得邱哥是邱文博，但又觉得琮玉不可能跟邱文博的人走这么近，就笑着试探了一句：“这位邱哥，很厉害吗？”

常蔓撇清关系：“是早年我骗钱的对象，现在车、房、存款都到手了，所以我让他滚了。”

原来是这样，乔枝放心了。

琮玉很好奇：“甘岭的车和房吗？”

“一线城市的也有。”

琮玉还是第一次知道：“常蔓姐真是深藏不露，我还以为你只是正义之士，原来是识时务者。”

常蔓说：“青春不值钱吗？正义来到之后我还是要生活的。”

她们正聊着，李西南回来了，坐在常蔓的旁边，应该是没听见她们在聊什么。

乔枝看他的手里有个盒子：“这是什么啊？”

李西南将盒子拿给常蔓，什么话也没说。

乔枝不问了，看向琮玉，想看琮玉的反应。要是琮玉也一脸看热闹的样子，那她也就能光明正大地八卦了，但琮玉没有。

常蔓没打开盒子，有些不自然地扭头看向大厅：“怎么还不上菜？”

琮玉问李西南：“珠宝场的成交率高吗？”

李西南说：“还行，百分之五十左右。”

乔枝说：“我看拍品名单里有件好大颗的宝石，品类好像不是那么有名，但够大也不错。”

李西南淡淡地说：“还好。”

乔枝还是问到了他拿着的那个小盒子：“你手里拿的是成交的赠品吧？”

“嗯。”

“参与竞拍了？”

“嗯。”

“拍了什么？”

李西南没说。正好菜上来了，乔枝也不再问了。

几个人在餐厅晃荡到两点，跟唐观海他们在拍卖厅内碰了头。唐观海打头阵，身后是良生集团内部人员，不见邱家兄弟的身影，也不见陈既。常蔓和乔枝都看向琮玉，琮玉很平静。

唐观海看见他们没打招呼，只是疲惫地落座。

乔枝有些紧张了，邱良生兄弟两个没来，那他们会去卫将军的会场吗？要他们也是委托唐观海代拍，计划不就泡汤了？

乔枝的计划是等邱良生拍卖成功，拍卖师当即问其知不知道这些古董其实是文物，是不能被私有、不能被拍卖的，而海外的收藏家其实是从走私贩子手里买到的东西。按照原计划，主持人问出这个问题后，媒体会立刻将视频发布上平台，邱良生就算不会措手不及，也不会在那么快的时间内联系媒体删除视频。与此同时，她会迅速致电相关部门，对他们兄弟俩进行举报。如果他们不来现场，那这个计划还怎么进行？

乔枝越想越紧张，还没开场就开始感到口渴。

拍卖会开始，厅内座无虚席，媒体记者也早早到位，站在拍卖厅的最后面。常蔓和乔枝进门早，坐在后排，琮玉坐进了观摩区。

拍卖开始，第一件拍品是汉代的蒲纹玉璧，算上紫檀松枝形镂空底座接近三十厘米。底座有题诗，阴刻填金。

“我们的 1023 号拍品，起拍价两千三百万。”拍卖师介绍。

拍卖师说完，竞拍人纷纷举牌，唐观海出到三千一百万，拍卖师重复了十分钟，见网络竞拍人和现场的电话委托都不再加价，便落了槌。

厅内的众人纷纷鼓掌祝贺。

工作人员拿着确认书，到唐观海跟前让其签字。后面的四件拍品也都被唐观海拍了下来。到第六件拍品时，别人见他志在必得，开始五百万五百万地加价，有故意抬价的嫌疑。

三个多小时，十一件拍品全被唐观海拿下，媒体记者对着他个人进行全方位的记录。拍卖还没结束，他就被各大社交平台争相报道了。

乔枝内心焦躁地熬完全场，中间再难忍都没给琮玉发消息。拍卖结束后她看向琮玉，琮玉还是一副淡定的样子，她突然有些怀疑，琮玉真的有准备吗？

常蔓比乔枝淡定很多，自从她那条路走不通以后，她就在等钟表重新转动，现在表又走了，她就会相信它的准度。

拍卖活动完成，主持人最后又介绍了一遍拍卖师，公布了成交情况和成交额，现场的人稀稀拉拉地鼓起掌。汉代专场拍卖活动到此结束。

厅内人纷纷收拾东西，接连站起来，准备退场了。

乔枝拧上纯净水的瓶盖，走向琮玉，当下也没说什么，等几个人从西塔走廊出来，李西南去开车，常蔓去旁边的咖啡店买咖啡时，乔枝抓住机会问琮玉："什么也没发生啊。"

琮玉反问她："卫将军再给你发消息了吗？"

"没有。"乔枝说，"我现在已经怀疑邱良生给了他更多的好处，他已经不想帮我了。"

"先去他那边的会场吧。"

乔枝等了很久，筹谋了很久，就为了今天。为确保万无一失，她良知泯灭过，还病急乱投医，真的输不起。

琮玉让她别管了，她也听了，可是三个小时就这么无波无澜地过去了，除了唐观海拍下所有的拍品，什么事都没发生。她开始怀疑，琮玉到底有没有主意？琮玉说的"知道了一些事"是不是在骗她？

乔枝正要再问，常蔓回来了，李西南也把车开到了跟前。

琮玉先一步上了车，乔枝没机会问了。

前往西塔山庄之前，他们去吃了饭，这顿饭远没有中午那顿饭那么和谐了——乔枝和常蔓都不再说话。

"中国西塔拍卖"的汉代专场是夜场，七点开始，十点多结束。

当唐观海成功竞拍第一件拍品时，拍卖师什么话也没说，乔枝就知道卫将军违背了跟她的约定。支撑她的那股力量突然离开，她像是没了骨头，瘫软在了靠背上。

第二件、第三件……直到拍卖活动结束。

唐观海不惜以超出估值一倍的价钱拿走了在场的每一件西汉珍品。

工作人员公布了成交额，宣布拍卖会结束。

拍卖师拿着“中国西塔拍卖”的水晶杯站在主讲台上，工作人员纷纷走过去与其拍照。

来宾陆续退场，乔枝和常蔓也拖着疲惫的身子走向琮玉。

“别动！”

“蹲下！”

突然，门外冲进几名公安特警，当场控制住唐观海，高声喝令和他们的人几乎是同时抵达厅内的。

胆小的人当场尖叫起来，敏感的媒体记者正要架起机器，被公安的人制止并快速清理出了现场。琮玉他们也不例外。西塔走廊当即被全方位封锁了。所有人都想知道发生了什么，但见形势严峻又都不敢议论。

乔枝蒙了，等几个人到了安静、隐蔽的地方，她也不管常蔓、李西南这些外人了，着急地问琮玉：“这到底是怎么回事？”

常蔓也想知道：“唐观海是什么罪名？”

李西南没被周惜罇和陈既告知具体情况，也不知道。

琮玉给急切的三个人倒了水，说：“抓了肯定是有确凿的证据了。”

“那邱良生和邱文博呢？”乔枝更想知道抓不抓他们俩，“我爸现在还在他们俩手里！”

常蔓和李西南扭头看向她。

“应该是跑了。”

常蔓一下子明白了，这情形太似曾相识了——替罪羊。

上一次的替罪羊是霍国炜，确实轮也该轮到唐观海了。

乔枝忍不住骂街：“能让他跑了？”

琮玉坐下来，神态平和，语气平稳：“等陈既那边都完事了，你们会知道的。警方办案也不可能跟我们平民百姓汇报。”

乔枝和常蔓对视，乔枝开口：“但你知道。”

琮玉没说话，就是不否认。

“陈既告诉你的吗？”常蔓突然很想知道。

“不是。”

“陈既又是谁？”乔枝问。

常蔓说：“就是她那男人。”

乔枝不再问了。琮玉的心特别狠，她们这么着急，她也硬是沉默了一个晚上，直到第二天早上，陈既发来消息问她吃什么早餐，他回来时买。

琮玉知道他那边结束了，到外边回了个电话。

电话接通，陈既的声音如常，没一丝疲倦之意：“想吃什么？”

琮玉说：“跑了。”

“嗯，消息走漏了，他们在拍卖会之前就跑了。”

琮玉沉默下来。他说是消息走漏，其实就是他们还有保护伞。

陈既说：“已经实施抓捕了。”

“郭札呢？”

“现在在公安局。”

琮玉点头。确实，邱良生和邱文博已经玩崩了，用不着郭札鉴定东西了，肯定就抛弃他了，不然带着也是累赘。

“乔枝他们想知道怎么回事，现在能说吗？会影响警方办案吗？”

陈既说：“晚一点儿周惜鐏会过去告诉她们。”

“嗯。”琮玉把手搭在栏杆上，看着窗外的鸟儿、晴朗的天，眼波柔和，轻声说，“这十年，辛苦你了。”

琮玉回到房间，强支着眼皮不睡的几个人，眼里都是红血丝，眼泡浮肿，双眼皮宽了一倍，表情焦急地看着她，等她说话。

琮玉捏着手机告诉他们：“陈既等会儿买回早餐。”

乔枝的双手抓着单人沙发的扶手：“还有呢？”

“还有，我定了几杯咖啡。陈既过来，要买咖啡得绕太远。”

“我是问什么情况，现在网上也没人说，邱良生和邱文博到底怎么样了？警方抓住他们没有？”

琮玉坐下来，把手机放下：“周惜鐏周主任晚点儿会过来，会跟你们细说情况。”

乔枝不理解：“周惜鐏不是龙门省监察委员会主任？他跟我们说？我们这么大脸？他也不认识我们吧？”

常蔓跟李西南对视着，了然了。看这个情形，应该是乔枝在不知道的情况下参与了周惜罇和陈既的计划。

琮玉看乔枝火大，整个人平静不下来，便告诉她一个好消息："郭师傅在西塔坡公安局，很安全。"

乔枝压抑不住的焦躁情绪这才消散了一些，她小声地重复着，像念经："那就好……"

常蔓走到窗边，看着碧蓝如洗的天，远处的西塔台，飞檐翘角作为中心点，扩散开来一道一道光圈，真美。她微笑着扭头看向琮玉："被你说准了，这两天真是好天气。"

几个人一起看向窗边，微风拂动常蔓的头发，植物芳香气息被风带到几个人面前……这是春天独有的。

他们终于可以从背光的暗巷里走出，让春天融化他们身上的冻泥。

九点多，陈既还没回来，琮玉到阳台上抽烟，乔枝找了过去，帮她点着了烟，双手搭在玻璃围栏上，说："我刚才想了很多，还是没想通，我是怎么参与进检察院的计划中的？我明明是单打独斗。"

琮玉抽了一口烟，用小拇指拨弄了一下头发，还是告诉她："你记得我问你是怎么认识那些海外收藏家的吗？"

乔枝皱眉。

"你说是找你修复。"琮玉说，"我找你修复另有所图，他们找你也一样。"

乔枝愣了片刻，惊恐莫名："你是说……"

琮玉看向远方："因为你是郭札的女儿的身份，你和卫将军相识，所以周惜罇他们才把那些收藏家带到你跟前。他们知道，你一定会利用这些收藏家，再借助卫将军的力量散布消息，把邱良生和邱文博引来。"

乔枝捂住嘴："可是，他们怎么会知道？他们知道我跟卫将军相识也就算了，我不确定卫将军会不会对别人说我们之间的关系。但我爸当年为了保住我和我妈，把我被拐卖的事做得特别真，连邱良生都不知道我走丢是我爸安排的，周惜罇他们怎么可能知道？"

乔枝说话的声音惊动了常蔓和李西南，他们以为琮玉和乔枝在吵架，拉开了阳台的门。

琮玉正好没心思抽烟了，索性掐了烟，回到房间里，坐下来又说："这你要听周惜罇说。”

乔枝琢磨过来了：“你发现他们利用了我，所以才跟我说，你知道了一些事。”

琮玉说：“起初听你说那些收藏家找你修复古物，我只是猜测，后来亲自验证，发现我应该是猜中了。”

乔枝又问：“那周惜罇他们这么做的目的是什么？把人引来，然后呢？卫将军又在不在他们的计划当中？”

琮玉说：“下午周惜罇就来了，你不如去问他。”

乔枝有好多问题，真的要好好问问这位监察委员会主任。

陈既回来时拎着早餐，满肚子问题的乔枝却什么都没问他，甚至他一来，他们别的话也不说了。他们就跟焰城唐华路的那些人一样，害怕陈既。若问原因，他们自己不觉得，也不认为陈既有什么可怕的，但他在时，他们总是不由自主地降低存在感。陈既就是有这样的气场，脸色阴郁、沉默不语的时候尤甚。

陈既没跟他们待在一起，将早餐送到就要回房间补觉。

琮玉送他过去。陈既站在门外，跟她说：“你也跟我去睡会儿。”

琮玉扶着门边：“我还不困。”

“我也不困。”

“那你上去干什么？”

“你房间里的人太多了。”

琮玉说：“你真不怕得罪人，他们可是能听见的。”

“随便。”

琮玉把手伸向他，被他握住，然后问：“周惜罇几点来？”

“他说晚点儿。”

“那我们是找一家饭店，订个包间？”

“我订好了。”陈既把地址发给琮玉，“他那边完事会打电话给我，我告诉你，你带他们过去就好。”

“嗯。”琮玉想把手抽回来，“那你先去睡吧。”

陈既没许她抽走手，又攥住她的手指，拉到唇边吻了吻：“一起。”

琮玉勾唇，故意挑衅他：“不要。”

陈既也没想拐跑她："少喝咖啡。"

"嗯。"

晚上七点，琮玉带乔枝和常蔓他们在饭店的包间里等待着，周惜罇跟陈既姗姗来迟。

琮玉还是第一次跟这位监察委员会主任坐在一张饭桌前。周惜罇还是琮玉认识时那个模样，个儿高，身材偏瘦，但体态端正，一身深色西装衬得他气宇不凡。

乔枝不是没见过世面的人，没被周惜罇的官衔吓到，显得很从容。她见他比陈既温和，嘴角还有笑，神情不自觉地更放松了。

常蔓虽然没跟周惜罇见过面，但也算是打过交道，早知道彼此，如平常那样大方。

李西南没多大反应，自己的姐夫，早见过八百遍了。

周惜罇也熬了大夜，昨天逮捕唐观海，直接公安局提审。公安局的同志们临时给他腾出了一个办公室，让他和检察院的同事办公。

警方审了唐观海一宿，都没供完邱良生兄弟十分之一的犯罪行为，可见他们造了多少孽。

到白天也没来得及歇一会儿，好不容易有点儿时间了，他还得来跟常蔓她们解释。毕竟他们在各个阶段都给警方提供过帮助，警方没理由把普通老百姓牵扯进来，用完了就丢弃。

"那我长话短说，大致讲一下什么情况，剩下要是有不理解的地方，你们可以问陈既。从发现问题，到制订计划，再到实施，都是他牵头，我就是给他提供服务，帮他落实的。"周惜罇很谦虚，也有点儿玩笑的性质，严肃的氛围又轻松了些。

周惜罇不再客套、卖关子："陈既想方设法地进入良生集团后，一直没被邱良生委以重任，基本都在打杂。但他也没闲着，通过跟唐观海的进一步接触，发现他背着邱良生打听过郭札的事，也就是你的父亲。"周惜罇的最后一句话是面向乔枝说的。

乔枝看了陈既一眼，实在没想到他的角色这么重要。她一直以为他就是一个冷漠的花瓶、琮玉的男朋友。

周惜罇又说："郭札有个女儿被拐卖了，这在甘岭的贡方里不是秘密，只是不知道被拐到了哪里。"

乔枝没说话，想先听听他们是怎么找到她的。

周惜罇继续看着乔枝："纪委有依法使用技术防范系统的权限，被拐卖时的监控肯定找不到了，但我们有 DNA 数据库，基本上你去一些有公安授权的医院验血，你的 DNA 都会被记录。"

乔枝听到这里，皱起了眉头。

周惜罇解释："你不用担心我们会有别的用途，这只是录入，为侦破案件、打拐、感染传染病毒做预防的。"

"没有，没有，不是担心，是有点儿惊讶。"乔枝摆手。

周惜罇继续说："你去年年初在西塔坡宫所医院做过血液检查。"

乔枝刚才就已经想到了，点了点头："是，我去年过年的时候病毒性感冒，到宫所医院，急诊科的医生给我开了验血单。"

周惜罇说："你走丢时，你父亲是到公安局报了案的，公安局有你的个人信息，经过 DNA 对比，我们知道了你在西塔坡。"

乔枝全明白了："然后你们在暗中把那些收藏家介绍给我。"

周惜罇点头："当时确定了你是郭札的女儿，但因为唐观海私下找过郭札，我们不知道其中的联系，所以没有打草惊蛇。通过查询你的通信记录，我们发现你跟郭札是有联系的，所以你并不是走丢。"

"通信记录……"乔枝不由自主地重复道。

周惜罇又解释："按规矩，我们是不能私自去调取公民的通信记录的，需要确定被调取对象为刑事案件当事人，然后再申请批准，但在警方这里，你本身就是一起被拐卖案件的当事人。"

原来是这样。乔枝在心里感慨：原来成也这个局，败也这个局。

周惜罇继续说道："我们知道了你的身份，知道你动了让邱家兄弟露出马脚的心思，所以引那些收藏家找你修复。以你跟卫将军的关系，你大概率会让他帮你。"

乔枝皱起眉头："你们也算得太全面了，连我怎么做都知道？"

"其实我们不知道你具体怎么做，但你一定会做什么，无论你做什么，引起邱家兄弟的注意都是必要的一步。只要他们意识到，他们过去的罪恶要重见天日，一定会有所行动。从他们不择手段地掩饰过去的事情就能看出过去于他们的重要性。”

周惜罇说完，喝了口水，又说：“我们没想到的一点是，邱家兄弟会亲自过来。”

“你们以为是什么？”乔枝问。

“我们以为他们会派唐观海过来。”周惜罇说，“前边说陈既进入集团后，跟唐观海的关系更近了些，唐观海经常私下找他喝酒，不止一次说到霍国炜的结局，隐隐透露自己可能也会是这样的结局。”

周惜罇将双手搭在桌子上：“霍国炜当了邱家兄弟的替罪羊，唐观海觉得他是下一只替罪羊。我们就误以为，邱家兄弟可能会派他过来。”

乔枝说：“但结果是一样的，即便邱家兄弟亲自过来了，还是让唐观海当了这个替罪羊，他们也还是跑了，不是吗？”

常蔓和李西南看了乔枝一眼，她有些激动，说话也没分寸了。

周惜罇不介意乔枝语气里的埋怨之意：“如果可以轻松地定他们的罪，把他们抓捕归案，就没有陈既这十年的生活了。良生集团这么大的集团公司，要定他们的罪，谈何容易？何况还有些不明力量从中阻碍调查。”

周惜罇没告诉乔枝他们，他的妻子早就因为他调查邱良生成了植物人。他只是说：“如果简单、不费吹灰之力，你父亲也不会用‘拐卖’的方式把你送到安全的地方，也不会逼你母亲跟他离婚。”

乔枝微低下头：“对不起，我不是那个意思，就是觉得遗憾，他们竟然又逃脱了。”

“已经实施抓捕了，你可以放心地相信我们警方。”周惜罇说。

乔枝不说话了。

常蔓有问题：“唐观海若做了这个替罪羊，那不就是揽下所有罪责的意思？邱良生还跑什么？”

周惜罇说：“要不是有把柄在别人手上，或被人拿捏了软肋，谁愿意做替罪羊？唐观海这么多年对邱良生唯命是从，是因为他的妻女在邱良生手里。”

常蔓皱眉。

周惜罇继续解释：“我们在走访唐观海的关系网时，打听到他的妻子在柬埔寨的一家贸易公司工作。通过调查，我们发现那家公司就在唐观海的名下。唐观海的名下，同样的挂名公司有二十几家，显而易见，这些公司的实际控制人都是邱良生。”

众人了然。

周惜罇继续说：“早在拍卖会开始之前，我们警方就已经联合柬埔寨警方将唐观海的妻女解救出来了，所以，唐观海会把他知道的事都说出来。邱家兄弟也连夜逃离了西塔坡。”

到这里，事情已经明晰。

周惜罇在这时看向陈既：“这都要感谢陈既，他不进入集团，不在三年内获得唐观海的信任，顺水推舟地发现这一切，我们都还不知道邱家兄弟竟然是靠倒卖、走私文物发家的。”

所有人的目光聚焦在陈既的脸上，他还是一副淡定的模样，仿佛他只是在做该做的事。

周惜罇看了琮玉一眼：“我也是没想到，陆岱川陆营长，竟然是在跟邱良生走私团伙的冲突中牺牲的。”

琮玉的反应也很淡定。

常蔓第一次知道这件事，李西南也是，他们双双猛地看向琮玉，原来她一直不是因为男人才来西北……

周惜罇感到有些释然：“要说没想到，其实没想到的事多了，主要还是没想到你们这么有毅力,不计较代价。”他说完这句话,忽然变得严肃起来,“我在此感谢你们在这场长达十几年的斗争中做出的贡献。以后就不要了，你们还是通过正规渠道维权，相信我们的法律，也请相信我们在扫黑除恶专项斗争中的决心。”

乔枝笑了一声，受不住他的第一句感谢：“我们能干什么？我们就是普通百姓，我们努力十年又怎么样？还不是比不上你们的一个命令？”

周惜罇是个温和的人，听乔枝这么说话也不生气，说道：“知道你们受委屈了，但我们也没有上帝视角，判断一件事情的对错也需要时间，需要其他事件佐证。但有一点我们可以保证，有证据，哪怕一件，我们也会查。”他太温和了，让人感到无尽的安全感，听着他说话，乔枝唱了半天的反调，总算停下来了。

周惜罇又说：“等事情尘埃落定了，我跟相关部门说一声，给你们表彰。”

“表彰要不要的吧无所谓，就希望结果能如愿。”乔枝说。

“肯定会。”

常蔓有些关心调查顺序：“逮捕邱家兄弟之后，是从他们倒卖、走私文物开始查吗？他们成立矿产公司之后也都是问题，羌白矿区、青木矿区，都不知道有多少条人命。”

周惜罇说：“只要他们做过的事，一件都跑不了。”

常蔓长出了一口气：“嗯。”

周惜罇又说：“但我们肯定是从他们最早盗墓、倒卖文物开始。最早治理西塔坡时，公安部成立过专案组，但随着专案组组长失踪，后来在石料厂的碎石机周围发现了他的人体组织，最大的案子就被搁置了。”

在场的人闻之心惊。

乔枝难以想象：“人体组织吗？”

周惜罇也遗憾地点了点头：“前人吃了数不尽的苦。”

众人又是一阵沉默。

周惜罇该说的情况差不多都说完了，他还有很多事要做：“好了，能说的都说了，接下来的结果你们等公告就行了，这个案子会有公示。”说着话，他站了起来，“我还有一堆事，饭就不吃了。你们再有什么问题，问陈既吧。”

“邱良生兄弟被抓获了，陈既以后去哪儿？去干什么？”常蔓突然感到很好奇，下意识地问出口。

李西南也下意识地看向常蔓，眼神复杂，难以解读。

周惜罇已经走到门口，手扶住门把手，看着陈既：“他想去哪里都可以。虽然我个人觉得，这样的人不能在某些岗位上工作，是我们公职人员和人民的一点儿小遗憾，但……”他看着陈既的眼睛，这是十年相处、值得一辈子信任的人，“我们的合作结束了，他的人生该有些时间是为了他自己而活。”

周惜罇说完笑了一下：“等我忙完，再聚。”

“嗯。”陈既淡淡地答应了一声。

周惜罇走了，一桌子菜没动。

乔枝和常蔓都感到有些恍惚，连瘫坐在椅子上的姿势都如出一辙。

饭店是陈既认识的人开的，包间选在走廊尽头，有一扇窗，透过这扇窗户，对面的一切景致近在眼前。高大的建筑把天空都遮住了，阳光还是丝丝缕缕地照进他们的眼睛，在黑曜岩似的眼球上点出光斑。

一件事存在太久，忽然消失，很少有人不会出现一种巨大的空虚、茫然感，但出现这样的身体本能反应之后，又会是巨大的轻松感，像载着云一样。终于，他们等到了今天。

常蔓回头时，发现乔枝也看着窗外，突然笑了。他们被常蔓的笑声传染，也陆续笑了。真好！

常蔓说："这一部扯淡的连续剧，终于迎来大结局。"

"下一部是什么？爱情片？家庭伦理？"乔枝问道。

常蔓摇头："什么都好。"

常蔓拿起筷子："都吃饭吧。"

"凉透了，我叫服务员去热一下。"李西南说。

乔枝扭头看着一直沉默的琮玉，突然想起一件事，又扭头看向陈既："卫将军和赵独虎知道这个计划吗？"

"不知道。"

乔枝听到陈既说的冷冷的三个字，后脖子一凉，闭上了嘴。要是陈既发现，她拿他的女朋友当过诱饵，那脸肯定比现在还冷。但是，如果卫将军不知道这个计划，怎么会违背两个人的约定？真的只是因为她没如约把琮玉介绍给他？

虽然乔枝一直很怕卫将军因为得不到琮玉跟她翻脸，但帮她揭露邱良生他们做的恶，对他的地位提升有很大帮助，他真的会色令智昏吗？还是说他真的被邱良生收买了？

乔枝想不通了。

常蔓这时拍了拍她："你想什么呢？"

乔枝扭头："什么？"

常蔓说："我问你，要不要这个蟹肉泥？"

乔枝看向她指向的一盘子菜，是粉红色的泥状球体，突然想起周惜罇说的话，摆手摇头："不……"

常蔓皱眉："我好不容易忘了，你又让我想起来了。"

房间的光线突然暗了一下，像是手机屏幕自动保护系统被触发。

乔枝转移了话题："这个沙拉看着可以。"

李西南回来了，陈既起身朝外走去，李西南问："既哥，去哪儿啊？"

"卫生间。"

琮玉也站了起来。

常蔓问："你又是去哪儿啊？"

"一样。"

"情侣都是一起上厕所的？"乔枝也问。

常蔓勾唇，没说话。

琮玉追着陈既进了卫生间，陈既不上厕所，只是洗了洗手，然后双手扶在洗手池的边缘，沉默着。

琮玉在身后看了陈既一会儿，还是走过去，握住他的手。

陈既反握住她的手，转身看着琮玉，那么漠然的脸，那么柔和的眼："我没事。"

琮玉心疼："那天晚上，我没告诉你，从监狱回来的路上我一直想的一句话是什么。"

陈既伸手抚摩她的脸："什么？"

琮玉将他的手举到唇边吻了吻："我们都没说过，我爱你。"

但我爱你，我顶天立地的既哥。我想，直到死的那一天，你都是唯一感动过我的男人。

所有的事情都过去了。你也做到了，你的父亲，"3·9专案组"组长陈辜远，泉下有知。

第十章
# 我的男人，顶天立地

(1)

琮玉到最后都没有告诉乔枝，她知道的“一些事”是什么。

几年前，琮玉被陈既送回京州，可是因为太难忘，她总是忍不住搜寻他的消息。只是这个男人聪明绝顶，把自己藏得隐密。

琮玉打听到，他家经营着一个逾百年的药膏品牌。一百多年前就有境外势力觊觎过他家的配方，他家祖辈宁死不屈，因而赚足口碑。近年各式药品面世，各种功效、包装，让人眼花缭乱，他家的药膏作为百年品牌，倒还有一席地位，但跟鼎盛时不能比了。前两年又缠上了官司，百年基业风雨飘摇。

这一切都要从陈既的父亲陈辜远的失踪开始说。

多年前，陈辜远离家，失踪，乡里乡亲传言陈辜远犯事，已经死在他乡。陈辜远的妻子尤迎一个人支撑着不复当年的家业，越来越勉强，陈辜远的兄弟还组团欺负孤儿寡母。

尤迎在澳海除了陈辜远，再没有其他靠山，丈夫失踪对她来说可以说是重创，她难以负担，还是带陈既回了京州，把家业交还给了陈家长辈。

当琮玉知道这些情况时，陈既的爷爷已经去世，陈既的几个叔叔因为家业交给谁这件事闹翻了，还将彼此告上了法庭。她心里想着陈既，几乎没犹豫，就指引着陈既的一位叔侄兄弟到柯霄的事务所，要帮他打官司。

本来琮玉也不知道陈既家谁是好人，谁是坏人，但尤迎还在世时，只有这位叔侄兄弟时常关心他们。她在邻里之间打听，又发现他是个老实本分的人，从不争抢，她也就锁定了目标。反正这些家业归一个人，总比一大家子人天天掐架要好。

琮玉擅作主张，然后为了这场官司跑前跑后，还利用上了周林律，总算是收获一个不错的结果。

在澳海的那段时间，陈辜远的下落是她最好奇的事，她用各种隐秘的方式，朝街坊打听了个遍，最后从一位修鞋老师傅嘴里知道，陈辜远在公安部工作，是党委委员。

琮玉很好奇，为什么这里的人似乎不知道这一点？

老师傅说，本来也没人知道，他知道纯属意外。大家都在传陈辜远犯事了，他起先是帮忙说过话的，但没人信。大家更愿意相信陈辜远犯事了，早死在了外边。大概是因为陈辜远有钱，有本事，娶的妻子也漂亮，这样的人，就应该有个带污点的结局。

琮玉觉得很恶心，但又不能把这些碎嘴子的人都搜罗起来乱棍打死，就翻阅资料，托人询问，发现多年前，公安部最早发现西塔坡的盗墓、倒卖文物情况，就成立过一个专案组前去肃清整顿，专案组的组长就叫陈辜远。

琮玉找到从公安部退休的老干部，想再打听点儿消息，只可惜老干部虽然岁数大了，脑子还清楚，口风很紧，她什么都问不出来。除了一点，陈辜远在西塔坡有两个朋友，是一对夫妻。

琮玉假借给沈经赋修复瓶子之名，飞到了西塔坡。

这一路上她都在想，如果她自己父亲的事也有迹可循，有地方可以打听就好了，她也不至于十年都不知道父亲为什么牺牲。

琮玉找到这对夫妻时，他们已经在西塔坡监狱里待了很多年。他们就是赵独虎的父母。西塔坡很多老人都知道，赵独虎是个混账，把父母送进了监狱。但通过琮玉很长一段时间的打听和观察，她觉得不是。

西塔坡作为一个重点管控对象，掮客很多，琮玉给了这些人不少好处，通过他们牵线搭桥，认识了西塔坡监狱的前监狱长。从这位前监狱长的嘴里，琮玉知道了一些新的东西。

赵独虎是因为父母遭到陌生人威胁，实在没办法才用经济犯罪这样的罪名把他们送进了监狱，想着他们进了监狱，构不成威胁了，就不会再被人盯上。

这办法果然有用。

琮玉请求这位前监狱长安排她跟赵独虎的父母见面。

探监当天，她自己介绍是陈辜远的侄女，说了些陈辜远的家事，但两夫妻也很谨慎，非得琮玉把她跟陈家人相识的证据拿出来才信。

琮玉消除了他们的怀疑，他们一瞬间变得泪眼婆娑。

原来，他们起初是陈辜远的朋友，陈辜远被邱良生杀害以后，他们是通过跟邱良生合作才保住了命。他们知道不少邱良生做的坏事。就比如，邱良生不仅用恶劣手段残害了陈辜远，他的走私团伙还在阿库勒雪山对几名边防军人下了狠手。

边防军人……琮玉听到这里，觉得脑子里“轰”的一声，所有的事都串联起来了。

那陈既呢？他知道这些事吗？他知道自己的父亲惨死在邱家兄弟的手里吗？他跟在邱家兄弟身边，是因为这点吗？

琮玉突然生出很多问题。

夫妻俩还告诉她，邱家兄弟退出西塔坡之前，所有给他们卖命的人，都被他们用各种手段封了口。其中一个叫郭札的鉴定师，就被割了舌头。

夫妻俩当然也不例外，频频遭到威胁，但其实两个人连亲儿子赵独虎都没告诉，却没什么用。因为亲眼见证了陈辜远的悲惨下场，两个人不敢跟他们叫板，只是成日魂不守舍，终于在被赵独虎送进监狱后，免遭了这场劫难。

琮玉知晓这一切真相后，很长一段时间不知道该干什么。一有时间她就去墓地，跟陆岱川待上一整天，也没话要说，就想跟他待着。她探究了那么多年，突然知道了他牺牲的原因，又在想，要是不知道，多好？人好贪心，她又开始想要爸爸了。

琮玉想要父亲的陪伴，想要一家三口人在一起，想要像别人家的小孩那样长大。可是不行，她的父亲牺牲了，被恶人害死了。

琮玉让自己缓了两个月，有一天早上醒来，打开邮箱，看到一个挺感兴趣的工作邀约，只是要出国很久。她本来有些犹豫，却不知道怎么给拒绝了。拒绝了就算了，感兴趣而已，她也不是很喜欢。

晚上回家，看到邮箱提示她邮件发送失败，原来是早上回复时，网络波动，拒绝的消息根本没发过去。这下她有了重新回复的机会，却还是拒绝了。

琮玉恍惚间意识到，要是陆岱川带着记忆重新来过，他应该还是会守在边防线上吧。这是他的选择，他永远选择祖国。她一下子释然了。但她理解了陆岱川，不代表原谅邱家兄弟，他们还是要血债血偿的。

而对怎么让他们伏法，她没有任何思路，也怕她没有思虑周全地横插一脚，会打乱陈既的计划。他跟周惜罇肯定有行动。

琮玉很犹豫，直到再一次以朋友之名探监，通过跟夫妻俩交流，发现邱家兄弟狠辣的根源在于，他们不能让别人知道他们盗墓、倒卖文物的事。他们害怕。

琮玉立刻找到突破口，开始打听那些被他们倒卖到国外的文物。她的运气很好，通过打听这些文物，她发现有一些文物的藏主找了西塔坡的修复师修复。她联系不到收藏者，就去接近了这个修复师。

琮玉还是以给沈经赋修复瓶子的借口，利用周林律的关系，合理、自然地认识了修复师乔枝。通过跟乔枝认识，她发现乔枝的父亲竟然是郭札，那个被邱家兄弟拔了舌头的鉴定师。乔枝说自己是走丢的，被卖到德国，学成回来，就想阖家团圆。

琮玉很谨慎，问了乔枝说的德国学校，那里根本没有乔枝的入学记录，她由此知道，乔枝有秘密。她表面上要帮乔枝跟父母相认，私底下打听乔枝在西塔坡的动向，知道了乔枝和窦雯、卫将军的渊源。她隐约感觉到乔枝在做什么，直到乔枝邀请她参加这次博览会。

因为放不下陈既，也想知道陈既对他父亲的事是不是了解，她没直接前往西塔坡，绕远先去了一趟甘岭。再次见到陈既，他们终于和解。

邱文博在这个关口见了郭札，还要带郭札同去西塔坡，琮玉一下想起夫妻俩说过的事。

邱家兄弟最怕的就是他们盗墓、倒卖文物的事见光。他们前去西塔坡，肯定也是因为那几件重新进入大众视野的文物。再结合乔枝的谎话、怪异的举止，琮玉由此推测，乔枝不是走丢的，她跟郭札一直有联系。收藏家们重新出现，或许就是她找到的，她要以收藏家们手里的文物，引邱家兄弟回到旧地。

从甘岭出发，前去西塔坡，陈既给琮玉叫了车，也叫了个司机。

琮玉好奇过陈既为什么知道她要去西塔坡，然后又好奇他怎么知道她会在玛吉县歇脚，去找乔枝的母亲。但她没追问。

琮玉知道，陈既帮周惜罇办事，向来就没什么事是不知道的，他的身份也确实需要他时时考虑周全、打听仔细。后来，乔枝要琮玉上台唱戏，琮玉跟她戳破窗户纸，互相揭开了身份。直到帮她上台，琮玉都以为，事情发展到现在是乔枝在带节奏，直到闺密局的那天。

琮玉问乔枝跟那些收藏家是怎么认识的，乔枝说他们也是找她修复，那就是说不是她亲自去联络的他们。琮玉心中产生了怀疑。

第二天，她跟邱路雪在酒店大堂碰到，邱路雪不经意的一句江北和陈既都想进集团，让琮玉心中的谜团更大了一些。

当天下午，她再去监狱，使了点儿小聪明，诈出了夫妻俩的实话。

原来，在她之前，陈既就找过他们了。琮玉在澳海听到陈辜远的那些事，都是陈既引导的，是陈既让她知道了全部真相，也是陈既把那些收藏家带到了乔枝的面前，引导乔枝去做这个局。难怪琮玉有时候会觉得，这一切太过顺利。

怎么可能连国家都暂时找不到破绽的邱家兄弟，她和乔枝两个人就知晓了真相？并做成了这个引蛇出洞的局？

这下琮玉明白了，陈既给周惜罇办事，在邱家兄弟身边潜藏了十年，并不全是因为心肠热，扫黑除恶，他是在找机会，让过去的丑恶重现天日，让他的父亲安息。

这就是她知道的“一些事”。

陈既牵着琮玉的手：“这么正经？”

琮玉微微歪头，看着陈既的眼睛，不知道他是怎么藏住这些事，又制订出这么翔实的计划的。

“看什么？”陈既问。

琮玉走近他，双手搭在他的腰上：“我想回酒店。”

陈既亲吻她的发心：“不吃东西？”

“不。”琮玉轻轻蹭了蹭他的胸口。

陈既牵住她的手：“那就回。”说着他把琮玉牵出了饭店，也没跟包间里的几个人打声招呼。

琮玉坐在副驾驶座上，歪着脑袋，看着陈既的侧脸。

陈既现在不怕她看了，已经不躲了，也不会把脸藏起来。

琮玉还是想知道："你为什么让我知道这些事？"

陈既看着路："本来不想，但你不死心，还去澳海掺和我家的事。我知道你也不会放弃寻找你父亲牺牲的真相，与其让你自己没头绪地乱打听，不如我给你指条路。"你在我的视线里，我也可以护你。

陈既说："我唯一没想到的是，你这次没直接到西塔坡，先到了甘岭。"

琮玉知道了："你觉得，我的这个举动是要跟你重归于好？"

"嗯。"陈既偶尔也有脸皮厚的时候，语气跟琮玉无赖时一样。琮玉跟他越来越像的同时，他身上倒是也有她的一些影子了，就是生涩的，不熟练的，不伦不类的。

须臾，琮玉坐正一些："你父亲的事，你什么时候发现的？"她问的时候并未犹豫，相信陈既早就能面对这些事，早就不怕被提起来了。

陈既很平静："在阿库勒雪山的那场冲突中。"

琮玉等他继续往下说。

"参与那场行动的人都知道，那伙势力是走私西塔坡文物的犯罪团伙，但有人阻碍真相大白。就像我在入伍前去找我爸怎么也找不到，有人不让我找到。"

陈既现在再说起这件事，就像说旁人的事："我爸去了西塔坡，没回来，我的战友在抵抗西塔坡的走私团伙时牺牲，问题就在西塔坡。"

琮玉接了下去："你发现赵独虎的父母是你父亲的朋友，知道一部分真相，但他们不愿意做证帮你揭露真相。"琮玉跟夫妻俩接触过，他们委实胆小怕死。

陈既说："他们做证也没用，要有周惜罇这种头铁、不怕报复的监察部门的领导。我找到他，跟他合作，在邱文博身边待了七年才进集团。后面就是周惜罇说的那样，我通过唐观海找到破绽。"

琮玉知道了："海外的那些收藏家是周惜罇找到的。"

"周惜罇用了一年的时间向上方申请调查，不停地去京州，材料一次比一次详尽。后来事情进展这么顺利，都仰仗上方成立了专案组、批了资源。"

琮玉沉默了几秒钟，问道："你没功劳？"

"我算什么？"

琮玉的心又是一疼。

陈既说："我运气好，正好上边要肃清内部贪腐人员，也想动邱良生这条鱼了。"

琮玉扭头看向窗外，不想说话了。

陈既的十年，被他轻描淡写的一句话带过。一个人一生有几个十年？虽说时间都是一样过，但为什么他要走十年的钢丝呢？为什么他不在宽敞明亮的罗马道上走呢？如果没有陈既暗中搜寻这些证据，周惜罇拿什么向上方申请调查？

陈既知道琮玉不想听他这么说，她替他感到委屈，但他不觉得委屈，牵住了她的手。

琮玉怨归怨，但没抽回手去。

陈既把车停在路边，停顿了一下，才说："我不是为功劳，也不稀罕，我要真相。"

"说得好像过家家，别看邱良生在这个年代不敢轻易做什么了，但你看霍国炜，看唐观海，他们被他钳制得跟孙子一样，你有那么万无一失永远能从他们的怀疑里逃脱？他们可是很擅长栽赃嫁祸、找替罪羊的。"

陈既摩挲着琮玉的手，云淡风轻地说道："没关系，等十年、二十年，我总会等到有人为我洗掉这身污秽。就像这么多年过去，我爸总算不再是邻居嘴里作奸犯科的人了。"陈辜远以前对尤迎说过，皇天后土，正义永生，做对的事，会有好的结局，无论多久。尤迎常将此话讲给陈既听。

"你爸有你，你有什么？"琮玉知道陈既不需要被人心疼，但她应该有心疼自己男人的权利吧？

陈既的脸还是冷的，话还是少的，但他拉起琮玉的手，细细地吻着："我有濛濛。"我要是尖刃，你总会是我的刀鞘。

"谁是你的？"

"很明显。"

琮玉感觉到陈既故意让语气跟平常有区别，很想通过轻松的态度让她知道，他没事，他亲自完成一件作品，觉得愉快。但他不仅不擅长说情话，也不擅长开玩笑。好生硬，也好无趣。到这种时候，他也只想着她，真没意思啊。她用带有一些自嘲的语气说："我这趟才是什么也没干。"

“你干了。”

琮玉赌气地说：“干了什么？”

“我行事这么顺利，可能因为你是一个平安符。”陈既这句话说得有点儿磕巴，但比起那句“从我吧”实在是进步不少了。

琮玉的脸色有一些缓和了，表面上却不吃这套：“不是你嫌弃我，死乞白赖地送我回京州的时候了？那时候你看我，不是满脑子想着拖油瓶吗？”

“一般我觉得累赘的人，都不带着。”

“我还得谢谢你，是吗？”

“我是告诉你，我不觉得。”我不觉得你是拖油瓶。

琮玉的心已经被暖透，嘴上却还要戗他：“但你那时候总是凶我。”说完她又觉得，现在好像也还是那样，他有时候吻她跟他以前打人一般狠。她觉得他柔和了可能是因为她的承受能力变强了？也或许是因为，她在他的心里了。

陈既这时说：“那我改改。”

琮玉感觉心头猛地一跳，突然好烦他。这人真的烦，烦得她忍不住拉起他的手，用力咬他的手指，满口的抱怨：“跟我回京州！”

陈既任她咬，过了许久，答应了一声：“好。”

琮玉和陈既半路跑了，包间里的人也就散了。

吃完饭，李西南载常蔓回酒店补觉了，乔枝一个人走在街头。

晚上的风已经没那么刺骨了，春天已经在悄悄酝酿了。

刚从饭店出来时，她给她的父亲打了电话，郭札不能说话，但她就想给他打个电话，听听他发出一点儿声音，她也觉得心里暖暖的。

郭札好像懂女儿，“呜呜啊啊”地发出些声音来。

没一会儿，乔枝已经泪流满面。后来乔枝沿着那条路反反复复地走，没那么刺骨的风都把她吹透了。等她收拾好情绪，她开车去了卫将军家。

卫将军起初不见她，没过多久，不知道怎么想通了，让她进门了。卫将军坐在沙发上，跷着二郎腿，把玩着一只玉壶。

乔枝不等人请，自顾自地坐了下来。她不再有求于卫将军了，不用卑躬屈膝了，就这么现实。她想问卫将军为什么临时变卦了，真的因为她没把琮玉带去他的饭局吗？

没等她问，卫将军直接告诉她：“那天早上有关部门的人过来，说我进行拍卖的这批古董是国家一级保护文物，直接将东西没收了。”

“早上？”

“嗯。”卫将军放下玉壶，看向乔枝，“你也没告诉我那个唱戏的小明星有对象。”

乔枝笑笑，弹了弹指甲，观察着甲片的光泽：“卫老板什么时候考虑过别人有没有对象？我当时也有男朋友，怎么不见你考虑呢？”

卫将军避开了这件事：“拍卖会的前一天晚上，这个男的搅了我的局，还说出咱们俩的约定。你这么个破计划到底跟多少人说了一遍？”

乔枝听到前一句话时，就停下了动作。原来是这样吗？她又问卫将军：“他跟你说这事是想干什么？”

“他让我有什么计划都放弃。”卫将军的眼神忽然变得阴毒，“还说你引见、委托我们拍卖文物的收藏家已经跟有关部门协调好了，早由国家买下了东西，关税都在走了。”

乔枝前不久刚知道这件事，看卫将军狂躁还觉得挺有意思的。

“还有，他为什么知道窦雯的事？”卫将军发了火。

乔枝也感到有些惊讶，但笃定琮玉不会透露消息。不过那个男人那么有能耐，还用琮玉透露什么消息？

卫将军看乔枝姿态从容，才发现她跟之前那副明显受制于他的样子不同了，好像突然间有了底气。

乔枝不由得在心中又发出感叹，琮玉的男人还真不简单，这么忙还能腾出时间断绝别人对琮玉的心思。她没有跟卫将军解释，也没放什么狠话，翻身做主人也不一定就要当下展现出优越感。来日方长，她一定能等到卫将军为他的所作所为付出代价的时候，而不再需要她去利用窦雯了。她这不就等到邱家兄弟的结局了吗？

卫将军看着乔枝离开，没敢留她。最近西塔坡的大人物来得有点儿多了，他得安分一阵子，等鸟都飞走了，还愁树上没他落脚的地方吗？他向来沉得住气，心里有盘算，却不知道，这次上方的力度和决心前所未有地强，不是他藏起来，别人就不知道他有尾巴的时候了。

赵独虎接到监狱的电话，说是再过两个月他的父母就刑满释放了，让他做好准备把父母接回家。他拿着手机，傻站了很久。

赵子茯从楼上下来，看到赵独虎这样，低声骂了一句，想着直接路过，不跟他说话。赵独虎突然跟她说：“过段时间就把爸妈接回来。”

赵子茯停住，扭头看向他：“你说什么屁话？”

赵独虎没再回答。

赵子茯发现不对劲，愣了半天：“真的？”

赵独虎突然开始想要做一个彻头彻尾的好人了。他曾经为了名利出卖良知，现在想为了父母长命百岁，重新选择人生的方向。他还是不知道父母被谁威胁，为什么父母一直胆战心惊，但都不重要了。父母回来了，一切事情就是结束了，他就是要转运了。

但如果卫将军注定要死在这一场扫黑除恶的洪流中，那跟卫将军半斤八两的他，凭什么能独善其身？

常蔓回到房间里，李西南一直跟在她身后，她也没扭头，没让他回自己的房间。两个人就这样，一前一后地走到常蔓的房间门口。

常蔓拿房卡开门，手一直在门把手上，但没有扳动。她在心里考虑了半天，说：“到时候查到邱良生和中心银行甘岭支行行长勾连，你姐姐被害成植物人的事就能被公之于众了。”她跟李西南搭档过很久，他虽然不成熟，但办事牢靠，她的很多必要的事都是他帮忙的。他们对彼此的事都知道不少。

李西南没回应这句话，只是问她：“你要回苏州了吗？”

“嗯。”常蔓要回家。

李西南说：“我拍了一颗十点三克拉的天然帕帕拉恰蓝宝石，让他们送货，地址填了你家的。”

常蔓一下子扭过头，还没骂他，他就捧住她的脸吻了下来。

常蔓的眼睛都睁大了，双手腾空，不知道应该放在哪儿。

李西南浅尝辄止，跟她说：“我知道你不要，所以才要他们邮寄过去。”

常蔓不知道说什么了。

李西南退开两步，说：“都结束了，既哥的人生该有些时间是为了他自己活，蔓姐也是。”

常蔓抱住双臂，靠在门上，这是她以前惯用的妖娆姿态：“我跟过邱文博，你觉得我还有机会再为自己活吗？”

李西南说：“当然，总要找一个质量更好的。”

常蔓抬眼看着他，又卡壳了。

李西南从兜里掏出两颗没剥的栗子，塞进常蔓的手里：“既哥很好，我也不错。”

常蔓看着手里的两颗栗子，可能是被他揣着的原因，很热乎，心里边顿时五味杂陈。

李西南的声音变低、变柔：“明天我要回重庆了，如果蔓姐改变主意了，就打开窗户，我出发前会看一眼窗户，要是开着，我跟你回苏州。”

常蔓彻底傻了。

李西南最后帮她打开了房门：“晚安。”

再后来，李西南回了自己的房间，常蔓还在门口。

琮玉刚洗完澡出来，头发还没擦，常蔓就发来很多消息。琮玉点开看了看，第一句话就是：“喝点儿吗？”

琮玉回过去：“你没有其他朋友吗？”

“没有。”常蔓说，“能不能出来？”

琮玉看一眼已经靠在桌前，解开领口的两颗扣子，风光撩人的陈既：“不能。”

陈既旁边是她的音响，放着郭顶那首《保留》。

“少腻歪一会儿，陈既又跑不了。”常蔓道破了事实。

琮玉也是直接的人，但不直白：“少喝一顿酒也死不了。”

“那不喝酒了，你能不能来我的房间？”

琮玉走到陈既跟前，点开了免提：“你跟既哥说，看他放不放我。”

“那说什么？他能放吗？”

琮玉还没再说点儿什么，陈既已经拿走她的手机，挂断了电话。

琮玉仰头看着陈既：“明天下午五点的飞机。”

陈既把手机给她放在一边。

琮玉给他整理领口：“回京州。”

“嗯。”

“想好干什么了吗？”

“接你放学。”

琮玉笑：“嗯，还有什么？”

“赚钱买房。”

琮玉笑着笑着，嘴角平了下来，轻轻抱住他的腰：“我还没问过你，你会不会不喜欢乏味的城市生活？”

“你跟我在一起会觉得乏味吗？”

“不会。”

“那我怎么会？”

琮玉在他的怀里，巨大的满足感一点点地填满了她。

“为什么喜欢这首歌？”陈既才想起问这个问题。

琮玉摇头：“不是很喜欢。”

“那怎么还听？”

琮玉又抬起头，神情有些慵懒，可短短的几个字还是装满了痛感：“因为我不敢听《水星记》。”她不敢听那句“还要多久才能进入你的心”。陈既没听过，但感觉到了她的心疼。

琮玉把音响关了：“早就不听了，打开是看坏没坏，太久没用了。”

陈既俯视她刚洗完澡后显得柔嫩的脸，轻轻拨弄着她的头发。

琮玉也看着他，她要进入他的眼睛，安营扎寨。

陈既突然握住她的大腿，把她托起来，揽着腰，样子轻松和随意，就像把玩着一个轻巧玲珑的布娃娃。

琮玉双手攀住他的脖子。

陈既把琮玉放到床上，把她的脸转向他，亲吻了下去，手覆在她的腰上。

琮玉新买的漱口水是蜜桃的味道，她很喜欢。

下午五点的飞机，琮玉在酒店的房间里收拾东西，早上乔枝叫了跑腿服务，给她送了鲜花和蛋糕，祝她一路顺风，未来见。

乔枝换了新的微信头像，看起来已经想好怎么开始新的生活了。

常蔓来找琮玉时，琮玉的东西已收得差不多了。

“吃饭了吗？我买了红豆面包和咖啡。”常蔓踮着脚穿过琮玉放了一地的鞋子，坐到沙发上。

琮玉拿起桌上的水杯，掀开盖子喝了一口水："李西南走了？"

常蔓没回答："陈既呢？"

"去公安局了。"

常蔓点头："他跟你回京州以后干什么？"

"随他。"

常蔓停顿了一下，问："你认识一个叫丁柏青的人吗？"

"怎么？"

"这个丁柏青好像跟陈既是朋友，是明月传媒的老板的儿子。"

琮玉见过丁柏青几次，确实文章的措辞跟他本人的性格有出入，原来他是有靠山，难怪敢发这样的文章，也难怪周惜罇和陈既拉他入伙。

常蔓又说："明月传媒旗下的《明月日报》你知道吗？"

丁柏青的工作单位，琮玉说："嗯。"

"我听西南说的，这个丁柏青有一个项目工程公司，承接保密项目的，《明月日报》隔三岔五地给他打广告、背书。你去查一下这家公司。"

"查什么？"

"那个商业查询平台，你的手机上没有？"

"没有。"

常蔓就帮她查了一下，然后给她看。

琮玉看到了陈既的名字。

常蔓收起手机："陈既从三年前开始加入的，但你看他的占股。"

琮玉很平淡，又喝了一口水。

"别的我就不说了，你也不傻。"常蔓说，"你别说是我告诉你的啊，昨天西南喝多了，不小心说出来的。"

琮玉懂了："昨天你没跟我喝，跟李西南喝了？"

常蔓用手背蹭了蹭鼻子，看向一旁，不答她的话。

琮玉还没说完："西南，原来是李西南，我还以为你说方向，什么西南、西北……"

"你别扯别的，说陈既呢。"

琮玉说："有什么可说的？他做什么事都做得好，所以他想做什么事就做什么。我不用他养我，但他愿意养，我也不拒绝。”

常蔓点了点头，后面的一句话说得很真心：“他真爱你。”

琮玉没再说话。

“为了爱你，他也真努力。”这么自由的人，竟然开始做生意了，就为了让琮玉过得更舒服些吗？

她们沉默着，直到外卖送来，两个人吃着外卖，又聊起了衣服、香水的话题。

常蔓没告诉琮玉，昨天晚上李西南在她的房间门口说的话，还有她没等到李西南第二天出发，喝了点儿酒就去敲他的房间门了。

别的不说，她确实应该找个好点儿的。也许，她也能拥有一个好人。可能现在她还不是很喜欢他，但总会喜欢的，很多感情都是谈着谈着就深厚了，她也不会有什么例外。

她们待到中午，李西南过来了，问她们中午想吃什么，他请。

琮玉阴阳怪气地说道：“西南这么大方，那就吃点儿贵的？”

李西南微笑着说：“没问题。”

常蔓踹了琮玉一脚：“你也没请我吃过什么贵的东西，就你事儿多。”

李西南说：“没关系，可以的，吃什么都请。”

琮玉看向常蔓：“看看人家的格局，蔓姐，学学。”

“臭丫头，你少阴阳怪气的。”

“蔓姐真凶。”琮玉来劲了。

李西南看着她们，觉得女孩子真可爱，像花一样，讨人喜欢：“我现在就订座位，再带你们去。”

“走了，别叨叨了。”常蔓拉着琮玉的胳膊。

两点，琮玉跟常蔓、李西南分开，给陈既打了电话，他没接，她看着越来越近的航班时间，最后给陈既发了条消息：“我先去机场了，你结束后打电话给我。”

琮玉刻意没去休息室，坐在机场的大厅里，看着往来的人欢笑或者哭红眼睛，她的心中都很平静，神情都很淡定，没波澜。她很久没哭过了。

很快到了登机时间，登机口排了长队，陈既还没到。

琮玉就这么坐着，直到接到一个陌生号码的电话，自称是周惜罇，说邱家兄弟试图从边境逃离，武警和边防军已经严格部署，搜捕了近一天一夜，却还是不见他们的踪影，就请陈既帮忙了，毕竟他有过经验……

琮玉只是在接到电话的那一刻，心脏猛烈地跳了两下，之后再没其他情绪了。她拦不住陈既要做他决定做的事，就不拦。

最后，琮玉一个人飞回了京州，上飞机前给他发消息——

“我在京州等你。”

“算了，我不等你。”

“你别来。”

“我也不会想你。”

“你要平安。”

“陈既，你说过接我放学的。”

“你得说到做到。”

“我想你。”

（2）

阿库勒雪山脚下的边防大队临时成立了指挥中心，几位领导看着中控台上的屏幕，问紧急被调来的科技信息化支队的技术员：“怎么样？能看见吗？”

“看不见。”

边防大队的人说：“连续半个月天气不好，一到晚上就有雾，无人机派不上用场。”

甘岭市公安局的局长紧锁着眉头。

警方最后截获邱家兄弟的信息是在三天前，得知他们正前往阿库勒雪山，试图从阿库勒边境线逃至境外——身份信息被限制，不能使用，他们坐不了飞机、火车等交通工具；航空管理局那边也封死了私人航线的审批；全国开启人脸识别检索，只要他们露脸，哪怕用别人的身份信息，公安部也会立刻定位，火速实施抓捕。他们心知肚明现在只剩下从边境逃离这条路。

也亏得陈既和周惜罇的计划有用，那批文物确实是他们的梦魇，这才打了他们一个措手不及。不然，但凡他们的保护伞早一点儿告诉他们警方实施抓捕的信息，他们都早在警方部署之前逃到国外了。

他们兄弟早些年就通过购房、投资等方式将大部分财产转移到了国外，真的被他们逃出去，国内警方很难把他们抓回来。

公安部下达命令，坚决不允许邱家兄弟逃离境内，所以周惜罇又给陈既打了电话。

现下，陈既是当年那场行动中唯一一个参与者了，知道怎么把邱家兄弟逮捕归案，而且不牺牲我们的将士。抓他们没有那么难，难在他们保不齐会拼个鱼死网破，肯定不能让他们拉几个人垫背。

陈既下午到达边防大队，为了节约时间，直接跟他们说："阿库勒西边有一个鬼坡，就算是每天在防线巡逻的军人也不一定能认清楚。"

边防大队队长点头："对，是这样。"

有人问："鬼坡是不是那种鬼桥、鬼路什么的，就是常发生事故的一些视野盲区？"

"嗯。正西和西南两个方向都有一个坡，长得非常像，但有一个是走向边防线，有一个是走向悬崖，人经常在还不知道怎么回事的情况下就走错路了。过去就常有车从悬崖掉下去的事故发生，两处并称鬼坡。"

队长给他们看了一些以前存的事故现场图："不过很多年前那里就不通车了，阿库勒太容易发生雪崩了，每次雪崩，道路都会更艰险，这却正好给了一些犯罪组织钻空子的机会。那段时间，非法入境的情况很猖獗。"

队长停顿了一下，才又说："多年前那场御外行动之后，这个地方确实成了重点巡视目标，有差不多五年的时间，我们的将士都会绕远专门去巡查，再没有团伙试图从这个地方偷渡出境。近几年阿库勒的天然环境更加恶劣了，雪崩也发生得更加频繁了，营长就不让我们再巡查这两个坡了。"

有人接上："这也是请陈中队长回来的原因。我们的将士再认识那条路，也没跟这个犯罪团伙打过交道，不知道他们的具体路线。再有陆营长这么强的队伍牺牲的前车之鉴，很有必要制订一个详细计划。"

众人沉默下来。

过了一会儿，公安局局长提出疑问："我们的将士也没有把握自由进出那里，那这两个罪犯就可以吗？"

队长回答道："邱良生和邱文博很多年前就熟悉这条路，所以有自信能穿过去吧。”

局长又问：“但这两个坡跟当年不一样了，他们还能穿过去吗？”

又是一阵沉默，大家都不能保证他们到底是因为走投无路选这里，还是他们有一定的把握通过这里。所有人都不确定的时候，纷纷把目光投向陈既。

陈既走到案前，拿起笔在阿库勒雪山的地形图上画了一条线：“我带人过去，把他们带回来。”

局长和边防大队的队长对视了一眼，边防大队的队长出于担忧，又问了一句：“不会出现什么意外吧？”

陈既告诉他：“当年的意外，不是陆岱川判断失误才走进那条通往峭壁的陡坡，大家都知道那坡再熟悉的人也要走三分之一才能分辨，他知道走错的时候还能折返，但身后有人追击。他很清楚等待他的是什么结果，他的那一支小队注定回不来了，所以在最后时刻，在对讲机还能用的情况下，他传达了错误的时间、方位，使我和其他支援的队友走向另一个坡，因此保住了命。”

没人说话了。

陈既面对边防大队队长：“要是你，知道必死无疑，你还向前走吗？”

“我们的人明明也可以从后面包抄的，这样即便有人牺牲，也不至于让他们跑了。”边防大队队长沉吟片刻后，说出自己的理解。

陈既说：“建议你打听一下当年的支援情况，除了我从武警部队带来的人，一直在哨所待命，等组织支援至少要到第二天下午。但陆岱川的小队当天夜里就全军覆没了。来得及吗？你以为陆岱川不会考虑组织的支援吗？他是在保证最低的伤亡，也是履行他守护边防的职责。”

陈既的最后一句话是：“他是清醒地去赴死的。”

边防大队队长不说话了。他其实没别的意思，有点儿觉得陈既对陆岱川的死太敏感了，可能是亲身经历战友牺牲，太深刻了吧？他向陈既道歉：“我不是那个意思，你别误会。”

陈既没空琢磨他到底是什么意思，不爱听就不听：“我意识到不对劲的时候赶过去也已经是早上了，撞上了他国的诈骗组织非法入境。再晚点儿，陆岱川的尸体也会被随意地抛下悬崖。”

那个境外的诈骗组织手里有枪，陈既赶到时，他们正在把人扔下悬崖。

后面他一对多，拼死把陆岱川的尸体抢了回来，自己也受了伤。他可以不跟任何人讲这段经历，但不能有人觉得过去的他们没有努力，或者存在失误。他作为当事人，清楚地知道，换任何一个人来，都不会有陆岱川做的决策正确，也不会有人像陆岱川那样毫不犹豫地赴死。

话题太沉重，房间又安静下来了。

陈既也不是冲他们，他们的话不好听，确实也是因为他们不知情实情，只是他有必要让他们知道，陆岱川是什么样的人。他不想耽误时间了，早干完早收工，继续给他们讲解："现在的天气走这个坡很凶险，他们大概率还备着一手，可能会前后夹击，毕竟当年用过这招，也顺利地逃脱了。并且在他们的印象当中，我们全军覆没，那他们就会以为，我们当中不会有人知道他们当年的具体操作。"

"他们现在不知道你是谁吗？"有人问。

邱良生和邱文博从西塔坡逃离时，甚至没有知会陈既，陈既也就了然，他们已经知道是他阴了他们一把。陈既的不答便是回答，他们没有问题了。

甘岭公安局局长询问："你有多少把握？"

陈既说："当年不是输在地形险峻、易守难攻上，是支援不到位，现在我们设备完善，人也多，"他说到这里，停顿了一下，才继续说道，"现在很容易抓到他们。"

"我要概率。"局长明确地问。

"我给不了。"

沉默持续。

约莫半晌，局长放缓了语气："那你能保证什么？"

"我带多少人去，就带多少人回来。我回不来，他们也回得来。"

局长不说别的了。

陈既从技术科离开，去准备装备了，不知道谁问了一句："陈既哥以前是边防的吗？"

边防大队队长说："不是，他之前是武警龙门总队第一机动支队特勤中队中队长。"

众人有些惊讶。

"但那时候他应该岁数不大吧，就当上中队长了？"

“他以前有个绰号叫陈陆判，传说陆判是四大判官之一。他第一年参加全国技能比赛就拿了冠军，荣获一等功；第二年救人时差点儿把自己搭上，又获一等功。他学东西也快，当时把他送到军校，也相当争气。”

边防大队队长说着，露出诧异的表情：“但就有一点，他当时的状态特别像是奔着牺牲来的。什么任务危险他干什么，别人不上他也上。有传闻说他是因为失恋,所以心灰意懒。好像也确实没见他入伍后再认识过别的女孩。”

“真没想到，他长成这样也能为情所困……”有人忍不住说道。

“别说没用的了，现在不是扯淡的时候，赶紧去看看陈既需要我们做什么准备。”队长发号施令。

“嗯。”

那时的陈既的确一副不要命的样子，却不是因为女人，是到处在传他的父亲是罪犯，死在外地，他的母亲又在京州的医院去世了。他没家了，也想不通很多事，就对人生没期待了。

他觉得活着，太恶心了。

是陆岱川让他看到生命的色彩，他也在陆岱川牺牲后，发现他应该做一点儿什么事。然后有了这十年的经历。甚至因为一个黄毛丫头，他开始对未来产生期待。

阿库勒雪山属高原腹地，海拔五千多米，山峰并不陡峭，但地形很复杂，乱石铺路，蜿蜒曲折。

邱良生和邱文博在阿库勒雪山走了一天，律师之前告诉他们现在边防部队的军事设施很完善，热能探测仪的探测范围很大，只要监测到山上有人活动，就可以锁定位置。

他们将信将疑，不敢走得太快，但一天一夜过去，什么直升机、无人机监测都没看见，不自觉地放松下来。

邱文博不解，为什么要紧急出国？他们完全可以躲在他们早准备好的安全房里，等风头过去再打算。他们有那么多钱，却要这么狼狈，他早一肚子怨气了。尤其是这两年他们一直在做慈善，不知道舍出去多少钱，这都填不上他们当年捞的那些东西？但邱文博不敢对邱良生说这话。邱良生说他们一朝踩进阴沟里，都是因为邱文博轻信陈既，还在身边养了那么多年。

邱文博不懂为什么邱良生说陈既背叛了他们，只是从接到消息，连夜逃离至此，邱良生都恨得牙痒痒，平时那副笑模样一去不返。

他们一行七个人，每人都掖着枪，蹲守在鬼坡这里，雷锋帽和厚口罩上都是冰碴，露出来的眼睛周围红肿，眼睫毛上也结了晶，甚至手指都被冻成了萝卜，不能弯折，指甲盖里都是摔倒时抠进雪里不小心抠到的土。

当了二十年富贵人，邱良生都要忘了原先吃不上饭的日子是什么样的了。在雪地里走了太久，他的眼睛不太好了，胃也疼。以前他胃疼，跟了他们几年的大姐会给他做一桌子养胃的菜，邱文博嘴上埋怨着他一天到晚太忙，自己的身体也不顾惜，但还是会给他盛碗汤……他不是太忙，是不能停下来。他若停下来，那他偷来的生活就要被收回去了。

这么多年谨小慎微，邱良生早已经疲惫不堪。他时常后悔，如果年轻时没有那么贪婪，何至于年过半百还每天被噩梦惊醒？

可他真的吃不上饭啊，父母生了七个孩子，只剩下了他和一个弟弟。那个年代，他不对别人下手，就会被别人下手。都是这样的，他们都是这样的……是他们教会他这么做的……

邱文博发现邱良生一直摁着胸口下面，担忧地蹭了过去，握住他的手："哥，你是不是又胃疼了？"

邱良生艰难地摇了摇头："等雪再下大一点儿，我们就出发。"

"为什么等雪大啊？"邱文博觉得现在走刚好。

邱良生说："雪大了，无人机监测不到我们。而且他们也不敢上来，毕竟他们有人死在我们手里过。"

邱文博搂住邱良生，给他取暖，靠近了，有些问题也就不自觉地问出口了："哥……我们为什么不找个地方藏起来？我们有那么多的安全房……"

"去西塔坡之前，我算了一卦，我们凶多吉少。"

"那我们为什么还要去西塔坡？"

"这场劫难，不是你躲开就能躲掉的……我们逃到境外还有命，留在国内，早晚被抓。"邱良生不想再过一段胆战心惊、夜不能眠的日子了，这样的日子过得够久了。他必须走，哪怕把命撂在这条防线上。

邱良生颤抖得太厉害了，可他们明明待在背风的地方，漫天的雪也只落在他们身上三分之一，他怎么会这么冷呢？

邱文博将他搂得更紧："哥，可是你这样太受罪了。"

邱良生说不出话来了，他必须走，必须把他的弟弟带出去。只要他们逃出去，就会有人接应，就会有人保他们，到时候就是两国警方、外交部之间周旋了，只要他们逃出去……

陈既毕竟不是现役，让他带队对他、对参与行动的战士来说都不太公平，所以最终的部署是，边防大队队长亲自带队，陈既同行协助。

车道被大雪封住，也被滑坡造成的大面积碎石挡住，他们的车只能开到山腰处，再往上要步行了。

颠簸的车后座上，队长眯着眼睛在写遗书，这是每场行动之前必须做的事。

陈既戴着护目镜，身上是那年没有的高科技装备单兵外骨骼，又是在边防战士日日巡逻的山头，再有这么多人，数量是当年的五倍，何愁完不成任务？

队长写着写着，还有点儿不好意思，跟陈既说："别见怪，我们都习惯了，虽然基本上都是撕了的结果，但有时候做好万全准备，差了一点儿运气，也会导致失败的结局。"

陈既根本没看他，听了他这话，也没回应。

"你成家了吗？"队长问陈既。

"嗯。"

队长扭过头，感到有些惊讶："这可真没想到。"

陈既看了一眼时间，又看了一眼前面的路，估摸着要到山腰了。

队长突然很好奇："你到这儿来，跟你媳妇儿说过了吗？"

"没有。"

队长看陈既不想聊这些事，没再问。

陈既的手机没电了，他一直还没来得及充电。这样也好，不然他会想回复她的消息。她一定发过什么消息，但应该不是什么好话。她也不会追过来。她从不给别人添麻烦，一直很乖。她……

那么多"她"之后，陈既皱眉，看向窗外。他得回去，黄毛丫头还在等他。

邱良生冷得快要晕过去了，邱文博肥硕的身体紧紧地贴着他，他还是不间断地抽气，半晌才嘘出一口气。

邱文博吓坏了，脸贴着邱良生的脸，看着山坡上的鹅毛大雪：“哥，你看哪，雪下大了，我们可以走了……”

邱良生撑着邱文博的胳膊缓缓站起来，眼前的景物都变得虚无。曾经，他的手下经过这里，他教给他们前后夹击的方法，神仙菩萨来了也没用。果然是这样，他们成功地逃到境外后，告诉他，他们把一群当兵的人围剿了，他在电话里高声赞扬手下、癫狂地大笑……是这样的，这个地方绕不开，谁来了都得死，如果他们今天顺利离境，那算那些人命大。要是那些人赶来，他们故技重施，那些人一定会措手不及……

邱文博还在他的耳边说着话，邱良生却满脑子自己的算计，雪正大，正是好时候。他借着邱文博的力朝边防线的方向走，脚步缓慢但坚定……

“嘭——”身后传来一声枪响，邱文博当即蹲下来抱头。

邱良生没了邱文博的搀扶，身子往后仰，但也刚好跌进先前御寒挡雪的碎石堆后，躲避了枪击。邱良生带在身边的几个人都是经历过实战的，听到枪声的同时已经找好掩体，迅速回击。

一时间，枪声打破寂静，回声震荡山谷。

双方都戴着夜视镜，只是雪太大，遮住了视线，彼此只能看到人影。

边防大队队长的枪法很准，看到碎石堆后人头频现，他一枪击穿了碎石堆，石块飞溅。

邱良生迅速卧倒，利用坡形藏住了身体。

陈既在暗中不动，找准敌方开枪的频率，在那个人又一次举枪时，一枪击穿其手腕，伴随一声凄厉的叫喊，那个人手里的枪被甩了出去。

邱文博心惊肉跳之余，认出了陈既，震惊、愤怒、屈辱情绪冲洗了他的恐惧心理。他在陈既集中火力跟他们的手下人对战时，如一座巨峰突起，举起枪对准了陈既。

“小心——”队长提醒陈既。

陈既早看见邱文博的身影，邱文博站起来时，陈既已经快速滚到了石头后，敏捷地开始反击。

邱文博哪有一个军人的手法和意识？更别提速度了，被陈既一枪击飞了帽子，又被一枪击中了胳膊。巨大的冲击力袭来，邱文博的胳膊被甩向身后，厚棉服被打烂，内容物四处飞扬，混在雪中。

邱良生看到邱文博中枪，顾不得自己，奋力冲向邱文博，扑到他的身上，两个人重重地摔进雪里，磕到了锋利的石头，鼻梁和嘴角鲜血直流。他们就没带几个人，虽然是好手，但寡不敌众，没有条件缠斗太久，却不认怂，纯属负隅顽抗。

双方的人数、实力相差悬殊，邱良生等人理所当然地被逮捕了。

边防大队队长缴了他们的枪械，给他们戴上手铐，将人摁在石壁上。边防大队队长给邱文博戴手铐时，他还歪着头、瞪着眼睛，死死地盯着站在一旁的陈既。

天已经蒙蒙亮了，雪还是很大，但盖不住邱文博一双怨恨的眼睛。

邱良生脸色铁青，看起来只剩一口气吊着了。

边防大队队长把被枪打破的手套摘了，又换上一副新的，跟陈既说："这身子骨儿，他们为什么还冒这个险？走这条路九死一生，他们还不如老实舒服地坐在空调房里等着被逮捕。"

陈既没说话，知道邱良生不想过等死的日子了。

邱文博拼命挣扎，龇着大牙、瞪圆眼睛，咒骂陈既："我拿你当亲兄弟！你花十年时间玩我！

陈既不想跟他们费口舌，自有他们的结局等着他们，但可以让他们知道："你当年查到我受伤，却没查到我为什么受伤，就没好奇？"

邱文博的怒目突然失去焦点。

"我怎么可能让你查到？我是你们那次围剿的边防军人中的幸存者。"陈既看了邱良生一眼，"你哥比你聪明，一直不信我。"

邱文博眼里恐惧之色流转，脸色也变得铁青，他感到害怕了。眼前的人让他感到害怕。

邱良生虚弱的声音这时传来："你不是为了那群当兵的……至少不全是……你早知道我们在西塔坡的事……"

早在假军官事件发生时，邱良生他们就知道有内鬼，但不解。如果内鬼是身边的人，为什么只破坏他们的行动，却不向上面反映，再深入调查？他曾经以为，或许是因为他们做事不留痕迹。可若他们没留下痕迹，那这个内鬼又是怎么破坏他们的行动的？

陈既自然是有机可乘。

邱良生那时想不通，却总觉得不对劲。

这次被暗中罩着他们的领导提醒，西塔坡之行是一场阴谋，邱良生一下子明白了。或许，这个内鬼是在放长线钓大鱼，有另外的目的，那个目的可以百分之百地置他们于死地。

对方为的无非是他们曾经在西塔坡盗墓、倒卖文物的那些事。显然，这个内鬼知道一切事情。只有近两年才进集团的陈既有这个机会，也有这个可能这么做。

陈既没跟他解释，他自己猜去吧，猜到死："不用拖延时间了，你们带了十几个人，几个人跟着你，几个人在前，几个人在身后，还想利用鬼坡的艰险来一招前后包夹。玩不通了，我们不可能一直支援落后。"

邱良生和邱文博对视着,听到彼此的心头有什么东西"轰"的一声坍塌了。

边防大队队长配合地拿着对讲机，给邱良生和邱文博听他们另外一队人的战果："抓了！"

邱良生和邱文博最后的机会也被斩杀。

队长拿着对讲机，把他们的方位汇报给了指挥中心。

邱良生靠在岩壁上，望向半空，或许是度过了最缺氧的时刻，他感觉不到氧气的稀薄，冰冷的身体召唤来一只透明的鸟，鸟在他的眼前停留。他从未感到如此自由。

陈既本来不想再跟这两兄弟说一句话，这十年的时间他够恶心了，但邱良生现在的可怜样太可笑了。他想都不用想，邱良生一定满腹委屈，觉得过去造的孽是身不由己，估计还觉得在西塔坡那样吃人的地方，他学不会吃别人，就会被别人吃掉。

陈既走过去，攥住邱良生的衣领，像拎一个空麻袋那样轻松。

邱文博大喊："你干什么？放开我哥！"

陈既看着邱良生："多少理由都不足以成为你杀害别人的借口。"

邱良生像是只有一口气吊着了，木然不动。

"受害者不完美，也逆转不了作恶者一定有罪的结果，何况在你作为作恶者的所有事件中，受害者都很无辜。"陈既把邱良生甩到了岩壁上。

"你别动我哥！"邱文博声嘶力竭地喊道。

陈既听而不闻，蹲下来，像看一条蛆虫那样看着邱良生："我等着你和你相亲相爱的弟弟被执行死刑的消息。”

邱良生半死不活地靠在岩壁上，雪末子盖在身上、露出的眼睛上，他被冻得浑身都疼，却没力气发抖，也不能给陈既这番话任何回应。

队长看到邱良生那样，跟陈既说：“正常，一般知道自己死到临头了，都开始扮可怜、装无辜，说自己身不由己。等死期到时，他们就开始尿裤子、求饶，要不就是大骂法官、行刑人员了。”

陈既没说话。他只是站在这个坡上，一点儿不觉得冷。仿佛是陆岱川滚烫的血液融化了这一路的霜雪，灵魂化成风在他的耳边吟唱，吟唱他们在哨所前那片空地练习的歌……

很快，音浪自下而上，直升机的螺旋桨搅着雪花，机身停在悬崖边。

邱家兄弟被带上了直升机，陈既和边防大队队长则按原路返回。车还停在半山腰处。

陈既转身时，邱良生不经意地看了陈既一眼。这一眼，邱良生恍然生出似曾相识的感觉，陈既的影子像极了一个曾经前往西塔坡调查文物失窃案的警察。他恍然大悟，难怪他从来不信陈既，难怪……

原来他的预感是对的，过去造的孽来找他们血债血偿了。

二十年了，他们还是没躲过。

三月初，琮玉开学了。

天气还是冷，她披着一头快到腰的黑长直发，戴了顶深红色的毛线帽，穿了件黑色紧身高领的毛线衣，一条黛蓝色阔腿牛仔裤，扎起来的外装裤腰像荷叶，脚上是一双白色平板鞋，神情疏离地坐在图书馆里写着作业。

《明月日报》弹出一条新闻，她放下笔，拿起手机点开：“据中共中央纪律监察委员会消息，龙门省省委秘书长杜天江、嘉云市委书记梁之势、省委巡视组主任钱雍、甘岭南路派出所所长琼红炜、焰城县委书记万双国、良生集团有限公司中共党员邱良生涉及严重违纪违法行为，目前正在接受中央纪检委纪律审查和监察调查……”

琮玉看完新闻，将手机锁屏后放在了一边。

她还没看几页书，有人坐到了她的对面，在她的书上放上了两张舞台剧的票，双手叠放，微笑着看着她：“周末一起去吗？”

琮玉把票拿到一旁：“我认识你吗？”

“我给你加上我的微信你不就认识了？”男生拿走她的手机，“密码是多少？”

琮玉懒得跟他周旋，薅住他的衣服帽子，把他扯到跟前，从他的手里把手机抢回来：“滚。”

男生没想到她的劲儿这么大，虽然比他还是差一点儿，但在女孩子当中也很少见了，何况她这么瘦，一时愣住了。

琮玉写作业的心情被他破坏了，她收拾好东西，准备回家。

这时常蔓打来电话，琮玉戴上耳机，接通电话：“喂。”

“看新闻了没？”

“看了。”

“所以杜天江就是他们那个更高一级的保护伞吗？看来还是得上边的人来查，我们这些小喽啰根本连螺丝钉都不算。”

琮玉没接话。

“得调查两年以上吧？”常蔓叹息着说，“不过也还可以了，查得久一点儿就查得干净一点儿，什么赵独虎、卫将军、梁有节，还有甘岭那个前银行行长，都别放过。”

琮玉还是没接话。

“你在哪儿呢？”

“学校。”

琮玉说完，有同学走过来问她：“给你发微信没回啊？”

“怎么？”

同学说：“南门保安亭的刘哥说有人来接你下课，从东边来的。”

“什么东边？”琮玉皱眉。

“不知道，反正那人是这么说的，没说叫什么。”

“嗯。”

“走了。”

同学离开后，常蔓在电话那头问：“什么啊？”

琮玉说：“没事，你还有事吗？”

“没事不能给你打电话啊？”

琮玉把电话挂了。

三月份，学校里已经有不怕冷的女生开始穿裙子了，不过挺好看的，琮玉跟几个熟人打了招呼，朝南门的方向走去。

南门保安亭的刘哥远远地看见她，就对她点了一下头："琮玉！"

琮玉走过去。

刘哥说："路边有一个人来接你了，你哥啊？"

哥？那来的人就是男的。琮玉知道是谁了："我叔。"

"你叔挺年轻的。"

琮玉没再说话，走向那边，还没走几步，一只大狗扑了过来，冲她汪汪叫，尾巴摇得欢。她摸了摸狗脑袋，顺着牵引绳看向牵狗的那个人，哟，这是谁啊？

陈既穿了西装，外套大衣，装腔作势。虽然他很帅，但还是装腔作势。

琮玉没走过去，但狗不还给他。

陈既等了一会儿，不见她过去，开口："过来。"

"你叫谁呢？"琮玉故意戗他。

"爆破。"

"……"

陈既又叫："爆破，走了，回家。"

爆破不走，要跟琮玉在一起，要给琮玉摇尾巴。

陈既叫不动它，就走到了他们跟前。

琮玉已经做好陈既把爆破牵走的准备了，随便，正好她要回家了，但没想到，他牵住了她的手："回家。"

琮玉被触动，但还是嘴硬："你在这儿有家吗？"

"买了房子就有了。"

"你买房子了吗？"

"这不正要带你去买吗？"

琮玉觉得无语。真的假的？他要带她去看房子？

不远处看热闹的刘哥一见那个男人牵住琮玉的手，也愣住了。他们怎么牵手了？这个丫头骗人吧？什么她叔？

跟琮玉一起出来的，要带她去看舞台剧的男生也傻了。琮玉竟然被人包养了……

琮玉不知道旁人看着她跟陈既心里在想什么，也不在乎，除了房子，她还想知道一件事：“你为什么说你从东边来？阿库勒那边不是西边？”

我来自东，零雨其濛。因为零雨其濛，所以我来自东。

我从哪里来，取决于你在哪里。但陈既没说。

琮玉看着他的神情：“你是不是又想了什么奇怪的东西？”

“没有。”

“那就好，别想了，我拒绝听。”琮玉说，“还是凶点儿比较适合你，别撩我了，你不擅长。”

陈既捏她的手：“有那么差吗？”

琮玉也不明白，陈既的品位很好，但他就是在说情话方面的天赋很差，什么原因？都贴补给脸了吗？看着帅哥自我怀疑，琮玉心软了，哄他：“也就还好。”

“以后别想听了。”

“我谢谢你。”

陈既松开了她的手。

琮玉又牵上去：“我没嫌弃你。”

“你满嘴瞎话。”

“哦，那你别来京州。让我一个人回来我还没怪你，你还说我。”琮玉被打翻了心里的苦水，“你要是回不来了，你想过我吗？”

“我有把握。”

“你有什么把握？”

“没人会被同一块石头绊两次。”

“瞎自信。”

“我回来了。”

琮玉不说话了。确实，他回来了。

陈既见琮玉眼神看向地面，当街吻了一下她的脸颊：“不会再有这种事了，我保证。”

琮玉轻轻靠在他的怀里：“这样的话就好。刚好。”

爆破叫起来，在他们的腿边磨蹭，很不满似的，好像在说：别抱了，看看我啊，你们俩！

琮玉低头看它，伸手摸了摸它的长耳朵，又仰头看陈既："回家说。"

陈既牵着她的手，走向他新买的车，还是琮玉爱的那款。

琮玉看着新车、新牌，也看到了新的生活。

陈既打开副驾驶座的车门，身后突然有人喊了一声："琮玉！"

琮玉扭过头，是她的同学。

她们看着陈既，问琮玉："不跟我们介绍一下？"

琮玉还牵着陈既的手，闻言身子不自觉地朝他的胳膊靠了靠："我男朋……"说到一半，她停顿了一下，改口，"我老公，陈既。"

陈既还是那句话："提什么陈既，陈既有什么了不起的？"

"你懂什么？"琮玉说，"陈既最了不起。"

番外

# 从轻

新春京剧演出会的最后一场，琮玉和前辈甫三坂压轴，演出一曲《霸王别姬》，惊艳四座。

回家路上，琮玉闭着眼靠在车座上，问助理思凡：“都有谁送了花？”

思凡边想边说：“沈师、郭经理、柯老师、常蔓女士、乔枝女士，还有老朋友周先生，嗯……夺吉才让大帅哥。哦，还有那个韩一。”

没有陈既。

琮玉闭上眼，想睡一会儿。

思凡还在说：“韩一送花篮我感觉挺意外的，她不平时不是就喜欢跟我们比吗？前脚说我们的节目被撤掉是因为不火，后脚又阴阳怪气地说她不像我们那么火，所以有更多时间可以用来钻研、进益，话都让她说了，矛不矛盾啊！”

思凡对韩一很反感，越说越来劲：“她一个唱老生的，跟我们比得着吗？前些日子网传您有男朋友了，她马上发个公告说她快要结婚了。这韩老师能不能多关注下自己啊？”

琮玉睁开眼：“后天庆功会，邀请她来。”

“啊！”思凡不太乐意，但又不能驳琮玉，就用语气来表达不快，“知道了。”

琮玉没理。她几乎不关注韩一，以为韩一对她也这样，只是两个人看起来好像存在某种竞争，所以难免有人会觉得她们剑拔弩张。

到了小区，车驶入停车场。思凡拎着戏服、抱着礼物，跟在琮玉身后，刷卡进大厅、进电梯，摁密码，进门把东西放好，给琮玉倒了杯水，坐在沙发看着她喝。

琮玉放下水杯，思凡笑呵呵地说："玉姐你长得真好看。"

琮玉把车钥匙给她："明天去安排下庆功会，早上不用过来了，让赵哥上午十一点来接我。"

赵哥是琮玉的司机。

思凡点头："哦，好。"说完像想起什么似的，接着说道，"赵哥媳妇儿生了，是个女儿。"

琮玉已经给过红包了："明天之后，给赵哥放两天假吧。"

"好，还有呢？"

"没了。"

"嗯嗯。玉姐晚安，我就先回了。"

思凡离开后，琮玉就睡了。早上醒来，她简单收拾了一下，叫老赵载着，先去了趟擎天观。元诀宫的道长过来了，帮她捎了些东西。

从观里出来，她去机场接了常蔓。

常蔓的航班下午一点多抵达，她在咖啡馆等琮玉，大檐帽和黑色紧身细吊带、高腰侧开牛仔裙的打扮让她有些吸睛。

琮玉大卷发披肩，刀眉绝情眼，一身藕粉西装，内搭灰色露肚脐抹胸，脚下灰鞋，透明充气鞋底的底儿够厚。她瞎穿的，倒跟常蔓那身有些搭。

常蔓先看见她，伸了下手："玉！"

琮玉眼神一转，提步走过去。

常蔓从取餐台帮琮玉拿了杯咖啡，放在她面前，眼朝她身后瞄："你男人呢？"

琮玉把手机放下："你是来见我男人的，还是来见我的？"

"当然是你男人了，你有什么可见的？"常蔓托住下巴。

琮玉靠在椅背："见不着了。"

"咋了？"常蔓挑眉。

琮玉端起咖啡："快一周没见了。"

常蔓笑了："这么快就到倦怠期了？距离西北大散伙也就一年，正常不都三年之痛吗？上进的人连厌倦都比普通人快？这我真没想到。"

琮玉没接她的话："李西南呢？"

常蔓闻言，那一脸兴趣跑得快，撩拨了下头发，不是很想聊这个话题："分俩月多了，又不是没跟你说，别老哪壶不开提哪壶。"

"原因你没说。"

"你知道弟弟这东西，满嘴谎话，四处开花。"常蔓轻描淡写。

"你这说的是李西南那只忠犬？"

常蔓不想聊了："吃什么？"

琮玉站起来："我定了餐厅。"

常蔓拎起包，拉起行李箱："几点接乔枝？"

"四点半，南站。"

常蔓点头，把外套搭在胳膊上，另一只手推着行李箱，跟在琮玉身后。

琮玉帮常蔓把行李放进后备厢，见她还站在路边，也不动弹："等什么？"

常蔓说："时隔一年多才又办的庆功会，阵仗不小吧？"

琮玉扶住车门："有话直说。"

"你这一年又红了一番，都开始接代言了，我至少在两个手机应用软件上看到你的脸了。庆功会应该有各式各样的人到场吧？"

琮玉仿佛听到她的下半句话了。

"我劝你有点有夫之妇的自觉性，艳压机会留给别人。"

"要不你替我举办？"琮玉给她打开车门。

常蔓笑了："可以。"

车驶入高速，常蔓从包里拿了个平面三十二开的盒子，递给琮玉："恭喜明星演出成功。"

琮玉接过来："贵重吗？"

"我们家门口立交桥旁边的饰品店买的，三十八两条，正好你跟既哥一人一条。"

项链盒子质感不凡，琮玉听着她扯淡，收了："谢了。"

"客气。"常蔓说，"要不是我新店头一个月太忙，我肯定就来看你演出了，只赶上一个庆功会，就当我专门为庆贺来的吧。"

“你早来我得早伺候你，现在来正适合。”

“好像你伺候过我似的。”常蔓看着琮玉手腕上的月牙文身，“你跟陈既，打算什么时候领证？”

“再说。”

“还挺潇洒。”

两人吃完饭两点多，正好去接乔枝。

三人碰了头，乔枝带着一脸倦容，腿也站不直了，分分钟要倒下睡过去的样子。

琮玉还没说话，她先提要求了：“别招待我了，就去酒店，然后叫外卖吧。”

“你们宰我的机会不多，确定？”

常蔓也对乔枝说：“她那庆功会在晚上，等会儿吃完饭，你有的是时间睡觉。”

乔枝闭着眼、皱着眉摇头：“我座位前边有一个小孩，太闹腾了。我昨天睡得晚，今天又起得早，这八个小时纯纯干瞪眼，不行了。”

琮玉没勉强：“那就回。”

常蔓说：“但你得给我点贵的外卖。”

琮玉把两人送到酒店，然后绕远去了一家餐厅，打包了几个菜，回家拿了陈既一瓶红酒，再回酒店，跟周林律碰上了，还有他女朋友。

周林律站住不动了，琮玉就打了声招呼。周林律没说话，身旁女人挽着他的胳膊，看着琮玉，问他：“朋友吗？”

周林律没答，跟琮玉说：“好久不见了。”

“确实。”琮玉说。

沉默。

琮玉拎了下手里的东西：“那我上去了。”

周林律也没别的话：“好。”

琮玉走向电梯，周林律没回头，仍然目视前方，扯开女人的手，自己先走了。

女人没吼没叫，跟了上去。

琮玉进门，常蔓从她手里把东西拿走，放在桌上，边拆盒边讥讽她："你要不要再慢点。"

乔枝坐着榻榻米，身体斜靠在墙上，睁不开眼，也没劲儿说话。

常蔓拆完才看包装盒："我知道这个店。"她之前在朋友圈转发过这个店公众号发的文章。琮玉竟记住了。

琮玉坐下来，没说话。

常蔓也没继续，改了话题："夺吉什么时候来？"

琮玉说："他昨天来过了，家里有事，连夜回去了。"

常蔓点头，话题跳跃得很快："还记得江北吗？"

"嗯。"

常蔓把筷子拆开，分放在三只盘子上："他把邱路雪娶了。之前在宝郡认识的人跟我说的。"

"嗯。"

听到邱这个字，乔枝睁开了眼："也不知道查得怎么样了？邱家那两个混蛋东西。"

常蔓把椅子搬到桌前，招呼乔枝："过来吃饭。"说完，接着她的话说，"查得越久，说明问题越严重，不是说七月庭审吗？快了，反正是死透了。"

"快点吧，我等也等死了。"乔枝又闭上了眼。

常蔓扭头看她又闭了眼，不管她了，把盘子推到桌边，抬头看向琮玉，见她不动弹，挑眉："这点都不能吃？明星活得有什么意思。"

琮玉说："我是不饿。"

常蔓点头："那我不管你俩了，饿死拉倒。"吃中午那顿饭时，光顾着跟琮玉说话了，都没吃几口，早饿趴了。

乔枝突然想起一件事："你跟李西南为什么分手啊，之前一直忘了问你。"

"太小了。"常蔓敷衍。

"什么太小了？"

"年龄。"

"没小多少啊。"乔枝说："而且年轻不好吗？体力好，某方面一定很和谐。"

"不是年轻的都好。"常蔓说，"我知道有一个女老板，找了个小她很多的对象，那男孩儿看着野得没边儿了。他们那种才和谐。”

“野没边儿。”乔枝重复了一句，扭头看琮玉，“我以为这四个字焊在陈既身上了呢。”

常蔓也跟着她阴阳怪气：“野得没边儿也不等同于和谐。”

乔枝笑：“你又知道了。”

常蔓挑着眉毛、歪着下巴颏，边叉玉米粒边说：“三十多岁的男人没有不力不从心的。知道为什么女人三十如狼似虎吗？因为男人到了三十岁就不行了，给自己找台阶呢，到处编排三十岁的女人喂不饱。”

乔枝笑着瞧了琮玉一眼：“你就嘴欠吧，等会儿她骂你。”

“我怕她骂我，我就不来了。”

琮玉什么也没说，任她们两个胡侃。

“说到陈既，也有一年没见了，什么时候办事想好了吗？”乔枝冲琮玉抬了抬下巴。

常蔓重复不久前琮玉的原话：“再说。”

“怎么回事？”

琮玉说：“顾不上这些。”

乔枝和常蔓对视一眼，放下二郎腿，探着身子，放低了声音：“忙？”

差不多吧，琮玉想了一下：“这个月见了三次。”

常蔓放下筷子：“我还以为你上午跟我说你俩很久没见面是开玩笑，真危机了啊？这情况持续多长时间了？”

琮玉说：“有几个月了。”

常蔓和乔枝更不理解了，乔枝忍不住问她：“这见的三次里发生什么了吗？”

“没有。”

乔枝和常蔓不认为琮玉和陈既淡了，海水淡了，他俩都不会淡。但应该是吵架了，以为琮玉不想聊，乔枝转移了话题：“嗐，聊这个干什么，聊点明天的庆功会。”

常蔓观察着琮玉的神色，她倒还是那样，冷冷清清的，也不知道心里想什么，就没多嘴，顺着乔枝的话聊起了别的。

乔枝想起她前不久看到的推送："你要拍电影了吗？我看了那修导的采访，说在筹备新电影，有意向找你合作。"

常蔓也看到了："不是那记者提的琮玉吗？导演就客气了一下。"

"没有。"琮玉说，"手边上这碗饭都吃不完，没那么大胃口惦记另一碗。"

"那你跟那个男演员被拍了总是真的吧？就是拍了修导电影，提名最佳男配角那个，陈抚青。"乔枝说着激动起来，"那男的长得好帅！"

常蔓没听说这事儿，不过："姓陈？"

乔枝说："男团出来的，小青菜儿，特别嫩，不是有爆料说他跟琮玉一块儿吃饭了吗？就因为这事儿，那记者才问修导，新电影有没有打算找琮玉这个戏曲圈新人合作。"

"不是我跟他吃饭，还有别人，爆料号只截了我俩。"琮玉说。

"还能这样啊？"乔枝说。

"正常，她们这个圈儿。"常蔓端起水杯，"可以留牌子备用，要是真跟既哥散伙了，倒也不怕床铺空虚。"

乔枝问常蔓："你呢？不找了？清心寡欲了？"

常蔓说："自从准备开店，我就发现了，我对男人的需求很小，我可能会为了事业废寝忘食，但不会为一个男人那样。"

"你就因为这个把李西南踹了？"乔枝问。

常蔓摇头："你也要搞几个对象才知道哪个是真爱吧？我也要喜欢过几个人，才知道我可能是一个事业型的女人。"

琮玉听她们俩扯半天了，没点劲头，站起来准备走了，走的时候跟常蔓说："你那叫卸磨杀驴。更爱事业是源于目前事业带给你的更多，无论钱还是感受。你刚跟李西南在一起时，他带给你的也不少。"

常蔓愣了一下，以至于忘了把那一勺土豆泥放嘴里。

"就像你对李西南腻了，你也会对事业腻了的，到时候再想扭头，肩肌劳损疼不死你。"琮玉说完，出了门。

半晌，常蔓扭头看乔枝："可能吗？"

乔枝也不好说什么："如果我不是你朋友，可能觉得你有点渣。"

周林律上了车，女人随后，系安全带的时候，周林律一把拉住她，看着她："故意的？"

女人也不装："是你让我挑自己喜欢的酒店订，有什么问题吗？"

常蔓昨天在朋友圈晒了机票和酒店订单，周林律才看见。女人肯定看他手机了，不然不能这么巧，也订了这家。

女人没等到周林律的下一句，说："是，我故意的。"

周林律太阳穴的青筋鼓动。

女人很有理："我就想知道你唯一分组那女的是谁！"

"是谁跟你有关吗？"

"别不要脸了，周林律，我是你承认的女朋友，不是小三儿！你跟我在一块儿还天天惦记别的女人，你过不过分？"

周林律很烦。

"我当是谁呢？原来是那个唱戏的琮玉，再加上这个叫常蔓的，你到底藏了多少人啊，我的周大情种？"

"滚下去。"周林律没耐性了。

女人滞了片刻："你什么意思？"

周林律一点耐性都没有了，伸手越过她，打开副驾驶车门："滚，别等我踹你！"

女人还懒得伺候了，下车，车门一摔："滚去当备胎吧！"

周林律靠着靠背，闭上眼。

这一年多，他一直在找女朋友，或性格像琮玉，或长得像琮玉，或习惯像琮玉，连网传跟琮玉是对头的韩一，也被他追到了手。好像跟她们交往，就等于是跟琮玉交往了似的。

以前不知道琮玉那么喜欢陈既的时候，他还能维持着悠闲浪荡的公子哥形象，自从知道琮玉和陈既的那些事，他都嫉妒疯了。

有时候怨自己没那些能耐，也怨自己生在这么和谐的家庭，没点苦难什么的，好让他有拯救谁的信念……都是胡话。也许就算陈既是个流浪汉，琮玉也爱他。

他后妈迦蓝这时打来电话，他懒散地接通："喂。"

"把店盘出去那事儿想得怎么样了？"

"一定要卖？"

“我重返学校以后公司的进出口业务就没人顶上了，你得回来帮你爸盯着出口这一块了。”

停顿。“嗯。”

“还有，周末的事我会忘了，也请你务必忘了，你爸对我不光是知遇之恩，我不想对不起他。”

周林律仍闭着眼，突然弯唇一笑，略微病态：“不用你来警告我。”

沉默。

电话挂断了。

周林律把手机扔在副驾驶座位上，双手搭在方向盘上，整理好心情，他又给琮玉下单了咖啡豆。他听常蔓说琮玉在学做咖啡，但很外行，正好他经验颇丰，又愿意给她鞍前马后，自然要他来买。

没人比他更理解爱情里的卑微。虽然得不到，但也甘之如饴地付出着，不然都不知道这憋屈日子怎么过。

他那看不上他、又要经商又要当文豪的亲爹；比他大三岁、跟他斗智斗勇的后妈；开了多年干赔的店；脸都不要了也追不到的琮玉……

太憋屈了。

琮玉打开家门，爆破乖乖地蹲在门口，冲着琮玉摇尾巴，大眼睛滴溜溜，漂亮死了。

“你爹回来了吗？”

爆破叫了一声，好像在说：没回，要不扔了吧，不要了。

琮玉点头：“嗯，确实不能要了。等他回来就跟他散伙，车子房子都归他，你跟我。”

爆破很同意，尾巴摇得更欢了，还跳起来，要舔琮玉的胳膊。

琮玉揉揉它的脑袋，光着脚拿了瓶啤酒，在酒架旁的固定启瓶器上启掉瓶盖，盖子掉进铁网容器里，金属碰撞的声音短促清脆。

她走到沙发，坐下来，盘起一条腿，喝了口酒，放下酒瓶子，胳膊搭在帮上，手托着脑袋，想她演出时的失误。前辈就是前辈，全给她接住、掩饰过去了。

什么时候她能达到那种水平呢？

手机响了，打断了她纷杂的想法，她又喝了口酒，拿起手机。是陈抚青的微信，问她能不能发个声明，澄清一下他们之间其实没关系。

他说求求她了，他女朋友一直闹，他也没办法。

琮玉回过去：“你不是发过了？”

“公司发的声明我女朋友不信，再说那是糊弄粉丝的，我女朋友也是圈里人，她还不懂这个？”

本来琮玉就膩歪被恶意编排，陈抚青还在当天发了单身声明，一票人顺势骂她蹭热度，想当嫂子没当上。好不容易这事过去了，她再出来发声明，那不是炒冷饭？陈抚青的粉丝不更骂她上赶着了？

她话说得直白：“咱俩也没什么交情，我听你经纪人的，这件事出来没发声，就已经是给足面子了，做人不能贪得无厌。”

“不是，就帮个忙能怎么样？你放心，关注戏曲圈儿的人不多，你发了也没什么水花，就等于是给我女朋友、你的粉丝澄清，皆大欢喜。”

陈抚青这是想好了，琮玉就不废话了。

发完微博，她手机开始响个不停，她点了静音，看着飙升到高位的热搜词条“陈抚青聊天记录”，喝了一口啤酒。

她也不知道怎么澄清，就发了个聊天截图。

现在全网都知道陈抚青为了哄女朋友，让琮玉发澄清公告了。

很快，陈抚青打来电话，声音很高：“你疯了吧！”

“不用谢。”

“谁谢你啊！要不你不火呢！人都不会做，还想在这个圈儿混啊！晦气死了！”

陈抚青骂完挂了。

琮玉好无聊，好久不喝酒了，也有点头晕，干脆洗澡睡觉了。

琮玉做了一个很长也很累人的梦，梦里她在趴窗台，睡得迷糊，陈既回来了，亲了亲她的耳朵，然后又轻轻把她搂在怀里，吻她，叫她濛濛。他无时无刻都能体现身为男人的体魄，他好像就有那种自信，琮玉经了他，一定不会再想别的男人。

确实。

这个梦让琮玉出了一身汗。她醒来，看着胳膊上被攥的痕迹，捏了捏酸沉的大腿，重新躺了下来。空气里似乎也弥漫着他身上的味道。

太真实了这个梦，是那男人太久不回来的缘故吗？她这么想他？

她笑了下。

下午，思凡来接琮玉，跟她说："何老板给我们包场费打折了，还说以后我们聚会直接跟他说就行了。"

何老板是琮玉庆功会选址那家私人会所的老板，是沈经赋的戏迷，也很照顾琮玉，常去捧场。

琮玉挑了身黑衣服，穿得跟个寡妇似的，平淡说了句："嗯。"

思凡才注意："姐，我们是庆功会，不是追悼会。"

琮玉没搭茬，她觉得挺好看。

思凡也不多嘴了。

思凡着手安排的庆功会很隆重，除了选址是琮玉敲定的，还算低调简约，其余一律按颁奖晚会后台的规格统筹。

琮玉刚进酒廊就看到了以前的拳击教练，他已经干完两杯酒，眼睛蒙眬，冲琮玉笑了笑："陈既呢？"

"不知道。"琮玉实话实说。

教练很惊讶，陈既怎么会缺席跟琮玉有关的事啊？

琮玉没解释，转身坐到卡座。

很快，该来的不该来的都来了。

周林律像一朵交际花，就没他不认识的。

常蔓看着周林律，喝了口水，跟琮玉说："这个熟人就没想过也留牌子备用？"

"你留啊。"

"他又没看上我。"常蔓说。

乔枝端着盘水果过来："你这个庆功会等同于一个招商会啊。"

常蔓说："本来也是。"

这个庆功会就是柯雷跟沈经赋打了招呼才举办的。他想拓圈层，发展一些娱乐圈里的客户，沈经赋因此给琮玉下了指令，让她公开举办这个庆功会，说是顺便庆祝她登台十周年。

到场的都是各行当有头有脸的人物，谁的人脉都有，还没开场就已经互相认识、攀谈了许久。

乔枝才看见常蔓今天穿得很漂亮，深红色的裙子，还是抹胸，压了黑寡妇般的琮玉一头。

她由衷地夸："有谁过来跟你要微信吗？"

"有俩。"

"看上了吗？"

"没有。"

乔枝笑了："成功人士确实有一点形象上的瑕疵。"

常蔓不是看脸："我不是想听他们吹牛，只想要聊得来，以后当一个我工作之余的陪聊机器，要不有什么意思？"

"想得真美。"乔枝说，"那你应该端着酒杯满场转啊。"

琮玉说："她没那机会。"

常蔓和乔枝都看向她，乔枝问："为什么没机会。"

琮玉喝口酒："我叫了李西南。"

"你……"常蔓想骂街了。

乔枝笑得欢："哪儿呢？"

刚说完，李西南来了，不光李西南，还有陈抚青。

酒廊因为陈抚青的到来迎来一个小高潮。

昨天琮玉发了微博后，陈抚青的公关团队顺势炒起了忠犬人设，虽然效果甚微，但本来也不是很火，关注他的粉丝也就那么一小撮人，倒是成功让他糊弄了过去。

他现在来琮玉的庆功会，指定没憋好屁。果然，在一些年轻人凑过去以后，他们那边传来欢笑声。

常蔓看着那头："这个陈抚青，不咋地。"

乔枝也不关注他们这个圈子："怎么本人没有屏幕里看着顺眼？"

思凡走过来，看起来在生闷气。

乔枝问："怎么了？小嘴噘那么高。"

思凡说："陈抚青在那边暗示玉姐勾搭他，说是勾搭不成气急败坏了，发了截图毁他的名声，还真有人信！气死我了！谁看得上他啊！我姐夫比他帅一百倍好吗！”

乔枝笑了，顺顺她的背：“你玉姐都没生气呢，你气啥？”

常蔓问琮玉：“这么好的展示机会，既哥不来吗？”

乔枝也说：“确实得让她们看看，这帅一百倍是有多帅。”

陈既玩儿失踪呢，琮玉才懒得找他，跟她们说：“我也不怕说。”

思凡急了：“这不是怕不怕说的问题，是争口气的问题！”

她的小脸变得皱皱巴巴：“韩一也在那边呢，她不就找了个健身教练当老公吗？有什么可嘚瑟的！还把那大胳膊露出来了，恶不恶心？这是什么场合啊，都快要光膀子了，懂不懂社交礼仪啊！我玉姐的男人就从不显摆，什么时候都穿得正经，但能一只手把玉姐从台上抱下来，韩一她老公能吗？能吗？人家美型博主都不提倡举铁过度呢，就她拿着脖子粗、屁股大当审美趋势呢！”

思凡说得胸脯子落下又浮起，常蔓和乔枝都被她逗笑了。

日子不紧张刺激了，还真没个乐趣了，这也能笑上几声。

琮玉把车钥匙递给思凡：“你要没事儿干了去把车挪一下，刚才保安过来提醒了。”

“哦。”思凡接过车钥匙，耷拉着脑袋走了。

乔枝说：“你干吗说她啊，多可爱啊。”

琮玉说：“她有心脏病，再待一会儿病犯了，得送医院。”

“真的假的？”乔枝挑眉。

常蔓好像记得这事，琮玉招助理时候，就说有个姑娘因病休学。原来琮玉真招了这个病孩子。

她们说着话，周林律过来了，跟三人点了下头，看着远处跟一个女演员聊天的李西南：“他怎么了？”

他是说，李西南怎么不过来，乔枝说：“这你得问常蔓。”

周林律扭头看常蔓：“吹了？”

常蔓挽了下头发，不耐烦：“你肯出来了？不是潜心当乌龟吗？”

周林律好久没出现在她们面前了，确实在疗心伤，但这不能说，即便她们都知道，也不能说："忙完了，就出来了。"

乔枝看着李西南旁边那个女演员："那是谁？演过什么？"

"不知道。"琮玉说。

周林律说："前年有一个网剧，她演一个小宫女儿，有点热度。"

常蔓端着酒杯，显得很潇洒。

乔枝撞她胳膊："长得不错呢，我看穿得也洋气，不比你差呢。"

"干我屁事。"常蔓真潇洒。

周林律给乔枝科普："她在百里湾住，我认识的人知道她没钱还网贷，当过几回陪玩儿。"

他说得委婉，大家也都心照不宣。

"那得把李西南叫过来啊，别上了当，现在可是大老板了，被沾上可不好撕下去。"乔枝说。

周林律微笑："你也别把李总当二傻子，他比你看起来精多了。"

乔枝不信："那还能让女朋友踹了？我以为的精是陈既那种，经常性找不到人，玉老板也对他不离不弃。"

周林律不爱听到这人："你们聊。"说完找别人叙旧去了。

乔枝呼了口气："还没想通呢这周哥？"

常蔓说："大情种是这样的。"

琮玉很平静："谁说找不到人了，你们不三句话不离他吗？"

乔枝一愣，才发现，还真是，陈既不在现场，却又好像在现场。

李西南跟女演员聊着天，朝常蔓这边看了好几眼，但都没过来。

乔枝想说什么，但常蔓不想听的样子让她憋回去了。

常蔓知道她们想什么，说："过河拆桥，卸磨杀驴，又怎么样，现在就是事业最重要，他有本事就等到我对男人再感兴趣的时候，没本事就天涯路远，各不相干。"

乔枝点头："渣女。"

"怎样？"常蔓就是渣，坦诚且坦荡。

琮玉还是那么平静："嗯，你记住你现在这副嘴脸就行了。"

"我忘不了。"

常蔓加了几个顺眼的男人的微信，喝得也有点多了，离了琮玉和乔枝的单人卡座，晃悠悠地走向了卫生间。

从卫生间出来，她看着镜中的自己，快三十岁了，日子真快。

突然，李西南出现在身后，但没有看她，就在她以为他会走进男卫生间的时候，他冷不丁地回身，把常蔓拽进了旁边的楼道间里。

漆黑环境，也阒静。

李西南压着常蔓，很不讲道理，呼吸就在她发心。

常蔓喝了酒，推不开他："起开！"

李西南双手向下，摸到常蔓的腰。

常蔓受不了他这么摸："别动我！"

李西南问她："你喝了酒。"

常蔓以为他要自以为是了，正要说不是为他喝的，他搂紧了她，咬住她耳垂："可是你胃不好。"

常蔓怔住。

李西南的手一直在常蔓腰上来回游走，然后吻住她："你不能只在床上时才说你爱我。"

"我没说过……"

李西南一把把她抱起来，脸埋进她的颈窝："我记错了，是我说的，我爱你，蔓姐。"

常蔓喝多了，意乱情迷，疲惫地靠在李西南怀里。

李西南拨开她的碎发，亲吻她的额头："蔓姐，你忙你的事业，想聊天了打给我，想我了也打给我。我会永远为你开机。"

常蔓说不出话了："我值得吗……"

"值不值得，该我来说。"

"傻瓜……"

"傻瓜爱你。"

常蔓再回到酒廊时，走路有点不自然，乔枝天真地以为她喝多了："不是吧，真喝多了？"

琮玉瞥见李西南从另一个门进来，只是放下酒杯，没说话。

常蔓不经意对上琮玉的眼神，有些心虚，端起酒杯，又要喝酒。

琮玉把酒杯夺走："回去睡吧。"

"睡什么……你这人都没到齐，我这一身这么贵，还没艳压呢。"

琮玉说："你裙子湿了。"

常蔓下意识扭头看裙子，动作做完了才想起她明明让李西南检查过了，没问题才回来的，琮玉这是在诈她，而且成功了。

她扭回头来，佯装自然地撩拨头发："怎么了？我常蔓想干什么就干什么。"

琮玉点头："嗯，你牛，就是告诉你卫生间门口有摄像头。"

"我没在卫生间……"又说漏了，常蔓真喝多了。

乔枝也砸摸出了点别的味道。不怀好意地凑到常蔓面前："这还是刚才大放厥词要卸磨杀驴的蔓姐吗？"

常蔓气急败坏了："能不能聊点别的？"

琮玉就想知道："刚才那副嘴脸，蔓姐还记得吗？"

常蔓依然坦荡，没理也横，穷横："忘了！怎样？"

乔枝笑起来："姜还是琮玉的辣啊，这眼光也忒毒了吧？我都没看出来蔓姐有两副面孔。"

常蔓把脸扭到了一边，琮玉这丫头片子，一直这么讨厌！

周林律坐在酒吧，忧郁地喝着酒，上来跟他打招呼的人没断过，但都提不起深聊的欲望。

他没想到，琮玉那个当律师的哥哥，竟然认识迦蓝，还叫了她。

迦蓝看到他也愣了下，但在装不熟这点上，他们很默契。将近半个小时，周林律都没再看见迦蓝，以为她走了，却不知怎么她坐到了他旁边。

周林律自顾自喝着酒，迦蓝突然说："我见到你喜欢的女孩儿了。"

周林律没搭理。

迦蓝有些傲慢，也有点得意："她肯定不知道你是什么样的人。"

这是要威胁的意思，周林律听出来了，他很不以为意："我爸肯定也不知道，他娶的小媳妇是什么样的人。"

迦蓝甩头，瞪他："你有意思吗？"

“你有意思吗？”

“你有喜欢的人，我也有我的目的，相安无事不好吗？”威胁周林律不是迦蓝的主要目的，她还是希望未来的日子可以和平点。

“你的目的就是坑我爹的钱，虽然我老子看不上我，我也不屑给他当儿子，但你是不是太低估血浓于水了？我跟他怎么也比跟你亲吧？我能让你坑了他？”周林律的语调相比迦蓝的顾虑重重，自在又轻盈。

迦蓝很瘦，看他时恨不能掐死他，脖子上的青筋就是证明。

周林律跟着音乐晃着酒杯，放荡不羁被他玩儿得很明白。

常蔓头晕，琮玉给她在楼上开了间房，乔枝送她上去了。

思凡回来了，蔫蔫地走到琮玉跟前，坐了下来。

琮玉在接受了一些不太熟悉的人的祝贺后，对这个庆功会本就不多的兴致也消磨殆尽了。

他们欢声笑语，而她只想和陈既坐在沙发看窗外下起雨。

她就是很无趣，活着又不用有趣。

思凡说：“玉姐，他们当中有些人说你根本没有很帅的男朋友，庆功会都快要结束了，他也没有来。”

琮玉吃了一颗蓝莓，没说话。

“很帅的男朋友”本来就是从学校里传出来的。陈既总接她下课，也会陪她去图书馆，跟她去食堂吃饭，她的同学都知道她有一个男朋友，而且很帅。然后就传出去了，传到现在，外头那些不明真相的，以为这是琮玉自己说的。对象而已，有什么可装的。

有就有，没有就没有，没有的也不用去死，有谁会拿这个装？

“可是，我姐夫真的很帅啊。”思凡很委屈地看着琮玉。

琮玉喂了她一颗蓝莓。

思凡挽住琮玉的胳膊：“姐，姐夫真的不来了？”

琮玉没跟他说，他应该知道，没说要来，就是不来了吧。

她还没答，酒廊何老板走过来，跟琮玉说：“玉老板，我已经按陈先生的安排把餐酒都换了。”

“换了什么？”

老板指了指陈抚青和韩一他们桌上的麦卡伦："就璀璨……"

他还没说完，琮玉截了："谁让他换的？"

老板愣了。

思凡爽了，捂着嘴叫起来："啊！好帅！果然男人撒钱的时候就是最帅的！"

琮玉皱眉，沉着不发。

全场都换，光酒就小一百万，钱多烧的？

酒都开了也不能退，老板看琮玉眉头紧锁，没敢再在她跟前晃，找个借口逃了。

思凡也跑没影了。

乔枝回来，陆离的光影下，看见桌上的酒："嚯，都换了？"

柯霄这时候也走了过来："你这对象倒是比你有格局啊。"

琮玉没答："你回去把钱转给我，我一场商演才多少钱，我唱多少场才能凑够这一百万。"

"你装什么？我从哪儿转给你，事务所寒冬不知道？"

"这是你要解决的问题。"琮玉说，"这局是给你拓圈层用的，难道要我们两口子搭钱给你吃红利？

柯霄解决不了，找个借口走开了。

乔枝听出来了，小声问琮玉："这酒不会是先消费后买单的吧？"

沉默。

周林律过来阴阳怪气："原来陈先生这么有钱。"

乔枝打了他胳膊一下："别添堵了。"

周林律看着琮玉："聊两句？"

琮玉往边上走了两步："说。"

这已经是琮玉最大的让步了，周林律懂了，也不挑三拣四了："我要回去给我爸打工了，几个店也会卖了。"

"嗯。"

熟悉的冰冷的话，周林律早习惯了："下次见。"

再没有酸话，再不说委屈，反正不是陈既委屈，琮玉都不心疼。

“嗯。”

“那我走了。”

“好。”

周林律刚离开，思凡回来了。

乔枝见她开心写在脸上：“怎么了，这么高兴。”

“刚才有人问陈抚青，何老板说的陈先生是不是他，他含含糊糊想给人造成是他的错觉呢，何老板直接说不是，陈抚青和韩一的脸色都很难看！”

乔枝笑了：“现在开心了吗？”

思凡点头：“就是还有些不知道哪儿来的碎嘴子好烦，说什么陈先生这称呼一听就是五十岁的老男人，说我们把老男人吹成帅哥。哦，意思是只有五十岁的男人才能称呼先生吗？”

乔枝说：“你现在知道了，讨厌你的人，总能找到黑你的理由。”

“不过我也不在乎了。”思凡说，“玉姐不喜欢搞形式主义，姐夫还是愿意给她撑足场面，这就是爱啊。那些跳梁小丑，就让他们乱以为、瞎蹦跶好了。反正现在就是这样，谁蹦跶得欢，谁就死得快。”

“小丫头还挺毒。”乔枝笑。

思凡只是把琮玉当成了家人，她当然希望别人的嘴里，说的都是她家人的好话。

庆功会持续了三个多小时，柯霄把在场人的微信都加了一个遍，平时的不苟言笑也不见了，乐得法令纹深了一圈。

散场后，宾客陆陆续续往外走，中廊还没走完，有几个男人迎面走来，看见琮玉，停住了，其中一个人伸手指着她：“这不是陈太太吗？”

琮玉不记得他了，只点头答应，没有接话。

往外走的人都停住了，想看热闹，也想从这男人嘴里听到点“陈先生”的事，到底他是不是五十岁。

男人说：“您贵人多忘事，我是梵一家居的屠刚。”

琮玉记得了：“屠总。”

屠刚笑呵呵：“陈总要的最结实的床，我们手工赶出来了，可能明天给您送货上门。这回我们保证不会再塌了，再塌，我们十倍赔偿。”

他声音不低，廊内的人都听见了，陈先生五十岁的谣言破了。

这必然是一个年轻力壮的男人，不然不能把床弄塌到卖床的都来为自家床的质量做担保，生怕别人不知道是睡床的人太猛，而不是床不禁睡。

琮玉有些尴尬，只笑了下，没再接话。

乔枝在旁边憋笑，待两人出了大厅，她才笑出声。

琮玉把车钥匙给思凡，跟乔枝说："让思凡送你，我有点事儿。"

"什么事？"

琮玉没答。

宾客都走完了，琮玉还在巷子口，陈既前几分钟给她发了微信，说他十分钟后到。

琮玉看着表，预备十分钟一到立刻走。

没想到她既哥说十分钟就十分钟，掐着点把车停在了她面前。

琮玉没走上前。陈既下了车，西装革履越来越熟练了，这一年忙事业，好像又清瘦了些，穿这样一身更显得诱惑了。

这个男人哦。他的手腕、脚踝，一直是她最喜欢的，远胜那张俊脸的惊艳，是一种直击神经的性感。说来丢人现眼，已经那么久了，她还在为她既哥心动。

陈既给她打开副驾驶的车门，等她上车，关上门，返回驾驶位。

上了车，他自觉地把手伸向琮玉，琮玉也自觉地牵住他的手，亲吻一下手背，然后问他："一百万就这么扔了？"

"安全带。"

"你给我系。"

陈既愿意惯着她，给她系上后发动车。

陈既出差太久了，琮玉有很多问题要问，比如："屠刚应该没那么巧到我庆功会的地方吃饭吧？他公司不是在西城区？"

陈既没答。

"你还挺鸡贼，自己来不了就派个间谍，散播我跟你睡坏了一张床的讯息，好让对我有意思的男人知难而退？"

陈既浅弯了一下唇："想多了。"

“那你倒是解释解释。”

陈既解释不了，他就是那么鸡贼，只是不想跟她承认，说了别的：“我让人给你送花了，他早上跟我说忘了。”

琮玉其实没有很在意，但陈既解释，她会听：“这样。”

“嗯，这样。”

琮玉接着聊一百万：“一百万都不当钱了，我男人这一单分红是不是下来了？我看上的包是不是可以全买了？”

“买。”

琮玉啧嘴：“既哥真能干，行行都能当状元。”

陈既比平常开得快了些，琮玉就没牵他的手，她以为他着急回家跟她卿卿我我呢，结果他拐进一条窄胡同里了。

她刚要问她，他猛地打方向盘，手背的青筋都爆开了，车子也在一阵强力驱动下横在了路中央。

琮玉心跳甫定，倒不是害怕，是事发突然，没有准备。

陈既没说话，直接下了车。

琮玉解开安全带，打开车窗，眼神跟着陈既而去，才看到他们车后头停了一辆车。看它停的位置，正好堵住路，应该是跟着他们来着。

她眯眼看向那辆车的挡风玻璃，想看清驾驶座上的人。

陈既没那个耐性，他很果断，车门打不开，便又走回自己的车，打开后备厢，拿了只扳子，返回，作势要砸那辆车驾驶座的窗户。

那人吓得赶紧求饶，陈既问他：“谁让你跟着我们的。”

“我不是……我没有……”

陈既扬起手。那人吓得继续求饶：“我不敢了……我不敢了……我只是在群里看见琮玉在这边……我想合照而已……我不想干别的……”

“你是干什么的？”

“我是当科公司……”

“我问你是干什么的。”

那人哆嗦着：“我是私生……”

陈既这才松了手，当即报了警。

等警察来了，陈既把情况说清楚，这才总算把车开入回家的路。

琮玉看着陈既的侧脸，他没有一丝生涩。

从西北回来之前，陈既就有了自己百分百控股的公司，变忙了。但早起离开前还是会吻她，半夜回来也会握着她的手腕叫她濛濛，跟她说晚安。也常发消息，虽然很多时候只有个“想”。

他还会在难得的假期陪她去超市，买她喜欢的菜回来给她做；也会跟她去拳击馆，指导她练拳；像这样被私生粉骚扰，他又会把事情料理得干净。他还是那么擅长解决麻烦，永远利落，不留把柄。

曾经西北最硬的男人，就这样渐渐成了她一个三流戏曲演员的私人保镖。

她有时候会觉得浪费，有时候也会觉得，怎样，就要把他私有。

陈既要一辈子当她的保镖，一辈子给她解决麻烦骚扰。

……

陈既知道她一直在看她，伸手摸了下她的脸：“别怕。”

“我不怕。”

“嗯，你一直胆大妄为，十六七岁就上蹿下跳。”

“我要是不活泼一点，怎么让你注意到我呢？”

“小把戏。”

“对啊，我就是一堆小把戏，你陈既牛一眼就看穿了，那你别上当啊，你怎么还是上当了？”

“我有瘾。”

琮玉眼睛都笑弯了，真喜欢他啊，她要喜欢疯了。

回到家，琮玉先去洗了澡，一身酒气让她不自在。洗完出来，陈既还没换衣服，好像一直在打电话。

她走到窗台，坐上去，摸着爆破的脑袋，看着那男人。

寂静夜，月亮高悬，本应该拥抱亲吻，她的男人却还在忙碌，为了给她一个温暖的家。真让人感动啊！

可她已经有陈既这么奢侈的爱人了，她只想在这样温柔的夜里藏进他怀里啊。

她从窗台上跳了下来，走到陈既身后，抱住他。

陈既握住琮玉的手，凉意让他匆匆挂了电话，转身握住她的肩膀：“怎么这么凉？”

琮玉环住他的腰："陈既我不买京州的房了，你别熬夜了。"

陈既托着她的大腿，把她抱起来，抱到沙发上，亲了她的嘴唇一小下："年前的项目结钱了，我分完剩下的都是你的。"

琮玉闷不发声。

可是陈既的运气不好，很多项目都搁置了，他也不是专业人员，吃了很多闭门羹，付出很多辛苦，还请教了很多人，他快把自己逼死了，才有了一点点回报。

他还全都给她。

陈既轻轻摸她的脸："我不累。"

琮玉伸手搂住他的脖子："我心疼。"

"不要心疼男人。"

"你管我。"我琮玉就心疼！

陈既靠在沙发，冲琮玉伸出手。

琮玉靠在他怀里，枕着："爱情到底给你带来了什么？"

陈既搂着她："你。"

"带来我，你糟心吗？"琮玉把玩他的腕子。

"我很感恩。"

琮玉往他肩窝里蹭了蹭："既哥。"

"嗯。"

"你这衬衫是不是接我时换的？怎么有洗衣液的香气？"

琮玉的注意力转换太快，跨度有点远，陈既却也能接，她问什么他都能接："在公司洗过澡了。"

陈既在京州开设了办事处，就为了守着琮玉。

爆破把小狗嘴搭在沙发边，眼睛看着他们，它也想抱，想着能不能陈既抱着琮玉，琮玉抱着它。

琮玉看着爆破，跟陈既说："我演出那天早上，带它去遛弯，只是让它帮我拿个东西，跟我并排走，不要超过我，就引来一群人围观，他们没见过这么聪明的狗，问我从哪买的。"

她知道陈既会回应她，但还是仰头看他的脸。

陈既问：“嗯，你怎么说？”

“我说是聘礼。”

“我没说娶你，别不害臊。”

琮玉从陈既身上起来：“那你滚，别在我家。”

“房子是我买的。”

“房本上写的是我的名字！”

陈既只是站起来，走到胡桃色的储物桌前，侧身对着琮玉，摘了手表，解开衬衫袖扣。

琮玉看着，咬了下牙。

她既哥很聪明，早把她摸清了，她知道他什么动作，她会上头。

她就喜欢看他摘手表、解袖扣，她将十年如一日爱那截手腕，或者说，她将爱陈既，十年如一日，直到一堆白骨一抔灰。

陈既转过身来，靠在桌上，双手向后，撑住桌沿：“想吃什么？”

他要去给她做饭。还吃什么饭！

她说：“你过来我告诉你。”

陈既走过去，没听琮玉的答案，只是俯身搂住她，覆唇亲吻她。

琮玉双手搂住他的脖子。

陈既把她抱起来，叫她：“濛濛。”

“嗯。”琮玉闭着眼睛，她要神志不清了，她必须要被陈既弄得神志不清。那时她十九岁，她就想要这么做。

“明天是好日子。”

“嗯。”

“适合登记。”

琮玉睁开了眼，看着他：“什么？”

陈既给她的手指套上戒指：“陈既娶你。”

他知道琮玉喜欢提陈既这两个字，他就告诉她，是陈既要娶她。

陈既没什么了不起，陈既要娶她。

琮玉心里又疼又喜，抬起手，看着手上的戒指，好闪，肯定贵。她想到她放在衣帽间抽屉里的小方盒子，还真有点拿不出手。很快，她也忘了这件事，她沉浸在陈既突然给他的惊喜里，复杂的情绪将她包裹，她忍不住捂嘴，接着又搂住陈既的脖子："那琮玉嫁你！"

她要嫁她最爱的人了。她还没从惊喜里恢复神志，陈既已经又吻上她，掌心滚烫，托着她的后背，像一对艺术品熨烫机。

她是很想神志不清，但意外得到一只戒指，现在就想新鲜一会儿再说别的，可是陈既已经让她神志不清了。

那就不等了。

他们主卧的床坏了，陈既把琮玉抱到次卧，陈既俯身亲她的脸。

琮玉脸很红，有气无力地说："把新床再加固一些吧……"

"好。"陈既给她盖上被子，先去洗了澡，回来又抱她去洗了。

事后，两个人换了间房睡。

琮玉趴在陈既胸膛，眼睛睁不开："有个事跟你说下。"

"嗯。"

"有营销号编排我和一个演员的料，那人让我澄清，我发了一条微博，是他求我的截图。"

"嗯。"

"你想让我公开吗？我们的关系。"琮玉睁开眼，仰头看陈既。

"随你。"陈既说，"你说的事，我看了。"

"嗯？"琮玉挑眉。

陈既说："我也有微博号。"

琮玉坐起来："给我看看。"

陈既把手机拿过来，还没打开，已经被琮玉抢走了。

琮玉在一堆系统软件里看到微博图标，更好奇了，点进去看到一个用户加一串数字的账号，关注里只有琮玉，什么也没发过。

她问陈既："这是你用来偷看我的吗？"

"不是。"

以前常蔓给琮玉打电话，两人开着免提，他听到常蔓说微博上有人骂她，就下载了这个软件，偶尔看看琮玉消息。

琮玉灵机一动，点开发出的评论，陈既最近的评论竟然是昨天凌晨四点发的……

"琮玉不是这样的人。"

“她很好，别比较。”

“她一直练功到很晚，她对得起别人买票。”

“在我眼里她是最漂亮的。”

“别骂她！”

“……”

琮玉只看了几条，把手机还给他，转身背对着他，躺了下来，双手捂住了脸。

陈既把手机放好，搂住琮玉的肩膀：“该睡觉了。”

琮玉不理人，过了会儿，猛地起身，搂住陈既脖子，在他耳边很小声地一个字一个字地说：“我——好——幸——福——啊——陈——既！”

陈既摸着她的头发，没告诉她，他才是，很幸福。

琮玉拿起自己的手机，艾特了陈既这个小破号，发微博：“别一天天瞎猜我喜欢这个那个，看清楚了，这才是我老公！”

她发完把手机扔一边：“爽了！”

陈既把她的胳膊放进被子里，给她盖好：“那睡觉。”

琮玉要搂着陈既睡，要枕着他的胳膊：“晚安，陈既。”

“晚安老婆。”

琮玉愣了愣，想起来她收下了他的戒指，微笑：“晚安老公。”

乔枝还有别的事，庆功会的第二天早早就走了。常蔓也要走，但不用琮玉送，琮玉知道她有李西南送，只让她不要装了。

常蔓骂了她一顿，把她电话挂了。

没多久李西南又打来，跟琮玉说了谢谢。

琮玉能理解陈既的苦，也能理解常蔓。常蔓确实很洒脱，但也不影响她一直封闭自己，她应该被好好地爱，错过李西南，她一定后悔。

李西南又告诉琮玉：“既哥他们之前有一个合作对象，是女的，对既哥很有意思。既哥就弄了个戒指，说自己已婚，这回好像不知怎么又打了点交道，那女的说她知道既哥没结婚，那个假戒指唬不了人了。”

琮玉看着正在系衬衫扣子的陈既，跟李西南说：“想说什么？”

李西南说：“或许，你可以给既哥一枚真的戒指。”

电话挂断，陈既已经穿好了衣服，走到琮玉跟前，亲她的额头："可以走了。"

琮玉把手给他牵，往外走的时候，她说："我不会怀孕吧？"

陈既牵住她，十指交叉，掌心相扣。

"不想要孩子吗？"琮玉问。

"那倒没有，是没准备。"

陈既不说话了，上车后，给琮玉系上安全带，才又说："我比你大很多，比你先死，有孩子替我陪你，你也不孤单。"

琮玉笑了："你放心，我绝对会死在你前边。"

"就那么不想活？"

"没有你在，活什么劲？"

"很多人没得选，你有得选，应该尊重生命。"陈既难得对琮玉说这样的话，他自己也不是很尊重，但他不能接受琮玉为了他早早结束生命。他怎么忍心？

琮玉吻他的手指："我不要，生命没你重要。"

陈既捏着她的手心："什么破话。"

琮玉突然想被他抱，伸出手："抱一下。"

陈既把她搂了过来。

琮玉枕着他的肩膀，说："李西南说，有个女老板看上你了，让我给你一枚戒指挡桃花。"

陈既没说话，他不用做这些，他守得住自己。

琮玉又说："可是对于非你不可的人，戒指有什么用？与其花心思让别人知道你是有妇之夫，不如抓住你的心更一招制敌吧？"

"就你精。"

琮玉从口袋里拿出一只戒指盒子："可我还是要为你戴戒指。"

陈既沉默。

琮玉靠着他，打开盒子，拿出那一枚主银、中间镂空、镶嵌一根红线和无数碎钻的戒指，拉起陈既的手，戴在他的无名指上。

陈既看着那几根头发，皱眉。

琮玉摩挲他的手指："我去了元诀宫，请道长做了这枚戒指。我看别人弄的是头发，说能挡灾，本来还挺感兴趣，听到这个放弃了。拿我挡灾，你肯定不乐意，还会骂我。”

琮玉跟他十指紧扣：“红线是我妈当年给我求来的，我觉得遇见你有它的功劳，现在我把它给你，它一定会替我保护你，平平安安。”

陈既看着琮玉送他的戒指：“这显得我送你的那枚不值钱了。”

琮玉翻过手来，看着自己手上的钻石戒指：“拉倒吧，这么大颗钻石你怎么说得出不值钱的？我给你那个才是便宜，一共六千块。”

“钻石，有钱就能买，你这能吗？”

“钻石也都是独一无二的。就算世界上有颜色、净度等等完全一致的两颗，但你送我的和别的能一样吗？”

“花里胡哨。”陈既听惯了她的各种歪理。

琮玉坐直身体：“走了，民政局，我要赶在十二点之前成为陈太太。”

陈既看着她，实在是青春，还是提醒她：“你现在还能后悔。”

琮玉瞥他：“你后悔了？后悔也没用我告诉你！”

陈既淡笑，语气无奈也宠爱有加：“黄毛丫头。”

陈既发动车子。琮玉打开车窗，让风吹拂她的发梢和睫毛。她曾许过一个愿望，希望陈既能有一个好结局，现在她贪婪地添上了她的名。

她希望，她和陈既能有个好结局。

# 后记

写完了，我来自东。

现在是半夜两点多一点，写不完时睡不着，写完了也睡不着。每次完结都会陷入一种空虚，整个人会很焦虑，缓解办法就是开新文。

我其实不太喜欢高产这样的说法，用于我。

首先一直写是因为热爱，其次就是真的很焦虑。

我这个脑袋每天不停地转，什么事情都能引起我的思考，所以就变成了现在这样，不停地写。

不扯了，聊点有用的。

《番外 从轻》这一篇算是一个外传吧，不仅写了陈既和琮玉，还有常蔓和李西南，周林律和迦蓝。后面几个人给了大家一些想象空间，他们的故事在我这里就停滞了，但在他们的世界里，是还在延续的。

别的没什么可说，都在文里了。

最后一句。

我爱野人陈既，还有陈既的黄毛丫头。永远爱！